本書獲陝西省社會科學基金項目（13HQ025）資助

唐小說集輯校三種

TANG XIAOSHUO JIJIJIAO SANZHONG

邵穎濤◎校注

人民出版社

中國語言文學"一流學科"建設項目成果

教育部人文社科重點研究（培育）基地"中國社會主義文學研究中心"成果

馬克思主義文藝理論與批評建設工程重點研究基地"延安文藝與中國社會主義文藝話語體系建設"成果

前　　言

　　孟獻忠《金剛般若經集驗記》、郎餘令《冥報拾遺》、盧求《報應記》三部唐小說集頗具代表性，它們具有以《金剛經》為故事線索記錄唐人思想信仰與文學創作的特徵，同時又以《金剛般若經集驗記》為鏈結點而形成傳抄與被傳抄的普遍現象。这三部典籍具有重要的文獻價值與史料價值，既對唐代小說作品研究意義甚巨，亦是探究唐代佛教信仰的重要著作。然而散軼已久的三書目前仍未得以系統校勘、注疏，故本著作依照日本流傳版本點校《金剛般若經集驗記》，然後在其基礎上并參考其他典籍考察另兩部小說集，對三書進行注疏詮釋、文獻辨證、著作研究。具體內容如下。

　　第一，標點校勘：採用異本對校、他典他校、理校等方法，通過考核中、日典籍而還原《金剛般若經集驗記》版本原貌；廣採博蒐中、日典籍，輯校《冥報拾遺》、《報應記》，詳細標點、勘核。

　　第二，文獻注釋：三部典籍是唐代文人所創作的反映初唐、盛唐、晚唐不同時代面貌之志怪集，因書中運用佛教術語、包涵深刻思想、承載豐富信息而增加解讀難度，故注釋成為解讀文本的必要環節，本著作採用文學、歷史、佛教、民俗學等多學科知識闡釋文本，於文字注釋間洞察作家創作心態與小說旨意。

　　第三,資料輯錄:三書在中土傳播較少,但其故事在日本卻獲反復傳抄。本成果鉤稽史籍中三書的相關資料,參酌日本《今昔物語集》《三國傳記》《私聚百因緣集》等典籍傳抄情況,梳理後世相關研究及文獻彙錄情況,以跨地域視域探研三書在後世著錄、傳播情況,為進一步探求典籍文化交流奠定基礎。

　　第四,文獻研究:研究作者生平、梳理作家撰述、日本版本流傳情況等。以三書在中、日承傳著錄為線索,考察典籍及版本流傳歷程;以孟獻忠、盧求生平為中心,探討作者經歷、著述及其對唐代佛教的接受與信仰記錄,進而關注唐代宗教故事的文獻傳播情況。

　　概之,本著作在文獻整理方面精心輯校《金剛般若經集驗記》73篇、《冥報拾遺》48篇、《報應記》54篇,通過各種校勘手段還原最真實的版本記錄,如糾正日本版本和後代傳抄典籍中的年號、人名、地名、文字之誤;詳盡注釋178篇作品,解讀文本中潛隱的文學旨意與歷史信息,從文本入手詮釋文學的敍事細節與創作心態;考釋每篇作品,辨識後代書籍中所傳抄的偽篇、疑篇,同時彙錄三部作品的相關文獻及研究資料,為學界研究奠定文獻基礎。

　　附錄中的作品研究,梳理《金剛般若經集驗記》在日本的流傳情況,探繹中、日間思想、文學、文化交流情況,從《冥報拾遺》、《報應記》故事傳抄看區域文學的傳播與演變;探討三書的文獻價值、歷史價值、文學價值,如《金剛般若經集驗記》對亡佚的蕭瑀志怪集的文獻輯錄價值,三書對唐代相關文士資料的記錄和士庶生活、信仰觀念的真實描述;考證孟獻忠、盧求的生平經歷,在以往學者成果基礎上糾正一些學界誤識。

校注凡例如下：

一、以《卍續藏》第一輯第二編乙第二十二套第一冊（總 742 冊）的《金剛般若經集驗記》（據釋升堂和南寶永六年刻本並旁校異本）本爲底本，對校日本黑板勝美氏藏本；以《法苑珠林》、《金剛般若經集驗記》、《太平廣記》爲據，參考《續高僧傳》、《冥報記》及日本《今昔物語集》等典籍整理《冥報拾遺》、《報應記》，所據典籍簡稱及版本如下：

唐·唐臨《冥報記》（日本高山寺藏唐寫本；方詩銘校　《冥報記》　中華書局 1992 年版）

唐·孟獻忠《金剛般若經集驗記》日本黑板勝美氏藏本：黑板本（東京古典保存會昭和十年影印本）

唐·戴孚《廣異記》（方詩銘校　《廣異記》　中華書局 1992 年版）

唐·道宣《集神州三寶感通錄》：《感通》（麗藏本；《大正藏》第五二冊）

唐·道宣《大唐内典錄》：《内典》（麗藏本；《大正藏》第五五冊）

唐·道宣《續高僧傳》：《續傳》（麗藏本；《大正藏》第五十冊）

唐·道世《法苑珠林》：《珠林》（麗藏本；磧砂藏本；周叔迦等校　《法苑珠林校注》　中華書局 2003 年版）

唐·玄奘《大唐西域記》：《西域記》（《大正藏》第五一冊；季羨林　《大唐西域記校注》　中華書局 2000 年版）

唐·僧詳《法華傳記》：《法傳》（大谷大學慶長五年刊本；《大正藏》第五一冊）

唐·懷信《釋門自鏡錄》：《自鏡》（《大正藏》第五一冊）

唐·法藏《華嚴經傳記》:《華傳》（《大正藏》第五一冊）

唐·惠詳《弘贊法華傳》:《弘贊》（《大正藏》第五一冊）

P.2094《持誦金剛經靈驗功德記》:《持誦》

宋·李昉等《太平廣記》:《廣記》（明談愷刻本;汪紹楹校　中華書局 1961 年版;孫潛校宋本）

宋·祝穆《古今事文類聚》（上海古籍出版社 1992 年影印本）

宋·曾慥《類說》（文學古籍刊行社 1955 年影印天啟刊本）

《金剛經感應傳》（《卍續藏》　新文豐出版公司 1994 年版第 149 冊）

遼·非濁《三寶感應要略錄》:《要略錄》（大谷大學慶安三年本;《大正藏》第五一冊;《卍續藏》　新文豐出版公司 1994 年版　第 149 冊）

《永樂大典》（中華書局 1986 年影印本）

明·陈耀文《天中記》（廣陵書社 2007 年影印萬曆刻本）

清·陶珽重编《說郛》一百二十卷本（宛委山堂本;上海古籍出版社 1988 年影印宛委山堂藏版）

《金剛經受持感應錄》（《卍續藏》　新文豐出版公司 1994 年版　第 149 冊）

日·《今昔物語集》:《物語》（鈴鹿家舊藏本;芳賀矢一《考證今昔物語集》　富山房 1914 年版）

日·《三國傳記》:《三國》（《大日本佛教全書》卷一四八;日本國立國會圖書館藏本）

日·《私聚百因緣集》:《私聚》（《大日本佛教全書》卷一四八）

二、每則故事後考辨故事及引典出處,示其源流。

三、凡各本文字歧異而可兩通者，均保持原文，有參考價值者，則隨校文列出；若系明顯錯訛，則徑改出記。原文脫漏，而又無從補出者，概以"□"標出。

四、本書分校記和注釋，校記用[一]、[二]、[三]等標示，注釋用①、②、③等標示。若原文脫字，補作（某），極少數原書夾註亦用（）標示。

五、本書慣用異體字，如華作花、惠作慧一般不另注。

目　錄

校　　注

一、《金剛般若經集驗記》校注

金剛般若經集驗記［一］

《金剛般若經集驗記》卷上（并序）

梓州司馬孟獻忠撰

夫般若者，乃諸佛之智母［二］①，至道之精微，為法海②之泉源，實如來③之秘藏④。言語道斷，心行處滅。超於名相而界入［三］⑤，稱謂稽而不逮；離於見聞覺知，智識詮而逾遠。無行無得，所以致其功；不住不染，所以成其慧。探其妙者，行皆道場；達其理者，動為佛事。至於一十二經、八萬四千之法，等三辰之競耀⑥，仰慧景而同暉［四］；類五衢之爭馳［五］，入真乘而共轍。惟寂惟寞，感而遂通；何慮何思，誠而必應。其有一念淨信，四偈受持，福無量而無邊，廣大侔於法界；果不生而不滅，究竟等於虛空。故能使脩羅之軍，尋聲而遠遁；波旬之騎，藉響而旋奔［六］。鉤爪鋸牙，挫芒［七］蚓銳

1

（如盡反）[八]⑦；洪濤（音桃）烈火，息浪韜炎。厲（音例）氣煙凝⑧，毒不能害；交陳雲合，刃不能傷。含識必該觸類而長，亦猶洪鐘虛受，響無擊而不揚；明鏡高懸，物有來而斯見。則知幽顯葉贊⑨，萬彙（音謂）所以虔誠；釋梵護持，百神由其侍衛。今者取其靈驗，尤著異跡，尅彰經典之所傳，耳目之所接，集成三卷，分為六篇。其有見賢而思齊⑩，聞義而勇猛，如磨玉之子，守劍之賓。如周處之遇士衡⑪，長清三橫；仲由之逢宣父⑫，即列四科。仁遠乎哉，欲之而至。雖不足發揮聖教，光闡大乘，庶貽諸子孫，以勵同志。于時大唐開元六年，歲次戊午，粵四月乙丑朔八日壬申撰畢[九]。

【校記】

[一]般：黑板本題作"波"，音譯不同，全書同，下不另注。

[二]智：續藏本注"一本作父"。按：參下文"泉源"、"秘藏"，疑"智"是。

[三]而：續藏本注"而上下疑有脫字而字更勘"。按：據下句句式疑非有脫字，"而界入"三字或為某二字之訛。

[四]仰：續藏本注"仰一作作"。按："作"非，"仰"與下句"入"對。

[五]衢：續藏本注"衢一作衍"。按："衢"與上句"辰"對。

[六]旋：續藏本注"旋一作從"。按："旋"與上句"遠"對。

[七]挫芒：續藏本注"挫芒一作摧鋩"。

[八]如盡反：原在"銳"字上，據"銳"反切乙正。

[九]粵：原作"奧"，據文意改，粵、奧形近而訛。

【注釋】

①佛之智母：般若波羅蜜為生諸佛之母，故稱佛母。《大般若波

羅蜜多經》卷三〇七曰:"甚深般若波羅蜜多,能為諸佛顯世間空,故名佛母,能示諸佛世間實相。"《智度論》卷三四曰:"般若波羅蜜是諸佛母,父母之中母之功最重,是故佛以般若為母,般舟三昧為父。"

②法海:佛法廣大難測,深遠遼闊猶如大海。《維摩經・佛國品》:"當禮法海德無邊。"

③如來:此指如來藏。指佛所說之一切經藏。

④秘藏:隱而不傳於人,稱為秘;蘊蓄于內,稱作藏。秘藏者,謂諸佛之妙法,以諸佛善為守護,不妄宣說。

⑤名相:名,指事物之名稱,能詮顯事物之本體;相,指事物之相狀。以名能詮顯事物的相狀,故稱名相。蓋一切事物,皆有名有相,耳可聞者是為名,眼可見者是為相。然此名與相皆是虛假而非契於法之實性者,乃系一種方便教化之假立施設,而凡夫常分別此虛假之名相,生起種種妄想執著。

⑥三辰:指日、月、星。《左傳・桓公二年》:"三辰旂旗,昭其明也。"杜預注:"三辰,日、月、星也。"

⑦衂:損傷,挫敗。

⑧厲氣:邪惡之氣;瘟疫之氣。

⑨葉贊:協同翊贊。協助,輔佐。《新五代史・裴迪傳》:"太祖目迪曰:'葉贊之功,惟裴公有之,佗人不足當也。'"

⑩見賢而思齊:見到有才德的人就想著與他齊平。《論語・里仁》曰:"見賢思齊焉,見不賢而內自省也。"

⑪周處之遇士衡:指周處訪見陸士衡(陸機,字士衡,世稱陸平原),然周處所見為陸機之弟陸雲(世稱陸清河)。《世說新語・自新》:"周處年少時,凶強俠氣,為鄉里所患,又義興水中有蛟,山中有

遺跡虎,並皆暴犯百姓,義興人謂為'三橫',而處尤劇。……乃自吳尋二陸,平原不在,正見清河……清河曰:'古人貴朝聞夕死,況君前途尚可。且人患志之不立,亦何憂令名不彰邪?'處遂改勵,終為忠臣孝子。"

⑫仲由:即季路,孔子(唐太宗貞觀年間詔尊孔子為宣父)弟子,在孔門四科中以政事聞名,《論語・先進》曰:"政事:冉有、季路。"

救護篇第一(并序十九章)　延壽篇第二(并序十二章)
救護篇第一(并序十九章)

昔者魯連談笑而秦軍自却①,干木偃息而魏主獲安②。聞鄭玄之名③,群兇不入;憚太公之化④,神女銜悲。況乎象帝之先⑤,法王之母⑥,三明八正⑦,待思而成;九惱六纏⑧,因之而滅。無名無相,則萬德俱圓;無取無行,則眾功咸備。若持若誦,護國護身,投烈火而不然,溺層波而詎沒。般若之力,其大矣哉! 故以救護之篇冠於章首。

【注釋】

①魯連:即戰國末齊人魯仲連,以善辯聞名。秦軍圍趙,魯仲連力斥尊秦為帝之說,"秦將聞之,為却軍五十里",事見《戰國策》卷二十。

②干木:指戰國時的段干木。投身子夏之門,"有文有行","懷君子之道",遂"聲馳千里",名重一時。《淮南子》卷十九《修務訓》記:"其後秦將起兵伐魏,司馬庾諫曰:'段干木賢者,其君禮之,天下莫不知,諸侯莫不聞,舉兵伐之,無乃妨於義乎!'於是秦乃偃兵,輟不攻魏。"

③聞鄭玄之名:《後漢書》卷三五《鄭玄傳》:"建安元年,自徐州

還高密,道遇黄巾賊數萬人,見玄皆拜,相約不敢入縣境。"

④憚太公之化:張華《博物志》卷七:"太公為灌壇令,武王夢婦人當道夜哭,問之。曰:'吾是東海神女,嫁于西海神童。今灌壇令當道,廢我行。我行必有大風雨,而太公有德,吾不敢以暴風雨過,是毁君德。'"

⑤象帝:《老子》:"吾不知誰之子,象帝之先。"河上公注:"道自在天帝之前。此言道乃先天地生也。"王弼注:"不亦似帝之先乎!帝,天帝也。"因以指天帝。

⑥法王:佛于法自在,稱曰法王。《法華經·譬喻品》曰:"我為法王,于法自在。"

⑦三明:指阿羅漢的三種修證境界。宿命明是明白自己或他人一切宿世的事;天眼明是明白自己或他人一切未來世的事;漏盡明是以聖智斷盡一切的煩惱。

八正:八種求趣涅槃的正道。指正見,離諸邪倒之正觀;正思惟,即謂無欲覺、恚覺及害覺;正語,即離妄言、兩舌、惡口、綺語等;正業,即離殺生、不與取等;正命,即舍咒術等邪命,如法求衣服、飲食、床榻、湯藥等諸生活之具;正精進,即謂能求方便精勤;正念,即以自共相觀身、受、心、法等四者;正定,即離欲惡不善之法,成就初禪乃至四禪。

⑧九惱:又名九難,或九橫,即佛在此世間成道及在成道之後所遭遇的九種災難。

六纏:疑即六煩惱。即貪、嗔、癡、慢、疑、惡見等六種根本煩惱。

1. 柳儉

蕭瑀(音雨)《金剛般若經靈驗記》曰:邢州治中柳儉[一]①,隋末任扶風岐陽宮監[二]②。初為李密王事橫被牽引[三]③，在大理禁[四]。常誦《金剛般若（經）》[五]，猶有兩紙來未遍[六]。忽然睡[七]，夢見一婆羅門僧語儉云[八]："檀越早誦經遍[九]④，即應得出。"儉即驚覺[十]，晝夜勤誦[十一]，不敢懈息。更經兩日[十二]，至日午時，忽然有勑放赦[十三]⑤，追向朝堂[二四]，遂蒙釋放[十五]。儉後一時家中[十六]，夜在房外誦《般若經》[十七]，（至）三更忽聞奇異香氣[十八]。儉起尋香，周無燒處，以此證驗是誦《般若》功德之力也。爾來倍更恭敬，晝夜精勤，不敢懈怠。專心誦持，已得五千餘遍[十九]，至今不闕⑥。

　　本條《珠林》卷一八引《冥報記》、《廣記》卷一〇二引《珠林》，文字有別。

【校記】

　　[一]治中：《珠林》、《廣記》作"司馬"。按：蕭瑀撰寫時洵作"治中"，《舊唐書·職官志》卷四二"貞觀二十三年六月……改諸州治中為司馬"，《珠林》、《廣記》循制將"治中"改為"司馬"。

　　[二]末：《珠林》、《廣記》作"大業十年"。扶風：《珠林》、《廣記》作"岐州"。"宮"：原作"官"，據《珠林》改。按：《隋書·地理志》卷二九云："大業初置扶風郡，有岐陽宮。"

　　[三]初：《珠林》作"至義寧元年"、《廣記》作"義寧元年"，疑上脫"義寧"二字。"王事橫"：《法苑》作"來拄（柱）"，續藏本注"王一作來"。按："李密王事"或喻李密反隋事。《廣記》此句作"坐誣枉系"。

　　[四]理：《珠林》、《廣記》下有"寺"字，疑脫。

　　[五]常：《珠林》上有"儉"字。若：《珠林》、《廣記》下有

"經"字。

[六]猶:《珠林》作"下",《廣記》無此字。來:《珠林》、《廣記》無此字。遍:《廣記》作"通"。

[七]忽然睡:《珠林》作"於時不覺眠睡",《廣記》作"不覺眠睡"。

[八]語儉:《珠林》、《廣記》作"報"。

[九]早:《珠林》、《廣記》上有"宜"字。

[十]即驚覺:《珠林》作"時忽寤",《廣記》作"忽寤"。

[十一]晝夜勤誦,不敢懈息:《珠林》、《廣記》作"勤誦不懈"。

[十二]更:《珠林》作"便",《廣記》無此字。

[十三]忽然有勅放赦:《珠林》作"忽有勅喚,令儉釋禁",《廣記》作"忽有勅喚,就朝堂放免"。

[十四]追:《珠林》作"將"。

[十五]遂蒙釋放:《珠林》作"奉勅放免"。

[十六]儉後一時家中:《珠林》、《廣記》作"又儉別時"。

[十七]在:《珠林》作"靜"。般若:《珠林》、《廣記》無二字。

[十八]三:《珠林》上有"至於"二字,《廣記》上有"至"字。

[十九]遍:原作"篇",據《珠林》、《廣記》改。

【注釋】

①邢州:《隋書》卷三十《地理志中》記"襄國郡,開皇十六年置邢州",大業三年旋復為襄國郡。《舊唐書》卷三九《地理志二》記唐武德元年改隋襄國郡為邢州,置總管府,"天寶元年,改為鉅鹿郡。乾元元年,復為邢州",治所在龍岡(今河北邢臺市區)。

治中:隋時州郡刺史的佐官。《舊唐書》卷四二《職官志》卷四二"貞觀二十三年六月……改諸州治中為司馬"。唐武德初,邢州陷入亂軍之手,據《元和郡縣圖志》卷十五載:"(武德)二年,陷竇建德,四年討平之,又為劉黑闥所陷,五年擒之,依舊為邢州",故柳儉任邢州治中或在武德五年之後。

柳儉:據本篇及《珠林》卷一八、《廣記》卷一〇二,可知柳儉隋大業時任岐州岐陽宮監,入唐後任邢州司馬。這與《隋書》卷七三《柳儉傳》、《北史》卷八六《柳儉傳》所記隋人柳儉行藏迥異,當是同名異人:《隋書》所記柳儉在隋文帝時便以才幹清名而任蓬州刺史、邛州刺史,煬帝大業時特授朝散大夫、拜弘化太守,義寧初自弘化太守歸京而拜上大將軍,歲余而卒,時年八十九。而本篇所記柳儉年齒較幼,入唐後所任官職較低。又按《新唐書·宰相世系表三上》載隋秘書監柳顧言(《隋書》卷五八有傳)有曾孫兵部員外郎柳儉(頁2851),然為時較晚,亦非一人。

②扶風:《元和郡縣圖志》卷二記"(後魏)文帝改(雍城)鎮為岐州……大業三年罷州,扶風郡,武德元年復為岐州",《隋書》卷二九《地理志上》亦記"大業初置扶風郡",據此知隋大業三年之後此郡稱作扶風。至唐扶風郡改作岐州,故《舊唐書》卷三九《地理志一》記:"隋扶風郡。武德元年,改為岐州。"

岐陽宮:《元和郡縣圖志》卷二載:"隋開皇元年,於(岐)州城內置岐陽宮",據此知其始置於隋開皇元年。《隋書》卷二九《地理志上》載:"大業初置扶風郡,有岐陽宮",則至隋大業時岐陽宮因岐州改作扶風而屬扶風郡。《隋書》卷二八《百官志下》記:"行宮所在,皆立總監以司之。上宮正五品,中宮從五品,下宮正七品",可知宮監官階有正五品、從五品等。《隋書》卷七三《梁彥光傳》記梁彥光曾"以為岐州刺史,兼領岐州宮監"。

③李密王事：疑有脱字，《珠林》作"李密來"。《隋書》卷四《煬帝紀下》記："（十三年二月）庚寅，賊帥李密、翟讓等陷興洛倉。越王侗遣武賁郎將劉長恭、光祿少卿房崱擊之，反爲所敗，死者十五六。庚子，李密自號魏公。"

④檀越：指施主，即施與僧衆衣食，或出資舉行法會等之信衆。梵文 Dānapati，音譯爲譯陀那鉢底、陀那婆，《南海寄歸内法傳》卷一《受齋軌則》條下注云："梵云陀那鉢底，譯爲施主。陀那是施，鉢底是主。而云檀越者，本非正譯。略去那字，取上陀音轉名爲檀，更加越字。意道由行檀舍，自可越渡貧窮，妙釋雖然，終乖正本。"

⑤有勅放赦：《珠林》卷一八、《廣記》卷一〇二記柳儉義寧被捕，《隋書》卷五《恭帝紀》記隋恭帝大赦天下，"（義寧元年）十一月十六日昧爽以前，大辟罪以下，皆赦除之；常赦所不免者，不在赦限。"

⑥至今不闕：蕭瑀撰《金剛般若經靈驗記》時，柳儉未死，故言"至今不闕"。而至《珠林》轉引此篇時，柳儉已亡，故云"至於終日"。

2. 杜之亮

郎餘令《冥報拾遺》曰：京兆杜之亮元明[一]①，隋仁壽中爲漢王諒府參軍事[二]②。諒於并州舉兵反，諒敗之後，之亮與僚屬等皆繫獄，惶懼[三]。母氏爲憂③，日夜悲泣，忽於夢中見一沙門，曰："但能誦《金剛般若經》，可度此厄。"及曉，便求此經誦之。寢食之餘，未曾蹔輟。無幾，主司引囚伏法，之亮身預其中，唱名咸死。唱訖，之亮輒漏無名，如此者三。主與屬皆被鞭撻，俄而會赦（音舍）（得）免[四]④。顯慶中[五]⑤，卒於黄州（餘令與之亮鄉親[六]⑥，先所知委也[七]）。

本條《廣記》卷一〇二引作《報應記》，文字有别。又參見日僧淨慧《金剛經靈驗傳》卷一。

【校記】

[一]亮元明:續藏本注"亮一本昔作高,明一本作助","亮"下同。按:元明為之亮字,亮、明同義互訓也。

[二]隋:原作"隨",據文意改。續藏本注"隨古作隋"。事:《廣記》無此字。

[三]惶:《廣記》上有"亮"字,疑是。

[四]得:疑脱,據《廣記》補。

[五]顯:原作"明",據《廣記》改。按:孟獻忠避中宗諱而改"顯"作"明",今改之。

[六]黃州:《廣記》下有"刺史"二字,疑脱。

[七]所:續藏本注"所一作可"。也:續藏本注"也作之"。

【注釋】

①京兆:此指長安。京兆指杜之亮居住於此,非指其籍貫也,杜之亮為中山杜氏。

杜之亮:出身杜氏名門,《元和姓纂》卷六記杜之亮父為隋著作郎杜公瞻,祖為隋治中(按岑仲勉校作書)御史杜蕤,曾祖杜弼;杜之亮曾任司勳員外,有子休纂(任淄州刺史)、延昌,延昌有孫杜朗曾任太子洗馬(條261頁934)。《匋齋藏石記》卷二五《長孫氏夫人陰堂文》(此文末署聖武二年(757),乃安祿山偽號也)亦記杜之亮子延昌任邛州長史,孫靈麒曾任盛王(李琦)文學。本篇言杜之亮顯慶中終於黃州,而《廣記》卷一○二引《報應記》言其終於黃州刺史,又據《長孫氏夫人陰堂文》:"夫人京兆杜氏,曾祖之亮,隋黃州刺史"(按之亮官黃州刺史在唐,碑文誤記),可知本文末或脱"刺史"二字。

②漢王諒：《隋書》卷三《煬帝紀上》記："（仁壽）四年七月，高祖崩，上即皇帝位於仁壽宮。八月，奉梓宮還京師。并州總管漢王諒舉兵反，詔尚書左僕射楊素討平之"，據此可知漢王楊諒仁壽四年（604）七月於并州反，不久被平。

③母氏為憂：《廣記》卷一〇二引《報應記》縮省此句，述杜之亮日夜涕泣而夢僧授計，夢醒遂求經誦。以致文生歧義，之亮身系囹圄，焉能隨意索經讀之？據此知《廣記》誤也。母氏義同母親，言其母心憂其子，夢僧相告遂索經讀誦，以此功德，助其子之亮得脫矣。

④俄而會赦：據《隋書》卷三《煬帝紀上》記："大業元年春正月壬辰朔，大赦，改元"，殆杜之亮適此赦乎？

⑤顯慶：高宗第二個年號，656—661年。中宗李顯時，避顯作明，如杜佑《通典》引法顯《佛國記》，避作法明。孟獻忠此作撰于玄宗開元間，故改郎餘令原文作"明慶"。

⑥黃州：隋永安郡。武德三年改為黃州，天寶元年改為齊安郡，乾元元年復為黃州。領黃岡、黃陂、麻城三縣。杜之亮在高宗顯慶中任黃州刺史，歿于任上。鄉親：同鄉。《元和姓纂》卷六記杜之亮一脈出中山杜氏，《北史》卷五五《杜弼傳》記其曾祖杜弼"中山曲陽人也"、《隋書》卷五八《杜台卿傳》記杜之亮叔祖杜台卿為"博陵（隋大業三年改中山郡為博陵郡）曲陽人也"，至唐武德四年博陵郡改稱定州，曲陽（改稱恒陽）遂歸屬定州；兩唐書《郎餘令傳》並記郎餘令為定州新樂人，郎餘令撰《唐尚書吏部郎中張仁褘墓誌》、《冥報拾遺》皆自稱中山（沿古稱）郎餘令。據上，知杜、郎並為定州人，故郎餘令言"餘令與之亮鄉親"。

11

3. 竇德玄

　　宗正卿竇(音豆)弾(正上也)德玄①，麟(音隣)德元年中被使揚州按察[一]②。渡於淮水，船已去岸數十步[二]，見岸上有一人手賣小幞③，形容慘悴。日復將暮，更無餘船。德玄愍之，令船却就岸，喚此人上船同渡。至中流，玄食次，並與之食。及至渡訖[三]，其人不離馬後，行可數里。玄問云："汝是何人?"答云："是鬼，王令於揚州追竇大使[四]。"玄云："竇大使名何?"答云："名德玄。"玄即求守鬼，作何方便得免[五]？鬼云[六]："甚媿公賜食[七]，為公先去[八]，公但誦《金剛般若經》一千遍，即來相報。"玄至揚州，經一月餘，日誦經數足。其鬼即來，云："公誦經數已足[九]，大好！終須相隨見王。"於是公却入房，因便悶絕，經一宿乃蘇，云[十]：初，與鬼相隨至一所，高門列戟，如大州門。鬼曰："請公且住此，某當先報王。"鬼即先入。玄於屏障，遙聽聞王語鬼云："你為他作計！"遂笞(音癡)鬼三十。鬼即出來，袒而示之云："為公喫杖。"便引玄入，見一著紫(衣)人下階相揖曰[十一]："公有大功德，尚未合來，請公即還[十二]。"出門落坑，便覺。其鬼復來，見玄索食及紙錢，玄即與食及紙錢。鬼云："公猶有傍厄，須遣道士上章，其正報誦經已銷訖[十三]。待上章了[十四]，還來報公。"玄即請道士上章。鬼即來，云："上章不達，為有錯字。"又更上章。鬼又云："還錯一字。"玄即自勘之，果並錯字，即更令上章。鬼云："此迴達訖，更無厄難。"德玄問鬼以官祿年命之事。鬼云："公從宗正卿次任殿中監④，次任大司憲⑤，次任太子端尹[十五]⑥，次任司元太常伯⑦，次任左相⑧，年六十四[十六]⑨。"鬼便不見。後所歷官，果如鬼言。當時道士集記此事，號為《竇大使上章錄》云。玄亦奏知，奉敕告群臣，各令誦《金剛般若經》(德玄曾孫湜於梓州過［十七］⑩,具說錄之［十八］)。

本條參《廣記》卷七一引《玄門靈妙記》①(德玄倒作玄德,文異而意味全同);《廣記》卷一〇三、重編《說郛》卷七二並引,出《報應記》。

【校記】

［一］按:續藏本注"按一作接","接"訛。

［二］已:原作"巳",據《廣記》卷一〇三改。

［三］及:續藏本注"及一作乃"。

［四］於:《廣記》卷一〇三作"往"。

［五］玄即求守鬼作何方便得免:《廣記》卷一〇三作"德玄驚懼,下馬拜曰:'某即其人也。'涕泗請計"。

［六］云:原訛作"去",據文意改。按:《廣記》卷一〇三作"曰"。

［七］甚:續藏本注"甚一作某",《廣記》卷一〇三作"甚",今從之。

［八］為公先去:《廣記》卷一〇三作"且放"。

［九］已:原作"巳",據《廣記》卷一〇三改。

［十］乃蘇云:原作"始覺",續藏本注"始覺一作乃蘇云",《廣記》卷一〇三作"乃蘇云",今從之。

［十一］衣:疑脱,據《廣記》卷一〇三補。

［十二］公:續藏本注"公疑去",《廣記》卷一〇三作"公",知

---

①　此篇錯訛甚多:竇德玄作竇玄德;事記(貞觀中)使揚州十二年後竇德玄亡,按《金石錄》卷四《司元太常伯竇德玄碑》、《舊唐書》卷五《高宗本紀下》知竇德玄終於乾封元年(666),則其十二年前為高宗永徽五年(654)而非文中所言貞觀中;文稱竇氏為河南人,而據《舊唐書》卷五一《高祖太穆皇后竇氏傳》竇氏為"京兆始平(至德二年改作興平)人"(《新唐書》卷七六《太穆竇皇后傳》記作"京兆平陵人");道士王遠知作王知遠,兩唐書本傳、胡璩《談賓錄》(《太平廣記》卷二三引)皆記王遠知事。《玄門靈妙記》當取材於本篇提及《竇大使上章錄》,疑其撰時上距竇德玄已遠,作者又隨意裝點,以致錯訛百出。

去非。

[十三]已:原作“巳”,據文意改。

[十四]待:原作“侍”,續藏本注“疑作待”,今從之。

[十五]端尹:《廣記》卷一〇三作“中允”。

[十六]年:《廣記》卷一〇三下有“至”字。

[十七]湜:原作“提”,形似而訛,據卷上“梓州郪縣人唐晏”條改。

[十八]具說:續藏本注“具說一作其記”。

【注釋】

①宗正卿:宗正卿即宗正寺卿,宗正寺有卿、少卿(《舊唐書》卷四四《職官志三》記“(宗正寺)卿之職,掌九族六親之屬籍,以別昭穆之序,並領崇玄署”)。史未載竇德玄任宗正卿,檢宗正寺卿從三品上、少卿從四品上;本篇下文記德玄由此職改任殿中監(從三品),《新唐書》卷九五《竇德玄傳》則記德玄任殿中少監(從第四品上階)。若依此篇所記,似由宗正卿而任殿中監,皆從三品;若依《新唐書》所記,則似由宗正少卿轉任殿中少監,皆從第四品上階。竇德玄:唐初皇室外戚,祖父竇照是唐高祖太穆皇后之兄、太宗之舅,父名竇彥,有兄德明、德洽等。竇德玄(《元和姓纂》作竇德元)歷任戶部尚書、左相,封鉅鹿侯。事見《新唐書》卷九五《竇德玄傳》,譜系見《元和姓纂》卷九(條202頁1368—1370)、《新唐書宰相世系表》卷八。據文知竇德玄字彈,補諸記之不足;釋彥悰《集沙門不應拜俗等事》卷三錄竇德玄《議釋道不應拜俗狀》,文言“誠宜屈宸宸之嚴,申方外之旨”,可知竇德玄有“約儒宗以控法”之意。

　　②麟德元年：竇德玄出使揚州當在麟德元年之前一年，竇湜講述此事時混淆時間。據《舊唐書》卷四《高宗本紀上》記龍朔三年（663）秋八月戊申，"命司元太常伯竇德玄、司刑太常伯劉詳道等九人爲持節大使，分行天下"；《資治通鑑》卷二百一記龍朔三年癸亥八月，"遣司元太常伯竇德玄等分詣十道，問人疾苦，黜陟官吏"。至麟德元年（664）秋八月，"大司憲竇德玄兼司元太常伯、檢校左相"，當自揚州出使歸京。

　　③手賚小幞：《廣記》卷一〇三作"擎一小襆"，幞、襆同指包袱。如《法苑珠林》卷九六："至貞觀十八年四月初，脱諸衣服總作一襆，付本寺僧"；惠洪《禪林僧寶傳》卷二二："見挾襆負包而至者，則容喜之。"

　　④殿中監：殿中監從三品，《舊唐書》卷四四《職官志三》記："殿中監掌天子服御，總領尚食、尚藥、尚衣、尚舍、尚乘、尚輦六局之官屬，備其禮物，供其職事。少監爲之貳。"然《新唐書》卷九五《竇德玄傳》記："高宗以舊臣，自殿中少監爲御史大夫，歲中遷司元太常伯"，依此知竇德玄任殿中少監而非殿中監，事在任司元太常伯同年（即麟德元年八月之前）。殿中少監從第四品上階，乃殿中監佐職，若依史，疑本篇誤記矣。

　　⑤大司憲：即御史大夫，《舊唐書》卷四二《職官志一》載："龍朔二年二月甲子，改百司及官名……御史大夫爲大司憲"，大司憲爲正三品，"掌持邦國刑憲典章，以肅正朝廷"。《新唐書》卷三《高宗本紀》記麟德元年八月丁亥"大司憲竇德玄爲司元太常伯、檢校左相"，據此可知麟德元年八月前竇德玄任大司憲，此即《新唐書》卷九五《竇德玄傳》所言自御史大夫"歲中遷司元太常伯"。又按趙明誠《金

石錄》卷二四"唐司元太常伯竇德玄碑"條考"德玄為御史大夫攝吏部、禮部、度支三尚書,遂遷大司憲,史皆不載",似在龍朔二年二月御史大夫改稱大司憲之前,竇德玄便曾任御史大夫。

⑥太子端尹:即太子詹事,正三品。《舊唐書》卷四四《職官志三》記:"(太子)詹事,秦官,掌皇太子宮。龍朔二年改為端尹,天授為宮尹,神龍復也。"竇玄德任此職在高宗龍朔二年之後,時稱太子詹事。《廣記》卷一○三作"太子中允",誤也。太子中允正五品下,竇德玄任大司憲位居正三品,不可能突降為正五品之太子中允。且竇德玄去世前,太子中允改為左贊善大夫,《通典》卷三十《職官十二》記"龍朔二年,又改(太子)中允為左贊善大夫。咸亨元年,復為中允",乃知太子中允系後人妄加。

⑦司元太常伯:即戶部尚書(正三品),《舊唐書》卷四三《職官志二》記"龍朔二年(戶部尚書)改為司元太常伯",故《元和姓纂》卷九記竇德玄任戶部尚書。竇德玄何時任此職尚有兩說:《舊唐書》卷四《高宗本紀上》記龍朔三年(663)秋八月戊申時"命司元太常伯竇德玄、司刑太常伯劉詳道等九人為持節大使,分行天下",則龍朔三年秋八月前已履此職,《資治通鑒》卷二百一亦襲此說;然《新唐書》卷三《高宗本紀》記麟德元年八月丁亥"大司憲竇德玄為司元太常伯、檢校左相",任此職則在麟德元年八月,晚於前說一年。參以本篇所記,《新唐書》所記當是。

⑧左相:事在麟德元年秋八月,《舊唐書》卷四《高宗本紀上》記"(秋八月)戊子……大司憲竇德玄兼司元太常伯、檢校左相";《新唐書》卷九五《竇德玄傳》亦言德玄"麟德初,進檢校左相"。

⑨年六十四:《舊唐書》卷五《高宗本紀下》記乾封元年(666)

"八月辛丑,兼司元太常伯、兼檢校左相、鉅鹿男竇德玄卒";《金石録》卷四載《司元太常伯竇德玄碑》立于乾封元年(666),證是年竇德玄亡。據《新唐書》卷九五《竇德玄傳》載竇德玄卒時六十九歲,合于《太平廣記》卷七一引《玄門靈妙記》所記"春秋六十九而卒";此篇記"年六十四",考《太平廣記》卷一〇三引《報應記》亦作"年至六十四",知原文如此,應系竇氏子孫傳聞之誤。

⑩曾孫湜:湜原訛作提,是書卷上"梓州郪縣人唐晏"條記"逢前郪縣令竇思(濤按:原訛作界,據《新唐書》卷九五《竇德玄傳》等知形似而訛)慎男湜(音寔)",原文自注湜音寔,知"提"形似而訛;《新唐書·宰相世系表一下》載竇德玄曾孫輩以"氵"字旁命名(頁2302—2307),亦為旁證。竇湜乃竇德玄曾孫,約在開元初講述此事,竇湜家世譜系詳見下文"梓州郪縣人唐晏"條注。

4. 游珣

廣平游珣[一]①,貞既久視年中任桂府戶曹參軍事[二]②。有一女,患瘦病已經數年[三]。珣考滿③,歸至洪州④,女病漸困。珣與妻宋氏謀云[四]:"既是惡病,恐後相染,必若不救。弃之水中,俗云利後。"遂即舉出此女[五]。女云:"某乙生年讀《金剛般若經》,請於主人佛堂暫讀一遍,冥目無恨[六]。"珣夫妻既聞此言,一時流泣,即於佛堂中撿得此經。女既漸困,目不能視,口不能言,珣夫妻及主人等為讀數遍。俄頃之間,女遂能開目,以手指經,意似索讀[七]。及至授經,竟不能語,以眼觀經,以心誦之。須臾,佛堂中光明照外,經函裡亦有光出。眾人咸驚異之。女忽然頭面流汗,須臾遍身汗定,便即得睡。經一宿,所苦並除;不逾旬日,痊復如故。自後,合家之內咸誦此經[八](前定州安喜縣主簿長孫楷親知[九]⑤,具說之）。

【校記】

［一］游：續藏本注“游一作淤”。按：廣平游氏屢見於史，知“淤”非。

［二］貞：疑作“負”。卷上“河東裴宣禮”條作“負既久視年之初”。

［三］已：原作“巳”，據文意改。

［四］宋：續藏本注“宋一作宗”。

［五］此：續藏本注“一無此字”。

［六］冥：續藏本注“冥一作瞑”。

［七］似：續藏本注“似一作以”。

［八］誦：續藏本注“誦一作讀”。

［九］喜：原作“嘉”，定州無安嘉縣，嘉喜形近而訛，故改之。

【注釋】

①廣平：廣平郡。漢置廣平郡，“自漢至晉，或為國，或為郡”（《元和郡縣圖志》卷十五），北周改為洺州，隋大業改洺州為永安郡，唐武德六年復為洺州，“天寶元年改為廣平郡，乾元元年，復為洺州”（《舊唐書》卷三九《地理志二》）。治所在永年縣（今河北永年縣）。廣平為游氏郡望，如晉廣平游綸、廣平游邃，北魏廣平游雅、廣平游明根皆名顯一時。久視年間，廣平時作洺州，孟獻忠沿用郡望古稱，故作廣平。

游珣：事未詳。據此篇知游珣廣平人，則天時曾任桂府戶曹參軍事。

②貞既：疑作負既。本書卷上“河東裴宣禮”條作“負既久視年之初”。疑同“粵以”、“去”等意。久視年中：久視為武則天年號，即

700 年五月至 701 年正月。

桂府：即桂州都督府。《舊唐書》卷四一《地理志四》記武德四年置桂州總管府，後改稱都督府，"天寶元年，改為始安郡，依舊都督府。至德二年九月，改為建陵郡。乾元元年，復為桂州"。治所在臨桂，今廣西臨桂縣。

戶曹參軍事：都督府屬官。桂州為下都督府，據《唐六典》卷三十《三府督護州縣官吏》記下都督府置"戶曹參軍事一人，從七品下"。

③考滿：古代對官吏進行的考核，到了一定期限則由有關部門量其功過，分成上、中、下三等，依此為據決定其升降去留。唐代常以四考為滿，官員在現職上職滿四年才能遷轉或罷滿，《唐會要》卷八一《考上》載："（開元）二十八年三月二日敕，先是，內外六品應補授官，四考滿，待替為滿。是日制，令以歲為滿，不待替。"（參見王勳成《唐代銓選與文學》，中華書局 2001 年版，頁 93）

④洪州：唐武德元年在隋洪州地置總管府，武德七年改為都督府。"天寶元年，改為豫章郡。乾元元年，復為洪州"（《舊唐書》卷四十《地理志三》），治所在豫章縣，後曾改名鍾陵、南昌縣（今江西南昌市）。游珣攜家人從桂州北上返歸，途經洪州。

⑤定州：即古中山郡地，州治在安喜縣（今河北定州市）。隋大業改為博陵郡，唐武德四年改置定州，"天寶元年改為博陵郡，乾元元年復為定州"（《舊唐書》卷三九《地理志二》）。長孫楷曾任定州安喜縣主簿，文稱"前主簿"，知開元六年前長孫楷離任或辭世。

5. 王崇一

前嘉州平羌（苦良反）縣令王崇一［一］①，常誦《金剛般若經》［二］。以永昌年中②，緣親累被入理寺［三］，斷以極法。臨欲被刑，禁在京大理寺。崇一常誦經不輟。又被婢真如，重於都下告反③。奉勅差御史鄭思齊往京取崇一④，令固身送都勘。當行至陝州東十餘里[四]⑤，忽逢一僧，當道而立。語崇一云："請蹔下馬，禮拜四方。"御史不許。僧口云："何惜縱其下馬禮拜四方？"御史即縱下馬。依禮四方訖，即不見此僧。御史懼然，怪其靈異。又行至洛州界，夜臥驛廳上，忽聞人語聲，報王崇一："真如所告，此是延命大吉。"御史亦同聞之，其事御史將為妖恠。至洛州⑥，具以此事奏聞。主上甚驚⑦，即喚崇一親自勘問："卿在路，何因有此妖恠？"崇一答云："臣實不知。"遂却付法，令子細推勘⑧。未逾旬日之間，遂逢大赦⑨，免死。年八十七，終於平羌縣令[五]（同前定州安喜縣主簿長孫楷所錄[六]）。

【校記】

[一]羌：古同羌。

[二]誦：續藏本注"誦一作讀"。

[三]入：疑作"大"。

[四]陝：原作"陜"，據文意改。

[五]令：續藏本注"令下一有二遍誦三字"。

[六]定：原作"足"，唐無足州，據前條末注"前定州"改。喜：原作"嘉"，參前條。

【注釋】

①嘉州：武德元年，改隋眉山郡為嘉州，"天寶元年，改為犍為郡。乾元元年，復為嘉州。"（《舊唐書》卷三九《地理志二》）天寶間嘉州下轄八縣，平羌為其一縣，因縣內平羌山得名。

王崇一：據文知永昌元年（689）被執大理寺，此年年末遇赦被釋。則天朝任嘉州平羌縣令,卒于任上,享年八十七歲。若以永昌十一月之大赦推算,王崇一"緣親累"被大理寺勘恐在此年九、十月,自京押解东都经十余日,又经旬日得赦。

②永昌:唐睿宗李旦年號,僅設一年,即 689 年,實際由武則天掌權。

③都下:京都。永昌前數年便已移都洛陽,嗣聖元年改稱神都。王崇一被奴告發,遂由長安大理寺押解洛都勘問。

④鄭思齊:據文知鄭思齊永昌元年任御史,疑指監察御史。考《通典》卷一六九《刑法》記則天天授二年(691)"逆人丘神勣弟神鼎並男晙"被人舉告謀反,"(秋官)員外鄭思齊"批復大理寺更審此案,乃知鄭氏時任從六品的刑部員外郎,推其官職在兩年前或不高於從六品。《唐御史台精舍題名考》闕載鄭思齊,考御史可能是御史大夫(正三品,掌邦國刑憲、肅正朝廷)、侍御史(垂拱中升為從六品下,掌糾察百僚、彈劾不法,屬台院)、殿中侍御史(從七品下,掌殿廷供奉之儀式,屬殿院)、監察御史(正八品上,巡按郡縣、監決囚徒,屬監院),然以官階、職權推斷,鄭思齊當任監察御史,奉命押送囚徒,兩年後升為從六品上的刑部員外郎。

⑤陝州:武德元年,改隋弘農郡為陝州總管府,"天寶元年,改為陝郡,置軍。至德二載十月,收兩京。乾元元年,復為陝州"(《舊唐書》卷三八《地理志一》),治所在陝縣(今河南陝縣)。陝州為兩京間要衝,從長安前往洛陽必經此地。檢《唐代交通圖考》第一卷《長安洛陽驛道》知陝州東十餘里已過安陽古城,即其遇僧人處。

⑥洛州:武德四年置洛州總管府,"開元元年,改洛州為河南府"(《舊唐書》卷三八《地理志一》),天寶時轄洛陽、河南、新安、永年、

澠池、福昌、壽安等二十六縣,治所在洛陽縣。《唐代交通圖考》第一卷《長安洛陽驛道》知洛州界首縣為永安縣北境,境有嘉祥驛,或其夜宿處。

⑦主上:君主,此指睿宗李旦。

⑧子細:認真、細緻。六朝時已有此語,唐時使用普遍。

⑨遂逢大赦:永昌元年十一月改為載初元年正月,"神皇親享明堂,大赦天下"(《舊唐書》卷六《則天皇后本紀》),王崇一所遇大赦當即指此。

6. 任環

前定州司戶任環[一]①,常誦《金剛般若經》。因使入洛,將一馱綾絹歸。在路夜行,忽逢群賊來劫,并殺一奴,仍持刀棒趁環。環既事急,即暎一樹而避。眾賊趁及,亂斫任環,竟不著環,唯斫著樹[二]。其賊曳將別處,怪而慍之,更斫數刀,棒打無數[三],一無傷損,遂即佯死。賊等將為實死②,因即俱散。任環即起,徐行尋賊。其賊不越三四里間,遂不得去。任環仍向草中潛隱。聞賊等相共語曰:"此處由來無水,今忽四面水流。此乃天殃我輩。"有一賊云:"向者煞錢主時,空中聞人語聲:'莫殺錢主!此人常誦《金剛般若》,大是善人!'"眾賊一時同驚,咸曰:"俱聞此語。"並舉手彈指③,嗟歎久之。須臾天即漸明,其賊並不得去,尋被州縣括撿擒捕④。任環尋亦卻得本物(同前定州安喜縣主簿長孫楷所錄[四])。

【校記】

[一]環:續藏本注"環一作瓛下皆做之"。

[二]著樹:續藏本注"著樹一作樹著"。按:據文意知著樹是。

[三]打:續藏本注"打一作折"。按:據上"斫數刀",知"打"是。

[四]定：原訛作“足”，據前二篇改。喜：原作“嘉”，參前條。

【注釋】

①任環：據文知曾任定州司戶，定州屬上州，屬吏司戶為從七品下。任環一本作任璆，然非唐初管國公任瓌（《舊唐書》卷五九《任瓌傳》載任瓌貞觀三年卒）。考《新唐書·安祿山傳》載至德二年（757）阿史那承慶等十餘人送密款，詔以任瑗為明州刺史，未審任環、任瑗是否為兄弟輩。

②將為：以為，認為。《王昭君變文》：“明妃既策立，元來不稱本情，可汗將為情和，每有善言相向。”

③彈指：表示情緒激越。《新唐書·敬暉傳》：“暉每椎坐悵恨，彈指流血。”

④括撿：同括檢，查考。

7. 王昌言

王昌言者①，京兆萬年縣人也。去久視元年，於表兄楊希言崇仁坊中撿校質庫[一]②。因遂患瘻③，繞項欲帀[二]，併至胸前，疼痛呻吟，不能撿校。遂即發心誦《金剛般若》。自誦之後，無時暫輟，其瘡苦痛不復可言。夜臥之間，忽見一僧，以錫杖為捺，口云：“為汝持經之故，與汝療之。”因而遂驚，不覺大叫[三]。堂內人數箇，即起同看。所患之瘡，咸有汁出[四]，如小豆汁一升已上。因茲一度，瘻（音漏）即痊除[五]。其後專心受持，常誦不絕，年六十九，長安元年壽終（表兄楊希言所說）。

【校記】

[一]坊：續藏本注“坊一作宅”，宅訛也。

[二]帀：同匝。

[三]叫:續藏本注"叫一作奔"。

[四]汁:續藏本注"汁一作計",計訛也。按:瘻常出浓水,汁也,下亦言"如小豆汁"。

[五]痊:原作"疼",續藏本注"疼一作痊",故據文意改作痊。

【注釋】

①王昌言:據文知乃京兆萬年縣人,武周長安元年(701)壽終。

②楊希言:文末署"表兄楊希言所說",知楊希言乃孟獻忠表兄,在京城崇仁坊中有產業。

崇仁坊:長安城內的里坊,在太廟之東、皇城東南。據文可知坊內有質庫,當是楊希言家產業。

撿校:查看,查視。

質庫:古代進行押物放款收息的商鋪。唐武宗《加尊號後郊天赦文》:"私置質庫樓店,與人爭利。"

③瘻:據下文描述似頸瘤。生長在脖子上的一種囊狀的瘤子。

8. 王令望

亳(蒲博反)州譙(音樵)縣令王令望①,每自說八歲能誦《金剛般若》,常受持不闕。初,弱冠時,遊劍南邛(其恭反)州臨溪(苦□反)縣[一]②。過山路峻嶮,忽遇猛獸。令望惶懼,計無所出,即誦《般若經》。虎遂不前,東西跳(廳了反)躑。誦至二三遍,遂曳尾而走,流涎數升。又任安州判佐[二]③,送租至楊子津[三]④。屬風浪暴起,時租船有五百餘艘,橫江沈浮。遲明,諸船多皆被沒。唯令望誦《金剛般若》不輟,若有神助,賴此獨全(司勳郎中王潛所說⑤)。

本條《廣記》卷一〇三、重編《說郛》卷七二並引,出《報應記》。

【校記】

［一］囗:疑作"奚",《廣韻》注"溪"作"苦奚切"。

［二］佐:《廣記》作"司"。

［三］楊子津:《廣記》作"揚子江"。

【注釋】

①亳州:武德四年,改隋譙郡為亳州,"天寶元年,改為譙郡。乾元元年,復為亳州也。"(《舊唐書》卷三八《地理志一》)舊領縣八,治所在譙縣,今安徽亳州市區。

②邛州:邛州上州,"武德元年,割雅州之依政、臨邛、臨溪、蒲江、火井五縣,置邛州於依政縣。三年,又置安仁縣。顯慶二年,移州治於臨邛。天寶元年,改為臨邛郡。乾元元年,復為邛州"(《舊唐書》卷四一《地理志四》),州治在臨邛縣(今四川邛崍)。臨溪為邛州轄縣,"縣城三面據險,北面平坦"(《元和郡縣圖志》卷三一)。

③安州:武德四年改隋安陸郡為安州,曾置大、中都督府,"天寶元年,改為安陸郡,依舊為都督府,督安、隋、郢、沔四州。乾元元年,復為安州。"(《舊唐書》卷四十《地理志三》)治所在安陸縣,今湖北安陸縣。安州判佐,即安州參軍(唐人稱參軍作判佐,如劉肅《大唐新語》卷六記狄仁傑"以資授汴州判佐",《新唐書》卷一一五《狄仁傑傳》作"舉明經,調汴州參軍"),安州武周時為中都督府,其州諸曹參軍皆從七品。《廣記》卷一〇三引《報應記》作判司,"自司功以下,通謂之判司",然"在府為曹,在州為司"(《通典》卷三三《總論郡佐》),安州稱都督府,其諸曹參軍當稱曹而非司。

④楊子津:古津渡名,又作楊子渡。古時在長江北岸江都縣,由

此南渡京口,為江濱要津,孟浩然有詩《楊子津望京口》。

⑤王潛:據文知王潛任司勳郎中(從五品上),掌邦國官人之勳級。然檢《唐尚書省郎官石柱題名考》"司勳郎中"無"王潛",且無字形相似者,或是石柱漏記。唐名王潛者頗多,可考者有:王維《工部楊尚書夫人贈太原郡夫人京兆王氏墓誌銘》記王氏"父潛,河南府告成縣令",《新唐書宰相世系表集校》考王潛約在萬歲登封元年(696)至神龍元年(705)任告成縣令(頁289);杜甫上元二年撰《唐興縣客館記》記"王潛為唐興宰",此王潛肅宗上元二年任遂州唐興縣宰;《舊唐書》卷一六三《王質傳》記隋王通玄孫王潛終揚州天長丞,事在德宗、憲宗世;《新唐書》卷一九一《王縡傳》王縡與永穆公主子王潛,唐憲宗元和、文宗時王潛先後任涇原節度使、江陵尹、荊南節度使,《因話錄·王潛》、《河東記·許琛》、《酉陽雜俎前集·張士政》、《補錄記傳·俞曳》皆敘其事。若以時考,告成令、唐興宰皆較相近,然官職、品階不合,或另有其人。

9. 崔文簡

芳州司馬崔文簡[一]①,常誦《金剛般若經》。屬吐蕃大下[二]②,被捉將去,吐蕃鎖著,防護極嚴。其人精心誦持《金剛般若經》,遂經三日,其鎖無故忽然自開,捺著還開。吐蕃將為私擅開鎖,欲笞撻之。其人答云:"鎖實自開,非簡所掣(齒曳反)。"賊云:"汝何法術,得鎖自開?"報云:"為持《金剛般若經》,應緣此致。"吐蕃云:"我今却鎖著汝,若誦經鎖開,我即放汝還國;若誦經不開,我即殺汝。"吐蕃於傍咸共看誦,誦仍未徹,鎖劃(華穫反)然開。吐蕃異之,竟如前言而放(洛州司倉張璇所說[三]③)。

本條《廣記》卷一○四引《報應記》。

【校記】

［一］芳：《廣記》作“坊”。按：《廣記》誤，不合於史。

［二］屬：《廣記》上有“先天中任坊州司馬”八字。

［三］璙：續藏本注“璙一作旒”。

【注釋】

①芳州：芳州地處唐庭邊陲，《元和郡縣圖志》卷三九記：“武德元年，西邊平定，復于常芳縣置芳州。高宗上元二年陷於西蕃”，州因寇侵而廢，州治約在今甘肅南部的迭部縣。《報應記》妄作“先天中任坊州司馬”，考兩唐書之《玄宗本紀》、《吐蕃傳》未載先天時（712—713）吐蕃侵擾坊州（此州為武德二年分鄜州所置，地在今陝西黃陵）。且坊州地處唐長安之東北，先天時邊防甚固，吐蕃雖曾寇隴州、渭州諸邊，軍力卻難攻陷坊州。

崔文簡：據文知唐高宗上元三年閏三月前，崔文簡任芳州司馬（下州司馬從六品下），被俘吐蕃後得釋放。《舊唐書》卷一五五《崔邠傳》記崔邠謚文簡，元和十年（815）卒時年六十二（《新唐書》卷一六三作六十），距時甚遠，蓋非一人。

②吐蕃大下：《元和郡縣圖志》卷三九記“高宗上元二年陷於西蕃”；然《新唐書》卷二一六上《吐蕃傳》記事在上元三年，“上元二年，……明年，攻鄯、廓、河、芳四州，殺略吏及馬牛萬計”，又檢《新唐書》卷三《高宗本紀》、《資治通鑒》卷二百二記儀鳳元年（上元三年十一月改元儀鳳元年）閏（三）月“吐蕃寇鄯、廓、河、芳等州”，則疑《元和郡縣圖志》誤記，芳州淪陷事在上元三年（676），據上而知芳州司馬崔文簡於高宗上元三年閏三月城陷時被捉。

③張璙：據文知曾任洛州司倉（上州司倉從七品下），約在玄宗

開元初或其前任洛州司倉。

10. 裴宣禮

河東裴宣禮①,時為地官侍郎②。負既久視年之初[一]③,正多大獄,所有推勘,多在新開。虐吏來索之徒用法深刻[二],一經追問,五毒參并,所有用徒,十不全一。宣禮深心正信,少小誦持《金剛般若經》。每至心誦念,枷鎖斷壞。當時主吏侯鞠(音掬)逾嚴[三],不信其言,以為擅脱枷鎖,具以此狀諮白判官。勵以威稜[四],對令其誦。誦至半卷,索然解散。因此神驗,遂得清雪④(梓州刺史韋慎名所說[五]⑤)。

本條《廣記》卷一○四引《報應記》。

【校記】

[一]負既:續藏本注"二字更詳"。按:卷上"廣平游珣"條作"貞既久視年中",疑負既義近粵以。

[二]虐:原作"虗",形近而訛,據文意改。來:續藏本注"來一作束"。按:此指來俊臣、索元禮,"束"形近而訛。

[三]侯:續藏本注"侯一作僭"。

[四]稜:疑作"淩","稜"、"淩"形近易訛。

[五]刺:原作"刾",據文意改。

【注釋】

①裴宣禮:《新唐書·宰相世系表一上》"洗馬裴氏"條記"(裴)恰,滁州刺史。生宣禮,司農卿",據此知裴宣禮父裴洽,曾任司農卿(司農寺卿,從三品上,《舊唐書》卷四四《職官志三》記:"卿之職,掌邦國倉儲委積之事,總上林、太倉、鉤盾、導官四署與諸監之官屬,謹其出納")。《冊府元龜》卷三○七亦載:"天授三年一月,御

史中丞來俊臣奏言：司農卿裴宣禮……並謀逆，請誅之。制不許。……准左授……宣禮夷陵令”，天授三年（693）後被貶夷陵令（屬峽州）。

②地官侍郎：戶部侍郎（正四品下），光宅元年（684）戶部改稱地官。

③久視：武則天年號（700—701）。

④遂得清雪：文述事在久視年間，系獄時間不合史書所載，且來俊臣于萬歲通天二年（696）已伏誅，韋慎名誤記矣。考《新唐書》卷一二三《李嶠傳》言“會來俊臣構狄仁傑、李嗣真、裴宣禮等獄，將抵死”，《新唐書》卷四《則天本紀》記“長壽元年正月……庚午，貶任知古為江夏令，狄仁傑彭澤令，流裴行本於嶺南”，知狄、裴等長壽元年（692）前同入獄，于長壽元年正月一同被貶；《資治通鑒》卷二百五記載較詳，長壽元年正月“左台中丞來俊臣羅告同平章事任知古、狄仁傑、裴行本、司農卿裴宣禮、前文昌左丞盧獻、御史中丞魏元忠、潞州刺史李嗣真謀反”，“乃知其詐，於是出此七族”，基本同于《新唐書》記載。前引《冊府元龜》卷三〇七記作天授三年（693），當系天授二年之誤也。

⑤韋慎名：據《元和姓纂》卷二（條149，頁145）記韋慎名祖父韋壽，父韋義節。2002年八月底陝西師範大學長安新校區出土《大唐故銀青光祿大夫彭州刺史上柱國京兆韋府君（慎名）墓誌並序》記：“公諱慎名，字藏器。周尚書右僕射少司徒上柱國郇國公叔裕玄孫……襄城公（濤按：韋義節）生遊擊將軍、左千牛□□……公即千牛府君之第三子也。……無何，拜梓州刺史，又歷彭州。……開元十五年正月十三日寢疾，終於京懷真里第，享年七十有六。其年十一月

四日，卜宅于高陽原。"①《志》未載韋慎名任梓州刺史時間，據《集驗記》可知在開元六年之前，足補《唐刺史考全編》之闕。

11. 韋克勤

京兆韋利克勤［一］①，常念誦《金剛般若經》。因征遼東②，遂沒高麗。數年之後③，逢官軍度遼伐罪，乘夜欲投官軍。出城之外，並是高麗村落，正逢月暗，行之莫知所出［二］。遂見一明如燈，引之而去。不逾少選④，遂至官軍營幕。克勤仕至中郎［三］，遍向親知說此徵驗，嗟歎般若之力不思議！（梓州刺史韋慎名所說）。

本條《廣記》卷一〇二引《報應記》，事略。

【校記】

［一］韋利：續藏本注"韋利一作事"。按：事非姓，韋之形訛也。

［二］行：續藏本注"行等六字一作莫知所之"，疑是。

［三］至：續藏本注"一無至字"。

【注釋】

①京兆韋利克勤：《廣記》引作韋克勤，利為其名、克勤其字也。據《大唐故銀青光祿大夫彭州刺史上柱國京兆韋府君（慎名）墓誌並序》記韋慎名出身京兆韋氏，此敘京兆韋利克勤事，疑是韋慎名同族先輩，故知其事。

②征遼東：唐代太宗、高宗皆屢次派兵征伐遼東，未審此次征遼在何年。高句麗亡于高宗總章元年（668），知事必在總章元年前。

③數年之後：《報應記》作"貞觀中，太宗征遼"，然《報應記》常傳抄前事又多加妄改，其所記時間並不足為信。按其說，考太宗征遼

① 《唐長安南郊韋慎名墓清理簡報》，《考古與文物》2003年第6期，第35—37頁。

在貞觀十九年（645），"十九年春二月庚戌，上親統六軍發洛陽"
（《舊唐書》卷三《太宗本紀下》），然貞觀十八年前唐、高兩國關係較
為緩和，無戰事，韋克勤無從伐遼而身陷彼國，故知《報應記》記事前
後齟齬，蓋妄造也。克勤初伐陷遼，數年後唐軍再伐高句麗（太宗貞
觀末年連年伐遼，依此可排除事在太宗貞觀末的可能），且據《集驗
記》記事多在高宗推斷，文中"數年之後"或指高宗永徽六年（655）或
乾封元年（666）。永徽六年前因太宗辭世，唐、高兩國息戰數年。永
徽六年後又是連年累戰（永徽六年二月派程名振、蘇定方擊高麗，顯
慶三年六月派程名振、薛仁貴攻高麗，顯慶四年派薛仁貴戰於橫山，
顯慶五年十二月派蘇定方等擊高麗，龍朔元年派蕭嗣業伐平壤）；龍
朔元年（661）戰後，唐、高短時未有大的戰爭，乾封元年（666）高句麗
派王子男福入唐示臣服，至此年五月高句麗首領泉蓋蘇文去世，其國
內亂，唐軍方趁機討高句麗，兩年後徹底消滅高句麗。

④少選：不多久，一會兒。如牛肅《紀聞·僧韜光》："我有少務，
要至村東，少選當還。"

12. 唐晏

梓州郪（音妻）縣人唐晏，受持《金剛般若波羅蜜經》。一從念誦
已來［一］，未曾空過。以長安元年，逃寄住普州安岳縣［二］，經十二
年，與彼土豪人姚詮等數十家交好①。至開元二年，逢前郪縣令寶思
慎男湜（音寔）［三］②，緣祖懷貞之累③，從閬州左降為普州員外參
軍④。與刺史崔從俗親［四］⑤，遂差湜攝安岳縣令。晏以湜昔日本
部郎君、參議之後⑥，便同疇昔［五］，為湜設計，糺察豪人客戶，因此
起恨。

至開元三年［六］，雅州刺史劉晅（普沒反）左降為普州刺史

[七]⑦。遂受豪人等言，以晏浮逃生文⑧，陰擬躓（音致）頓⑨。晏夜夜常夢見一道人，再三云："何不歸去！何不歸去[八]！"不知豪人潛欲致害，賴得縣錄事廳仁晶相報[九]。晏遂走至遂州方義縣王孝古庄[十]⑩，潛伏其庄[十一]，去普州八十餘里。以十二月二十三日，劉刺史差司法王泯⑪，領手力十人⑫，來至孝古庄捉晏。其庄後唯有一大竹林，東西南北並是熟地⑬，更無茅草。晏既惶急，走竄竹林，却倚一樹，唯念誦《金剛般若經》，聲聲不輟。其手力十人，交橫於竹林內，樹前樹後，來去覓晏，至竟不見，便即却迴。晏即走至遂州市內張希閏家停止。

又以開元四年正月，劉刺史又差普康縣錄事張瓘[十二]⑭，將書屬長史韋伯良捉晏[十三]⑮。又逢主人張希閏作佐史，歸報晏云："今日有普康縣錄事張瓘，把劉刺史書與長史，不知何事？"晏聞此語，蓋復驚惶。當夜夢見一大蟲，欲來食晏。忽驚起坐，見床頭壁角，有一神王立地[十四]。晏於床上再視[十五]，須臾散滅。其夜三更便走，正月七日至通泉縣⑯。停止十日，果得主人張（希）閏書報[十六]："昨七日平明，韋長史差不良人於閏家搜掩足下⑰。幸知之也，千萬好去。"遂到故里，得至今日。皆是般若神力之所衛護。然晏有去處，前非便利，即見一蛇橫過。雖盛冬之月，亦屢見蛇[十七]。自誦經來，雖入疾病之家，不曾染病患（獻忠時任梓州司馬⑱，親問其人）。

本條《廣記》卷一一二引作《報應記》；又參見 P.2094《持誦》。

【校記】

[一]已：原作"巳"，據文意改。

[二]普：續藏本注"普一作晉下同"。按：《廣記》亦作"晉"，然

晉州無安岳縣,知晉形近而訛,下同。

[三]思:原訛作"界",據《新唐書·竇懷貞傳》、楊炯《梓州惠義寺重閣銘》改。

[四]刺:原作"剌",據文意改,下同。

[五]同:續藏本注"同一作問"。

[六]三:續藏本注"三一作二",據《廣記》知"三"是。

[七]𣎵:原作"胐",據原文自注"普沒反",胐形近而訛。《報應記》作"肞"失之不察。

[八]何不歸去:續藏本注"一無何不歸去四字"。

[九]廬:疑誤,不類姓氏,或為龐之形訛。晶:續藏本注"晶一作晶"。

[十]庄:續藏本注"庄一作莊"。

[十一]庄:續藏本注"庄一作莊"。

[十二]瓘:續藏本注"瓘一作獲次同"。

[十三]韋:續藏本注"韋作婁次同"。

[十四]一:續藏本注"一無一字"。

[十五]視:續藏本注"視一作看"。

[十六]希:疑脱,據文意補。

[十七]見:原作"是",據文意及續藏本注改。

【注釋】

①豪人:有錢有勢的人。《新唐書·食貨志二》:"然總京師豪人田宅,奴婢之估,裁得八十萬緡。"

②竇思慎:竇德玄之孫,竇懷貞從子。《新唐書》卷一百九《竇懷貞傳》記:"從子兢,字思慎,舉明經,為英王府參軍、尚乘直長。調郎

令,修郵舍道路,設冠婚喪紀法,百姓德之。"楊炯《梓州惠義寺重閣銘》、《郪縣令扶風竇兢字思謹贊》皆寫及竇兢,"有郪縣宰扶風竇兢,字思夯(慎)"。然思慎非字,乃其名也;唐人有一字為其字者,竇兢是,其兄竇恕亦然。《新唐書·宰相世系表一下》載竇德玄孫"思仁字恕",其兄弟輩有思純、思亮、思光,並以"思"字排行,故知思慎為名、兢為其字。楊炯《梓州惠義寺重閣銘》署竇兢字思慎,《新唐書》卷一百九《竇懷貞傳》亦襲其說,故世人皆以思慎為竇兢字;孟獻忠逕作"前郪縣令竇思慎",今按《集驗記》亦明思慎乃名也。

竇湜:是書卷上"竇德玄"條言事由德玄曾孫竇湜講述,此篇則述及竇湜家世、官職,知竇湜父竇思慎、曾祖竇德玄。《集驗記》未言其祖,《新唐書·宰相世系表一下》(頁2302—2307)載竇德玄有懷讓、懷道、懷武、懷恪、懷貞五子,懷貞為竇思慎叔父(即《新唐書》卷一百九《竇懷貞傳》所言"懷貞從子兢"),餘下的四兄弟懷讓、懷道、懷武、懷恪之子命名有別:懷讓子思仁、思純、思亮、思光以思字行輩,懷道子崇喜、崇道、崇敏以崇字行輩,懷武子庭玉、庭瑜、庭璠以庭字行輩,懷恪子延宗、延祚、延福以延字行輩,故以命名知思慎乃懷讓之子也。懷讓乃德玄長子,懷讓育五子,《宰相世系表》錄其四,闕思慎。思慎生子湜,開元二年竇湜緣叔祖懷貞之累,由閬州左降為普州員外參軍,改任安岳縣令。

③懷貞之累:竇湜叔祖竇懷貞謀亂被誅,竇湜亦受此累。先天二年(713)"秋七月甲子(三日),太平公主與僕射竇懷貞……等謀逆,事覺,皇帝率兵誅之。"(《舊唐書》卷七《睿宗本紀》),《資治通鑒》卷二一〇載是年"秋,七月,魏知古告公主欲以是月四日作亂,令元楷、慈以羽林兵突入武德殿,懷貞、至忠、羲等於南牙舉兵應之。……懷

貞逃入溝中,自縊死,戮其屍,改姓曰毒。……上尋至樓上,上皇乃下
誥罪狀懷貞等,因赦天下,惟逆人親黨不赦",竇懷貞等叛黨妻、子同
時被誅(唯"薛稷之子伯陽以尚主免死,流嶺南"),"至七月三日,誅
竇懷貞等一十七家"(《舊唐書》卷三七《五行志》)。其兄弟輩亦當
受此牽連,"諸謀反及大逆者……伯叔父、兄弟之子皆流三千里"
(《唐律疏議》卷十七《謀反大逆》)。據《集古錄目》集古錄卷六《相
州刺史竇忠(濤按:當系思之訛,可參見《元和姓纂》卷六"竇德元"條
考)仁碑》錄竇懷貞侄子竇思仁在此次風波中僥倖得存,終於開元十
一年,官至相州刺史,或如《舊唐書》卷八《玄宗本紀》所言皇帝當日
上"御承天門樓,下制曰:……可大赦天下,大辟罪已下咸赦除之。"①
竇湜乃懷貞侄孫,像其伯父思仁一樣雖免流放,卻難免貶官,當在謀
亂風波之後的第二年即開元二年來到普州就職。

　　④閬州:武德元年改隋巴西郡為隆州,先天元年改為閬州,天寶
元年改為閬中郡,乾元元年復為閬州,治所在閬中縣(今四川閬中
市)。竇湜自閬州左遷,未詳原任何職,閬州屬上州,其州刺史從三
品、別駕從四品、長史從五品上、司馬從五品下,而貶作普州員外參軍
品秩為正八品下。

　　普州:《報應記》訛作"晉州",晉州無安岳縣。唐高祖武德二年,
分資州之安岳、隆康、安居、普慈四縣置普州,"天寶元年,改為安岳
郡。乾元元年,復為普州。"(《舊唐書》卷四一《地理志四》)安岳縣
(今四川安岳縣)亦為州治。

---

　　①　竇懷貞同黨岑羲之妹亦免坐累,"堅妻即侍中岑羲之妹……及羲誅,堅竟免坐累。
出為絳州刺史,五轉復入為秘書監。"(《舊唐書》卷一百二《徐堅傳》)竇思仁可能與此情形相
近,開元十一年時終於刺史任。

⑤崔從俗:《新唐書·宰相世系表二下》(頁 2785)載崔從俗曾祖為西魏鴻臚少卿崔仲讓、父為刑部郎中崔鳳林、堂弟為景龍間中衛尉卿崔從禮,崔從俗堂妹為中宗韋後母,有子無詭、無畏①。《舊唐書》卷一八七下《崔無詖傳》載崔從禮子崔無詖,"及韋庶人敗,至忠女亦死,無詖坐累久貶在外。"韋後之表弟久貶在外,其堂舅崔從俗任普州刺史,亦當是貶官。崔從俗當在景雲元年(710)韋後伏誅之後被貶普州,至開元二年見任普州刺史,開元三年則由劉眪替任。據文知崔從俗與竇涏有親。《報應記》略去崔氏之事,《唐刺史考全編》卷二三一據此誤以為開元初刺史為劉肱(開元二年刺史實為崔從俗)。

⑥本部郎君、參議之後:指竇涏祖輩是唐晏所任某部官署的長官,又曾參議朝政;據此亦知唐晏在長安元年(701)前曾在某部任職,後因變寄住普州安岳縣。竇涏父終於鄿縣令,品秩不高,曾祖德玄距時太遠,唯有祖輩可能與唐晏有舊。竇涏祖父懷讓曾任密州刺史,余事不詳;叔祖懷貞曾任金部郎中(參見《唐尚書省郎官石柱題名考》),中宗、睿宗時任宰相參議朝政,故此處所言本部郎君、參議當指懷貞,與前文述懷貞事恰好對應。

⑦劉眪:眪原訛作胐,原文自注"普沒反",可知音 pò,乃眪字。此如胡三省《通鑑釋文辨誤》卷十一釋"郭眪"所論"餘按字書胐敷尾切,旁從月;眪字旁從日,音滂佩翻、又普罪翻、又普沒翻"。《報應記》誤作胐,豈如獻忠親聞切實?而《唐刺史考全編》卷二三一據此錄,又誤。劉眪當在開元三年前任雅州刺史,開元三年左降為普州刺

① 《新唐書·宰相世系表二下》記崔從俗尚有子無詖(滎陽郡太守),《舊唐書》卷一八七下《崔無詖傳》記作崔從禮之子。

史。雅州開元三年置下都督府,其最高長官從三品,普州乃為中州,其刺史正四品上,故言劉曲左降。

⑧浮逃:脫離戶籍逃亡。敦煌變文《燕子賦》:"宅家今括客,特敕捉浮逃。"

⑨躓頓:挫辱。劉曲欲以唐晏潛逃為由,密謀逮捕使其受挫。

⑩遂州方義縣:唐武德元年置遂州,地在今四川遂寧市,方義為其下轄縣。

⑪司法:司法參軍。普州司法參軍正八品下。

⑫手力:官府中擔任雜役的小吏。《唐六典·尚書戶部·度支郎中》"內外百官家口應合遞送者,皆給人力車牛",唐李林甫等注曰:"一品手力三十人,車七乘,馬十匹,驢十五頭。"

⑬熟地:經過多年耕種的土地。張華《博物志》卷四:"陳葵子微火炒,令爆吒,散著熟地,遍踏之,朝種暮生,遠不過經宿耳。"

⑭普康:普州下轄縣,唐初名隆康縣,玄宗先天元年改為普康,在今四川安岳縣西南。

⑮將書:持書信。《唐太宗入冥記》:"李乾風□□真共你是朝廷,豈合將書囑這個事來"。

⑯通泉縣:屬梓州轄縣,在今四川射洪縣沱牌鎮。唐晏自普州逃至遂州方義縣,又至遂州州城,復至通泉,回到梓州故地。

⑰不良人:唐代稱縣衙中捉拿盜賊的吏卒稱作捉不良,常省"捉"而稱作不良人或不良。如《朝野僉載》卷五記李忠"被不良人疑之,執送縣"(中華書局 1979 年版,頁 107)。

⑱梓州司馬:據此乃知開元四年孟獻忠正任梓州司馬,梓州是上州,其州司馬為從五品下。

13. 郭守瓊

絳州正平縣人郭守瓊①,時任鴻臚掌客②。因歸貫③,去家數十里作客。日遂將衣[一]④,方始言歸,時屬天陰,兼以微雨。舊云此路左側,既多墳墓,乘前鬼火[二],迷惑行人。或於冢間,或墮坑壍,因遂亡失魂魄,時月而終。守瓊兢惶⑤,計無所出。初見鬼火數十里間,或十炬、或二十炬,倏忽而至。唯騎一馬,更不將人。舊誦《般若多心經》,遂即抗聲而誦⑥,其火迸散,極望眇然。既見火遙,遂少停誦,不逾少選⑦,鬼火還集。依前更誦,火即漸遠。則知般若之力,通於幽明(郭(守)瓊于時同作營田判官[三]⑧,郭(守)瓊自說)。

【校記】

[一]衣:疑作仄,意日昃也。

[二]乘:疑誤。

[三]瓊:正文言"郭守瓊",知文末小注脫"守",下同。

【注釋】

①絳州正平縣:唐武德元年,置絳州總管府,旋廢總管府,轄絳縣、稷山、正平等縣。正平為州郡所在,在今山西新絳縣。

②鴻臚掌客:鴻臚寺典客署置掌客十五人,品秩為正九品上。

③歸貫:返回原籍。宋彭乘《續墨客揮犀·王告好學有文》:"廬山簡寂觀道士王告,好學有文……告後歸貫登科為健吏,至祠部員外郎。"

④將:帶,領。《搜神記·廬陵亭》:"達曙,將人往尋之,見有血跡,追之皆得。"

⑤兢惶:驚懼惶恐。隋江總《為陳六宮謝章》:"克柔陰化,兢惶並集。"

　　⑥抗聲:高聲,大聲。五代王定保《唐摭言·自放狀頭》:"樞援毫斯須而就,每劄一人,則抗聲斥其姓名。"

　　⑦少選:短時,一會兒。

　　⑧營田判官:唐時尚書省工部屯田司掌天下屯田。各州管州屯田,下設屯田曹;鎮諸軍系統軍管屯田,在營田使下設營田副使、營田判官等職。疑此處所言為某節度府下設的營田判官,如安祿山請顏杲卿作范陽節度府營田判官,孟獻忠人在梓州,或屬劍南節度府下轄的營田判官。

14. 釋神晏

　　梓州玄武縣福會寺僧釋神晏①,俗姓劉(音流)氏。去萬歲通天元年,被鄉人馮知悌橫告於房中停止劫賊盧金柱等,遂走於瀘州逃避②。因逢資州大雲寺陳行貞[一]③,瀘州講說。知光火賊[二],使此州司馬張涉牒資州追行貞,資州差首望張蘭往瀘州掩捉[三],便於瀘州縣禁。神晏舊誦得《金剛般若經》,晝夜勤誦四十餘日。至五月二十七日,獄中夜明,有同於晝。囚徒驚駭,將謂火來。其門著枷釘鍱爆(補劾反)裂,如用斧鑿之聲,應時斷壞;其杻元無開處,自然脫落;其擊柱鎖[四],亦為數段[五]。瀘州縣丞車詢瞋獄典、□更[六],喚鐵匠、木匠別作枷杻牢。而及至天明,遣典瀘、望更、主細奴、藺(音恠)老等各打三十反[七],又窄(音責)釘鍱彌壯。神晏憂懼,至心誦經,未至亥時,依前斷壞。車詢迴心敬信,倍加頂禮,日餉送齋食[八],悔過慰勩[九]。合州共聞,競送飲食。及送還此,使司斷移鄉勝州[十]④,仍被法服,配勝州寶幢寺。神晏喜此神驗,念誦不輟。逢神龍元年二月十五日⑤,制放迴本州,至此還俗(獻忠親自追問,具說源流,神晏當時始年三十八也)。

【校記】

［一］逢：續藏本注“逢一作遂”。

［二］火：疑作“伙”。

［三］望：續藏本注“望一作醫”。

［四］擊：疑作“繫”。

［五］段：續藏本注“一無段字”。

［六］囗：疑作“望”。按：下文有望更。

［七］反：疑作“板”。

［八］餉：續藏本作“餉一作飽”。齋：原訛作“齊”，據文意改。

［九］過：原訛作“遇”，據文意改。

［十］鄉：原訛作“卿”，據文意改。

【注釋】

①福會寺：在梓州玄武縣内（屬劍南道，今四川中江縣）。王勃《梓州玄武縣福會寺碑》記：“福會寺者，隋開皇中之所建也。……爰有縣令柳邊，河東令族，大業之年，來光上邑。……乃於寺内起重閣一所。……時有宏演上人……至總章二年，憩於茲刹。身持寶印，口出神珠，心動巴南，化行蜀右。”據此知寺建于隋開皇年中，大業末縣令柳邊修造重閣，唐總章年間宏演上人駐錫此地，重加修造。

②瀘州：武德元年改隋瀘川郡為瀘州，唐時多次變置。瀘州下轄瀘州縣。

③資州：唐武德四年改隋資陽郡為資州，治磐石，今四川資中縣。唐永昌元年（689）因僧獻《大雲經》，武則天令各州建大雲寺，資州此寺當建於同時。

④移鄉：原作移卿，形近而訛。移鄉是古代一種刑罰方式，即將

犯人移居千里之外落戶。《唐律疏議·賊盜》"殺人移鄉"條規定：
"諸殺人應死會赦免者,移鄉千里外。"勝州為唐武德中所置(州治在
今治內蒙古境鄂爾多斯左翼前旗界內)靠近邊境,故神晏被移鄉
此處。

⑤神龍元年二月十五日:唐中宗神龍元年(705)二月復國號為
唐,"甲子(十四日)……大赦天下"(《舊唐書》卷七《中宗本紀》)。
釋神晏遇此大赦,遂返歸故里。

15. 崔善沖

博陵崔善沖者①,先天初載時任梓州銅山縣丞②,常受持《金剛
般若經》。當時姚、巂(音巂)州蠻部落有反叛者[一]③,監軍御史李
知古以善沖為判官④,既在軍營,住巂州界。知古志圖功効,遂招慰
諸蠻首領[二],降而殺之。蠻落因茲,遂皆反叛,報其讎(音酬)怨,
共殺知古。善沖當即奔竄(麤亂反),罔知所之。與二十餘人結伴同
走,奔馳迷之,已經日夜[三],不知途路。遙見一火,准度近遠[四]
可十里餘將有人家,擬投作食。迄至于曉,猶趁不及,乃至昆明縣路
⑤,投得縣城。蓋是神力護持[五],潛加引導,濟以厄急,實冥助焉
(獻忠任梓州司馬,崔善沖親說)。

本條參見 P.2094《持誦》,事略。

【校記】

[一]巂:原訛作"雋",據《廣記》改。按:唐無雋州,據《舊唐書》
卷一百二《徐堅傳》"姚、巂路由是歷年不通"改,下同。P.2094 作
"巂",亦誤。

[二]領:原作"頷",據文意改。

[三]已:原作"巳",據文意改。

[四]准:疑作"沖"。

[五]蓋:原作"盇",據文意改。

【注釋】

①崔善沖:據文知先天初載任梓州銅山縣(調露元年始置)丞。先天年前曾任李知古判官,兵敗後逃歸梓州。《新唐書》卷四八《百官志》記監察御史巡按州縣,"凡十道巡按,以判官二人為佐,務繁則有支使",監察御史判官品秩應低于正八品監察御史。

②先天初載:唐玄宗第一個年號(712),此時崔任梓州銅山縣丞,但故事當發生於此前。據文知此年之前李知古被南詔所殺,此說有補史載。《舊唐書》卷一百二《徐堅傳》、《舊唐書》卷一九六上《吐蕃傳上》記李知古于睿宗景雲元年(710)擊群蠻,未詳載李知古何時被殺。以常理推測,李知古請兵征西貳河蠻、初戰降伏、築城徵稅,再至群蠻反叛,必經歷過一段不短的時間。史書文墨簡省,一筆帶過,若依此篇所記,兩年後李知古方被南蠻誅殺。孟獻忠約在李知古率兵征伐五六年後從當事者口中聽聞此事,似乎遠較二百年後撰史者所得更為可信。

③姚、巂:姚州、巂州,姚州治在今雲南省姚安縣西北舊城,巂州治在今四川省西昌市,兩州皆屬劍南道。巂今音 xī,原文自注音邎。蠻部落:指西貳(洱)河蠻。唐時居住在洱海周圍的南詔部落。

④監軍御史:指監察御史。《唐御史台精舍題名考》"監察御史"署李知古名,《舊唐書》卷一百二《徐堅傳》等亦記李知古時任監察御史。李知古時以監察御史職受命監軍,攜劍南軍擊南詔群蠻,故文稱監軍御史。李知古:《新唐書·宰相世系表二上》"遼東李氏"記"知古,右台監察里行"(頁2593),父李密,祖隋梁州總管李寬。《舊唐

書》卷一百二《徐堅傳》記"睿宗即位……時監察御史李知古請兵以
擊姚州西貳河蠻,既降附,又請築城,重徵稅之。……睿宗不從,令知
古發劍南兵往築城,將以列置州縣。知古因是欲誅其豪傑,沒子女以
為奴婢。蠻眾恐懼,乃殺知古,相率反叛,役徒奔潰,姚、嶲路由是歷
年不通"。《舊唐書》卷一九六上《吐蕃傳上》載:"睿宗即位,攝監察
御史李知古上言:'姚州諸蠻,先屬吐蕃,請發兵擊之。'遂令知古征
劍南兵募往經略之。"

⑤昆明縣:唐時屬嶲州轄,在州之西南,"南接昆明之地,因此為
名"(《元和郡縣圖志》卷三二)。其地並非後來雲南昆明縣,約在今
四川鹽源縣。

16. 尚行琮

邛(局龍反)州安仁縣令尚行琮①,常誦《金剛般若》。因事左授
翼水縣丞②,赴任至茂州界[一]③。山路嶮峻,閣道危縣[二]④,乘
夜而行,忽墜於閣。在半崕上乘落[三],騎一樹枝,猶疑是馬,遂不
知覺。須臾之間,家人叫聲,方知墜閣,口誦《金剛般若》尚不輟聲。
覺後,狀如在夢,一無所損(邛州司戶胡延祚所說也⑤)。

【校記】

[一]赴:續藏本注"赴一作趣"。茂:原作"義",續藏本注"義作
茂",據安仁、翼水行經路線從"茂"。

[二]危:續藏本注"危作厄"。縣:古通"懸"。

[三]崕:同崖,續藏本注"崖一作崔"。落:續藏本注"落作居,又
一本無乘落二字"。

【注釋】

①邛州安仁縣:武德元年,割雅州之依政、臨邛、臨溪、蒲江、火井

五縣,於依政縣置邛州。顯慶二年,移州治於臨邛縣。天寶元年改為臨邛郡,乾元元年復為邛州。州治臨邛縣(今四川邛崃市臨邛鎮),安仁縣(今四川邛崃市東北)為其下轄縣。

②翼水縣:開元前後屬翼州轄縣,天寶元年翼州改為臨翼郡遂歸屬臨翼郡,乾元元年,復歸翼州,地在今四川茂縣西北。翼水下縣,其縣丞正九品下,尚行琮由上縣縣令(從六品上)貶至此下縣為丞。

③茂州:原誤作義州,義州沿置複雜:唐武德元年置義州(州治汲縣,今河南汲縣),武德四年廢州;武德五年,置南義州,天寶元年改為連成郡,乾元元年復為義州,州治在今廣西岑溪縣;開元七年劃出眉州洪雅縣置義州,次年旋廢。然上述義州皆非邛州至翼州翼水縣的交通路線,故知其訛也。茂州西北毗鄰翼州,南望邛州,是由邛州前往翼州翼水縣的必經之地,治所在汶山縣(今四川茂縣)。

④閣道:棧道,在險絕處傍山架木而成的一種道路。曹操《假徐晃節令》:"此閣道,漢中之險要咽喉也。"

⑤邛州司戶:邛州司戶參軍。邛州屬上州,其司戶參軍從七品下。

17. 陳惠妻王氏

前陵州仁壽縣尉陳惠妻王氏者①,京兆人也。初,王氏在家之時,為表兄褚敬懃懃欲娶。其王氏父母不許共褚為婚。其褚敬每云:"若不嫁與我為妻,作鬼終不相放。"後嫁與陳惠數載,褚敬遂亡。其王氏隨夫在仁壽縣,每夜寐之後,夢敬即來相親,宛若平生,遂覺懷姙②。經十七箇月,身漸重而不產。不知為計,將作鬼胎。遂入佛堂,取得《金剛般若》,至心啟請,轉讀此經。每轉經時,精意發願:若是懷孕,願早平安;若是鬼胎,乞早銷化[一]。因念誦之力,漸覺身輕,所懷鬼胎即自散滅。從此之後，轉更精懃[二]，遂常受持，至今不絕（崇福寺僧釋惠遠者③，其兄于翽（呼來反）時任梓州司戶④，因來至此，親所知見，故具錄焉）。

【校記】

[一]乞：原作"必"，續藏本注"必一作乞"，據上句"願"之近義從"乞"。

[二]懃：續藏本注"懃一作勤"，古同。

【注釋】

①陵州仁壽縣：唐初建置陵州，下轄仁壽縣，地在今四川仁壽縣。仁壽縣為陵州治所，其縣尉為從九品上。

②懷姙：懷孕。

③崇福寺：此指長安休祥坊的崇福寺。唐有太原府崇福寺、蘇州崇福寺、河中府崇福寺、長安崇福寺等，據本篇文意當指王氏故里京師之崇福寺，釋惠遠亦駐錫於此。然長安崇福寺亦有三：敦義坊崇福寺，儀鳳二年（675）改為福田寺，開元二年（714）廢；休祥坊崇福寺，高宗咸亨元年（670）立西太原寺，載初元年（689）改為崇福寺；義寧坊崇福寺，唐宣宗大中六年（852）改化都寺為崇福寺。據名稱更替、興廢時間，可知孟獻忠生活的開元初年前後之長安崇福寺在休祥坊內。此寺大德輩出，天下聞名，故孟獻忠直呼寺名。

④于翽：據文知開元六年前曾任梓州司戶，有弟釋惠遠在崇福寺出家。

18. 白仁惢

虢（孤獲反）州朱陽縣尉白仁惢[一]①，河內人也。去龍朔年中②，從雲玄運米向遼東[二]。至海中，路遇惡風，船破。氛氳[三]黑

暗,不知東西。仁惎先誦得《金剛般若經》,晝夜至心口誦不輟略記
可得三百餘遍。忽然似睡,即有一僧云:"緣汝誦經,明日使汝等著
岸。"須臾即明,日影出水之上,遙見一枝有似馬鞭。誦經轉急,遂即
到岸。同船六十餘人[四],一人不損。諸船漂没略盡,豈非般若力
乎(邢州栢仁縣令隻思敬所說[五]③)。

本條《廣記》卷一〇七《報應記》、《南部新書》庚卷、《金剛經感應傳》、
《永樂大典》卷七五四三並引,皆作出《報應記》。

【校記】

[一]白:原作"向",據《廣記》、《南部新書》改。按:續藏本注
"向一作白",故從《廣記》作"白"。惎:《廣記》作"晢"。

[二]雲玄:未見此地名,疑誤。

[三]船:原作"般",續藏本注"般疑船",今從之。

[四]六:《廣記》、《南部新書》、《金剛經感應傳》作"八"。

[五]栢:原作"指",邢州無指仁縣。按:續藏本注"指一本作
栢",栢同柏,故從栢。

【注釋】

①虢州朱陽縣:虢州望郡,武德元年改鳳林郡為虢州,開元初改
由河南道屬河東道。州治在弘農縣(今河南靈寶市),州轄朱陽縣,
屬上縣,其縣尉從九品上。

②龍朔年中:事當在高宗龍朔二年(662),兩唐書唯記龍朔元年
伐高句麗、龍朔二年征百濟。《舊唐書》卷一九九上《百濟傳》記龍朔
二年百濟國道琛、福信等率眾叛唐,"(龍朔)二年七月,(劉)仁願、仁
軌等率留鎮之兵,大破福信余眾于熊津之東……仁願乃奏請益兵,詔
發淄、青、萊、海之兵七千人,遣左威衛將軍孫仁師統眾浮海赴熊津,

以益仁願之眾。"高宗派孫仁師奔赴遼東作戰,仁愻當於此時渡海運糧。

③邢州栢仁縣:唐武德元年設邢州總管府,後罷總管府,州治在龍岡(今河北邢臺市)。栢仁即柏仁(今河北隆堯縣),邢州下轄縣,天寶元年改名堯山。柏仁屬上縣,其縣令為從六品上。

19. 何澄

懷州武德縣令何澄①,常誦《金剛般若經》。天授二年,因假入洛。八月還縣,驢馬九箇,總有十人[一]。行至河陽②,正逢水漲橋斷,行旅來往之人咸以船渡。時有邢(音形)州平鄉縣尉陳乾福③,亦至水次。屬仲秋月暮[二],番滿兵迴,人有歸心,崩騰爭上④。何、陳二子並亦上船,陳君懼船將重,却下衣物;何公鞍乘既多[三],因而送過[四]。不逾一二十步,船即沉沒。澄私心念:"生來受持《金剛般若》[五],今日豈無徵乎?"澄初上船,恐船搖動,遂以手把角馱索(蘇洛反),一從水沒,直下數。又澄時有姪[六],亦先在船,船覆水中,其姪得上船底。湍流既疾,崩岸,又高岸腹縣蘆[七],延蔓(音萬)于水⑤。澄隨浪轉,攀得蘆根,欲去復留,逐波搖蕩。覆船泛,直趣澄邊,其姪攀援引澄而上[八]。水浸繩急,手入繩間,拔手既難,馱亦隨出。自餘人馬,任水沿(音緣)迴,或遇淺逢,查殆無死者。番兵向餘八十⑥,生者唯有一人。斯則般若良因,潛加拯護者矣(邢州平鄉縣尉陳乾福所說)。

本條《廣記》卷一〇三引作《報應記》,事極簡。

【校記】

[一]十:續藏本注"十一作千"。按:千訛也,不合文意。

[二]屬:上原衍"相"字,續藏本注"一無相字",今從別本刪。

47

暮:上原衍"晦"字,續藏本注"一無晦字",今從別本刪。按:"月暮"義不通,仲秋之日非月暮、月晦,疑月乃日之形訛,或暮乃滿字也。

[三]乘:續藏本注"乘一作垂"。按:垂乃乘之形訛。

[四]送:原作"遂",續藏本注"遂作送",今從。

[五]來:續藏本注"來一作平"。

[六]又:續藏本注"又字更勘"。

[七]縣:續藏本注"縣一作懸",二字古通。

[八]引潷:續藏本注"一無引潷二字"。

【注釋】

①懷州武德縣:唐武德初設懷州,州治在河內縣(今河南沁陽市),下轄武德縣,即今河南溫縣。武德縣為望縣,其縣令品秩當為六品。

②河陽:本屬洛州轄縣(今河南孟州市),玄宗時改由河南府轄,會昌三年後又屬孟州。何潷從洛京北返武德縣經過河陽縣,而河陽在黃河岸邊,需要乘船渡河。

③平鄉縣:邢州下轄縣(今河北平鄉縣),平鄉是上縣,其縣尉從九品上。

④崩騰:形容雜亂之貌。

⑤延蔓:草木綿延伸展。

⑥番兵:指服役的士兵,《魏書·臨淮王孝友傳》:"十五丁出一番兵,計得一萬六千兵。此富國安人之道也。"

贊曰:禪慧之門,菩提之路,無行無得,唯救唯護。三界歸依,四生開悟,一切苦厄,乘茲永度。

延壽篇第二（并序十二章）

夫積善餘慶，積惡餘殃。李耳（？）年［一］，為入重玄之境；彭鏗（苦耕反）久壽，還遊眾妙之門。況乎不去不來，固超於三際；不生不滅，豈計於千齡（音靈）。如能四偈受持，一念清信，積塵積劫，喻壽量而非多；無數無邊，等虛空而共永。集其休徵可驗者，列為延壽之篇。

【校記】

［一］年：“年”上脫文，故上下韻文字數失衡，疑如“長”、“永”、“遐”之類。

20. 豆盧氏

唐臨《冥報記》曰：陳公大夫人豆盧氏［一］①，芮公寬之姊也［二］②。夫人信福，誦《金剛般若經》，未盡於卷一紙許［三］，久而不徹。後日黃昏時［四］，忽然頭痛［五］，四體不安，夜臥逾甚［六］。夫人自念：儻死遂不得經竟［七］。欲起誦之，而堂燭已滅［八］。夫人因起，命婢燃燭［九］，須臾婢還，厨中無火。夫人命開門，家人坊取之［十］，又無其火［十一］，夫人深益嘆恨［十二］。忽（見）庭中有自然火燭［十三］，上階來入堂內［十四］，至于床前［十五］，去地三尺許，而無人執，光明若晝。夫人驚起［十六］，頭痛亦愈，即取經誦之［十七］。有頃，家人鑽燧得火，燃燭入堂中［十八］，其光即滅［十九］。便以此夜誦經竟之［二十］，自此日誦五遍，以為常度［二一］。後芮公將死［二二］③，夫人往視，公謂夫人曰：“吾姊（以）誦經之福［二三］，當壽百歲［二四］，生好處也［二五］。”夫人至今尚康，年八十矣［二六］（夫人自向唐臨嫂說［二七］④）。

本條參見《冥報記》卷中、《大唐內典錄》卷十、《珠林》卷一八、《廣記》

卷一〇三引《珠林》、《持誦》（事極簡）、《永樂大典》卷七五四三等。又參見《今昔物語集》卷七《震旦陳公夫人豆盧氏誦金剛般若經語》(43)。

【校記】

［一］大：《冥報記》、《大唐內典錄》作"太"。按：此句《珠林》作"唐寶家大陳公夫人豆盧氏"，《廣記》、《大典》（脱"豆"字）作"唐陳國寶公夫人豆盧氏"，岑仲勉《唐唐臨〈冥報記〉之復原》一文認為"當從《珠林》補'寶家'字"（《岑仲勉史學論文集》頁762），然據是篇及《大唐內典錄》知高山寺諸本《冥報記》為是，"寶家"乃道世所補也。

［二］姊：古同姉。《冥報記》等作"姉"。

［三］於：《冥報記》、《珠林》、《廣記》無此字。

［四］後：《冥報記》、《珠林》、《大唐內典錄》下有"一"字。黃：《冥報記》、《珠林》、《大唐內典錄》無此字。

［五］忽然：《冥報記》、《珠林》作"苦"。《廣記》作"忽"。

［六］逾：《冥報記》、《廣記》作"愈"。

［七］經竟：《冥報記》、《珠林》、《廣記》作"終經"。

［八］已：原作"巳"，據《冥報記》、《珠林》改。

［九］燃燭：《珠林》作"然燈"。

［十］家人坊：高山寺諸本《冥報記》作"於人家訪"。按：宮宋元明本《珠林》作"家人坊"，知《冥報記》原本作"家人坊"，言于家人房中索取，非訪求他家。

［十一］其：《冥報記》、《珠林》無此字。

［十二］深益：《冥報記》作"益深"。按：《珠林》同作"深益"，知高山寺諸本《冥報記》誤矣。

[十三]見:原脱,據《冥報記》《珠林》《大唐内典録》補。庭:《珠林》《廣記》作"厨"。自:《冥報記》《珠林》《大唐内典録》無此字。

[十四]階:原作"堦",《續藏本》注"堦一作階",二字古同。

[十五]至於:《冥報記》《珠林》作"直至"。

[十六]起:《冥報記》《珠林》《廣記》作"喜"。

[十七]即:《珠林》無此字。

[十八]中:《珠林》無此字。

[十九]其:《冥報記》《珠林》作"燭"。

[二十]經:《冥報記》《珠林》無此字

[二一]度:《冥報記》無此字。按:《珠林》《廣記》作"法",高山寺諸本《冥報記》脱字矣。

[二二]後:《續藏本》注"一無後字"。

[二三]吾:《續藏本》注"吾一作五,誤也",知有本作"五",高山寺諸本《冥報記》亦作"五"。按:《珠林》作"吾",然不排除《珠林》誤記,或當依別本《集驗記》及高山寺諸本《冥報記》作"五",言豆盧氏爲豆盧寬五姐也。以:原脱,據《冥報記》《珠林》《廣記》補。

[二四]當壽:原作"壽當",《續藏本》注"壽當一作當壽",《珠林》《廣記》作"當壽",今從之。按:高山寺本《冥報記》作"壽",知其脱字矣。

[二五]生好處也:高山寺本《冥報記》作"好處生"。按:《珠林》《廣記》同本篇,高山寺誤也。

[二六]十:《冥報記》下有"年"字。

[二七]夫人自向唐臨嫂説:《冥報記》作"夫人自向臨嫂説之云

爾”。嫂原作“娿”,嫂之異體,據《冥報記》等改。

【注釋】

①豆盧氏:唐陳國公竇抗之妻,《唐故司衛正卿田府君夫人扶風竇氏(琰)墓誌銘並序》記:“大父抗……上柱國陳國公。……祖姊豆盧氏夜中讀經,遽而燈滅,有取火者,久而不至。夫人在侍,因徙①(往)催之。將出戶庭,空裏有燭影,隨夫人所召,直指經處,讀之乃畢。列于唐臨《冥寶(報)記》焉。”②竇抗事見《舊唐書》卷六一《竇抗傳》:“太穆皇后之從兄也,隋洛州總管、陳國公榮(定)之子也。母,隋文帝萬安公主……後襲爵陳國公”,《元和姓纂》卷九敘其譜系:“善生榮定,隋冀州刺史、陳公。榮定生抗、慶、璡。抗,納言、陳公,生衍、境、誕、幹、師綸、師武、師仁。”(條204頁1371)《竇氏(琰)墓誌銘並序》敘竇抗官職作“隋千牛備身,吏部員外郎,開府儀同三司,幽易燕檀四州諸軍事幽州刺史;唐朝右光祿大夫,納言,將作大匠,左、右武候(侯)大將軍,上柱國,陳國公”。

②芮公寬:豆盧寬,豆盧夫人之弟。昭陵有《唐故特進芮定公(豆盧寬)之碑》,寬封芮國公,永徽元年(650)六月四日卒,春秋六十九。《元和姓纂》卷九敘其譜系“永思(岑校作恩)生通。通生寬,唐禮部尚書、芮定公”(條227頁1392)。

③芮公將死:據豆盧寬碑,事在永徽元年六月前。芮公死時六十九,其姐是年當逾古稀,至《冥報記》成書的永徽四年(653)年已八十。

---

① 《全唐文補遺》作“往”,疑是。參見吳鋼主編:《全唐文補遺》第3輯,三秦出版社1996年版,第499頁。
② 周紹良、趙超主編:《唐代墓誌匯編續集》,上海古籍出版社2001年版,第329頁。

④唐臨嫂:《舊唐書》卷八五《唐臨傳》記:"臨少與兄皎俱有令名",《新唐書》本傳略同。《新唐書宰相世系表四下》記唐臨有兄唐簡、皎、炎、嚴(頁 3238—3242),此嫂系其某兄之妻。

21. 僧琰

蕭瑀《金剛般若經靈驗記》曰:隋朝招提寺僧琰師初作沙彌時[一]①,有相師語琰云:"阿師子大聰明智慧[二]②,無那相命全短[三]③。"琰聞此語,遂諮諸大德[四]:"脩何功德而得延壽?"大德等共議:"依如來教,受持《金剛般若經》功德最大。若能依法受持,必得延壽。"琰時奉命,即入山受持《金剛般若經》。五年出山[五],更見前所相者,云:"法師比來脩何功德④? 得長壽殊相,頓能如此!"琰說前者被相短壽[六],入山受持《金剛般若》,更無餘業。因茲功德,遂為大德,法師年過九十[七]。

本條《珠林》卷六二引《梁高僧傳》,誤;《持誦》與此有別。《金剛經感應傳》、《永樂大典》卷七五四三並引,出《感應記》。《永樂大典》卷七五四三引宋釋延壽《金剛證驗賦》,又《法傳》卷六作"溜州釋通慧"與此事近。

【校記】

[一]隋朝:《持誦》、《大典》作"梁時"、《金剛經感應傳》作"梁天監中"、《珠林》訛作"梁州"。

[二]阿師子:《珠林》作"阿師子雛",《持誦》作"師子雛"。按:據上知本篇或脫"雛"字。聰:原訛作"聽",據《珠林》、《持誦》、《大典》改。

[三]相命全短:《持誦》作"相王短命如何","王"乃"全"之形訛,當作"相全短命,如何?"

[四]遂諮諸大德:《珠林》作"遂請諸大德,共相平論",《持誦》

作"遂請大德,共詳其福"。按:據上疑"德"下脫"共相平論"四字。

　　[五]五:《持誦》作"六",《大典》作"二十"。

　　[六]短壽:續本注"短壽一作壽短"。按:《法傳》作"短壽",《持誦》作"壽短命"。

　　[七]九十:《持誦》作"百歲"。

【注釋】

　　①招提寺:據本篇所言招提寺僧琰隋時年過九十,推算僧乃南朝人也。《高僧傳》載南朝時有建康招提寺、臨川招提寺。建康招提寺又有大、小之別,《肇論疏·序》云:"招提寺則有大招提、小招提也。大招提是梁時造,小招提是晉時造。"謝靈運詩《石壁立招提精舍》記其曾在建康建寺,顧祖禹《讀史方輿紀要》以為寺在石頭城北,或即《肇論疏·序》所言小招提寺。隋時招提寺亦存,《續高僧傳》卷二《闍那崛多傳》記"開皇六年,有招提寺沙門僧就"。而《珠林》言"梁州招提寺"疑"州"衍字,寺非在梁州。僧琰:以其在隋年過九十歲而上推,疑琰乃梁時招提寺釋慧琰。《廣弘明集》卷十六存梁簡文帝(503—551)中晚年時撰《與慧琰法師書》二文,《廣弘明集》卷二一言慧琰為招提寺大德,著《成實玄義》十七卷。《佛祖統紀》卷三七以僧琰事附梁元帝承聖元年(552)後,認定其為梁朝人。若慧琰生於梁初,至隋年近九十,則是文所言招提寺僧琰當即梁招提寺慧琰。

　　②阿師子:即阿師,對和尚的親切稱呼。唐代宗《勅惠勝依請制》曰:"和上在日,阿師子偏得意旨。"

　　③無那:無可奈何。

　　④比來:近來,近時。

22. 尼藏師

又曰:隋朝開善寺尼藏師[一]①,少年講說②,遠近知名。時有何胤之曰[二]③:"雖作法師,全無年壽。"藏聞惶懼,遂廢講說[三],精意發願:於經藏中信手探(音貪)取一卷,專欲受持。乃得《金剛般若經》,於是讀誦,在房三年不出。後故覓胤之[四],令更占之。曰:"為弟子所相無驗? 為師相改耶?"藏云:"所相大驗。佛法靈應,不可思議!"具向說之[五]。答曰:"道人不可相也。師壽得九十餘[六]。"果如其語[七]。

本條《珠林》卷六二誤引作《梁高僧傳》;《續高僧傳》卷五與此有異;《法傳》卷六與此有異;《持誦》事近。

【校記】

[一]隋朝:《持誦》作"梁時",《珠林》、《續高僧傳》亦記作梁時事。尼:《持誦》作"僧"。《珠林》、《續高僧傳》"藏師"作"智藏"。

[二]何胤之:《珠林》、《續高僧傳》作"野姥"。

[三]遂廢:《持誦》作"為",義不通,乃廢之訛。

[四]故覓:《持誦》作"見"。

[五]向說:續本注"向說一作說胤"。

[六]師壽得九十餘:《持誦》作"今得相百年餘歲"。

[七]果如其語:《持誦》作"果如所說記"。

【注釋】

①開善寺:位于長安金城坊東南隅,系隋開皇中宮女所建尼寺(《兩京新記輯校》卷三)。藏師,即為比丘尼。《珠林》卷六二所引實出《續高僧傳》卷五,《珠林》、《續高僧傳》、《法傳》、《持誦》皆記為鐘山開善寺沙門智藏事,鐘山開善寺在南京鐘山東南麓,建于梁武帝

天監十三年(514)。藏師:本篇作尼僧,《珠林》、《續高僧傳》作智藏。智藏乃梁朝名僧,《續高僧傳》記其圓寂時春秋六十五,時在普通三年九月。歐陽修《集古錄》卷四記有《智藏法師碑》,蕭繹撰銘、蕭幾作敘、蕭挹書,世號《三蕭碑》。

②講說:講述法義,演說法義。

③何胤之:梁武帝《鍾律緯》言:"雷次宗、何胤之二人作鍾律圖",然雷次宗在南朝宋元嘉二十五年(448)已去世,估計武帝所言的何胤之當與他是同時之人,不可能相藏師之壽。梁時有何胤,通周易,曾注《周易》十卷,亦相識智藏,"開善寺藏法師與胤遇于秦望,後還都,卒于鐘山。"(《梁書》卷五一《何胤傳》)後人或以此為源,捕風捉影,編造延壽故事。

23. 王陀

又曰:隋時秦州人王陀身任鷹揚[一]①,在府領兵。因病解任②,在家訪覓《大乘金剛般若經》③,大業中荒亂初定,尋訪不得。後有一僧,持此《般若》一卷。日讀五遍,向經三年,讀誦通利。陀於後身患,遙見二十二鬼並來詣陀[二],陀即誦《般若經》。其鬼離陀一百餘步,不敢更前。鬼謂陀曰[三]:"君莫誦經,汝不可得脫。"陀攝心不誦。鬼到陀邊,中有二鬼顏容甚惡,告言:"我是主帥先差,二鬼充一道使④,餘者總為十道使,諸使少時之頃各執縛人將來。"陀即自思:"我今還應如此[四]。"其鬼所將人來者約束,各自發引向於王所。後有一鬼走馬來告[五]:"向誦經人,王教令放六日[六]。"陀當時昏迷,氣將欲絕,聞鬼使約束道放,心遂醒悟,氣還如本。因此更加精誠,誦《金剛般若》晝夜不捨。六日已過[七],誦經之力,更不被追[八]。夜中有一人空中喚陀,陀即遙應。"汝今讀誦《金剛般若

經》,功德甚大！王今放汝。壽年九十,努力勤脩功德。"讀誦此經,
更加精進,不敢懈怠。

　　於後,陀兄身患,因遂命終。經餘一日〔九〕,見兄共語,語陀:
"努力為我讀誦《金剛般若經》,救我地獄之苦。"言語未訖,有一人推
兄遂入地獄。陀怕怖走歸,有羊六口遮陀行路⑤,不聽陀過。陀即誦
《般若經》向羊,其羊即漸微小;誦經亦訖,其羊並即入地,遂使得過
〔十〕。即為兄誦《般若經》五千遍,救兄地獄之苦。陀晝夜誦持不
廢,又勸化一切人並讀誦《般若經》。陀為誦持,見得延壽。

　　本條《廣記》卷一〇三引《報應記》,又參見《持誦》,所記極簡。

【校記】

　　〔一〕"揚"原作"楊",據《廣記》改。《廣記》下有"府果毅"
三字。

　　〔二〕詣:續本注"詣一作請一作謂"。

　　〔三〕鬼:續本注"一無鬼字。"

　　〔四〕應:續本注"應一作愍"。按:"愍"義不通。

　　〔五〕後:續本注"後一作復"。

　　〔六〕令:續本注"令一作命"。日:《廣記》作"月"。

　　〔七〕已:原作"巳",據文意改。

　　〔八〕更不被追:續本注"更不被追一作更逃"。

　　〔九〕一:續本注"一一作十"。

　　〔十〕遂使:續本注"遂使一作逐便"。

【注釋】

　　①秦州:北魏、西魏皆置秦州,治上邽縣(今甘肅天水市)。至隋
秦州仍治上邽,轄上邽、秦嶺(今天水市北道區)、成紀(今秦安縣西

北)、隴城（今秦安縣東北）、清水、冀城（今甘穀縣東）六縣，隋煬帝大業三年改秦州為天水郡。

鷹揚：指鷹揚府，官署名。隋軍隊中設府的編制，每一衛府下有鷹揚府，《隋書》卷二八《百官志下》記："鷹揚府每府置鷹揚郎將一人，正五品，副鷹揚郎將一人，從五品，各有司馬及兵、倉兩司。其府領親、勳、武三侍，非翊衛府，皆無三侍。鷹揚每府置越騎校尉二人，掌騎士，步兵校尉二人，領步兵，並正六品。"《廣記》作鷹揚府果毅，果毅乃驍果軍統領，"左右領左右府……有折衝郎將，各三人，正四品，掌領驍果。又各置果毅郎將三人以貳之，從四品"。

②解任：免職，停職。

③訪覓：訪尋、尋找。初見於漢譯佛典，如失譯《分別功德論》記："王勅諸臣訪覓惡人，臣即行覓。"唐時使用普遍，《廣記》卷一五〇引《感定錄·李泌》："適全家方出訪覓，而卒遇公。"

④道使：陰府派往各道的鬼使。這是模仿現實社會的官僚體制，從漢代就設有"道"行政區劃，隋唐出征派兵常以方位路向加以命名，稱作某某道。本篇言二十二鬼使分為十一道，二人共使一道，分赴各地"執縛人"。

⑤遮：攔阻，阻擋。

24. 魏旻

又曰：遂州人魏旻［一］①，貞觀元年死，經三日［二］。王前唱過，旻即分疎②："未合身死。"王索簿（音部）尋檢，果然非謬。王責取旻使者："何因錯追？"笞杖五十。即放旻歸，遣人送出，示本來之路，至家遂活。父母親屬問云："死既三日，復見何事？"旻具語列［三］：當被追時，同伴一十餘人［四］，其中有一大僧一時將過［五］，王見此僧，先喚：“借問一時已來［六］，脩何功德？”僧白王言［七］：
“平生唯誦持《金剛般若經》。”王聞此言，恭敬合掌，讚云：“善哉！善
哉！法師受持讀誦《金剛般若》，當得生天，何因將師來此［八］？”王
言未訖，諸天香華［九］③，迎師將去。王即問旻：“一生已來脩何功
德［十］？”旻啟王言：“一生已來不讀誦經典［十一］，唯讀庾信文章
集錄［十二］④。”王語旻曰：“汝識庾信否？是大罪人。”又旻言：“雖
讀文章，不識庾信。”王即遣人領向庾信之處。乃見一大龜，一身數
頭。所引使人云：“此是庾信。”行迴十餘步，見一人來：“我是庾信。
為在生之時好作文筆⑤，或引經典［十三］，或生誹謗，以此之故今受
大罪，向者見龜數頭者是我身也。”迴至王前。王語使者：“將見庾信
以否？”白言：“已見今受龜身［十四］，受大苦惱。”王言：“放汝還家，
莫生誹謗大乘經典，勤脩福業。”遣人送出至家。便即醒悟，憶所屬
之言。

　　又見此僧讀誦《金剛般若經》得生天上，即於諸寺處處求覓。乃
見一僧云：“我有此經。”旻聞此語［十五］，禮拜求請：“若得此經，不
惜身命。”其僧即付《金剛般若經》一卷。晝夜轉讀，即便誦得；晝夜
精勤，誦持不廢。因即向遂州人等說此因緣：又尊一僧共旻同死，引
過見王，為誦大乘《金剛般若經典》得生天上；又說庾信罪業受報。
遂州之人多是夷獠［十六］⑥，殺生捕獵，造罪者多。聞旻說此因緣，
各各發菩提心，不敢殺生捕獵，並讀誦《金剛般若》，晝夜不捨。四月
十五日，忽有一人乘白馬來至旻前［十七］，“當取汝之日，勘簿為有
二年，放汝還家。為汝受持《金剛般若經》一萬遍，又勸化一切具脩
功德，讀誦《般若》不絕，以此善根，遂得延年。九十壽終，必生
淨土。”

本條《珠林》卷十八作"趙文信"引《冥報記》與此有異;《廣記》卷一〇二作"趙文信"引《珠林》與此有異;《持誦》與此有異。《金剛經感應傳》"姜學生"、《永樂大典》卷七五四三引宋釋延壽《金剛經證驗賦》"任善",皆語及庾信事。

【校記】

[一]人魏旻:《持誦》作"有人",《珠林》、《廣記》作"人趙文信"。

[二]日:《持誦》下有"得活,說言"四字,《珠林》下有"還得蘇,即自說云"七字,《廣記》下有"後還蘇,自說云"六字,疑本篇有脫字。

[三]語:續本注"語一作論"。

[四]一十餘:《珠林》、《廣記》作"十",《持誦》作"數"。

[五]大:《珠林》、《廣記》、《持誦》無此字。

[六]時:《持誦》作"生",疑是。

[七]言:續本注"一無言字"。

[八]將師來:《持誦》知"錯將師來"字,《珠林》、《廣記》作"錯來至"。按:據上知"將"上或脫"錯"。

[九]諸天香華:《持誦》作"即見天衣下來",《珠林》、《廣記》作"天衣來下"。

[十]已:原作"巳",據文意改,下同。

[十一]不讀誦:《持誦》作"所誦",不合文意。按:《珠林》作"不修佛經"、《廣記》作"不讀佛經",意近。

[十二]集:《持誦》上有"諸子"二字。按:《珠林》同本篇,《廣記》下脫"錄"字,疑《持誦》"諸子"系抄者所加。

[十三]或:《珠林》、《廣記》作"妄"。

〔十四〕受龜身：續本注“一無受龜身三字”。

〔十五〕語：續本注“語一作言”。

〔十六〕夷獠：《持誦》作“移人”。

〔十七〕乘：續本注“一無乘字”。來：續本注“來作乘”。按：來意是。

【注釋】

①遂州：北周置遂州，治方義縣（今四川遂寧市）。隋時遂州轄三縣，大業三年改為遂寧郡。唐武德元年復為遂州。

②分疎：猶分疏，辯白，訴說。唐張鷟《遊仙窟》：“娘子莫分疎。”

③諸天：依佛經所記，欲界有六天（六欲天），色界之四禪有十八天，無色界之四處有四天，其他尚有日天、月天、韋馱天等諸天神，總稱為諸天，皆為佛教護法神。香華：香和華均為常用的供佛之物，謂之“香華供養”。如《法華經·序品》謂：“香華伎樂，常以供養。”

④庾信：字子山，南陽新野（今屬河南）人。自幼隨父親庾肩吾出入于蕭綱的宮廷，後來又與徐陵一起任蕭綱的東宮學士，成為宮體文學的代表作家。後奉命出使西魏，卻被西魏扣留，雖身居顯貴，內心卻為自己身仕敵國而羞愧，暗自怨憤。死于隋文帝開皇元年。有《庾子山集》，他的作品深為時人喜好，“當時後進，競相模範。每有一文，京都莫不傳誦。”事見《周書》卷四一《庾信傳》。集錄：作家文集。《魏書》卷七七《李平傳》“所著文章百餘篇，別有集錄”。

⑤文筆：文辭，文章。唐李肇《唐國史補》卷下：“元和已後，為文筆，則學奇詭於韓愈，學苦澀于樊宗師。”

⑥夷獠：古代對西南少數民族之稱。《太平寰宇記》卷八七載遂州“蓋其地多獠，官長力弱，不相威懾”，《隋書》卷六五《周羅睺》載：“仁

壽中,遂州獠叛,復以行軍總管討平之",據此知遂州確有少數民族。

25. 睦彥通

又曰:滑州別駕睦彥通[一]①,一生已來恒誦《金剛般若》[二]。先於李密下所任武牢縣令[三]②,為賊翻城[四],欲殺縣令,通甚怕懼[五],踰城得出。向東步走,有一石崖[六],石澗高峻[七],深百餘尺[八]。被賊拔刀走趁,即投峻崖,欲自取死。至崖之半,似有人接。通及至于底,乃在盤石上坐,得存性命,都無傷損。據此靈驗,並是般若之力。賊過之後,通至家中,精心誦持,不捨晝夜,又勸化一切讀誦此經。通得長年,又無疾患,常得清淨,堅心不怠。

本條《廣記》卷一〇二引《報應記》與此有異;《持誦》、《永樂大典》卷七五四三"金剛感應事蹟"與此有異,又參見重編《說郛》卷七二、《金剛經感應傳》)。

【校記】

[一]睦:《持誦》作"睚"。按:史作"睦",然《報應記》、《大典》抄作"睦",知原本作"睦",故不改。

[二]已:原作"巳",據文意改。

[三]所:《持誦》無此字。

[四]翻:《持誦》作"破",疑是。

[五]懼:《持誦》作"急"。

[六]崖:續藏本注"崖一作岸",下同。

[七]高:《持誦》作"深"。

[八]尺:《持誦》作"丈"。

【注釋】

①滑州別駕:《隋書》卷三十《地理志中》、《元和郡縣圖志》卷八

載隋文帝開皇十六年改杞州爲滑州,大業三年又改爲東郡,入唐後又改置滑州,州治在白馬縣(今河南滑縣)。滑州別駕爲州屬官,滑州爲望郡,其州別駕在唐代品秩爲從四品下(《元和姓纂》作"彦通,滑州別駕",未在其前加隋,故知眭彦通是入唐後任滑州別駕)。考《舊唐書》卷四二《職官志一》記"(貞觀二十三年七月)改諸州治中爲司馬,別駕爲長史",而蕭瑀亡於貞觀二十二年六月,故知眭彦通擔任滑州別駕當在唐高祖、太宗世。《持誦》滑州訛作渭州,蓋滑、渭形近而訛。

　　睦彦通:即眭彦通。據《元和姓纂》卷二"趙郡邯鄲"(條6頁80)記"(濤按:《元和姓纂》眭本作枝,可參考岑仲勉考證)仲讓(北齊國子祭酒)生彦通,滑州別駕",又考《北齊書》卷四五《眭豫傳》記"豫宗人仲讓,天保時尚書左丞",知眭彦通乃眭仲讓之子,入唐任滑州別駕,名、職皆合,當爲一人。《廣記》引《報應記》作睦彦通,非《廣記》之誤,據此篇乃知孟獻忠誤作睦彦通,《報應記》傳抄前人訛誤之故也。然蕭瑀自隋入唐,必知隋人名姓,故《集驗記》所引的《金剛般若經靈驗記》當作眭彦通。《持誦》傳抄《金剛般若經靈驗記》而作"眭",形訛而已。而後世不察,竟如《金剛般若波羅蜜經感應傳》、重編《說郛》作"陸",謬之千里。眭彦通事未見載,據此可知隋時曾任武牢縣令,後任滑州別駕。

　　②武牢:武牢在今河南滎陽汜水鎮,《隋書》卷三十《地理志中》記汜水縣"舊曰成皋,即武牢也",大業初曾置武牢都尉府。考《隋書》卷七十《李密傳》記大業十三年二月,李密改元永平,"武賁郎將裴仁基以武牢歸密",故知彦通任武牢縣令,當在隋大業十三年前。至大業十四年九月,武牢爲李密所據。

26. 李思一

又曰：大廟署丞李思一[一]①，貞觀二十年正月八日丑時得病，巳時失音[二]，至十三日黃昏，身死。乃被冥官勘[三]，言思一年十九時屠宰猪羊之命。思一推忖，實不屠殺生命。冥官即追所殺猪羊與思一勘對，至已對問[四]，食肉支節、時日全不相關。又付主司子細撿覈勘，遂殺害之日，思一即在黃州慧珉法師下聽講《涅槃經》[五]②。然珉法師又以身死，生於金粟世界[六]，既在三界之外無可追證③。放思一還於本土。至家，未經時日，又被追喚。未去之際，於清淨寺玄通法師邊懺悔受戒[七]④，普勸朋友親戚："有生之類但遭枉濫死者及不得轉讀經者[八]，並為轉讀《金剛般若經》五千遍。"作是語已，遂即命終。使者將思一至冥官所。遂具實言："發心受持《般若經》。"冥官云："汝今發心極大深妙，不可思議！"須臾之間，見一人手持經卷，語思一云："此是《金剛般若》。"思一求請，開其經卷，覽其題目，與今時《般若》無別，當即閉(音閇)目發心："望解《般若》經義，曉喻有知。"忽聞有人云："君今發心，作是大願。今所注猪羊來對者，並云：'我實自身命盡，惡道受生。實非思一屠害，為無功德，寶貨求典[九]，妄引善人，冀延日月，實是枉牽。'冥官得此欵已[十]。"又珉法師在金粟世界遣二僧來至冥官前⑤。得見二僧，驚怖禮拜[十一]。僧語冥官："其思一誦持《金剛般若經》一心不亂；又不屠殺生命[十二]，並云妄引[十三]，珉法師在金粟世界故遣來救[十四]。"冥官依命，即命思一還生。二僧乃送至家[十五]，即乘空而去[十六]。思一蘇訖，當即請諸寺大德轉讀《般若經》五千遍。思一誦持《般若》，晝夜不廢，見得延年。

本條參《内典録》卷十、《感通録》卷下、《釋氏通鑑》卷七引《感通録》，事略。（附：《珠林》卷九一語及《冥報記》載此事。）又參見《今昔物語集》卷七《震旦李思一依涅槃經力活語》(42)。

【校記】

[一]大：《内典録》、《感通録》作"太"，古通。署：《内典録》、《感通録》、《釋氏通鑑》無此字。李：《内典録》、《感通録》上有"趙郡"二字。

[二]音：《内典録》作"瘖"。

[三]乃被冥官勘，言：《内典録》、《感通録》作"經日乃蘇，自言備見冥官云"。

[四]已：原作"巳"，據文意改。

[五]黄：《感通録》、《釋氏通鑑》作"安"。珉：《内典録》、《感通録》作"旻"，下同。

[六]世：《内典録》、《感通録》無此字，蓋避太宗之諱。

[七]淨：《内典録》、《感通録》作"禪"。

[八]枉：續藏本注"一無枉字"。

[九]寶：續藏本注"寶一作實"。

[十]欻：續藏本注"欻一作勘"。

[十一]怖：《内典録》、《感通録》作"懼"。

[十二]不：原作"注"，據《内典録》、《感通録》改。

[十三]並云妄引：《内典録》、《感通録》作"何緣妄録耶"。

[十四]珉：原作"泯"，據上文改。

[十五]乃：續藏本注"乃一作仍"。

[十六]而：續藏本注"而一作更一作示"。

【注釋】

①大廟署丞：唐太常寺設太廟署，其丞武德年間為九品，永徽二年加秩從七品，開元年間省。

李思一：唐尚書省"主客員外郎"題名石柱有李思一①題名，依據前後題名者的信息知其約在則天登基初期任主客員外郎②，可能即是此人。《法苑珠林》卷九一引《冥報拾遺》載李思一永徽三年（652）再次入冥。

②黄州：武德三年改隋永安郡為黄州，天寶元年改為齊安郡，乾元元年復為黄州，州治在黄岡縣（今湖北黄岡市）。李思一聽經時，人在黄州。而《珠林》卷九一言李思一"今居相州之滏陽縣"，檢滏陽（今河北磁縣）貞觀前屬相州、此後改屬磁州，距黄州較遠。

慧珉：據文知師乃黄州僧人。道宣《大唐內典錄》作旻法師，珉、旻同音，必有一誤。道宣《續高僧傳》卷二二《釋慧旻傳》記有蘇州釋

---

① 《唐尚書省郎官題名考》考主客員外郎李思一即雍王後裔（頁953），疑此說誤。按《新唐書·宗室世系表上》"雍王房"記雍王李繪孫李道玄、李道明，道明孫李務該，務該子思一，思一子李峨（頁1988）。又按《舊唐書》卷六十《淮陽王道玄傳》記"淮陽王道玄，高祖從父兄子也。祖繪，隋夏州總管，武德初，追封雍王……詔封其弟武都郡公道明為淮陽王……（貞觀十四年）送弘化公主還蕃，坐泄主非太宗女，奪爵國除，後卒于鄆州刺史"，知李思一曾祖李道明生於604年（兄道玄生於此年）之後，活躍于太宗之世；李思一之子李峨于憲宗元和八年（808）撰《故弘農楊府君（尊）墓誌銘並序》時最少年逾半百（《舊唐書》卷一七一《李漢傳》記李峨孫李漢元和七年登進士第，故以李漢登進士第時已成年推算李峨在元和八年最少五十歲），以其曾祖、子年齡推算，雍王後裔李思一當生於唐高宗、則天之世，活躍于玄宗世，很難在則天時便擔任從六品上的主客員外郎，且《舊唐書》卷一七一《李漢傳》記"峨已上無名位"、《新唐書·宗室世系表上》亦記李思一無官職。據上，疑《唐尚書省郎官題名考》將兩人混作一人。

② 李思一題名前有盧獻題名，後有祖元穎、獨孤守忠等題名，考《舊唐書》卷一九三《崔繪妻盧氏傳》記"崔繪妻盧氏……父獻，有美名，則天時曆鸞臺侍郎、文昌左丞。天授中為酷吏來俊臣所陷，左遷西鄉令而卒"，知盧獻為則天時人；《元和姓纂》卷六第290條敘祖元穎孫祖詠開元十二年進士，則其祖元穎亦在則天時；獨孤守忠卒後韋承慶撰碑，而《韋承慶墓誌銘》記韋承慶亡于神龍元年（705），據上知李思一當在則天初期任主客員外郎。

慧旻卒於貞觀末年,地點不合且逝時稍晚,當非一人;道宣《內典
錄》、《感通錄》作黃州旻法師或安州旻法師,皆不言蘇州釋慧旻,故
知道宣分別甚明,黃州旻法師非蘇州釋慧旻也。又疑《感通錄》"安"
或為"黃"之誤。

③追證:審訊對證。

④清淨寺:"清淨寺"待考。《大唐內典錄》、《三寶感通錄》作
"清禪寺",清禪寺在長安興寧坊南門之東,隋開皇三年文帝建。見
徐松《唐兩京城防考》卷三。

⑤金粟世界:金粟如來所處的佛土。《維摩經》中的維摩詰居士
為金粟如來化身,其所居佛土即金粟佛土。據《維摩經·見阿閦佛
國品》記:"有國名妙喜,佛號無動,是維摩詰於彼國沒而來生此",故
知金粟世界亦即妙喜國。

27. 慕容文策

又曰:秦州上邽縣人慕容文策[一]①,年十七誦持《金剛般若》、
《(法華)經》[二],齋戒不闕[三]。隋大業七年四月十五日夜,忽有
兩鬼來至床前,手持文牒,云:"王今遣取公來[四]。"文策即甚忙怕
[五]②,乃逐使者而去。將至一大城,樓櫓嚴峻③,城墠六重[六],
將入第一、第二門,極大光明。至第三門,其門相去四里已上並皆黑
暗[七],都不見道,使者引之而過。至五、六門內,復大光明。去門
三里即有宮室殿堂,四邊持仗宿衛[八]④,還如見在宮闕無異。王
當殿而坐[九],所將男夫婦女、僧尼道士及女等⑤、外國六夷不可稱
數[十]⑥。策在後行,典唱名而過[十一]。王一一問其在生福業
⑦。有福效驗者[十二],在西而立;無福驗者,在東而立。末後始唱
策名,王問:"一生作何福業?"策即分踈[十三]:"一生已來[十四],

唯誦持《金剛般若》、《法華》八部。《般若》晝夜轉讀,又持齋戒,一日不闕。"王聞此言,合掌恭敬,歎言:"功德甚深! 付主司細檢文簿[十五],不錯將來。"其典執案詺王:"未合身死。"王即放還,且遣西行。而立未去之間[十六],有一沙彌可年十五六[十七],手執一明炬於策前而過[十八]⑧。續後,又一沙彌執明炬而過。策即捉袈裟挽住"願師救弟子! 使者錯追將來,蒙王恩澤檢文簿放還,不知去處。願師慈悲,救護弟子,示其來路。"二僧語策:"檀越持《般若經》[十九],轉讀大乘經典,好牢持齋戒,故來救之。"師云:"我執明炬在前,檀越但從我後。"還於六重城門而出,還詣黑暗二門[二十]。二僧手執明炬,喻如日出,光明皆現。出於六重門外,二僧即語策云:"檀越知地獄處以否[二一]?"報云[二二]:"不知。"二沙彌即舉手指城西北角,更有一大城相去四里[二三],此是地獄之城。二沙彌云:"將檀越於此城觀看。"從師至彼,其城高峻,有大城門並鐵網垂下[二四]。有四羅剎手執鐵叉,侍立左右。二僧云:"是地獄之門,一切罪人配入,並從此門而過。"即將策入門,可行二百步見一灰河⑨,其中一切受苦之人身在河中,唯見其頭百千萬億。猛火熾然[二五],燒此罪人,苦痛號叫,不可具說。又四邊皆是鐵床劍樹,有四獄卒手持鐵叉,畔上行走,叫喚之聲甚可怖畏。二僧云:"十八地獄咸在此城。"策見心中怕懼,唯知念佛[二六],心中恒誦《般若》不絕[二七]。二僧即將策出城門,至於本來之道。五箇道相近,意中荒迷,不知本從家之道。二僧即欲別策而去。禮拜求請:"五道之中,不知弟子從何道去? 願師慈悲,示其道處。"二僧即於中道引前,可行十里許[二八],有一大門塞其道口,不得而過[二九]。二僧以錫杖開之,即語策云:"努力勤修功德,誦《般若經》莫生懈怠[三十],必得長壽。"策別師至家,體中醒悟。父母親知並悉忙怕[三一],以禮慰喻⑪。說其因緣,蒙放還家,功德之力。聞者欣悅,心意泰然。以此誦經齋戒功德,勸化一切,各各發心。讀誦《般若經》一日不闕,更加精進,又得長年。

本條《法傳》卷五所錄與此基本相同,又參《法華經顯應錄》卷下、《廣記》卷一〇二引作《報應記》、重編《說郛》卷七二引《報應記》,事略。

【校記】

[一]秦:原作"泰",據《法傳》、《法華經顯應錄》卷下改。邽:原作"邦",續藏本注"邦一作邽"。按:《舊唐書・地理志》卷四十"秦州領上邽",今從別本。

[二]法華:原脫,據《法傳》補。按:下文言"唯誦持《金剛般若》、《法華》八部",亦明上文脫字也。

[三]齋:原作"齊",據《法傳》改,下同。

[四]今:東大寺藏本《法傳》作"令"。

[五]即:慶長五年刊大谷大學藏本《法傳》作"良"。

[六]埒:《法傳》作"郭",古同。

[七]已:原作"巳",據《法傳》改。

[八]仗:續藏本注"杖一作仗",《法傳》作"杖"。

[九]當:大谷本《法傳》作"宮",《廣記》作"當"。

[十]六:《廣記》作"四"。

[十一]而:續藏本注"一無而字",《法傳》有"而"。

[十二]者:《法傳》無此字。

[十三]踈:《法傳》作"疎"。

[十四]已:原作"巳",據《法傳》改。

［十五］檢：《法傳》作“撿”，下同。

［十六］而：《法傳》無此字。

［十七］一沙彌：《法傳》作“沙門”。

［十八］手：《法傳》無此字。

［十九］經：《法傳》無此字。

［二十］還：《法傳》無此字。黑：原作“里”，據《法傳》改。

［二一］處：原作“所”，續藏本注“所一作處”，《法傳》作“處”，今從之。大谷大學本《法傳》作“檀越以知地獄處否”，東大寺本《法傳》作“檀越知地獄處以否”。

［二二］報：大谷大學本《法傳》作“策”。

［二三］更：大谷大學本《法傳》作“處”。

［二四］大：原作“入”，據《法傳》改。

［二五］然：《法傳》無此字。

［二六］知：大谷大學本《法傳》作“正”。

［二七］中：續藏本注“一無中字”。般若：《法傳》作“經”。

［二八］前可：續藏本注“前可一作道”。按：據《法傳》知“前可”是。

［二九］過：大谷大學本《法傳》作“已”。

［三十］般若：《法傳》無此字

［三一］悉：《法傳》無此字。

【注釋】

①秦州上邽：原訛作泰州上邦。據《法華經傳記》知當為秦州；隋、唐無上邦縣，秦州轄上邽縣，乃知泰、秦，邦、邽皆形近而訛也。秦州設置于三國時，隋襲秦州，至大業五年改為天水郡，唐武德二年又

改置秦州,天寶元年改為天水郡,乾元元年復為秦州。秦州治所在上邽縣,今屬甘肅天水市。

②忙怕:害怕。忙怕同義連文,忙,怖也。《敦煌變文集·伍子胥變文》:"鄭王得信,忙怕異常,莫知何計",《唐太宗入冥記》:"皇帝問已,忙怕極甚。"

③樓櫓:建于地面或車、船上用以瞭望、攻守的無頂蓋的高臺。

④持仗:手執武器。《唐六典》卷二十記:"(左藏署)院內常四面持仗為之防守。"宿衞:在宮禁中值宿,擔任警衛的人員。

⑤女等:此處指女道士。

⑥六夷:古指東夷、西南夷、西羌、西域、南匈奴、烏桓鮮卑等各族。後泛指外族。《敦煌變文集·伍子胥變文》:"治國三年,六夷送款,萬國咸投。"

⑦福業:召感福報的業因。

⑧明炬:明亮的火炬。

⑨灰河:地獄中懲罰罪人的河流。《長阿含經》卷十九記有灰河地獄,縱廣各五百由旬,灰河沸湧,惡氣蓬勃,洄波相搏,聲響可畏。河流兩邊有鐵刺縱橫,岸有劍林,枝葉華實皆是刀劍,罪人入河,隨波上下,洄澓沉沒,鐵刺刺身,內外通徹,苦痛萬端。

⑩慰喻:撫慰,寬慰曉喻。

28. 袁志通(一)

又曰:天水郡隴城縣袁志通①,年未弱冠住持齋戒[一]②,讀誦《法華》、《金剛般若》等經,六時禮懺③,不曾有闕。年二十,即點入清德府衞士④,名掛軍團[二]。奉勑差征白蠻[三]⑤,從家至彼一萬餘里,在路晝夜禮誦不闕。至南蠻之界,官軍戰敗,兵士散走。當時徒侶一百餘人不知所投，多被傷殺。志通惶迫，奔走無路。忽有五人並乘牝（頻殞反）馬⑥，在通前後。有一人走馬告通曰⑦："莫怕！莫懼[四]！汝具脩功德，前後圍繞[五]，不能為害。"行可七里有餘，至一塔廟⑧，即入其中藏隱，蠻即還營。忽有二僧來通所，語通云："檀越誦《金剛般若》、《法華》，禮念諸佛，不可思議！故遺救汝。向者五人，乘馬在汝前後者，並是《法華》、《般若》之力，亦同救汝，恐賊傷害[六]。汝身好脩福業，誦持經典，莫生懈怠，一切諸善神王恒相衛護⑨。"作是語訖，即乘空而去。通經日不得食，非常飢乏⑩。須臾，有二童子將一鉢飯并醬菜及餅⑪，與通而食。食訖又告通："勤脩功德，誦《般若經》莫令廢闕。"語訖，亦乘空而去[七]。通涕淚悲泣，深心懺悔。即投大軍，頻經三陣⑫不被寸鐵所傷⑬，據此因緣並是《法華》、《般若》之力。於後蠻破，官軍放還，專心誦持《法華》、《般若》，不敢怠慢。

　　本條《法傳》卷五所錄與此基本相同；《廣記》卷一〇二引《報應記》所記甚簡；《法華經顯應錄》卷下、《法華靈驗傳》卷上略言其事。

【校記】

　　[一]住：續藏本注"住疑受"。按：《法傳》作"住"，唐人有此用法，續藏誤識。

　　[二]掛：續藏本注"掛一作排"。《法傳》訛作"樹"，掛之形訛。

　　[三]白：《法傳》作"南"。按：白蠻、南蠻義同，當系作者原文。

　　[四]懼：續藏本注"懼一作怕"，《法傳》作"怕"，疑"怕"是。

　　[五]前後圍繞：《法華經顯應錄》、《法華靈驗傳》作"余等善眾守護"，疑脫。

　　[六]恐：原作"怨"，續藏本注"怨一作恐"，據《法傳》改。

［七］亦：原作“主”，據《法傳》改。

【注釋】

①天水郡隴城縣：隋大業五年改秦州爲天水郡，至唐高祖武德時又改爲秦州，天寶元年時再次改稱天水郡，隋時治所在上邽（今甘肅天水市區）。隴城爲天水郡轄縣，開皇二年改曰河陽，六年又改曰隴城（今甘肅秦安縣東北）。據本文所寫天水郡推斷，蕭瑀在貞觀末年創作此篇時沿襲天水郡舊稱。

袁志通：據本篇知袁志通天水郡隴城縣人，生於北周末際（577）。二十歲時（隋開皇十六年，參見本則故事下二條注）選爲秦州清德府衛士，奉敕征伐西爨白蠻，開皇十七年平西爨白蠻，袁志通得還故里。至五十八歲時（貞觀八年二月）因病昏死，後得蘇醒，又據《法華傳記》與下則故事知其或亡於貞觀十四年。

②住持：堅持護持佛法。王梵志詩：“莫看他破戒，身自牢主持。”

③六時：指晝夜六時，即晨朝、日中、日沒（以上三時爲晝）、初夜、中夜、後夜（以上三時爲夜），此六時分別又作平旦、日正中、日入、人定、夜半、雞鳴。禮懺：禮拜與懺悔之略稱，又作拜懺。一般藉由禮拜諸佛、菩薩或誦讀經文，懺悔所造諸惡業。

④清德府：天水郡（秦州）所設的軍府名。《唐曹府君（惠琳）墓版文》記“曾祖鍠，秦州清德府果毅”，莫高窟第199窟西壁龕外北壁南壁供養人像列西向第二身題名：“節度副將左武衛秦州清德府果毅都尉李崇翼”，據此知隋、唐皆在清德府駐軍。

⑤白蠻：白蠻是對南方少數民族的稱呼，此處指隋唐時之西爨白蠻，“自曲州、靖州西南昆川、曲軛、晉寧、喻獻、安寧距龍和城，通謂

之西爨白蠻"(《新唐書》卷二二二下《南蠻下》)。據《資治通鑒》卷一七八《隋紀二》、向達《漢唐間雲南南詔大事年表》(《蠻書校注》附錄,中華書局 1962 年版)記,隋至唐初的征蠻事唯在隋文帝開皇末。隋文帝開皇十六年(596)命大將軍劉噲之攻西爨,又令上開府楊武通將兵繼進,因未能平蠻,又命太平郡公史萬歲率軍擊之,至開皇十七年春二月癸未,史萬歲擊西爨,降服西爨。據上知袁志通奉勑差征白蠻當指開皇十六年,劉噲之、楊武通率軍未能平蠻,故文稱"官軍戰敗"。

⑥牝馬:母馬。

⑦走馬;騎馬疾走;馳逐。

⑧塔廟:佛塔。梵語塔,一譯廟,梵漢雙舉曰塔廟。后晋釋可洪《新集藏經音義隨函錄》第二冊釋《能斷金剛般若波羅蜜多經》:"窣堵波,舊經云塔廟,新經云靈廟,即佛塔異名也。"《法華經·見寶塔品》:"我之塔廟,為聽《法華經》故湧出其前。"

⑨諸善神王:八部眾中護持正法的諸神。宋釋遵式《金園集》卷上:"常為天龍八部諸善神王之所守護。"

⑩饥乏:飢餓困乏。

⑪醬菜:用醬或醬油醃制的菜。蘇軾《與程正輔四十七首(之三十三)》:"但擇其近似者,斷酒斷肉,斷鹽酢醬菜,凡有味物,皆斷,又斷粳米飯。"

⑫三陣:泛指身經百戰。

⑬寸鐵:原指短小的或極少的兵器,此處泛指兵刃傷。

29. 袁志通(二)

又曰:貞觀八年正月二十八日身患,至二月八日夜命終。遂被將向王前，閱過徒衆甚多[一]，通在後而立。其典唱名①，王即問其善惡之業，亦依次而配。末後，始唱通過[二]，具問："生存作何福業[三]？"通即啟王言："一生已來[四]，誦持《金剛般若》、《法華經》等，常持齋戒[五]，六時禮佛。"王聞此言，即合掌恭敬，歎言[六]："善哉！善哉！此人功德不可思議。"語使者："當取之日，據何簿帳而追？付主司細撿文籍②，不枉將來。"其主司開天曹檢③，報："此人更有六年壽命，未合即死[七]。"王乃索案自尋，果然非謬。語左右侍者："取床几將來④。"即於南廂持金床玉几至王前。即遣殿上西邊安置，鋪種種氈褥⑤，遣通上床誦經。便誦《般若》、《法華》各一卷，並悉通利⑥。又使典藏中取其人誦經及修功德文簿[八]，典與通向西，相遂往取[九]。可行二里，有大經藏，所有功德簿帳咸在其中[十]，並七寶嚴飾[十一]。使者於最下中取得一卷[十二]，可有十紙[十三]，題名《袁志通造功德簿》[十四]⑦。即持向王邊開撿，其中注通誦《般若經》一萬遍[十五]，禮佛齋戒功德總在其中[十六]。王語使人[十七]："其通所造功德，甚深！甚深！將地獄觀看[十八]，知其罪福。"使者奉勅，引通出城西北五里有餘，有一大城樓櫓卻敵⑧，鐵網垂下[十九]。門中有四獄卒頭如羅剎[二十]，身形長大，手持鐵叉，左右而立。有二銅狗在門兩廂[二一]，口吐融銅，流灌獄所[二二]，注射罪人。一切受苦之人並從此門而入，十八地獄並在此城。通見如此，身心戰慄，無以自安。領將詣王[二三]，白言："見地獄訖。"王語通云："汝今具見受罪福業，好勤精進，讀誦莫廢[二四]。汝今有命六年在[二五]，放汝還家，莫生退心。落入惡道無人救汝⑨，必須讀誦不退菩提。放汝長年，至老命終，必生淨土[二六]⑩。"

　　本條《法傳》卷五所錄與此略同。

【校記】

［一］閱：續藏本注“閱一作問”。《法傳》作“閱”。

［二］過：續藏本注“一無過字”。

［三］存：《法傳》作“在”。

［四］已：原作“巳”，據《法傳》改。

［五］齋：原作“齊”，據《法傳》改。

［六］歟：大谷大學本《法傳》無此字。

［七］合：續藏本注“一無合字”。

［八］人：《法傳》無此字。

［九］相：原作“廂”，據黑板本、《法傳》改。

［十］帳：原作“悵”，據文意改。

［十一］飾：黑板本作“餝”，古同。

［十二］最：原作“寂”，“寂”之形訛，“寂”同“最”，據黑板本、《法傳》改。

［十三］十：大谷大學本《法傳》作“一”，不合文意。

［十四］袁：黑板本作“遠”，“袁”之形訛。

［十五］般：黑板本作“波”，音譯之別，下同。一：《法傳》無此字。遍：《法傳》下多“誦《法華經》千遍”六字。按：上篇文首言志通“讀誦《法華》、《金剛般若》等經，六時禮懺”，本篇又言志通“誦持《金剛般若》、《法華經》等，常持齋戒”，據此疑《法傳》是。

［十六］齋：原作“齊”，黑板本作“㸑”，據文意改。

［十七］王：黑板本上衍“注通誦波若”五字，上行抄重。

［十八］將：續藏本注“將上一有領字”，黑板本上有“領”。

［十九］網：黑板本訛作“纳”，左旁小字注“網”。

［二十］刹：黑板本作"刹"，古通。《法傳》"刹"下多"口出火炎"四字。

［二一］有二：黑板本無二字。

［二二］流：續藏本注"流一作依"。按：《法傳》作"流"，義不通。

［二三］將：大谷大學本《法傳》作"時"。

［二四］廢：黑板本訛作"癈"。

［二五］在：黑板本作"者"。

［二六］土：《法傳》下多"通蘇說此事，彌修彌誦。經六年後而卒，異香滿室，得淨土迎矣"二十四字。

【注釋】

①典：冥府低級官吏，類似典事。

②文籍：文簿帳冊。冥間藏有各種簿冊，記錄凡人壽數、仕運、功德等信息。

③天曹：民間傳說的天上官署。在早期民間信仰中，人死後成神，可升入天署，故晉戴祚《甄異記》曰："樂安章沉病死，未殯而蘇。云：被錄到天曹，主者是其外兄。"佛教地獄觀念傳入後，天曹被闡釋為統轄地府事務的機構，如《冥報記·眭仁蒨》記"天帝總統六道，是為天曹。閻羅王者如人間天子，太山府君尚書令錄，五道神如諸尚書。"

檢：書署。開天曹檢，即言開啟文署，閱讀天曹文案。天曹可轄冥間事務，有文書指引冥間公務，如《冥報記·張法義》言"其罪並懺悔滅除，天曹案中已勾畢"；《廣異記·仇嘉福》記碧衣判官對奏仇嘉福婦被捉一事，"此事天曹所召，今見書狀送"；《前定錄·柳及》曰"天曹記人善惡，每月一送地府"，咸記地府、天曹有文書來往，天曹符、書轄冥。

④床幾：胡床和幾案。床指坐臥器具，幾是案桌。下文稱之為金床玉幾。

⑤氈褥：氈制的褥墊。《通典》卷二五《職官七》："大唐置令一人，掌諸鋪設帳幕、氈褥、床薦、幾席之事。"

⑥通利：能通其事而無礙如利刃。喻誦經流利，毫無凝滯。《大智度論》卷十一："南天竺有一婆羅門大論議師，字提舍，於十八種大經，皆悉通利。"

⑦功德簿：即上文的修功德文簿，記錄凡人諸種功德的冥間文簿。

⑧卻敵：擊退敵人。

⑨惡道：指生前造作惡業，死後趣往的如地獄、餓鬼、畜生等苦惡處所。是對所趣世界的總稱，主要指地獄。

⑩淨土：指清淨的佛土。這種國土沒有五濁的垢染，是佛所居之所。相對于世俗眾生所居的"穢土"，故謂之為"淨土"。

30. 吳思玄

朝請大夫①、行國子監大學博士吳思玄［一］②，常誦《金剛般若波羅蜜經》［二］。初，日則兩遍［三］；五六年後，即日則一遍［四］。兄思溫以長安元年任漢州縣竹縣令［五］③，染患入京醫療，寄在殿中省尚藥奉御張慶家針灸④，忽然病發［六］，非常困重。張慶綰攝諸巫術之士［七］，時有婺州褚細兒亦甚見鬼［八］⑤，在慶中庭為溫祈禱。其時，著緋官數人。思玄在別處止宿，人報兄患發，奔走來看。先至慶中庭亦同祈請［九］，未曾與褚相識。褚遂云："此官不知何人？諸鬼神見之皆悉散走。"思玄聞此，倍加精勵。念誦一二日間

［十］，兄病遂差⑥。

　　初，思玄去萬歲登封元年行至中渭橋⑦，見一人甚老，著重縗（音催）服［十一］⑧，恠而問之。老人云："某乙年八十二⑨，為親生母著服。母年一百七歲，近日始亡。"復問："作何將養得此長壽［十二］？"其人報云："孃年四十三時［十三］⑩，有人教誦《金剛般若波羅蜜經》。每日兩遍，從少至老，未曾暫闕。更有阿姨并及隣母［十四］，總有四人，同業相共受持，姨亡已經一年［十五］，壽一百十四歲［十六］。自餘兩箇，今各年九十已上［十七］，至今竝在。"（吳思玄親自錄出［十八］）

　　本條《廣記》卷一〇四引《報應記》，事略。

【校記】

［一］大：《廣記》作"太"，"大"、"太"古通。

［二］經：黑板本無此字。

［三］則：原作"別"，續藏本注"別一作則"，今從之。

［四］則：原作"別"，續藏本注"別一作則"，今從之。《廣記》作"夜"。

［五］溫：《廣記》誤作"玄"，與文意違。縣：原作"縣"，續藏本注"一無縣字今謂縣疑縣"，據黑板本、《舊唐書》卷四一《地理志四》改。

［六］發：黑板本作"菝"，"發"之異體字。

［七］縜：黑板本作"**雍**"。

［八］婺：原作"務"，據黑板本改。黑板本下"州"作"洲"。按："務州"貞觀四年廢置，據史知婺州是。

［九］先：先等三三字黑板本小字补写行间，抄者漏抄后补抄，句

79

中"先"下衍"者"字。

[十]念誦:《廣記》作"日念五遍"。間:黑板本讹作"問"。

[十一]重:《廣記》作"粗"。

[十二]作何:續藏本注"作何一作何"。

[十三]孃:《廣記》作"母"。四十:黑板本抄作"卌"。

[十四]并及:續藏本注"一無及字",黑板本、《廣記》作"及",疑從黑板本。

[十五]已:原作"巳",據文意改。

[十六]十:黑板本無此字。按:阿姨後隨其母持經,依理其福報未有其母大,當與鄰母壽近,故上言母壽一百七,則疑阿姨為一百四歲,十字衍也,黑板本"一百四"是。

[十七]已:原作"巳",據文意改。黑板本作"以"。

[十八]親:黑板本無此字。

【注釋】

①朝請大夫:唐代文散官名,從五品上。

②國子監:隋唐時的中央官學,是古代教育體系中的最高學府。唐承隋制,武德元年(618)唐設國子學,三百名學生皆為貴族子弟,教師二十四人。貞觀元年(627)將國子學改稱國子監,成為獨立的教育行政機構。最高長官為祭酒,從三品。大學博士:太學為國子監六學(國子學、太學、四門學、律學、書學、算學)之一。"太學博士三人(正六品上)……太學博士掌教文武五品已上及郡縣公子孫,從三品曾孫之為生者。"(《舊唐書》卷四四《職官志三》)吳思玄所任,即國子監太學博士。

吳思玄:據文知則天時曾任國子監太學博士,有兄吳思溫。吳思玄事不詳,其兄思溫事可略考:據楊炯《司軍参軍事濮陽吳思溫字如玉贊》知吳氏兄弟為濮陽(或为郡望)人,吳思溫字如玉,曾任梓州司軍参軍;又據本篇知吳思溫長安元年任漢州綿竹縣令。《關中金石記》卷八言鄠縣重雲寺有吳思溫《唐太宗與玄奘對譚畫壁》,然劉於義《陝西通志》卷二八載鄠縣重雲寺建於五代,或畫重雲寺壁之吳思溫另有其人。

③漢州綿竹縣:睿宗李旦垂拱二年(686)分益州五縣置漢州,天寶元年改為德陽郡,乾元元年復為漢州。漢州轄綿竹縣(今四川綿竹市)。

④殿中省尚藥奉御:官職。殿中省下設尚藥局,尚藥局有奉御二人,正五品下,奉御掌合和御藥及診候方脈之事。張慶即擔任此職,據文知其在家亦可診病。

⑤婺州:原作"務州",唐高祖武德四年置,貞觀四年改務州為思州,州治務川(今貴州務川)。則天時務州早已廢置,故從黑板本作"婺州"。《舊唐書》卷四十《地理志三》記武德四年改隋東陽郡置為婺州,天寶元年改婺州為東陽郡,乾元元年復為婺州。則天時婺州州治在金華(今浙江金華)。

⑥差:病癒。後作"瘥"。

⑦中渭橋:唐代長安城北的渭橋。秦漢時稱渭橋或橫橋,《三輔黃圖》卷六記"渭橋,秦始皇造"。渭橋是漢長安城西出北往的要衝,在橫門(遺址在今西安市未央區)之北。唐時慣稱中渭橋,《全唐文》卷四五一喬潭《中渭橋記》記"連橫門,抵禁苑",位置仍在漢長安城橫門之北。

⑧重縗服:重孝服,父母去世後子女所穿的孝服。《大唐開元

禮》卷一三二記子為亡母服齊衰(縗)三年，"舊禮父卒，為母周。今改與父服同"。齊衰衣裳以牡麻為材料，其服以粗疏的麻布製成，衣裳分制，緣邊部分縫緝整齊。

⑨某乙：自稱的代詞。

⑩孃：對母親的稱呼。

31. 釋德遵

申州大雲寺僧釋德遵者①，即義陽縣人也。時年五十一二，染疾彌留[一]，氣力虛惙②，(時臥)時起[二]。彼有張照藏者，洞曉陰陽；有張則者，極明醫術。推步年命③，以為厄運之期；診(音軫)候經脈(音麥)[三]④，治非針藥之救⑤。遂啟請發願誦《金剛般若經》。力疾扶羸⑥，日數十遍，誠心懇至，感乎幽明[四]。却倚蒲團⑦，因而彌勵，不捨晝夜，誦持此經。未盈旬月，漸覺瘳(音抽)愈[五]，將涉時序⑧，了然痊復。長安三載，獻忠任申州司戶⑨，其僧尚存[六]，向逾七十[七]，每見自說，嗟嘆者久之。德遵自此之後，常以《般若》為務。則知大乘之力，豈術數能知？非夫淨信通神，達空體妙，智該上士者[八]⑩，焉肯勤而行之[九]乎！

【校記】

[一]疾：黑板本作"病"。

[二]時臥：原脱，據黑板本補。

[三]候：黑板本作"𠋫"。麥："麥"非音"脈"，疑"麥"之形訛。

[四]明：續藏本注"明一作顯"。

[五]抽：原訛作"柚"，據下條音注改。按：柚非音瘳，抽之形訛。

[六]存：黑板本作"在"。

[七]逾：黑板本訛作"愈"。

〔八〕士：原作"上"，義不通，續藏本注"上一作士"，今從之。
按：卷中首段言"故上士忘心"，知"上士"為是；黑板本倒作"者土"，
"土"乃"士"之訛。

〔九〕之：黑板本無此字。

【注釋】

①申州：唐高祖武德四年置申州，領義陽、鐘山二縣，後又以羅山
來屬。天寶元年改為義陽郡，乾元元年復為申州。州治所在義陽縣
（今河南信陽溮河區）。唐睿宗永昌元年（689），沙門法朗等進獻偽
撰《大雲經》於則天，則天另各州建大雲寺，申州大雲寺當始於此。

②虗惙：虛弱疲乏。《備急千金要方·膽腑》："須臾自定，即不
虗惙，得冷飲食已，耳不虗聾，手足不痹。"

③推步：推算命運。宋錢愐《錢氏私志·求嗣》："大父寶閣善推
步，午時遣人來報光玉云：'得數七十有九，若今日酉時生，是箇有福
節度使。'"

④診候：察病候脈，診斷病情。《定命錄·田預》："田乃請與診
候，出一飲子方劑愈。"

經脈：中醫學名詞，經脈原指人體內氣血運行的主要通路。此處
偏指脈，診脈是中醫通過切脈來診斷疾病的方法。

⑤針藥：針灸和藥物，治非針藥之救暗示無藥可治。

⑥力疾：勉強支撐病體。杜甫《奉酬李都督表文早春作》詩："力
疾坐清曉，來詩悲早春。"

扶羸：勉力撐持虛弱之軀。扶是勉力撐持，羸是虛弱的意思，如
扶疾。

⑦蒲團：僧人坐禪及跪拜時所用之物。以蒲草編織而成之圓形

扁平坐具,其後亦有以綾錦包成者。

⑧時序:時間,光陰。

⑨申州司戶:據此知長安三載(703),孟獻忠任申州司戶。申州是中州,其州司戶正八品下。

⑩該:有,具有。

32. 杜思訥

杜思訥者,京兆城南人也,任潞州銅鞮(音提)縣尉[一]①。考滿之後,年登七十,又染瘦病②,日漸虛羸③。當時名醫,咸謂難濟,雖加藥餌(音二)④,診候未瘳。時權瓘(音貫)注得漢州司功之任⑤,就別臨訣(音決)之際⑥,詞氣悽(音妻)凉,曰(音越):"雖是生離,即成死別。"然宿心正信⑦,發始深誠。遂謂瓘曰:"唯發願誦《般若經》,將希生路[二]。"遂即發心誦《金剛般若經》,不逾時月,漸覺瘳(音抽)愈[三]。懇誠彌勵,屢(力芋反)見光明。瓘後入京,訥已痊復。靜惟福力⑧,不可思議(漢州司功權令瓘說)。

本條《廣記》卷一〇五引《廣異記》,事略。

【校記】

[一]鞮:原作"鍉",續藏本注"鍉一作鞮",黑板本作"鞮",今從之。按:原文自注"音提",又據《舊唐書‧地理志二》潞州轄銅鞮縣,知"鍉"訛。

[二]將:黑板本作"恃"。

[三]抽:原作"柚",據瘳音及上文改。

【注釋】

①潞州:北周始置潞州,隋稱上黨郡,唐武德初改上黨郡為潞州,州治在今山西長治縣。潞州轄銅鞮縣,治所在今山西沁縣西南。銅

鞻為上縣,其縣尉為從九品上。

②瘦病:指虛勞之人,精髓枯竭,血氣虛弱,不能充養肌膚以致身體極度消瘦為主的病症。

③虛羸:身體虛弱。

④藥餌:藥物。

⑤權璀:據文知當在玄宗開元初或其前任漢州司功,漢州為上州,司功為正八品下。注:注官,注出擬授官職。

⑥臨訣:最後告別。

⑦正信:篤信正法之心。

⑧靜惟:思考推度。思考真實之道理,稱為正思惟。

贊曰:恭惟眾聖,爰起三堅。一塵一劫,無量無邊。寧惟萬萬,何止千千。不生不滅,非代非年。

《金剛般若經集驗記》卷中

滅罪篇第三(并序三章)　　神力篇第四(并序十六章)

滅罪篇第三(并序三章)

夫三界虛妄,一心所作,心在分別,(則)一切俱邪[一];心絕攀緣,則萬殊皆正[二]。夫心者,不內不外,亦不中間,心垢則眾罪咸生[三],心淨則眾罪同滅。禍福不牽於物,垢淨必在於心,故上士忘心,見諸相而非相;達人齊觀,悟非色而非空。由是犯律比丘,頓除疑悔;破戒菩薩[四],還入聖流。然則業以心成,罪隨心滅。式廣普賢之路[五],爰申滅罪之篇。

【校記】

[一]則:原脫,據黑板本補。按:孟文文句對偶,據下句句式知

"則"字脱也。

[二]萬:續藏本注"一無則字"。按:上下句式對偶,故上下句或皆無則字,或皆有則字。

[三]則:續藏本注"一無則字"。按:下句句式,知"則"是。

[四]菩薩:黑板本抄作"卉",唐人習慣寫經法。

[五]式:續藏本注"式一作惑"。

33. 僧法藏

蕭瑀《金剛般若靈驗記》曰:鄜(音敷)州寶室寺僧法藏[一]①,戒律清淳,慈悲普行[二]。隋開皇十三年[三],於洛交縣葦川城造寺一所、僧房二十餘間、佛殿講堂等三口,並七架六栿(音伏)②,塼瓦砌餝,修理華麗。丈六大像一軀[四]③,總有四鋪,鋪皆十一事④,莊嚴不可思議。觀世音石像一軀,金銅隱起⑤。千佛屏風等並莊嚴成就[五]。至大業五年⑥,勅但是諸處佛堂之內佛像者並移州內大寺。伽藍補壞修理並已成就[六],法藏又造一切經,已寫八百餘卷[七],造長友紙於京城月愛寺抄寫[八]⑦,檀軸精妙[九]。法藏至武德二年閏二月內[十]⑧,得患困重,經餘二旬[十一],乃見一人青衣,服飾華麗,在高樓上[十二]⑨,手持經一卷[十三],告法藏云:"汝一生已來造大功德[十四],皆悉精妙[十五]。汝今互用三寶物[十六]⑩,得罪無量。我所持經者是《金剛般若》,汝若能自造一卷,至心誦持,一生已來所用三寶物罪並得消滅[十七]。"藏即應聲:"若得滅罪,病又瘳(音抽)差⑪,即發深心決定敬寫《金剛般若》百部,誦持不廢。"又云:"一生已來雖作功德,未曾抄寫《金剛般若經》。諸佛覺悟[十八],弟子唯身上所有三衣⑫、瓶缽等即當盡捨⑬,付囑大德。"自知病重,遺囑弟子及親知:"為造《金剛般若經》百部,舍婆提城舍衛國各中半抄寫並莊嚴了訖,散與一切道俗讀誦。《般若》威力,不可思議,救拔一切眾生。"作是語已,藏即命終。將至王所[十九],具問一生作何福業。藏即分疎[二十]:"造佛像,抄寫《金剛般若》百部,施一切人轉讀[二一]⑭,兼寫餘經八百卷[二二],晝夜誦持《般若》,不嘗廢闕[二三]。"王聞此言:"師造功德極大,不可思議!"即遣使藏中取功德簿⑮,將至王前[二四]。王自開檢,並依藏師所說,一不錯謬。王言:"師今造寺佛像,抄寫經典及誦持《般若》,功德圓滿,不可思議。放師在寺,勸化一切讀誦《般若》,具修一切功德,莫生懈怠! 師得長壽[二五],後命終之日[二六],即生十方淨土[二七]⑯。"

　　本條《珠林》卷十八引《冥報記》,P.2094《持誦金剛經靈驗功德記》,《法傳》卷七所記與此有異;《三寶感應要略錄》卷中引《集驗記》;《金剛經感應傳》;《永樂大典》卷七五四三引宋釋延壽《金剛經證驗賦》事略,又《永樂大典》卷七五四三"金剛感應事蹟"。可參見《今昔物語集》卷七《震旦寶室寺法藏誦持金剛般若得活語》(9);《三國傳記》卷九《寶室寺僧法藏事》(29)。

　　【校記】

　　[一]寶:原作"實",續藏本注"實一作寶",據《珠林》、《法傳》、《持誦》、《大典》改。

　　[二]慈悲普行:《持誦》作"為性質直"。

　　[三]隋:原作"隨",據《珠林》、《持誦》改。

　　[四]大:《持誦》作"素(塑)"。一:續藏本注"一一作三"。

　　[五]風:續藏本注"風下一有像字"。

　　[六]已:《持誦》作"得"。

［七］已寫：《持誦》作"寫得"。

［八］**友**：《持誦》無此字。

［九］檀軸精妙：《持誦》作"並檀香為軸,莊嚴妙好"。

［十］武德：續藏本注"武德下出《三寶感應錄》中卷"。按:《要略錄》抄自本篇也。閏二:原作"閏五",續藏本注"閏五疑閏二",《珠林》作"閏二",今從之。按:檢《二十史朔閏表》知"閏二"是。

［十一］餘二句:《要略錄》作"二句餘",《持誦》作"二句"。

［十二］高:原作"當",據《持驗》、《珠林》、《法傳》、《要略錄》改。樓:《持驗》、《珠林》、《法傳》作"閣",《要略錄》作"樓"。按:《要略錄》抄錄孟文,故知樓是。

［十三］持:《珠林》、《持誦》作"把"。按:《要略錄》傳抄作"持",知孟文如是。

［十四］已:原作"巳",據文意改,下同。

［十五］皆悉精妙:《珠林》作"悉皆精妙",《持誦》作"悉皆妙好"。

［十六］汝今:《珠林》作"唯有少分",P.2094作"唯有少"。按:《要略錄》作"汝今",知孟文如斯。

［十七］並得消滅:P.2094作"悉得除滅",《金剛經感應傳》作"悉皆消滅"。按:《要略錄》作"並得消滅",知孟文如斯。

［十八］諸佛覺悟:《持驗》作"諸佛菩薩,今見學悟必不懈怠"。

［十九］將:續藏本注"將一作昔"。

［二十］踈:《感應》作"疏",二字古通。

［二一］施:《要略錄》作"於",《物語》作"令"。

［二二］餘:《要略錄》作"一切"。

［二三］甞:《要略錄》作"曾"。

[二四]將:續藏本注"將一作持"。按:《要略錄》作"將",知持非。

[二五]長壽:《要略錄》下有"無病安樂"四字。

[二六]後:續藏本注"後一作次"。按:《要略錄》作"後",知次非。

[二七]即:續藏本注"即一作師"。按:《要略錄》作"即",知師非。土:《要略錄》下有"乃得醒活,自對他說焉"九字。

【注釋】

①鄜州:《舊唐書》卷三八《地理志》:"隋上郡。武德元年,改為鄜州,領洛交、洛川、三川、伏陸、內部、鄜城六縣。州治在洛交縣,今陝西富縣。

寶室寺:原作"實室寺","實"乃"寶"傳寫之訛。《全唐文》卷九八八有闕名《鄜州寶室寺鐘銘》文,知寶室寺在鄜州。據《珠林》卷十八及本篇所記,寺乃法藏所建,"隋開皇十三年於洛交縣韋(葦)川城造寺一所,佛殿精妙,僧房華麗,靈像幡華,並皆修滿",則知寺在洛交縣韋(葦)川城。洛交縣乃鄜州治所,因位處洛水之交而得名,而寶室寺寺址便在鄜州州治洛交縣內。

②七架六栿:房屋建築的格局規模。兩柱之間為一架,《唐六典》卷二三:"天子之宮殿皆施重栱、藻井……五品已上七架,並廳廈兩頭";栿,是房梁,六栿即六梁。

③丈六大像:又作丈六佛、一丈六像、等身像。即與佛身等高的雕像或畫像。據諸經所載,釋迦牟尼在世時,凡人身長約八尺,釋迦牟尼則是凡人身高二倍,故為丈六。印度盛行丈六像,我國則在東晉以後,開始盛行。《廣弘明集》卷十五、《釋迦方志》卷下、《出三藏記

集》卷十二、《法苑珠林》卷十三等均有鑄丈六像的記載。

④事:量詞,件。王讜《唐語林·豪爽》:"器物一千事。"

⑤金銅:以銅鑄成,其外鍍金的佛菩薩像。自印度以來,佛像大多以銅或銅合金(多為青銅)鑄成。其起源系因佛身為金黃色,故仿鑄成黃銅之像。隱起:凸起,高起。晉葛洪《西京雜記》卷五:"趙后有寶琴曰鳳凰,皆以金玉隱起為龍鳳蝘蠖、古賢列女之象。"《大唐西域記》卷八:"戶牖棟梁,壖垣階陛,金銅隱起,廁間莊嚴。"

⑥大業:隋煬帝年號。《三寶感通錄》卷上:"大業五年,僧不滿五十人者廢之,此寺從廢",知大業五年(609)曾有廢置小寺之舉,廢寺佛像可能移往大寺。

⑦月愛寺:在隋唐長安崇德坊東北隅。隋時所建,貞觀九年徙豐樂坊證果尼寺於此,改為證果尼寺,見宋敏求《長安志》卷九。

⑧武德二年閏二月:檢陳垣《二十史朔閏表》武德二年有閏二月,則知本篇、《要略錄》所載並訛,當作閏二月。《舊唐書》卷一《高祖本紀》武德二月下記"閏月辛丑,劉武周侵我并州",亦明閏二月之事。

⑨青衣:身穿青衣之人。

⑩互用三寶物:指相互濫用佛、法、僧三寶物的罪過。"三寶互用"是說將佛物用於法或僧,將法物用於佛或僧,將僧物用於佛或法。此為佛律所不能允,故道宣《四分律刪繁補闕行事鈔》卷中記:"故僧祇寺主好心互用三寶物,是盜波羅夷,謂愚癡犯也。"

⑪瘳差:病癒。

⑫三衣:比丘依佛教戒律的規定可擁有的三種衣物。出家者需過簡樸僧團生活,僅獲准持有三衣一鉢。三衣具體指安陀會,日常勞

務或就寢時所穿衣著;郁多羅僧,是禮拜、聽講、布薩時所穿之衣,由七條布片縫製而成,故又稱七條衣;僧伽黎,是作法事或見國家元首重臣時所穿之衣。

⑬瓶缽:比丘的隨身之物。比丘持有雲瓶,常貯水,隨身用以淨手;缽是乞食的用具。

⑭轉讀:讀誦經典。轉,自此移彼輾轉之義。

⑮功德簿:陰府中記錄凡人功德福德的簿冊。早期的功德簿主要記錄誦讀經典、修造佛寺的宗教行為,後來也包含普通的善舉嘉行。

⑯十方淨土:十方諸佛之淨土。又稱十方佛剎、十方佛土、十方佛國、十方妙土。指東西南北,四維、上下,十方皆有諸佛淨土,無量無邊。

34. 沈嘉會

郎余令《冥報拾遺》曰:前校書郎吳興沈嘉會[一]①,太宗時以罪徒配蘭州②。自到已來[二],每思鄉邑。其後,日則禮佛,兼於東南望泰山禮拜,願得還鄉。經二百餘日。永徽六年十月三日夜半,忽見二童子,儀容秀麗,綺衣紈袴,服飾鮮華,云:“兒等並是泰山府君之子,府君媿先生朝夕禮拜,故遣迎接[三],即須同行。”嘉會云:“此去泰山三千餘里,經途既遠,若為能到[四]③?”童子曰:“先生但當閉目,兒自有馬。”嘉會即依其言,須臾而至。見宮闕廊宇,有若人間。引入謁拜府君[五],府君為之興。須臾之間,延入曲室④,對坐言語,無所不知[六]。府君說云:“人之在生,但犯一事[七],生時不發,死後冥官終不捨之。但能日誦《金剛般若經》,大得滅罪。”又云:“前有一府君為坐貪穢⑤,天曹解之[八]⑥。”問知今府君姓劉(音流），不敢問字。謁見之後，每夜恒與嘉會雙陸⑦，兼設餚饌。嘉會如廁，於小廳東頭見姑臧令慕容仁軌（執）笏（音忽）端坐［九］⑧。嘉會召問之。云："不知何事，府君追來已六十餘日。"嘉會還，為府君言之。府君令召仁軌，謂之曰："公縣下有婦女阿趙，行私縣尉，他法抽殺［十］⑨。此嫗來訴縣尉，遂誤追明府君耳［十一］⑩。"府庭前有一大盆［十二］，其中貯水，令仁軌洗面，乃賜之食。食訖，云："欲遣鬼送明府［十三］，恐為群兇所逼，乃自命一兒故送仁軌。"雙陸七局，其兒便還。云："已送訖。"又云："慕容明府不敢坐於大堂，今居堂東頭一小房內。"嘉會即辭府君，府君放去。嘉會具為州縣官言之，州官初不之信。蘭州長史趙持滿故令人於姑臧訪問仁軌⑪。仁軌云："從去九月內得風疾，手足煩疼，遂便灸灼三十餘處［十四］。家人覺其神彩恍忽，十一月初便得瘳損。"校其日數，莫不闇同。縣尉拷殺阿趙事皆實錄，縣尉尋患，旬日而死。初，嘉會謁見府君之時，家人但覺其神爽昏耄而已。既而每日誦《金剛般若經》，以為常業。尋還本土，至今現在（丘貞明說⑫，余令後見嘉會所說亦同）。

本條《廣記》卷一〇二引《報應記》，事略。

【校記】

［一］郎：原作"即"，據《廣記》改，即乃郎之形訛。沈：原作"沁"，據《廣記》改。

［二］到：續藏本注"到一作別"。

［三］迎：原作"近"，續藏本注"近一作迎"，今從別本。按：《廣記》"近接"作"奉迎"，亦知迎意是。

［四］到：續藏本注"到一作至"。

［五］入：原作"人"，據《廣記》改。

〔六〕知:原作"盡",續藏本注"盡一作知",《廣記》作"知",今從之。

〔七〕但:原作"伹",據文意改。

〔八〕解:《廣記》作"黜"。

〔九〕執:原脱,續藏本注"笏上疑脱持字",據《廣記》補。端:原作"而",續藏本注"而一作端",《廣記》作"端",今從之。

〔十〕私:續藏本注"私一作弘"。他:續藏本注"一無他字"。

〔十一〕誤追:續藏本注"誤追作設生"。

〔十二〕庭:上原有"若"字,意不通,續藏本注"若字無",今從別本。

〔十三〕鬼:原作"兒",續藏本注"兒一作鬼",今從別本。按:下文言"自命一兒故送",知上文非指兒,鬼是也。

〔十四〕處:續藏本注"處一作度"。

【注釋】

①校書郎:唐時有秘書省校書郎(正第九品上階)、弘文館校書郎(從第九品上階)、崇文館校書(從第九品下階)、著作局校書郎(正九品上階)等,品秩皆低,掌校訂書籍。沈嘉會擔任的便是較低級的文職官員。

吳興:浙江省湖州市的古稱,三國吳甘露二年(266),吳主孫皓取"吳國興盛"之意改烏程為吳興,並設吳興郡,轄地相當於現在的湖州市全境,錢塘(今杭州)、陽羨(今宜興)。吳興是沈氏郡望。

②徒配:即徒流,把犯人遣送到邊遠地區服勞役的刑罰。蘭州:隋文帝開皇三年(583)改金城郡為蘭州,李唐建國後復置蘭州,州治五泉(今甘肅蘭州),寶應元年(762)時被吐蕃佔領,直到大中二年

（848）才被河州人張義潮收復。

③若為：怎能。唐孟棨《本事詩·情感》：“沙場征戍客，寒苦若為眠？”

④曲室：幽深的屋室。《太平廣記·諸葛殷》卷二九〇：“回廊曲室，妝樓寢殿，百有餘間。”

⑤貪穢：貪污。《舊唐書》卷四四《職官志三》：“其貪穢諂諛，求名狥私者，亦謹而察之。”

⑥解：黜，免職。

⑦雙陸：古代一種博戲。唐薛用弱《集異記·集翠裘》：“遂命披裘，供奉雙陸。”隋、唐時頗為盛行。

⑧姑臧：屬涼州（天寶時曾改稱武威郡），是涼州治所，故址在今甘肅武威市涼州區。

慕容仁軌：據文知唐貞觀年間曾任姑臧縣令，事不詳。

⑨行私縣尉，他法抽殺：《廣記》作“被縣尉無狀拷殺”，意近被縣尉狥私拷打致死。

⑩明府君：即明府，唐時對縣令的稱呼。

⑪趙持滿：初唐時長孫無忌從妹之子。《舊唐書》卷一八三《趙持滿傳》記趙持滿為長孫詮（長孫無忌的從弟）之甥，曾任涼州長史，高宗顯慶四年（659）五月戊戌被許敬宗“誣與詮及無忌同反”（《新唐書·高宗本紀》），被吏所殺。據本篇知在貞觀年間趙持滿已任蘭州長史（顯慶元年前蘭州為下都督府，設長史一人，從五品上），在高宗時轉任為涼州長史，品秩升為正五品上。

⑫丘貞明：初唐時丘行淹之子、丘和事見（《舊唐書》卷五九《丘和傳》）之孫。《元和姓纂》卷五（條424頁710）記工部侍郎、少府少

監(《冊府元龜》卷一一七記貞觀十八年行淹官少府少監)、沅陵平公丘行淹"生貞明、貞秦。貞明生幾、莊",據此知丘貞明初唐時人,在高宗時向郎餘令轉述此故事。

35. 尼修行

又曰:龍朔元年[一],洛州景福寺比丘尼修行①,房中有一供侍童女任五娘死[二],修行為立靈座[三]②。經於月餘[四],其姊及妹[五]、弟於夜中忽聞靈座上呻吟。其弟初甚恐懼,後乃問之。答曰:"我生時於寺中食肉[六],坐此大受苦痛[七]。我體上有瘡,恐汙床席,汝可多將灰置床上也。"弟依其言置灰,後看床上大有膿血。語弟曰[八]:"姊患不能縫衣,汝大襤褸,宜將布來,我為汝作衫及韤(音袜)。"弟置布於靈床上,經宿即成。又語其姊曰:"兒小時患染,遂殺一螃蟹,取汁塗瘡得差,今入刀林地獄,肉中見有折刀七枚[九]。願姊慈流[十]③,為作功德救助。知姊煎迫,卒不濟辦[十一]。但隨身衣服無益死者,今並未壞,請以用之。"姊未報間,乃曰:"兒取去[十二]。"良久又曰:"衣服已來[十三],見在床上。"其姊試往視之[十四],乃是所斂之服也[十五]。姊遂送至淨土寺寶獻師處[十六]④,憑寫《金剛般若經》。每寫一卷了,即報云:"已出一刀。"凡寫七卷了。乃云:"七刀並得出訖。今蒙福助,即往託生。"與姊及弟哭別而去(吳興沈玄法說,與淨土寺僧智整所說亦同[十七]⑤)。

本條《珠林》卷九四引《冥報拾遺》;《廣記》卷一百三誤引作《冥報記》;《金剛經感應傳》引《報應記》,文異;《永樂大典》卷七五四三引《報應記》。

【校記】

[一]龍:《珠林》、《廣記》上有"唐"字,道世等所加,故不錄。

[二]一供侍童女:《珠林》、《廣記》作"侍童",《金剛經感應傳》、

《大典》作"女使"。死:《珠林》、《廣記》下有"後"字,《金剛經感應傳》、《大典》下有"已"字。

[三]立靈座:《珠林》作"五娘立靈"。按:下文"忽聞靈座上呻吟",又據《廣記》,知《珠林》"靈"下脱"座"字。

[四]於月餘:疑"於"衍,《珠林》、《廣記》作"月餘日",《金剛經感應傳》作"月餘"。

[五]妹:《珠林》、《廣記》無此字。按:文无其"妹"事,《珠林》、《廣記》亦无"妹"字,知《冥報拾遺》无此字,《集验記》衍"妹"字;然《金剛經感應傳》引《報應記》及《大典》"弟"上无"姊","弟"下有"妹",《報應記》慣抄孟文,故疑《集验記》原衍"妹",原文既如此,故不改。

[六]中:《珠林》作"上"。

[七]受:《珠林》、《廣記》無此字。

[八]語:《珠林》、《廣記》上有"又"字。

[九]見:《珠林》作"現"。

[十]流:續藏本注"流一作敗"。按:宮宋元明《珠林》作"流",麗藏、大本《珠林》作"念",《廣記》作"憫",今從宮宋元明《珠林》,不改。

[十一]卒:續藏本注"卒作交"。《珠林》作"交",《廣記》作"卒"。辦:原作"辨",據宮宋元明《珠林》、《廣記》改。

[十二]取:《珠林》、《廣記》上有"自"字。

[十三]已:原作"巳",據珠林改,下同。

[十四]視:《珠林》、《廣記》作"觀"。

[十五]所:續藏本注"所《法苑》作可誤也"。按:宮宋元明作

可，《廣記》作"所"。歛：《珠林》、《廣記》作"斂"，古通。

[十六]姊：《珠林》、《廣記》無此字。至：《珠林》、《廣記》無此字。

[十七]與：《珠林》、《廣記》無此字。

【注釋】

①洛州：唐武德四年將河南郡改名為洛州，治所在洛陽縣(今河南洛陽市東北)。唐玄宗開元元年改名為河南府。

景福寺：洛陽景福尼寺。始建于唐太宗貞觀九年，原位于城東北的教業坊，則天時改稱天女尼寺。垂拱中自教業坊徙至觀德坊，會昌時寺廢。見徐松《唐兩京城坊考》卷五。

②靈座：亦稱靈坐。古代喪禮中為死者所設之座，以供祭奠用。古人還常以死者生前所喜愛之物置於靈座，以慰藉鬼魂。《太平廣記》卷三八九引《搜神記》："後於靈座褥上見數升血。"

③慈流：慈憫。慈是慈愛，流是延及。慈流示"推愛及人"之意，如隋闍那崛多譯《佛本行集經》卷四九："時羅刹女雖作如是慈流言語"；圓仁《入唐求法巡禮行記》卷二："伏蒙慈流及問，殊慰勤慕，無任感慶"；陳子昂《為蘇令本與岑內史啟》："冀降慈流，有憐於孤賤。"《冥報拾遺》好用"慈流"，《珠林》卷七二引《冥報拾遺·都元方》"願兄等慈流，就彼相看也"即是明證。《法苑珠林校注》據《高麗藏》本改"流"作"念"，不必校改。

④淨土寺：此處指洛州淨土寺，在東都洛陽毓材坊，如《慈恩傳》卷一記玄奘"其第二兄長捷先出家，住東都淨土寺"。寺建于後魏，則天天授二年改為大雲寺，見徐松《唐兩京城坊考》卷五。

⑤僧智整：《法苑珠林》卷七九引《冥報拾遺》記姚明解龍朔元年

死後"託夢於相知淨土寺僧智整",據此知僧智整為洛陽淨土寺僧人,高宗龍朔元年時在東都淨土寺。

贊曰。有情曰凡,無愛為聖。惟罪生滅,隨心垢淨。正念忘懷,即邪為正。六纏九惱,同歸實性[一]。

【校記】

[一]同:續藏本注"同一作共"。

神力篇第四(并序十六章)

昔者媧皇御極①,斷鼇以補天;夷羿(音詣)彎弓②,解烏而落日[一]。璿臺之上③,載駐夏后之龍;瑤水之濱④,更舞周王之駿(音浚)⑤。仙公之潛流吐火,元方之匿影分形。況乎道契如如,切無等等。將開于塔⑥,移天人於他界;不起于座⑦,示妙喜於閻浮。聖烈巍巍,固無得而稱矣。故迹其尤異者,列為神力篇。

【校記】

[一]烏:原作"鳥",據文意改。

【注釋】

①媧皇:女媧。傳說中的上古女神,她起初以泥土造人,而後人間天塌地陷,於是熔彩石以補天,"斷鼇足以立四極"(《淮南子·覽冥訓》)。御極:登基,即位。

②夷羿:相傳羿為堯帝時善射者。當時十日並出,猛獸為害,羿受堯命,上射十日,下射封豨長蛇,為民除害,事見《淮南子·本經訓》。《藝文類聚》卷九二、《太平御覽》卷九二〇並引《淮南子》(未見於今本《淮南子》):"堯時十日並出,堯命羿仰射十日,中其九,烏皆死,墮其羽翼",古人以日為三足烏所化,故文言"解烏而落日"。

③璿臺：又叫靈台，傳說是夏啟所建用來通神的高臺。《初學記》卷二四引《歸藏》"夏後啟筮享神于晉之墟，為作璿台"。

④瑤水：即瑤池，傳說中昆侖山上的池名。

⑤周王：周穆王，傳說他曾遊瑤池，《穆天子傳》卷三："乙丑，天子觴西王母於瑤池之上。"

⑥將開于塔：典出《法華經》卷四："爾時十方諸佛，各告眾菩薩言：'善男子！我今應往娑婆世界，釋迦牟尼佛所，并供養多寶如來寶塔。……移諸天人置於他土。'"

⑦不起于座：典出《維摩經》卷三："維摩詰心念：'吾當不起于座，接妙喜國……'作是念已，入於三昧，現神通力，以其右手斷取妙喜世界，置於此土。"

36. 法藏

蕭瑀《金剛般若經靈驗記》曰：梁時有一婆羅門師名法藏［一］①，能持經呪②，辟諸邪惡［二］。有一小僧學呪數年，自謂成就，堪伏邪魅。同行來詣江畔，遂投宮亭湖神廟止宿［三］③。誦諸禁呪，其夜廟神遂來殺之。藏聞弟子身死，怨恨［四］，自來到神廟廡夜宿［五］，誦呪［六］，因亦致死。于時，同寺一僧每持《金剛般若經》，聞藏師徒並為神殺死，故來神廟，座上誦《般若經》［七］。夜半聞有風聲，極大迅（音峻［八］）速。須臾，見一大人身形瓌異［九］④，奇特可畏，種種形容，眼光似電。師端坐正念⑤，誦經不輟，不怕不懼。神來至前，攝諸威勢⑥，右膝著地⑦，合掌恭敬，聽誦經訖。師問神曰："檀越是何神祇？初來猛迅［十］，後乃寂然［十一］。"神言："弟子是此宮亭湖神，為性剛強猛戾。見師誦習大乘經典，功德大大不可思議，是以伏聽。"師言："檀越既能如此信敬，何意打殺前者誦呪二僧?"神言:"彼(二)僧不能誦持大乘經典［十二］。弟子入廟,逆前放罵,專(誦)惡言降伏弟子［十三］。二僧見弟子形貌［十四］,自然怕死,非故殺比丘。"諸人知師入神廟宿,恐同前二僧。至明,相率往廟迎問。師乃安然,諸人等甚大嘉慶［十五］。問師具知,諸人因此發心受持《般若經》者甚眾。

本條《珠林》卷八五引《侯若素集》(即《旌異記》)。又參見《持誦》、《永樂大典》卷七五四三引宋釋延壽《金剛經證驗賦》,事略。

【校記】

［一］梁:《珠林》,《持誦》作"隨(隋)"。

［二］惡:《珠林》作"毒"。

［三］宮:《珠林》無此字,述楊州江畔亭湖。

［四］怨恨:《珠林》作"懷忿"。

［五］到:《珠林》上有"夜"字。

［六］誦:原作"謂",續藏本注"謂疑誦",《珠林》作"誦",今從之。

［七］座上:《持誦》作"亦於廟坐"。

［八］峻:疑誤。按:"峻"今非音"迅","迅"字《唐韻》作"息進切"、《集韻》作"思晉切";"峻"字《廣韻》作"私閏切"、《集韻》作"祖峻切";《珠林》、《持誦》並作"迅",知"迅"無誤,故疑其注音"峻"字誤。

［九］大人:《珠林》、《持誦》作"物"。身形瓌異:《珠林》作"其形偉大",《持誦》作"其形懷(瓌)異"。

［十］迅:《珠林》作"峻"。

［十一］然:《持誦》下有"不動"二字。

[十二]二:疑脱,據《持誦》補。

[十三]誦:疑脱,據《珠林》、《持誦》補。

[十四]貌:《珠林》作"惡"。

[十五]嘉:《集驗記》"喜"常訛作"嘉",如卷上"安喜縣"訛作"安嘉縣",疑此亦誤。然嘉慶意同喜慶,故不改。

【注釋】

①婆羅門師:原指印度婆羅門種姓之修行僧,此指從古印度來華的梵僧。佛教東傳後,古印度來華僧人,常冠有"婆羅門僧",如罽賓婆羅門僧佛陀波利、於闐婆羅門僧求那跋陀、天竺婆羅門僧達摩笈多等。

②經呪:指真言密呪。又稱神呪、密呪或呪文,是為息災、增益等目的而誦的密語。呪語自古即行於印度,如《長阿含》卷十三《阿摩晝經》及卷十四《梵動經》舉水火呪、鬼呪、刹利呪、象呪、支節呪、安宅符呪、火燒鼠齧解呪等呪名。至密教典籍盛行,密呪更成為修行過程中不可或缺的内涵。

③宮亭湖:即鄱陽湖,因湖旁有宮亭廟而得名,古又稱彭蠡。湖位於豫章北部,長江南岸。宮亭湖頗有靈驗,《太平御覽》卷六六引盛弘之《荊州記》曰:"宮亭湖廟神甚有靈驗,途旅經過,無不祈禱,能使湖中分風而帆南北。"止宿:停留歇宿。

④瓌異:指人之形貌卓異,特異,珍奇,如鄭綮《開天傳信記》:"上(唐玄宗)為皇孫時,風表瓌異,神采英邁。"《持誦》作"其形懷異","懷"為"瓌"形訛,楊寶玉《敦煌本佛教靈驗記校注並研究》校"懷"為"怪",誤。

⑤正念:面臨諸種遭遇,能心不錯亂顛倒而一心念佛,稱為正念。

101

⑥攝:收斂,控制。威勢:威力和氣勢。

⑦右膝著地:印度的敬禮法。即以右膝跪地,右趾尖觸地,使右股在空,又豎左膝於上,使左足蹠著於地。右膝著地,以顯翹勤懇切之誠。

37. 劉弼

又:貞觀元年,蓬州儀隴縣丞劉弼前在江南任縣尉①,忽有一鳥於房門前樹上鳴喚[一]。人云[二]:"是甚惡鳥②。此鳥至者,必殺家長。"弼聞恐懼,思念無計。夜間夢見一僧,令讀《金剛般若經》一百遍。善神來拔此樹[三],隔舍擲著大街巷中,竟無亦答[四]。般若之力,其大矣哉!

本條《珠林》卷十八引《冥報記》;《廣記》卷一〇二引《法苑珠林》。

【校記】

[一]喚:《珠林》、《廣記》無此字。

[二]人:《珠林》、《廣記》上有"土"字。

[三]善:疑上有脱文。《珠林》上有"依命即讀,滿至百遍"八字,《廣記》上有"依命即誦至百遍"七字。"善"下文不同于《珠林》、《廣記》。

[四]續藏本注"一無無亦答三字",《珠林》、《廣記》無此句。

【注釋】

①蓬州儀隴縣:唐武德元年,割巴州之安固、伏虞,隆州之儀隴、大寅,渠州之宕渠、咸安等六縣,置蓬州,因周舊名。三年,以儀隴來屬。天寶元年改為咸安郡,至德二年改為蓬山郡,乾元元年復為蓬州。儀隴縣約在今四川儀隴縣,唐屬中縣,其縣丞從八品下。

②甚:很,極。惡鳥:不祥之鳥,給人帶來厄運。

38. 李虔觀

郎余令《冥報拾遺》曰:隴西李虔觀今居鄭州[一]①。顯慶五年
[二],丁父福胤憂,乃刺[三]血寫《金剛般若經》及《般若[四]多心
經》各一卷②,《隨願往生經》二卷[五]③。出外將入,即一度浴
[六],後忽聞院中有異香氣,非常郁烈。隣側並就觀之,無不稱嘆
(余令曾過鄭州見彼親說[七],友人所傳[八])。

本條《珠林》卷十八引《冥報拾遺》;《廣記》卷一〇三引《法苑珠林》。

【校記】

[一]虔:《廣記》脫。

[二]顯:原作“明”,避中宗諱,據《珠林》改。

[三]刺:原作“剌”,據《珠林》改。

[四]若:續藏本注“若下一有波羅蜜三字”。《珠林》下無
“多”字。

[五]二:《珠林》作“一”。按:上言“各一卷”,下文卷帙當有別,
故知《珠林》“一”非。

[六]度浴:《珠林》作“浴身”。

[七]說下等五字:《珠林》作“友,具陳說之”。

[八]傳:續藏本注“《唐高僧傳》二十五靜之章曰有僧全誦《般
若多心》萬遍,《法苑》百十九卷亦云法《般若多心經》”。

【注釋】

①鄭州:唐武德四年置鄭州,天寶領縣七,州治在管城(今河南
鄭州市)。

②刺血:刺手指出血寫經,表示虔敬的一種方式。宋吳自牧《夢
梁錄·后妃列女》:“唐孝女馮氏……又刺血書經,報劬勞之恩。”

《般若多心經》:即心經,《般若波羅蜜多心經》的簡稱,唐玄奘譯,一卷。全經二百六十字,闡述五蘊、三科、四諦、十二因緣等皆空的佛教義理,而歸於"無所得"(不可得),認為般若能度一切苦,得究竟涅槃,證得菩提果。由於經文短小精粹,便於持誦,在中國內地和西藏均甚流行。近代又被譯為多種文字流傳世界各地。

③《隨願往生經》:《佛說灌頂隨願往生十方淨土經》,別名《普廣菩薩經》,東晉帛尸梨蜜多羅譯。即《佛說灌頂經》的第十一卷。

39. 濟陰縣精舍

又曰:曹州濟陰縣西二十里村中有一精舍①。龍朔二年冬十月,有野火暴起,非常熾盛。乃至精舍,遂踰越而過。兼及僧房草舍[一],焚燎總盡②,唯有《金剛般若經》一卷猶儼然如故(曹州參軍事庸元裈所說[二])。

本條《珠林》卷十八引《冥報拾遺》。

【校記】

[一]兼及:《珠林》作"比"。

[二]庸:續藏本注"庸恐慶可考"。《珠林》作"席文禮"。

【注釋】

①曹州濟陰縣:武德四年,改隋濟陰郡為曹州。天寶元年,改曹州為濟陰郡,乾元元年復為曹州,州治為濟陰縣(今山東定陶縣)。

②焚燎:焚燒。

40. 孫壽

又曰:顯慶年中[一],平州人孫壽於海濱遊獵[二]①,見野火炎熾[三],草木蕩盡。唯有一叢茂草,不被焚燎[四]。疑此草中有獸,遂以火爇之[五],竟不能著。壽甚怪之,遂入草間尋覓[六],乃見一函《金剛般若經》）。其傍又見一死僧，顏色不變，火不延燎，蓋為此也[七]（孫壽親自見[八]，說之）。

本條《珠林》卷十八引《冥報拾遺》；《廣記》卷一〇三引《法苑珠林》。

【校記】

[一]顯：原避中宗諱作“明”，據《珠林》、《廣記》改。年：《珠林》、《廣記》無此字。

[二]人孫壽：《珠林》作“有人姓孫名壽”。

[三]炎：《珠林》作“焰”。

[四]不被：《珠林》、《廣記》作“獨不”。

[五]爇：《珠林》作“燒”。《廣記》本句作“燭之以火”。

[六]入：《珠林》誤作“人”。

[七]為：《珠林》、《廣記》作“由”。

[八]孫：《珠林》上有“信知經像非凡所測”八字。見：《珠林》無此字。

【注釋】

①平州：武德二年，改隋北平郡為平州，其年自臨渝移治肥如，改為盧龍縣（今河北盧龍縣）。平州東臨碣石，地近渤海，故孫壽於海濱遊獵。

41. 司馬喬卿

又曰：前大理司直河內司馬喬卿[一]①，純謹有志行[二]。永徽年中[三]，為揚州戶曹[四]。丁母憂，居喪毀瘠[五]②，刺心上血寫《金剛般若經》一卷[六]。未幾，於廬（音間）上生芝草二莖[七]。經九日[八]，長一尺八寸[九]，綠莖朱蓋，日瀝汁一升。傍下食足[十]，味甘如蜜，盡而復生[十一]，如此數四（喬卿同僚數人向余令說[十二]，余令《孝子傳》亦具說焉③）。

本條《珠林》卷十八引《冥報拾遺》，《廣記》卷一〇三引《法苑珠林》，《釋氏六帖》卷三引《珠林》；《歷朝釋氏資鑒》卷六、《金剛經感應傳》；《永樂大典》卷七五四三引《金剛感應傳》。

【校記】

[一]卿：下原衍“慳”字，據《珠林》、《廣記》、《釋氏六帖》删。

[二]純：《珠林》、《廣記》、《釋氏六帖》上有“天性”二字。志：原作“至”，據《珠林》、《廣記》、《釋氏六帖》改。

[三]年：《珠林》、《廣記》無此字。

[四]戶：《廣記》上有“司”字。

[五]瘠：《廣記》下有“骨立”二字。

[六]刺：原作“剌”，據《珠林》、《廣記》、《釋氏六帖》改。一：《廣記》作“二”。

[七]上：《廣記》作“側”。

[八]經：《廣記》無此字。

[九]一尺八寸：《珠林》、《廣記》作“尺有八寸”。

[十]傍下食足：《珠林》作“傍人食之”，《廣記》作“食之”。

[十一]盡：《珠林》、《釋氏六帖》作“去”，《廣記》、《大典》作“取”。

[十二]喬卿：原訛作“音鄉”，據《珠林》、《廣記》改，蓋形似而訛。向餘令說：《珠林》作“並向餘令陳說”。按：“向”字《珠林校注》作“同”，磧砂藏本、麗藏本均作“向”，“同”訛也，《珠林校注》失校。

【注釋】

①大理司直：唐大理寺設司直六人，從六品上，掌出使推按。司

馬喬卿:《元和姓纂》卷二記司馬氏發源于河内溫縣,"魏(誤,岑校為唐)都官員外郎喬鄉(誤,岑校為卿),鄠縣人也"(條 105 頁 117),知其後來居住鄠縣。

②居喪:猶守孝,處在直系尊親的喪期中。毀瘠:因居喪過哀而極度瘦弱。

③《孝子傳》:郎餘令著作,《舊唐書》卷一八九下《郎餘令傳》:"餘令續梁元帝《孝德傳》,撰《孝子後傳》三十卷",《新唐書》卷五八《藝文志二》:"郎餘令《孝子後傳》三十卷",據此知原有三十卷,此篇便在其中,惜原書亡佚。

42. 楊體幾

大中大夫楊體幾①,京兆人也。去大極元年②,任饒州長史③,奉勅兼充銀山大使④,檢校採銀。其銀之窟,所役夫匠動越萬人。側近百姓共為章市⑤,其市之中總無瓦屋,咸以篷簾為舍[一],簹廡(音撫)相接。其夜有一家忽然失火,市内之屋,蕩盡無餘。唯中心一家火所不燎。體幾巡檢,問其所由。為家内有一老人常受持《金剛般若經》。般若之力,火不能燒。合州之中,莫不驚異⑥。

本條《廣記》卷一〇四引《報應記》,事略。

【校記】

[一]篷簾:續藏本注"《唐高僧傳》二十五曇倫章曰:'左後篷簾裏棄之',音釋曰:'篷簾竹席也'"。

【注釋】

①大中大夫:即太中大夫。古代散官職位。唐為文散官第九階,從四品下。

②大極元年:即太極元年。《廣記》作"延和",太極元年(712)

五月改為延和也。

③饒州:唐武德四年置饒州,天寶元年改為領鄱陽郡,乾元元年復為饒州。州治在鄱陽縣(今江西鄱陽縣)。饒州為下州,其州長史為六品。

④銀山大使:管理開採銀山事物的官職。《元和郡縣圖志》卷二八記饒州樂平縣有銀山,“在縣東一百四十里。每歲出銀十餘萬兩,收稅山銀七千兩。”

⑤側近:左右,附近。中古習見之詞,如《續玄怪錄·唐儉》:“貧無以炊,側近求食耳。”

⑥驚異:驚奇詫異。

43. 釋清虛(一)

梓州惠義寺僧釋清虛[一],俗姓唐氏,立性剛烈,少誦《金剛般若經》。去萬歲通天元年十月初,於齊州靈巖寺北三總山中深心發願①:為三途受苦眾生等受持《金剛般若經》[二]②,願一切眾生早得離苦解脫。從十月三日誦至六日,有七頭鹿忽來聽經,及至誦時即來伏聽,誦訖便去,及其總了③,更不復來。

僧清虛去萬歲通天元年十月二十三日日西[三],於齊州靈巖寺北三總山中端坐誦經[四],忽然似夢[五],遂不見所住處屋宅及山河石壁,唯見一城似梓州城。其僧從東門入,至一橋,見一捉鋪人是山東人士④。遂行,出城西門可五六里許,又見一城,在於道左,其城縱廣可有五里⑤。其僧下道至城東門,其門纔可容一人入[六]。僧問捉門者曰[七]⑥:“得知大王何時放地獄受苦眾生?”報云[八]:“昨日午時[九],齊州靈巖寺有一禪師手執錫仗,年可七十已上[十],來詣王前,語王言:‘有一客僧為三塗受苦眾生誦《金剛般若》

[十一]，王得知否[十二]？大王何時息放地獄受苦眾生[十三]？'王報阿師言[十四]：'弟子先知。明日午時為阿師放却少分輕者。'"其捉門人謂其僧云[十五]："阿師即去，請更莫語[十六]。"其僧遂迴[十七]，還從西門入。到一驛門前，前見一顆苽如椀許大，破作兩片，僧食一片，仍餘一片。至前捉鋪處，鋪家問僧何處得此苽，請乞一片。其人得此苽食，口云："十月有此美苽。"所言未訖，忽見城西門外有無量人眾入城門來⑦。婦女多，大夫少，縗（音催）麻服者眾⑧，吉服者稀（音希）⑨。至其僧坐前，各各禮拜："蒙阿師濟拔。"其僧報云："元不相識，何處救拔。"後有三箇獠奴亦來禮拜⑩："蒙阿師救拔弟子。"其僧問云："你是誰家小兒？面無血色太劇頓⑪，從何處來？衫衣並新，何因如此？"答言："我是玄宗觀家人⑫，為盜觀家穀麥，治酒買肉，不知多少。被閻羅王勘[十八]，當經今五年，不識漿水一滴⑬。其衫是生時所造，死後始著，當被勘，當其衫被剝，掛著奈何樹頭⑭，所以得新。"語訖辭去，靈驗如此。

　　本條《要略錄》卷中引《經驗記》（《金剛般若經集驗記》）；《法華傳記》卷六作"釋清慧"，文異。

【校記】

　　[一]惠：《法傳》作"慧"，古通。

　　[二]生：原作"在"，據《要略錄》改。

　　[三]僧清：續藏本注"僧清以下二十三字一本無"。

　　[四]北：原作"地"，據上文改。

　　[五]然：原作"非"。據《法傳》、《要略錄》改。

　　[六]縗：下原衍"猜"，據《要略錄》刪。可：續藏本注"《感應錄》（即《三寶感應要略錄》）可作了"。

〔七〕捉:續藏本注"捉作投次同"。曰:續藏本注"曰作自"。按:"自"不通。

〔八〕云:續藏本注"云作曰"。

〔九〕午:續藏本注"午作末(未)"。

〔十〕已:原作"巳",據文意改。

〔十一〕塗:續藏本注"《感應錄》塗作途"。按:三塗、三途意同。

〔十二〕否:續藏本注"《感應錄》否作不"。

〔十三〕大:原作"天",據《要略錄》改,疑或作"丈"。

〔十四〕言:續藏本注"言作云"。

〔十五〕捉:續藏本注"捉作投"。

〔十六〕語:續藏本注"《感應錄》語下有矣字"。按:文末"矣"字乃《感應錄》行文模式,不當錄。

〔十七〕其僧遂廻:續藏本注"無其僧遂廻以下數語"。

〔十八〕被:原作"破",續藏本注"破疑被",今從之。

【注釋】

①齊州:齊州本為漢濟南郡,隋稱齊郡。唐武德元年改為齊州,《舊唐書》卷三八《地理志一》記"天寶元年,改為臨淄郡。五載,為濟南郡。乾元元年,復為齊州"。靈巖寺:在齊州長清縣東南方山下,北魏孝明帝正光年間法空禪師始建。《宋高僧傳》卷十八"齊州靈巖寺道鑒傳",言道鑒住於齊州靈巖寺。《乾隆一統志》卷一二七、《嘉慶一統志》卷一六三記載此寺。

②三途:亦作三塗,指血塗、刀塗、火塗,分別對應畜生、餓鬼、地獄三趣。血途是畜生道,因畜生常在被殺或互相吞食之處;刀途是餓鬼道,因餓鬼常在饑餓或刀劍杖逼迫之處;火途是地獄道,因地獄常

在寒冰或猛火燒煎之處。此三途就是三惡道的別名。

③總了:完全結束。

④捉鋪:唐代哨所名,夜打更,晨巡弋,來人必問,不應則開弓射之。可參見《新唐書》卷49《百官志》及程喜霖《烽鋪考》(《鄭州大學學報》1988年第1期,頁72)。

⑤縱廣:長度和寬度。

⑥捉門:守門。《要略錄》作"投門",誤也,捉、投形近而訛。《弘贊法華傳》卷九、《法華經傳記》卷七雖皆有"投門"一詞("及至寺門,乃見一騎投門"),考其淵源,兩書所記故事皆出自道宣之作,然道宣《集神州三寶感通錄》卷三、《大唐內典錄》卷十却記"及至寺門,乃見一騎捉門",故知《弘贊法華傳》卷九、《法華經傳記》皆訛錄。《金剛般若經集驗記》原作"捉門",捉門乃唐代捉鋪守門者,如《新唐書》卷四九《百官志四》記"捉鋪持更者,晨夜有行人必問,不應則彈弓而向之,復不應則旁射,又不應則射之"。而上文即提及捉鋪,下文"捉門"乃指前文捉鋪人也。

⑦無量:佛教術語,不可計量之意。指空間、時間、數量之無限。

⑧縗麻:喪服,古代喪服以粗麻布製成。

⑨吉服:舉行重要典禮時按規定所穿的衣服。

⑩橑奴:指鐐奴,戴著刑具的僕役奴婢。

⑪太劇顇:面容過於憔悴。

⑫玄宗觀:梓州的道觀。本書卷下"姚待"記:"至開元四年,有玄宗觀道士朱法印,極明莊、老",知該觀在梓州城內,開元間有道士朱法印名聞一時。

⑬漿水:水或其他食物湯汁。

⑭奈何樹頭:奈河的樹頭。這是所見較早記錄地府有關"奈何"的資料,奈何即奈河,是佛教傳說中的地獄之河。

44. 釋清虛(二)

萬歲通天元年十一月二十三日,清虛在齊州三總山中,暮間忽有東地風起,遙見野火燒山,相去可有一十餘里。至人定時①,其火漸近,去僧坐處可百餘步[一]。其僧心驚,誦經念佛,并誦《十一面呪》②。其火去所住屋可五十步已來[二],忽然迴風,其火遂自滅。逮(音代)至一更,忽然還熾。僧將掃帚撲火,遂不焚。去屋不逾十步,火即自滅。其屋十步之內,茅共簷(音鹽)平,仍有亂草一聚,去脊不盈數尺,至時亂草及茅並為煨燼,唯有臥屋得免火燒,其東北兩面屋簷并被火燒。信知般若之力,不可思議!

【校記】

[一]可:原作"司",據文意改,司、可形近而訛。

[二]已:原作"巳",據文意改。

【注釋】

①人定:夜深人靜時。

②《十一面呪》:《十一面觀世音神呪經》。有北周時代印度耶舍崛多、玄奘等不同譯本,是敍述十一面觀世音菩薩神呪功德的經典,誦持此經呪能使讀誦者,除殃護身。

45. 釋清虛(三)

登封元年二月[一]①,其僧清虛至徒來山中,尋常誦經。不過兩遍,腰脊疼痛,不能堪忍。僧於佛前遂發誓願:弟子今夜結跏趺坐,為一切眾生誦《金剛般若》,必滿五遍,然後始息。縱使疼痛,狀猶割刺②,終須滿數,以死為限。誦至三遍,骨節有如支解。誦至四遍,有物在佛堂內鬭,聲似水牛、大蟲爭力而鬭③,佛堂亦動。誦至五遍,將半,諸痛都愈。舉目四望,朗然明徹,佛殿講堂,一皆不見。唯覺端坐在於空中,大地平正,無有高下。及至同伴來喚,空聞其喚,不見有人。同伴曳手挽起,方始醒覺。般若神力,無得而稱焉。

【校記】

[一]封:原作“對”,據文意改,對、封形近而訛。

【注釋】

①登對元年:即萬歲登封元年(696),武則天年號,僅維持三個多月,便改元為萬歲通天。

②割刺:割開,劃開。

③大蟲:指老虎。唐李肇《唐國史補》卷上:“大蟲老鼠,俱為十二相屬。”

46. 釋清虛(四)

聖曆元年仲秋八月①,其僧清虛時在豫州②,向法王寺禮拜,見舍利塔內著一切經,其塔上四面無門。遂有群鴿入舍利塔內,見僧入塔禮拜,一時飛散。其僧禮懺既畢,至塔門內坐,一鴿從空飛下,直入僧懷。歷左右肩(音堅),遂至頭上下,繞經三帀,便即高飛。鳥尚解敬持經,在人亦希勉勵(音例)!

【注釋】

①聖曆:武則天年號,聖曆元年即698年。

②豫州:本是隋汝南郡。《舊唐書》卷三八《地理志》記唐武德四年四月平王世充,置豫州,設總管府,七年改為都督府。天寶元年改為汝南郡。乾元元年復為豫州。寶應元年,避代宗李豫諱而改為蔡州。治所在汝陽縣(今河南汝南縣)。

47. 釋清虛（五）

長安三年閏四月內①，其僧清虛向藍田縣南山中悟真寺②坐夏。其寺上坊禪院③，院舊無泉水［一］，皆向澗底取水，往還十里有餘，禪院僧徒將為辛苦。華嚴法師康藏共三綱平議④，眾請祈泉。其僧報眾言："此大難事［二］。"徒眾咸曰："阿師既在此坐夏［三］，作意念誦為寺家祈請，不廢脩道，願不推託。"既不能苦違眾心，欲覓一閒處念誦。其禪院上坊、下坊皆亦人滿，唯中間有一彌勒閣，閉而恒鎖，無人敢開。僧既見閉，即喚直歲⑤，平章欲開此閣⑥，於中念誦。主人并客僧等語其僧言："莫向此閣。閣中有一黑蛇，其大如鉢，身長二丈［四］，常護此閣，恐損阿師。"其僧報云："江南有宮亭湖神，身長數里，變化自在，亦是大蛇，能致驟雨飄風，尚來歸伏，況乎小者，亦何足言？"其僧即索鑰（音藥）匙開門，把火直入，更不見物，唯聞蛇腥。其僧正念，燒香啟請："弟子聞大身眾生守護此閣，恐是過去賢聖，或是山龍諸神。弟子今日向此閣中一心念誦，為上坊禪院求請一泉。幸願諸神咸加擁護，勿令恐畏。聽誦《金剛般若》，布施弟子一箇小泉以供上坊禪院。"即至心念誦，一坐三日三夜，目不交睫（音接）。心眼之中見三婦人在彌勒閣西北［五］，於山之腹以刀子剗地，忽然不見。迄于明發，遂向東北臨澗，合眼誦《般若經》。見一道水從婦人刀子掘地處來，歷僧前而過，經三五日，傪然常見。未以為信，誦仍不輟。更經二日，轉轉分明⑦。其僧即移向見婦人刀子掘地處誦經，合眼還見水從背後流出。又經三日，其僧遂取杖抉看，撥（音鉢）却木葉見一濕地，大小如二尺面盤。將鋤掘之，遂見一水脈⑧，因成一坎，可受石餘。轉更至心誦得五遍，其坎（堪感反）中水不覺滿盈，引向禪庭，供給眾用。則知聖無不應，感而必通。信乎般若之功，無得而稱者也。

本條參《宋高僧傳》卷二五《釋清虛傳》，事略。

【校記】

[一]院:續藏本注"院字疑衍"。

[二]大:原作"火",續藏本注"火疑大",今從之。

[三]坐:原作"座",據上文"坐夏"改。

[四]二:續藏本注"二一作一"。

[五]眼之:《宋高僧傳》无此二字。

【注釋】

①長安三年:"長安"是武則天最後一個年號,此年(703)有閏四月。

②悟真寺:陝西藍田縣寺廟,在縣東南二十里。寺建于隋初,《續高僧傳》卷十二《釋淨業傳》載:"開皇中年,高步於藍田之覆車山,班荊採薇,有終焉之志。諸清信士敬揖戒舟,為築山房,竭誠奉養,架險乘懸,製通山美,今之悟真寺是也。"唐王維、白居易皆曾至悟真寺遊玩賦詩。

③上坊禪院:悟真寺分上、下兩部分,相距約三里。上寺在悟真峪内兩側山崖上,四周竹林青翠,故今俗稱竹林寺;下寺在悟真峪口外的藍水南岸,背負山林,面臨藍水,今稱水陸庵。

④康藏:即法藏,本是康居國人,因而以康為姓,人稱康藏國師。武后賜號賢首,為華嚴宗第三代祖。他在則天時參加翻譯、廣事講說和著述,大振華嚴宗風,曾幫助地婆訶羅譯出《大方廣佛華嚴經續入法界品》。證聖元年(695),于闐沙門實叉難陀在洛陽大遍空寺重新翻譯《華嚴經》,他奉詔筆受,並把地婆訶羅的譯文補在實叉難陀的

脱處,對《華嚴經》的翻譯很有貢獻。玄宗先天元年(712),圓寂於長安大薦福寺,終年七十歲。智儼所創教相和觀行的新說,得到法藏詳盡發揮,才使華嚴宗的教觀建立周備,所以法藏是華嚴宗的實際創立者,世稱他為華嚴宗三祖。據此篇知長安三年閏四月時,法藏在藍田縣悟真寺。

三綱:指寺院裏統率大眾、維持綱軌的三種職務。即上座、寺主、都維那三職。這是印度傳來的職稱,中國為了方便經營寺務,在擁有數十或數百住僧的大寺院中乃設此三職,但並非每個寺院都有此職稱。平議:論議,評論。

⑤直歲:佛教僧職。直,當值之義。直歲本為負責接待客僧之職稱,但在禪林中則為掌管一切雜事者之稱,為一重要職務。原值一年之務,故稱直歲。後演變為一月、半月或一日任其職,乃至不定其期限。

⑥平章:評處,商酌。

⑦轉轉:漸漸。

⑧水脈:水流,因形如人体脉胳,故名。指地下水泉,也稱泉脉。晋张华《博物志》卷八:"自燉煌西涉流沙往外国……骆驼知水脉,过其处輒停不肯行,以足蹋地,人於其蹋处掘之,輒得水。"

48. 釋清虛(六)

長安四年三月末,其僧清虛向少室山少林寺坐夏①。其寺禪院在西,其院北山上有一佛堂,但是師僧並不敢侵夜往②。彼有一律師③,侵夜往彼誦律,聞空中有言:"阿師急去!遲即損害阿師。"至二更盡,未及得出,被神將刀削(音笑)刺其肋(音勒)下[一]④,便即下山而歸。至明日午時,律師便即捨壽。不經半歲,有一小師專持火頭金剛神呪⑤。徒眾同試呪力，小師即作法呪樹，其樹或眾條俱束、或群柯同屈。眾見靈驗，即共小師平議："上坊有一故堂，前後無敢宿者。阿師既持神呪，敢於其中念誦宿否?"小師報言："神靈勝伊萬倍之處，尚自降伏。此亦小小之者，蓋不足言。"小師乃嚴持香鑪往彼念誦，恃其呪力降伏彼神。其夜，神遂現身，捉其兩脚擲向澗底。七日失音，半年已來[二]，精神短少。少林大德承聞清虛在京之日於悟真寺請泉兼伏大蛇[三]⑥，俱有神驗。遂語僧曰："阿師持經大有靈應，請阿師作少法事。"遣眾知聞。報云："大德欲遣清虛作何法事?"僧眾同曰："上坊有一佛堂，比來無敢宿者。阿師能獨自念誦於彼宿否?"其僧報曰："此是三代尊客住持之處，正是師僧依止之處⑦，云何不得?"其僧即辦香、油[四]，往彼念誦，再宿三日，都無所見。僧等問禪院僧曰："昨日□□□僧已三二日總不見出[五]，向何處去?"禪院僧等報言："上坊佛堂之中便宿念誦⑧。"大德等令急喚取，參差被神打殺⑨，大眾自來同喚阿師出來。其僧報言："終無所慮。"徒眾咸曰："阿師未異凡人，共我一種，何故於此自欲損害。"答曰："萬事不畏，大德但歸。"及至一更向盡，其神即到，於佛堂東轟然發響，似擲數十口尾[六]，聲震空中。其僧即燃火出看，寂然無所見。身毛皆豎，即誦十一面觀世音呪，繞佛堂一帀。堂內若水牛鬥聲，像亦震動。誦呪七遍，其聲逾烈，轉更哮吼，響谷動山。即向佛堂前，正立思惟，欲不敢入，忽然更却思惟：如何在此，不能降伏。捺心即入，聲更轉盛，堂中之燈，尚亦示滅。呪既無驗，即誦《金剛般若經》，及誦一遍，其聲漸小，至於三遍，其聲即斷。迄于天明，寂然安靜，故知般若之力不可思議!

　　本條參《宋高僧傳》卷二五《釋清虛傳》，事略。

【校記】

［一］削：原作“弰”，義不通，且非音“笑”，據“肖”旁補作“削”。按：《康熙字典》注“削”：“今人音笑，刀之匣也”，又曰“《正韻》蘇弔切，音笑。刀室也”。

［二］已：原作“巳”，據文意改。

［三］承：續藏本注“承一作等”。按：“承聞”乃唐人語，“等聞”非。

［四］辦：原作“辨”，據文意改，辨、辦形近而訛。

［五］已：原作“巳”，據文意改。

［六］尾：續藏本注“尾疑瓦”。

【注釋】

①少林寺：在嵩山少室山上。北魏孝文帝太和二十年（496）所建，菩提達摩來華後在此面壁禪坐九年。北周武帝年間由於武帝排佛，少林寺一度遭厄毀廢，北周靜帝時才著手復興。入唐後，少林寺迅速興盛起來，名滿天下。

②侵夜：入夜，夜晚。唐薛用弱《集異記·鄧元佐》：“今已侵夜，更向前道，慮為惡獸所損，幸娘子見容一宵，豈敢忘德。”

③律師：指通達戒律者。又作持律者、律者，為經師、論師、法師、禪師之對稱。

④刀削：同刀鞘，裝刀用的套，通常用皮革或金屬製作。

⑤火頭金剛：即火頭明王。梵語 Ucchusman 音譯作烏芻沙摩、烏樞沙摩，義譯曰不淨潔，穢跡，火頭等。據《慧琳音義》卷三十六所載，此尊具深淨大悲，不避穢觸，為救護眾生，以如猛火般的大威光，燒除煩惱妄見、分別垢淨生滅之心。由於他具有轉不淨為清淨之德，

故佛教界常置於不淨處祭祀。又以此明王為本尊的修法稱烏芻沙摩法,多用於祈求生產平安或袪除生產時的不淨,若欲驅逐毒蛇、惡鬼等,亦可修此法。文中的僧人即持火頭金剛明王法,驅逐邪鬼。

⑥承聞:聽說。“承”義同“聞”。張鷟《遊仙窟》:“承聞此處有神仙之窟穴,古來伺候。”

⑦依止:佛教術語,即依存而止住之意。又一般謂依賴于有力、有德者之處而永舍不離。

⑧便宿:住宿,停宿。《入唐求法巡禮行記》卷一:“人人各覓便宿,辛苦不少。請益法師與留學僧一處停宿。”

⑨參差:很快;頃刻。貫休《古塞曲》之三:“百萬精兵動,參差便渡遼。”

49. 釋清虛(七)

去神龍二年①十二月十一日,齊州義淨②三藏及景闍梨③奏清虛入內祈雪。二七日,雖得少分,未能普足。勅語清虛:“阿師祈請雖不能稱意,任阿師選寺住好否?”其僧自恨祈請不稱聖意,遂答勅云:“實不歡喜。”大德等見作此對,亦皆失色。“阿師既觸天威④,即合付法⑤。”勅又云:“如得雨雪,即與阿師亂綵⑥二百段,兼授阿師五品,并作薦福寺⑦綱維⑧。阿師何意,遂不歡喜?”答云:“幸蒙天恩[一],驅使祈請雨雪。自恨上不覆天心,下不允人望。愚誠徒懇,不愜聖心,夙夜兢懼⑨,唯知待罪,濫荷天恩,所以不喜。”勅云:“且放阿師出外念誦,還須祈請。忽得雨雪,即須進狀。”因便奏云:“此度不降雨雪,即為一切眾生燒指。”又降勅曰:“朕喚阿師來供養,可遣阿師來受苦? 又父母遺體,豈可毀傷。阿師必不得漫有傷損。”食訖,辭聖上出,即向南山⑩炭穀⑪瀧湫⑫(子由反)上祈請雨雪。雖復雪下，終不能稱心。更移就索曲村安樂佛堂中誦《金剛般若》，又經七日，時得薄雪，還不稱心。遂即發願燒指兩節，經一日一夜燒未盡間，忽然四面雲合，雨雪參雜⑬而下，眾皆愕然驚怪，二日始絕。百姓父老等連狀欲奏，且於薦福寺共三藏平章⑭［二］："清虛昨城南燒兩節指為法界祈請雨雪，燒盡兩節，眾人同看。所有骨灰，今示見在［三］。今朝村人大小欲為塗藥，其兩指節還復如故。"三藏遂云："此事難信，不近人情。伊是凡僧，未至羅漢，如何燒指已盡［四］，更得却生。既非聖流，無有此事。"即語村人父老等急歸。州縣知聞，直是將作妖惑［五］，欲益返損，却責老人非但誑炫凡庸⑮［六］，亦是誣罔聖上。僧徒聞此，轉加不信。其僧既見眾人起謗，更入道場，啟請十方諸佛、一切賢聖："弟子為法界蒼生燒指祈雪，蒙諸天、龍王等應時降雪，又令弟子所燒之指爐而重生。咸起謗言，不加淨信。誤他四眾⑯，墮於地獄。弟子今更發願誦《般若經》，兩日之間願生指重落。"至于二日，勤加念誦，兩節重生之指還復更落。眾見指落，重起謗言："阿師當時燒生，如今始落。"其僧即報眾曰："且向城南前祈雪處。於彼養瘡，還遣重生，不知得否［七］？"眾人同曰："阿師似著狂病，常行謗語⑰。"即往城南而養瘡，念誦不輟。至十五日內，指節又生長一節半，指甲亦出。眾人見者，莫不驚異，咸曰："亦不足怪。此道人有妖術。"則知般若之力，二乘之所不知。凡俗聞之，皆能起謗。

【校記】

［一］恩：原作"思"，續藏本注"思疑恩"，今從之。

［二］寺：原作"等"，續藏本注"等疑寺"，今從之。

［三］示：續藏本注"示疑亦"。

[四]已：原作“巳”，據文意改。

[五]直：續藏本注“直一作真”。

[六]但：原作“佀”，據文意改。

[七]知得：續藏本注“知得一作得知”。

【注釋】

①神龍：中宗李顯的年號。《舊唐書》卷七《中宗本紀》記神龍二年（706）十二月“丙戌（十二日）……京師亢旱，令減膳徹樂”，《新唐書》卷三五《五行志二》“神龍二年冬，不雨”，知天旱是實。

②義淨：唐代西行、譯經名僧，齊州（今山東省濟南地區）人。出家後勤修經典，因仰慕法顯、玄奘西行求法的高風，於唐高宗咸亨二年（671）從廣州搭乘波斯商船泛海南行，輾轉來到印度，瞻禮各處聖跡，往來各地參學，經歷三十餘國。留學那爛陀寺歷時十一載，研究過瑜伽、中觀、因明和俱舍等學，最後求得梵本三藏近四百部，合五十余萬頌。證聖元年（695），他歸抵洛陽，和于闐實叉難陀、大福先寺主復禮、西崇福寺主法藏等譯《華嚴經》。久視元年（700）以後，他才組織譯場，自主譯事。他的《南海寄歸內法傳》、《西域求法高僧傳》，皆敍述了初唐時期赴印求法盛況、中印交通、印度佛教及社會生活面貌。玄宗先天二年（713）正月，卒于長安大薦福寺翻經院，享年七十有九。神龍二年時義淨正在長安，《大唐龍興翻經三藏義淨法師之塔銘》記：“神龍二年駕幸西京，又勅薦福寺翻經。”

③景闍梨：闍梨即阿闍梨，廣義是指堪為師範的高僧，狹義則指灌頂及傳法灌頂的密教導師，唐代文獻中的闍梨多指密教僧人。神龍年間密教方興，這裏的景闍梨應指弘傳密教的一位僧人，是比開元三大士要早的一位密宗僧人，但未詳其身份。《宋高僧傳》卷五《恒

景傳》記恒景(《大周刊定眾經目錄》卷十一記則天時有翻經大德荆州玉泉寺弘景,弘景、恒景當即一人)此時在京,然其共實叉難陀翻譯《華嚴經》,非密教僧人,或另有他人。

④天威:帝王的威嚴。指清虛回奏直言,冒犯天子。

⑤付法:交付法司論罪。

⑥亂綵:雜彩,各色絲織品。《秋胡變文》:"仰賜黃金二兩,亂彩一束。"《劉庭訓墓誌》:"賜勳七轉,亂彩百段。"(《唐代墓誌彙編》頁1370)

⑦薦福寺:即大薦福寺,位於唐長安城南開化坊。唐睿宗文明元年(684),武則天為替高宗追福,建大獻福寺,天授元年(690)大加營飾,並改為大薦福寺(見王溥《唐會要》卷四八)。景龍年中宮人聚資在寺域建立十五層的磚塔,高三百尺,後世稱之為小雁塔。《开元释教录》卷九記神龍二年(706),中宗敕置翻經院於薦福寺內,迎義淨從事譯經。

⑧綱維:負責領導、維持寺院諸事的職僧。

⑨兢懼:戒慎恐懼,惶恐。

⑩南山:即終南山,秦嶺山脈,在陝西西安市南。唐人常稱作南山,如《朝野僉載》卷三:"(安樂公主)造定昆池四十九里,直抵南山,擬昆明池。"

⑪炭谷:《類編長安志》卷八《辨惑》記炭谷"本太一谷。新說曰:'長安京城南八十里山中有太一元君湫池。漢武帝祀太一於此,構澄源閣,前有太一宮。俗呼為炭谷'";《太平廣記》卷二八九引《辨疑志》:"長安城南四十里,有靈母谷,呼為炭谷",據此知炭谷雖有不同記載,但其位置在長安城南之終南山中。

⑫瀧湫:終南山炭谷的水池,《類編長安志》稱作"太一元君湫池"。《太平廣記》卷六九引《逸史·馬士良》:"士良乃亡命入南山,至炭谷湫岸",韓愈有《題炭谷湫祠堂》詩記其湫。

⑬參雜:混合,夾雜。

⑭平章:評處,商酌。

⑮誑炫:誑是說謊,欺騙;炫是迷惑欺騙。誑炫凡庸意指迷惑大眾。

⑯四眾:指構成佛教教團的四種弟子眾,又稱四輩、四部眾、四部弟子。即比丘、比丘尼、優婆塞、優婆夷;或僅指出家四眾,即比丘、比丘尼、沙彌、沙彌尼。

⑰謗語:造謠中傷的話。

50. 釋清虛(八)

去景龍二年,清虛始還故里①。至太極元年六月二十九日夜,東江水漲②。僧時在惠義寺停③,其水直入寺中。眾僧各自併當衣物④,其僧房中有一小閣,所有衣物,并遂閣上[一]。便即然燈,(跏)趺而坐[二],一心正意念誦《金剛般若經》。良久聞水入房聲,把火照看,了無一滴之水⑤,其餘諸房皆被水入。僧徒聞見,非是一人。般若威力,卒難縷說⑥。

【校記】

[一]遂:續藏本注"遂疑置"。

[二]跏:疑脫,續藏本注"趺上疑脫跏",今從之。

【注釋】

①故里:故鄉。據前文知清虛為梓州人氏,雲遊數地後於景龍二年返回梓州。

②東江：指涪江，嘉陵江的支流。《元和郡縣圖志》卷三三記"涪江水，經（郪）縣東，去縣四里"，故人稱涪江為東江，據此知惠義寺當在涪江之濱，長平山麓，涪江水漲入寺。

③惠義寺：唐時梓州寺院，即慧義寺。王勃《梓州慧義寺碑銘》記此寺本為北周新州刺史元則修建的安昌寺，唐高宗時改稱慧義寺，至則天時郪縣縣令竇競重修重閣。《古尊宿語錄》卷三五記慧義寺，即"今護聖寺竹林院"，則知宋時改稱為護聖寺竹林院。考寺位置，當在梓州郪縣長平山上，楊炯《梓州惠義寺重閣銘》記"長平山兮建重閣"，李商隱《上河東公第二啟》亦言"於此州長平山慧義精舍經藏院，特創石壁五間"，而長平山"即北山也，山長而平故名"（《蜀中廣記》卷二九）。

④併當：收拾料理。

⑤了無：全無，毫無。

⑥縷說：細說。

51. 陳文建

陳文建者[一]，梓州郪（音妻）縣人也，身有騎都尉①勳[二]。每於州城門首堂上常誦《金剛般若》，發願為父母祖父母等誦滿八萬四千遍，尋亦誦了。刺史元善應②氵事[三]，被追入京，令文建誦《般若經》滿五千遍。建即為誦，及善應至京，皆得清雪③。銅山縣④人陳德者，常以寫經為業，忽然因病瘥為冥司所追，見地下築（音竹）臺，德問："是何臺也？"冥司報云："是般若臺。為陳文建欲至，築此臺以待之。"其德却蘇，具說此事。遠近知聞，競持⑤《般若》（牛頭山靈瑞寺⑥禪師惠融⑦所說）。

本條《廣記》卷一〇三誤引《法苑珠林》，《珠林》無。

【校記】

［一］建:《廣記》作"達"。

［二］尉:原作"慰",據文意改。

［三］刺:原作"刾",據文意改。氵:右旁闕,疑作"涉"。

【注釋】

①騎都尉:為勳官,有品級而無職掌。武德間定騎都尉為七品下,永徽二年加為從五品上,開元二十四年省。陳文建便享有騎都尉的榮譽稱號。

②元善應:《元和姓纂》卷四記"(元)慈政,唐邛州刺史;生善應,司賓卿、同州刺史"(條25頁412),據此知元善應為北齊元景安(《北齊書》卷四一《元景安傳》)曾孫,父為元慈政。又按穆員《河南兵曹元公(盛)墓誌銘》記元盛為"皇朝金紫光祿大夫司膳卿汝陽公善應之曾孫",卒于貞元十一年(795)六月十五日,時五十五歲,據此推算元盛之曾祖元善應乃則天、玄宗時人也。諸書未載元善應梓州刺史事,據上知元善應當先任梓州刺史(下州刺史正四品下),因事追京,雪冤後又任司賓卿(睿宗光宅元年改鴻臚卿為司賓卿,神龍時復,從三品)、同州刺史(上輔刺史從三品)。

③清雪:昭雪冤屈。

④銅山縣:梓州轄縣(今四川中江縣)。《元和郡縣圖志》卷三三記銅山縣"本郪縣地,有銅山,漢文帝賜鄧通蜀銅山鑄錢,此蓋其餘峰也,歷代采鑄。貞觀二十三年置監,署官,前上元三年廢監。調露元年,因廢監置銅山縣",據此縣置歷史調露元年(679)始設銅山縣,事當為則天至玄宗前期。

⑤競持:爭相持誦。

⑥牛頭山靈瑞寺:《元和郡縣圖志》卷三三記梓州郪縣有牛頭山,"在縣西南二里,四面危絕"。而靈瑞寺即在梓州郪縣牛頭山上;王勃《梓州郪縣靈瑞寺浮圖碑》載寺乃隋開皇中楊秀任益州牧時所建,入唐後地方鄉望集資重建。

⑦禪師惠融:據文知乃梓州郪縣牛頭山靈瑞寺僧,非江寧牛頭山惠融(又稱法融,牛頭禪初祖,卒于唐高宗顯慶二年)也。

52. 孛延光

趙郡孛(音貝)延光者[一]①,為德州司馬②,深信因果。誦持《金剛般若》[二],每眼所見,常有圓光。誦念稍勤,其光漸大;誦念若簡③,其光即小。即知般若冥感,精誠所通也。

本條《廣記》卷一〇六引《報應記》;《持誦》作"李延"。

【校記】

[一]孛:《廣記》作"李"。按:據《李延光墓誌》知《廣記》是,然原文注"音貝",故不改。延:原作"廷",據《持誦》、《李延光墓誌》改。

[二]誦:原作"諸",續藏本注"諸疑誦",《廣記》作"常",今從續藏本。

【注釋】

①趙郡:東漢建安十七年(212),改趙國(治邯鄲市)置趙郡。歷朝多沿襲此郡,至唐武德初,罷趙郡為趙州。趙郡是李姓的郡望,趙郡李氏是唐代五姓七家之一,《廣記》徑作"趙郡李延光"。然《李延光墓誌》記李延光是"隴西李氏",《持誦》作"南陽郡人"。

孛延光:當指李延光,則天末任德州司馬。《太平廣記》作"李廷(延之形訛)光";《集驗記》原作"孛廷光",誤以"李"為"孛"並注

“音貝”，而“廷”乃“延”形訛，“延”當從《持誦》（《持誦》“延”下脫“光”字）。此篇未記來源，當采自傳聞，故其郡望、姓氏皆誤。德州司馬李延光事可考，《唐代墓誌彙編續集》錄《唐故中散大夫涪州刺史上柱國李府君（延光）墓誌銘（並序）》記李延光曾祖為隋持節上大將軍、黎國公李威，祖父是唐度支郎中李志廉，父太子左千牛尚舍直長李元謹，李延光長壽三年任右肅政台監察御史，聖歷時任鄭州中牟縣令，轉授懷州武德縣令，“秩終，除德州司馬，陳州長史”（頁472），開元七年十二月終於長安城懷遠里，春秋七十三。官職、姓名、時間皆合於本篇所記，同一人也。

②德州司馬：隋置德州，後稱平原郡。武德四年復置德州，天寶元年改為平原郡，乾元元年復為德州。州治在安德縣，即今山東陵縣。據《新唐書·地理志三》德州為上州，其州司馬從五品下。

③簡：稀少，疏簡。

贊曰：大哉神力，不可思議。蓮承法座①，芥納須彌②。地變神足，天開聖池。非定非慧，斯焉取斯。

【注釋】

①蓮承法座：佛典記載佛菩薩以蓮華為臺座，《正法華經》卷六：“與諸菩薩俱坐蓮華，從龍王宮踊出大海”。

②芥納須彌：芥子容納須彌世界，《維摩經》卷中：“乃見須彌入芥子中，是名住不思議解脫法門。”

《金剛般若經集驗記》卷下

功德篇第五（并序十章）　誠應篇第六（并序十章）

功德篇第五（并序十章）

夫至功非功，為而不宰；上德非德，成而不居。故九定四禪，入無所入；三空六度，行無所行。莫而無邊，非相非名，不染不住。積恒沙之身，不能方四偈之德，神功聖德，其大矣哉。故為功德之篇，以勸來者。

53. 趙文昌

蕭瑀《金剛般若經靈驗記》曰［一］：隋開皇十一年，太府（寺）丞趙文昌身死［二］①，唯於心上氣暖［三］。時，昌家人未敢入斂［四］②。被人將來至閻羅王所［五］，王問昌云："一生已［六］來，作何福業？"昌報王言："一生家貧，無餘［七］功德③，專心唯誦《金剛般若經》［八］。"王聞此語，合掌恭敬［九］，贊云："善哉！善哉！受持《金剛般若》功德甚大［十］，不可思議！"王語所執昌使者："好須勘校［十一］，莫錯將來。"其典執案諮王［十二］："實錯將來，此人更合二十餘年。"王聞此語，自檢非謬，即語昌云："汝共使者向（經）藏內取《金剛般若經》來［十三］。"即遣一人引昌西南行可五六里外，至經藏所。見數十間屋，屋甚精麗，經卷徧滿，金軸寶帙，莊嚴華飾，不復可言。昌乃一心合掌，閉目信手抽得一卷，大小還似舊誦《般若》者，其題目"功德最為第一"［十四］。昌便恐怕［十五］，慮非《般若》，求此使人請換，不肯。昌即開看，乃是《金剛般若》。將至王前，王令一人執經在西，昌在東立。王勑使人取七寶牀几④，遣昌坐上，向西誦經，竝得通利。時，王教昌還家［十六］，仍約束昌云："受持此經，慎莫廢闕⑤。亦令勸化一切人讀誦此經。"仍令一人引昌從南門出，乃見周武帝禁在門東房內⑥。即喚昌言："汝是我本國人也，暫來至此［十七］，須共汝語。"昌即就之，向武帝再拜。武帝問云："汝識我不？"昌言：“臣昔宿衛陛下［十八］⑦。”武帝語昌云：“卿乃是我故舊［十九］⑧，汝可還家，為我具向隋帝論說，導我諸罪竝了［二十］，唯有滅佛法事未了。當時為衛元嵩教我滅佛法［二一］⑨，為追元嵩至今不得，以是未了。”昌問武帝：“元嵩何處？追不可得。”武帝云：“其元嵩者，三界外人⑩。非閻羅王之所管攝［二二］，不能追得［二三］。汝還為我速從隋文帝乞少功德［二四］。”昌行少時，出南門外，見大糞聚中有一人頭髮纔出［二五］⑪。昌問引人：“此是何物［二六］？”引人答云：“此是秦將白起⑫，枉坑趙卒［二七］，寄禁未了［二八］⑬。”昌還家得蘇，已經三日［二九］，其患漸差［三十］。具奏隋文帝［三一］。帝即出勑：國內諸寺普為周武帝三日持齋［三二］，轉《金剛般若經》。勑令錄入隋史。

本條參見《珠林》卷七九；《持誦》；《續高僧傳》卷二五《釋衛元嵩传》“杜祈”事類（文略，《佛祖统纪》卷三九引作《唐高僧傳》）；《廣記》卷一〇二引《法苑珠林》；《永樂大典》卷七五四三引宋釋延壽《金剛經證驗賦》，事略。

【校記】

［一］蕭：續藏本注“此一亦引《法苑》九十六卷彼云出《冥報記》”。按：《珠林》未注出《冥報記》。

［二］寺：原脫，據《珠林》、《持誦》、《廣記》補。

［三］唯於心上氣暖：《珠林》、《持誦》作“唯心上暖”。

［四］歛：《珠林》、《持誦》、《廣記》作“殮”，“歛”同“斂”，古通“殮”。

［五］被：疑上脫文，《珠林》上有“後時得語，眷屬怪問，文昌說云：吾死已”十一字，《廣記》上有“後復活，說云：吾初死”八字。

[六]已:原作"巳",據《珠林》、《持誦》、《廣記》改。

[七]餘:《珠林》作"物可營",《廣記》作"力可營"。

[八]經:下原衍"典",據《珠林》、《持誦》、《廣記》刪。

[九]恭敬:《珠林》作"斂膝",《廣記》作"低首"。

[十]受:《珠林》上有"汝能"二字,《廣記》上有"汝既"。

[十一]校:《珠林》作"當"。

[十二]其典執案謠王:《珠林》作"使人少時之間,勘當知錯,即報王言"。

[十三]經:原脫,據《珠林》、《持誦》、《廣記》補。按:下文言"至經藏所",知"經"字脫。

[十四]最:原作"寂",冣之形訛,冣即最也,據《珠林》改。

[十五]昌:《珠林》昌上"九"字在下句之"不肯"下。

[十六]教:《珠林》、《持誦》、《廣記》作"放"。

[十七]蹔:《珠林》、《持誦》、《廣記》作"暫",二字古通。

[十八]陛:續藏本注"陛一作階"。據《珠林》、《持誦》、《廣記》知"階"非。下:《珠林》下有"奉識陛下"四字。

[十九]故舊:《珠林》、《廣記》作"舊臣"。

[二十]帝:《珠林》作"文皇帝",《廣記》作"皇帝"。按:開皇十一年楊堅尚在位,周武帝不當稱楊堅諡號"隋文皇帝",故知"文"衍,《持誦》作"今帝"是。導:《持誦》作"道"。

[二一]為:原作"右",義不通,《珠林》作"以",《持誦》作"為",今從《持誦》。按:《持誦》與本篇文字最相近,且為、右形似,姑從之。

[二二]之:《持誦》無此字。

[二三]不:《珠林》、《持誦》上有"為此"二字。

　　〔二四〕帝:上原衍"文",續藏本注"一無文字",據上文"隋帝"
刪。《持誦》"隋文帝"作"今帝",是,開皇間對話不稱楊堅謚號。
德:疑下脱文,《珠林》下有"冀望福資得出地獄"八字,《持誦》下有
"救拔苦難始敢望了"八字,《廣記》下有"冀茲福祐得離地獄"八字。

　　〔二五〕聚:《珠林》、《廣記》作"坑"。纔:《珠林》作"片",《廣
記》作"上"。

　　〔二六〕物:《珠林》作"人"。

　　〔二七〕枉:《珠林》無此字。

　　〔二八〕未了:《珠林》上有"此中罪猶"四字,《廣記》上有"于此
罪尤"四字。

　　〔二九〕三:《持誦》作"五"。

　　〔三十〕差:《珠林》作"瘳",《持誦》作"損"。

　　〔三一〕隋文帝:《珠林》、《廣記》無三字。按:此處乃作者記述,
故言隋文帝。

　　〔三二〕武:續藏本注"一無武字"。按:《珠林》、《持誦》、《廣記》
有"武"字。

【注釋】

　　①太府寺丞:隋太府寺掌金帛府庫、營造器物,"隋太府丞六人,
正七品下"(《唐六典》卷二十)。

　　②入歛:即入殮。將死者裝入棺材。

　　③功德:念佛、誦經、佈施等佛事所積累的功業德行。功者福利
之功能,此功能為善行之德,故曰德。《大乘義章》卷九:"言功德,功
謂功能,善有資潤福利之功,故名為功。此功是其善行家德,名為
功德。"

④七寶：七種珍寶，又稱七珍。即金、銀、琉璃、玻璃、硨磲、赤珠、碼瑙。此處指裝飾奇珍異寶的床、案。

⑤廢闕：缺漏。

⑥周武帝：北周武帝宇文邕560—578年在位，諡號武帝，廟號高祖，在佛教史上是以毀佛著稱的皇帝。在位之初，武帝亦有造像、建寺等奉佛之舉，他曾為北周文皇帝造錦釋迦像、建金剛師子寶塔二百二十軀，事見《辯正論》卷三。他禮遇僧實、曇崇、曇延等僧侶，保定三年下詔奉造一切經藏，後來逐漸偏重道教，《周書》卷五《武帝紀》記周武帝"以儒教為先，道教為次，佛教為後"，終釀毀佛悲劇，於建德三年"初斷佛、道二教，經像悉毀，罷沙門、道士，並令還民"。如《歷代三寶紀》卷十二載："近遭建德周武滅時，融佛焚經，驅僧破塔。聖教靈跡，削地靡遺；寶刹伽藍，皆為俗宅。沙門釋種，悉作白衣。凡經十年，不識三寶。當此毀時，即是法末。所以人鬼哀傷，天神悲慘。"

⑦宿衛：在宮禁中保衛，守護。

⑧故舊：舊交，過去相識之人。

⑨衛元嵩：益州成都人，年少時出家為僧，明陰陽曆數，好言將來之事。後還俗，於天和二年（567）上書周武帝，稱僧徒猥濫，勸其抑佛，後世信徒常視之為北周武帝廢毀佛教的元兇。事見《周書》卷四七《衛元嵩傳》、《續高僧傳》卷二五《釋衛元嵩傳》。

⑩三界：指眾生所居的欲界、色界、無色界。

⑪糞聚：糞堆。《佛說摩訶迦葉度貧母經》："即入王舍大城之中，見一孤母，最甚貧困。在於街巷大糞聚中，傍鑿糞聚以為巖窟，羸劣疾病常臥其中。"

⑫白起:戰國時期秦國名將,戰國四將之一(其他三人分別是王翦、廉頗、李牧),號稱"人屠"。與趙國長平之戰時,趙軍大敗,四十萬趙兵投降。白起使詐,把趙降卒全部坑殺,只留下二百四十個年紀小的士兵回趙國報信。事見《史記·白起列傳》。

⑬寄禁:寄押,監禁。《唐六典》卷十三"御史臺":"舊,臺中無獄,未嘗禁人;有須留問,寄禁大理"。

54. 趙文若

又曰:隋時雍州趙文若①,死經七日。家人欲斂入棺,乃縮一脚,遂即不斂,便得蘇活②。語言:死見閻羅王。問若:"生存作何福事[一]?"若言:"受持《金剛般若經》[二]。"王言:"善哉!善哉!此是最大第一功德[三]。汝雖脩福,且將示其受罪之處。"仍令一人引若,北行可數十步至一牆,有孔。隔牆孔中有人引手捉若,挽度極大辛苦③。牆外見大地獄,鑊湯鑪炭,刀山釖樹④,銅柱鐵牀,罪人受苦不可思議[四]。乃有雞豚豬羊鵝鴨之屬,從若債於本命[五]。若語云:"不負汝命。"雞等報云:"汝往某年某月某日共某州人分我頭脚,各各食之。"若聞畜生所說所證,始知不虛,亦記往日殺食之處。唯知念佛,以一心悔過。其豬羊雞鴨不敢更言。所引之人將若迴王所,啟王云:"見受罪處訖。"王爾時乃付一椀鐵釘[六],令若食之,並用長釘五枚(音梅)釘若頭頂、手足[七],具令放去。若既蘇已[八],後仍患頭痛并手足疼。所痛之處,漸得瘳(音抽)愈[九]。若從爾已來[十],精勤不懈,受持《般若》。但見諸親知識[十一]⑤,悉勸受持此經。若後因於公使至驛廳上⑥,蹔時偃息[十二]。如似欲睡,夢見有一青衣婦人急速來告[十三]:"救命!救命!"若忽驚覺,即喚驛長問言⑦:"汝不為我殺他生命?"驛長報云:"適欲為公殺一小羊

133

［十四］。"問是何色［十五］。報云："青色牸羊⑧。"若令速放莫殺，仍與價直，贖羊放為長生⑨。豈非受持《金剛般若》，精誠致感然也。

本條《珠林》卷九四引《冥報記》;《廣記》卷一○二引《報應記》，文異;《廣記》卷三八一引《冥祥記》(談刻本作《冥神記》;重編《說郛》卷七二、《天中記》卷二三、《金剛經受持感應錄》引《報應記》，《天中記》卷五四引《宜(冥)祥記》;《永樂大典》卷七五四三引宋釋延壽《金剛證驗賦》;《永樂大典》卷一三一三九引《廣記》。

【校記】

［一］存:《珠林》、《廣記》卷三八一下有"之時"二字。事:《珠林》、《廣記》卷三八一作"業"。

［二］經:下原衍"典"，據《珠林》、《廣記》卷三八一、《大典》刪。

［三］最:原作"冣"，冣之形訛，冣即最也，據《廣記》卷一○二及上則"趙文昌"、《大典》改。

［四］思議:《珠林》、《廣記》卷三八一作"具述"。

［五］從:續本注"從一作徒"。按:《珠林》、《廣記》卷三八一作"從"，知從是。

［六］椀:大本《珠林》作"盌"，《廣記》卷三八一作"碗"，古同。

［七］竝:續本注"竝一作並"。按:《珠林》作"並"，"竝"、"並"古同。

［八］已:原作"巳"，據《持誦》改。

［九］抽:原作"柚"，抽之形訛，據"瘳"音及是書"杜思訥"、"僧法藏"等"瘳"音注改。

［十］已:原作"巳"，據《珠林》、《廣記》卷三八一改。

［十一］但:原作"佀"，據《珠林》、《廣記》卷三八一改。

［十二］蹔：《珠林》、《廣記》卷三八一作"暫"，古同。

［十三］婦人：《珠林》、《廣記》卷三八一作"婦女"。《廣記》卷一
〇二作"女子"。

［十四］適：《珠林》《廣記》卷三八一作"實"。

［十五］色：《珠林》作"殺"。

【注釋】

①雍州：《珠林》、《廣記》卷三八一作雍州長安縣人。雍州為古
九州之一，設置較早，主要包括今陝西省中部、北部及甘肅等地。雍
州地區自西周到西晉始終是京畿或附近。隋朝統一後，以長安及其
附近地區為雍州，隋煬帝大業三年改為京兆郡，唐朝建立後又改為雍
州，唐玄宗設立京兆府。

②蘇活：復活，蘇醒。

③挽度：挽指牽拉，度指經過，此指由孔穴拽拉通過。

④刀山釖樹：佛家所說的地獄中的慘苦境象之一。《增壹阿含
經》卷四十："設罪多者，當入地獄，刀山、劍樹、火車、爐炭、吞飲融
銅；或為畜生，為人所使，食以芻草，受苦無量。"

⑤知識：相識的人，朋友。

⑥驛廳：驛舍的廳堂。

⑦驛長：掌管驛站的長官。《唐六典》卷五："每驛皆置驛長一
人，量驛之閑要以定其馬數。"

⑧牸：畜類野獸的雌性。

⑨長生：此指任動物自然老死。佛教把"殺生"列為第一重戒，
主張以慈悲的精神保護、拯救人和一切動物的生命，謂之"護生"。
"護生"被認為是功德無量的。有些寺院中豢養"長生豬"、"長生

牛”,以示佛門慈悲之意,好生之德。

55. 栖玄法師

郎餘令《冥報拾遺》曰:普光寺栖玄法師少小苦行①,常以講誦《金剛般若經》為業。龍朔二年冬十一月,於寺內端坐遷神[一]②,儼然不動。天子聞而嘉之③,下制曰:“普光寺僧栖玄德行淳脩,道俗欽仰④,奄然坐化⑤,釋眾摧梁。宜以三品禮葬,仍給皷吹一部⑥。”傾城士女[二]⑦,觀者如市焉(餘令嘗在京都見諸大德及親友共說[三]⑧)。

【校記】

[一]於:黑板本上衍“**特**”。

[二]傾:黑板本上衍“傾”字。

[三]嘗:原作“當”,義不通,續藏本注“當疑作嘗”,今從之。說:黑板本下有“也”字。

【注釋】

①普光寺:唐太宗貞觀五年為太子李承乾所建,寺在唐長安頒政坊南門之東。神龍元年改稱中興寺,後又改為龍興寺。

栖玄:唐太宗、高宗時普光寺僧人。《大唐大慈恩寺三藏法師傳》卷六記貞觀十九年“綴文大德”普光寺沙門栖玄等幫助玄奘譯經,卷八又記:“復有栖玄法師者,乃是(呂)才之幼少之舊也。昔棲遁於嵩嶽,嘗枉步於山門,既筮仕於上京,猶曲睠於窮巷。自蒙修攝,三十餘年,忉怛(切思)之誠,二難俱盡。然法師節操精潔,戒行氷霜,學既照達於一乘,身乃拘局於十誦。”據《慈恩傳》及本篇,知栖玄與呂才(趙紀彬《呂才的唯物主義無神論思想》考其約生於隋開皇二十年,卒於麟德二年)為幼少舊友,故推算栖玄生年亦大致在隋文帝末年;栖玄曾遁於嵩嶽,成年時曾欲做官,仕途不順。自出家修攝身心後,三十多年間勤修戒行,苦行勵志;貞觀末年時栖玄在普光寺,後從玄奘譯經,《佛祖歷代通載》卷十二將其為列為玄奘弟子;龍朔二年(662)冬十一月,栖玄圓寂,約六十歲。

②遷神:指僧人逝世。

③天子:此指唐高宗李治。

④欽仰:景仰,敬慕。

⑤奄然:忽然。坐化:謂修行有素的人,端坐安然而命終。

⑥皷吹:演奏樂曲的樂隊。

⑦傾城:全城,滿城。

⑧親友:郎餘令與呂才之子呂方毅交好,《舊唐書》卷七九《呂才傳》記呂方毅亡後,"友人郎餘令以白粥、玄酒,生芻一束,于路隅奠祭,甚為時人之所哀惜",郎餘令所言的親友中呂方毅或為其一,呂方毅熟知父親的故友栖玄之事。

56. 高純

又曰:翊(音翼)衛高純[一]①,隋僕射齊公熲之孫[二]②,刺史表仁之子也[三]③。龍朔二年[四],在長安出順義門④,忽逢二鬼,各乘一馬,謂曰:"王令召卿。"言是生人⑤,弗之信也,乃策馬避之[五]。二鬼又馳[六],擁之[七]⑥。令一騎至普光寺門待,仍相謂曰:"勿令入寺。入寺訖,恐不可得。"既過,仍擁之向西[八]。又至開善⑦、會昌二寺⑧,亦並如之。有兄弟於化度寺出家⑨,意欲往就。及至寺門,鬼又不許,於是擒之。純乃毆鬼一下,鬼等大怒,曳其落馬,因即悶絕[九]。寺門有僧,見其但自落馬,其側更無一人,乃舉入其兄弟房[十]。經宿,遂得蘇也。既蘇之後,具自陳述,說云:

"被引見王。王云:'此人未合即來,乃令其生受⑩。'以曾謗議眾僧遣犁其舌〔十一〕⑪,舌遂長數寸而無所傷。"人問之曰:"何因舌長而無損處?"答曰:"以曾誦《金剛般若經》〔十二〕,所以不能損也。"經宿而罷。後又以手向口〔十三〕,如吞物之狀,須臾即於領下發赤色一道〔十四〕,流入腹中。因即僵仆,號叫而絕,如此,日常數四。人問其故。對曰:"為幼年時盜食寺家菓子⑫,所以吞鐵丸也⑬。"凡經二旬而罷。其後遂乃練行⑭,迄今不食酒肉(餘令時赴考⑮入京,親自聞說)。

本條參見《大唐內典錄》卷十;《三寶感通錄》卷下;《珠林》卷四六;《法華傳記》卷七;《弘贊法華傳》卷九;《太平廣記》卷一〇三引《報應記》。

【校記】

〔一〕純:續本注"純一作紙",《廣記》作"紙",下同。《珠林》、《弘贊法華傳》作"法眼"。按:"紙"不類人名,疑乃純之形訛。

〔二〕隋:黑板本作"随"。熲:原作"穎",據《隋書·高熲傳》改。按:《廣記》作"穎",《弘贊法華傳》作"顆",《珠林》作"穎",皆"熲"之形訛。孫:《珠林》上有"玄"字。《弘贊法華傳》"之孫"作"曾孫"。

〔三〕之:《內典錄》、《感通錄》、《法傳》作"孫"。

〔四〕二:《內典錄》、《感通錄》、《珠林》、《弘贊法華傳》、《法傳》作"三"。

〔五〕乃:黑板本作"仍"。

〔六〕馳:《廣記》作"驅"。

〔七〕擁:續本注"擁一作攉"。《廣記》作"擁",知"攉"非。

〔八〕擁:續本注"擁一作攉"。《廣記》作"擁",知"攉"非。

〔九〕因:黑板本下衍"大"字。

[十]轝:原作"輦",續本注"輦一作轝",《内典錄》、《三寶感通錄》、《珠林》、《弘贊法華傳》、東大寺本《法傳》作"輿",《廣記》作"昇",今從轝,轝、輿古同。

[十一]犂:《珠林》作"犁",犂、犁古同。

[十二]金剛般若經:《内典錄》、《珠林》作"《法華經》",《三寶感通錄》、《法傳》作"《法華》"、《弘贊法華傳》作"《法華》、《金剛般若》",《廣記》作"《金刚经》"。

[十三]又以手:續本注"又以手一作叉手"。

[十四]領:續本注"領疑頷"。《廣記》作"咽"。赤色:《廣記》作"白脈"。

【注釋】

①翊衛:侍衛官名。隋、唐禁衛軍的左右衛所領有親衛、勳衛、翊衛,合稱三衛。唐張九齡《唐六典》卷五記唐初二品孫、三品子,補親衛;二品曾孫、三品孫、四品子以上有封爵者及國公之子補勳衛;翊衛"五品已上並柱國若有封爵兼帶職事官子孫為之"。翊衛,正八品上。品秩雖低,身份很高,為時人所重。

②僕射齊公頴:隋尚書左僕射齊國公高頴。僕射是隋三省六部制中尚書省的長官,相當於朝廷首相;齊國公是高頴封爵。高頴少明敏,尤善詞令,十七歲便被北周宇文憲辟為記室,官位漸顯。入隋任尚書左僕射長達十九年,開皇九年平陳有功而被封齊國公。隋煬帝大業三年(《隋書》卷三《煬帝紀》)以高頴謗訕朝政,"下詔誅之,諸子徙邊"。事見《隋書》卷四一《高頴傳》、《北史》卷七二《高頴傳》。

按:高頴生年史書不載,崔瑞德《劍橋中國隋唐史》定為555年,然非定論。《周書·裴文舉傳(高賓附傳)》載高頴之父高賓于北周武帝保定年間在朝任太府中大夫,天和二年(567)前任宇文憲府長史,天和二年則改任都州諸軍事、都州刺史。據庾信《周上柱國齊王憲神道碑》載:宇文憲天和元年前多征戰異地,"天和元年,征還,行雍州牧",高熲父高賓或在天和元年于京城任宇文憲府長史。高熲因父親之故而獲宇文憲賞識,被辟記室疑在其父任宇文憲府長史後,即天和元年至天和二年間(566—567)。按《隋書·高熲傳》所記高熲十七歲辟為宇文憲記室,依此上推,疑高熲生於西魏文帝大統末年(550—551)之間(高賓降周之後所生)。隋大業三年高熲被誅後高氏一門皆株連徙邊。高熲長子盛道徙柳城而卒,次子弘德下落不明,三子表仁徙貶蜀郡。高熲子嗣可考者唯三子表仁一支。

③表仁:高熲之子高表仁,入唐曾任易、涇、延、穀(唐另有谷州,貞觀元年已廢置)四州刺史。《北史》卷七二《高熲傳》:"尋以其子表仁尚太子勇女,前後賞賜,不可勝計",《隋書》卷四一《高熲傳》:"表仁,封渤海郡公,徙蜀郡",據此知高表仁娶楊勇之女(《高安期墓誌》作大寧公主)為妻,封渤海郡公,至隋煬帝大業三年(《資治通鑒》)因父累而徙蜀郡。《舊唐書》卷一八七上《高睿傳》記"高睿,雍州萬年人,隋尚書左僕射熲孫也。父表仁,穀州刺史";《大囗(唐)朝散大夫行洛州偃師縣令高君(安期)墓誌銘》記高安期祖父高表仁入唐後任尚書右丞、鴻臚卿,後任易、涇、延、穀四州刺史(《洛陽出土歷代墓誌輯繩》,中國社會科學出版社1991年版,第379頁);據此知高表仁入唐後曾任易(中州)、涇(上州)、延、穀(上州)四州刺史,唐臨《冥報記·北齊仕人梁》所語"臨舅高涇州"即指涇州刺史高表仁,據《高睿傳》、《高安期墓誌》知高表仁終於穀州刺史(從三品)。

按:檢嚴耕望《唐僕尚郎表》貞觀初年任尚書右丞者事蹟較詳而

無高表仁;據《唐刺史考全編》考,高表仁約在貞觀初任涇州刺史;參《唐刺史考全編》貞觀元年(627)廢延州都督府而改稱延州,高表仁應在貞觀元年之後任延州刺史;顯慶二年(657)十二月廢穀州,高表仁任穀州刺史當在顯慶二年前,而據《唐刺史考全編》所考永徽年間穀州刺史皆有人擔任,推其貞觀中任穀州刺史。貞觀年間新州刺史亦名高表仁,岑仲勉《隋書求是》據《通典》、《新唐書》所記新州刺史高表仁事推測《高安期墓誌銘》"州"前所泐一字似為"新",今據拓片及《渤海郡王高秀岩墓碑》(此碑有真偽兩說)知泐字實為"易"字,兩高表仁的履歷並無交合。《通典》卷一八五、《新唐書》卷一九九皆記新州刺史高表仁於貞觀五年(631)出使日本,而詳述高熲三子表仁履歷的《高安期墓誌銘》等資料並未記載其出使一事。

又按:此篇記主人公為高表仁之子,然《大唐内典錄》、《三寶感通錄》、《珠林》等记事有異,或言其子,或語其孫,或云曾孫。據《高安期墓誌銘》、兩唐書、《渤海郡王高秀岩墓碑》,高表仁之子可知者有高昱、高叡、高章。

第一,高昱,約生於隋煬帝大業前後(高表仁外甥唐臨《冥報記·張亮》一條直呼高昱名諱,故推斷生於隋文帝開皇二十年的唐臨年長於高昱。此條記貞觀八年時高昱已交接幽州都督府長史張亮)。唐高宗時曾任中大夫守宋州刺史(《唐代墓誌彙編》誤錄高昱任梁州刺史,據《洛陽出土歷代墓誌輯繩》拓片應改為宋州刺史)、上騎都尉、安德縣開國男。據《高安期墓誌銘》稱高昱為"前中大夫守宋州刺史",故疑高昱至其子高安期安葬前(684)已逝,最晚活至唐高宗末年。高昱子高安期(638—684),高宗時任梓州參軍,趙州司兵參軍,後遷大理寺司直,終於朝散大夫行洛州偃師縣令。高安期之妻元妃娘(644—686)逝於垂拱二年。

第二,高叡,《新唐書》、《舊唐書》有傳。記其少舉明經,任通義令時頗有政績,百姓立碑頌德。約在武則天萬歲通天時任桂州都督,尋加銀青光祿大夫,任趙州刺史。聖曆元年(698)八月,突厥默啜率兵侵犯趙州,高叡與妻秦氏被俘而遇難。武則天贈其工部尚書,諡曰節。高叡子高仲舒明經擢第,神龍中為相王府文學。開元初累任通議大夫行太子洗馬,後授尚書都官郎中(《文苑英華》收有蘇頲《授高仲舒都官郎中制》,以官品而論,高仲舒授都官郎中當在任中書舍人之前)。《唐會要》卷五十五記其開元五年任中書舍人,侍中宋璟、中書侍郎蘇頲常咨訪問事。高仲舒博通經史,時人曰:"古事問高仲舒,時事問崔琳。"高仲舒可能亡於開元十三年或之後不久。

第三,高章。《高秀岩碑》記高章任太子家令。高章子高守禮朝請大夫鄜州司馬,贈絳太守。高守禮子高秀岩天寶十四載從安祿山反,曾與郭子儀交戰,"及安祿山反,從郭子儀討高秀岩於雲中"(《舊唐書·僕固懷恩傳》卷一二一),此後兩度降唐。上元二年八月,高秀岩亡於幽陵;元和二年高秀岩之子高霖遷父親棺柩歸葬於稷山縣廉城原。

④順義門:唐長安皇城的西面南門。皇城西面有二門,"南曰順義門,北曰安福門"(《兩京新記輯校》卷一),此門向前(西)直行經頒政、金城、義寧三坊,由此路經頒政坊南的普光寺、金城坊南的開善寺與會昌寺,義寧坊南的化度寺。

⑤生人:此指活人,高純懷疑鬼是活人,故不相信其語。

⑥擁:執持。

⑦開善:寺在唐長安城金城坊東南隅。隋開皇中,宮人陳宣華、蔡容華二人所立尼寺。

⑧會昌:寺在唐長安城金城坊西南隅。隋義宁元年,唐太宗率兵入關,曾駐兵於此。武德元年,乃立此寺。

⑨化度寺:寺在唐長安城義寧坊南門之東。宋敏求《長安志》卷十載:"化度寺本真寂寺,隋尚書左僕射齊國公高熲宅。開皇三年,熲舍宅奏立為寺,武德二年改化度寺",唐臨《冥報記·釋慧如》:"此寺(唐)臨外祖齊公(高熲)所立,常所遊觀。"

⑩生受:受罪,受苦。

⑪謗議:非議。犁其舌:用犁耕犁人舌。佛教有"犁舌獄",是犯惡口、大妄語等作口業者死後所入的地獄,入犁舌獄遭受割舌、耕舌之苦。

⑫菓子:寺廟中供奉的水果或糖食糕點。菓子有水果、糖食糕點等義,皆為寺廟所供,如菩提留支《權現金色迦那婆底九目天法》:"煎餅、菓子種種供養,每日三時奉供",當指食物;不空《蕤呬耶經》卷中:"復應供養種種菓子及諸根食……其菓子者謂阿摩羅果、石榴果、麽路子果、蒲桃果、棗、柿子",指水果。

⑬鐵丸:地獄懲罰罪人的方式。佛教有鐵丸地獄,毀辱佈施、說佈施無果報者會墮此處。獄卒驅罪人用手攝熱鐵丸,使其手足全部爛壞。

⑭練行:佛教語,謂修練戒行。《太平廣記》卷一一一引唐戴孚《廣異記·僧道憲》:"時刺史元某欲畫觀世音七鋪,以憲練行,委之勾當。"

⑮赴考:此指前往吏部接受官員任職考核。

57. 石壁寺老僧

又曰：并州石壁寺有一老僧①，禪誦為業，精進練行。貞觀末，有鴿巢在其房屋櫨上［一］，哺養二雛。僧每有餘食［二］，恒就巢哺之。鴿雛後雖漸長，羽翼未成，乃並學飛［三］，墜地而殞［四］。僧並［五］收瘞（焉屬反）之［六］②。經旬之後［七］，僧忽夜夢二小兒白之曰［八］：“兒等為先有少罪，遂受鴿身。比來聞法師讀誦《法華經》及《金剛般若經》［九］。既聞妙法③，得受人身，兒等今於此寺側十餘里某村某姓家託生為男［十］，十月之外，當即誕育。”僧乃依期往視［十一］，見此家一婦人同時誕育二子［十二］，因為作滿月齋［十三］④。僧呼鴿兒［十四］，兩兒並應曰：“諾［十五］。”後歲餘始言（賈祗忠先為并州博士［十六］⑤，遷任隰州司戶⑥，為餘令言之。後於并州訪問，並稱實錄）。

本條《珠林》卷五十、《廣記》卷一〇九並引作《冥報拾遺》；《法華傳記》卷九；《弘贊法華傳》卷九；《宋高僧傳》卷二五《明度傳》；《法華靈驗傳》卷上引《弘贊》。《永樂大典》卷一三一四〇引《廣記》。

【校記】

［一］在其房屋櫨上：《珠林》、《廣記》、《大典》作“其房櫨上”，《法傳》作“在其房室櫨上”，《弘贊》作“房櫨上”。

［二］僧：《珠林》、《廣記》作“法師”。

［三］乃並：《廣記》、《大典》作“因”。

［四］墜地而殞：《珠林》、《弘贊》作“俱墜地而死”，《廣記》作“俱墜地死”，《法華傳記》作“墮地而死”。

［五］並：《廣記》、《法華傳記》無此字。

［六］（焉屬反）之：原倒作“之（焉屬反）”，據瘞音乙正。

〔七〕之:《珠林》、《廣記》無此字,《弘贊》作"日"。

〔八〕忽:《珠林》、《廣記》、《弘贊》、《大典》無此字。白之:《廣記》、《大典》無二字,《弘贊》作"告"。

〔九〕聞:《廣記》上有"曰"字。華:《廣記》無華等七字。

〔十〕某姓家:《廣記》、《大典》作"姓名家",《弘贊》作"某甲家"。

〔十一〕視:《廣記》下有"之"字。

〔十二〕一:《廣記》、《大典》無此字。人:《廣記》、《大典》作"果"。

〔十三〕齋:原作"齊",據《珠林》、《法華傳記》、《弘贊》改。《廣記》無此字。

〔十四〕呼:《珠林》、《廣記》、《大典》下有"為"字。

〔十五〕兩兒並應曰諾:《珠林》作"兩兒並應之曰諾",《廣記》、《大典》作"並應之曰唯",《法華傳記》、《弘贊》作"並應曰諾"。

〔十六〕後:《珠林》、《弘贊》作"一應之後"。

【注釋】

①并州:隋稱太原郡。《舊唐書》卷三九《地理志二》記,武德元年改太原郡為并州,置總管。開元十一年置北都,改并州為太原府,轄太原、交城、榆次、陽曲等十四縣。屬河東道,治所在今山西太原。

石壁寺:據《全唐文》卷三六三林諤《太原府交城縣石壁寺鐵彌勒像頌(並序)》知寺在并州(太原府)交城縣(今山西交城縣)內,《全唐文》卷六〇六李逢吉《石壁禪寺甘露義壇碑》亦言"露壇在府之交城縣石壁寺"。林諤述"先朝分置交城而立寺",據文知寺乃隋時置交城所建,唐太宗時曾供養珍寶,交城縣令張令孫新修前殿,擴建

145

寺院。

②瘞：埋葬。韓愈《祭十二兄文》：“生不偕居，疾藥不親，斂不摩棺，瘞不繞墳。”

③妙法：義理深奧的佛法。

④滿月齋：為慶祝嬰兒滿月而設的齋宴。

⑤并州博士：唐時每州設經學博士一人，并州為上州，其州博士當為從八品下。

⑥隰州司戶：武德元年改隋龍泉郡為隰州，天寶元年改為大寧郡，乾元元年復為隰州。州治在隰川，今山西隰縣。隰州為下州，其州司戶從八品下。據文知賈祗忠在高宗時曾為并州博士，後任隰州司戶。

58. 于昶

慶州司馬禽昌公于昶昔任荊府錄事［一］①，每至一更已後即喘息微惙［二］②，舉身汗流，至雞鳴時即愈［三］，亦更無所苦。但覺形體羸弱［四］，心神憂悴。左右怪而問之。公默而不應。夫人柳氏請召醫人③，公不許之。夫人因密問其故，答云：“更無他疾，但苦晝決曹務，夜判冥事耳。”夫人因訪以冥間事，但言善惡報應皆如影響［五］，餘無所言。夫人因問，竟亦不答。然每有未萌事，咸預知之，即陰為之備，終不曉說④。雖兄弟妻子，不之告也。凡五六歲，甚覺勞苦。其後丁龍城夫人憂⑤，即誦《金剛般若》，由是不復更為冥吏。因極言此於諸經中福力為最，遂命子孫持誦經焉。公年未知命⑥，即稱疾歸田⑦。時左相蘇良嗣⑧、右相韋待價⑨、大將軍李沖玄⑩，並是公姻媾親昵（女栗反），嘗請公入仕，公固辭不行。于時酷吏用事，多所誣陷。公雖退就丘園，而婚連權貴，遂被不逞之輩誣告相仍⑪。

146

公雖頻處狴(音陛[六])牢⑫,了無憂憚,晝夜誦讀,未嘗絕聲。不逾數朝,果得清雪。他皆倣此,不可屢陳。中外驚嗟,咸共歎怪。公年八十有四,邁疾將薨⑬,猶誦經不已。屬纊之日,神情朗然。俄而有異香滿室,氤氳芳馥(音伏),代所未聞。公自言有化人來迎⑭,當往西方淨境。因與親戚訣別,言訖而終(其孫梓州郪縣尉于恕親自說也)。

　　本條《廣記》卷一〇四、《佛祖通紀》卷二八並引《報應記》。

　　【校記】

　　[一]昶:續藏本注"昶一作袍"。按:據《廣記》、《元和姓纂》等知"袍"非。荊府錄事:《廣記》作"並州錄事參軍",據《大唐故越州都督禽昌定公碑》知《廣記》誤。

　　[二]已:原作"巳",據文意改,下同。

　　[三]時:原作"明",續藏本注"明疑時",今從之。

　　[四]但:原作"佀",據文意改。

　　[五]言:原作"信",據文意改。

　　[六]陛:原作"階",續藏本注"階疑陛",據"狴"音改。

　　【注釋】

　　①慶州司馬:武德元年改隋弘化郡為慶州,後置都督府,貞觀五年又罷都督府,開元四年復置都督府,二十六年昇為中都督府。天寶元年改為安化郡,乾元元年改為慶州。則天時當稱作慶州,其州司馬品秩可能為六品。

　　禽昌公:于氏封爵。禽昌公封爵始於于象賢,《元和姓纂》卷二(條333頁234)載:"象賢,隋黔(岑校注禽、黔音通)昌公",又《大唐故左衛郎將檢校左武衛將軍上騎都尉于君(謙)墓誌銘(並序)》記于謙祖父為禽昌縣公于象賢;《大周朝散大夫行蜀州司法參軍于君

(隱)墓誌銘(並序)》記于隱曾祖為禽昌縣開國公于象賢,其父名于素;《大唐故魏州元城縣尉河南于府君墓誌》記于嘉胤曾祖為禽昌縣公于象賢,祖父于德興襲禽昌公,其父名于望;《大唐故越州都督禽昌定公碑》記于象賢之子于德芳襲禽昌公。爵位可世襲①,故綜上而知于象賢封禽昌縣開國公,其子于德興、于德芳襲禽昌公,而此文的禽昌公于昶繼于德芳之後襲禽昌公爵位,與于謙、于素、于望為從兄弟。于昶:《大唐故越州都督禽昌定公碑》(《全唐文補編》卷一四八作《越州都督于德芳碑》)記于德芳生子昶,"嗣子前荆州大都督府錄事參軍武州司馬護軍昶"(頁1800),據碑知于昶為于德芳之子、于象賢之孫,曾任荆州大都督府錄事參軍,合於本篇所記,亦知《報應記》誤("并州錄事參軍""并"為"荆"之訛)也。

②憊:疲乏,憊頓。

③醫人:即醫人,醫生。唐蘇鶚《杜陽雜編》卷下:"一日後宮有疾,召醫人侍湯藥。"

④曉說:告訴別人,使人知道。

⑤龍城夫人:指于昶母親。于昶父親于德芳卒于龍朔三年(663)二月,終年七十九,估算于昶母親在則天間去世時當已高齡。

⑥知命:《論語·為政》:"五十而知天命",後來用"知命"指五十歲。

⑦歸田:謂辭官回鄉務農。

⑧蘇良嗣:蘇世長之子,高宗時曾任荆州大都督府長史,永淳中為雍州長史,垂拱二年遷文昌左相、同鳳閣鸞台三品,則天時"地官

---

① 如《大周故隰州刺史建平公于公(遂古)墓志銘(并序)》記于遂古曾祖于义、父于永宁、于遂古皆襲建平公。

尚書韋方質不協,及方質坐事當誅,辭引良嗣,則天特保明之"。事見《舊唐書》卷七五《蘇良嗣傳》。

⑨韋待價:象州刺史韋挺之子,詩人韋應物之高祖,韋待價出身武將,垂拱二年韋待價以天官尚書遷文昌右相、同鳳閣鸞台三品。事見《舊唐書》卷七七《韋待價傳》。

⑩李沖玄:唐室宗親,其父漢陽郡公李瑰為唐高祖從父兄子,"垂拱中官至冬官尚書"(《舊唐書》卷六十《李瑰傳》)。

⑪不逞之輩:心懷歹意者。

⑫狴牢:牢獄。狴即狴犴,是傳說中的獸名,古代牢獄門上繪其形狀,故用為牢獄的代稱。

⑬遘疾:生病。

⑭化人:指經由神通所變化顯現之人。佛、菩薩、羅漢等為救度各類眾生,常隨機變化為各種形相、身分、膚色之人。

59. 京師人

中宗時,京師有人死,經數日而蘇。說:於冥官前被經訊鞫①。須臾,有追事人至②。冥官責以所追人不獲,將欲鞭之。追事者抗聲訴曰:"將軍魏洵受持《金剛般若經》[一]③,常誦不輟,善神擁護,圍繞數重。無由取得,實不寬縱。"冥官遂使驗覆④,如追事者之詞,因此罷追,同聲讚美。魏洵者,鉅鹿人也。父尚德⑤,清直儉素,好學不倦,尤精釋典⑥,亦誦持此經,天授年中終於左庶子。洵克傳父業,解褐授博州參軍⑦,屬瑯琊王作亂⑧,柳授偽郎將[二],令拒官軍。忠孝憤激,背逆歸順,晝伏夜走,不由軌路,遂得至都。是日召見,面授五品,除博州司馬,便令討平博州。召入遷尚衣奉御⑨,出入中外,累踐文武。神龍初,加三品,拜右監門將軍⑩,出為睦州刺史⑪。坐以公事⑫,降授徐州別駕(梓州司士鄭叔鈞説)⑬。

本條《廣記》卷一〇五引作《廣異記》;《持誦》作"魏昫",事略。

【校記】

[一]洵:原作"恂",據《元和姓纂》卷八等改,下同。按:《廣記》亦誤作"恂",洵之形訛。

[二]柳:疑误,待勘。

【注釋】

①訊鞠:審訊。

②追事人:冥間追捕犯事罪人的鬼卒。

③魏洵:唐高宗、則天時人,左庶子魏尚德之子,曾任祠部郎中、睦州刺史。《元和姓纂》卷八(條85頁1192)記"(魏)嵩(岑校作尚)德,刑部侍郎。嵩德生浚、溫、洵。洵,祠部郎中、睦州刺史";郎官題名柱作"魏詢";成書于天冊萬歲元年十月的《大周刊定眾經目錄》卷末署"中大夫、行祠部郎中魏洵",知洵、詢、恂常相混用,據本篇可補魏洵履歷。

④驗覆:檢查復核。

⑤尚德:魏尚德。《唐會要》卷五九"刑部侍郎"條記"垂拱四年四月十一日加一員,以魏尚德為之",據文知尚德垂拱四年任刑部侍郎,可能在天授二年(691)終於左庶子(即太子左庶子,掌侍從贊相、駁正啟奏,正第四品上階)。

⑥釋典:釋教經典,即佛教經典。我國古來佛教與道教並稱,各取其教祖之名,稱為釋(迦牟尼)、老(子),遂稱釋教。

⑦解褐:謂脫去布衣,擔任官職。據文知魏洵出仕任博州參軍。博州置於隋,唐時治玌城(山東聊城故城),博州為上州,其州有錄事

參軍事（從七品上）、六曹參軍事（從七品下）、參軍事（從九品上），魏洵解褐當任參軍事。

⑧瑯邪王作亂：《舊唐書》卷六《則天本紀》記垂拱四年（688）八月“博州刺史、琅邪王沖據博州起兵”。李沖為越王李貞之子，太宗李世民之孫，事見《新唐書》卷八十《李貞傳》。魏洵時為李沖下屬，被授偽郎將。他在亂中逃至京師，被睿宗授博州司馬（從五品上）。

⑨尚衣奉御：殿中省設尚衣局，長官為奉御（從五品上），掌衣服，詳其制度、辨其名數。

⑩右監門將軍：隋唐時期中央十六衛之一左右監門府（衛）主官，掌管宮殿門禁有及守衛之事。《唐六典》卷二五《諸衛府》記監門府設左右大將軍各一人，正三品；左右將軍各二人，從三品。

⑪睦州刺史：唐武德四年（621）復遂安郡為睦州。神功元年（697），睦州治由雉山移建德（今杭州建德）。睦州上州，其州刺史從三品，這是文獻所記魏洵的最高職位。

⑫公事：朝廷之事，公家之事。

⑬降授：貶官，貶職。

徐州：武德四年置徐州總管府，貞觀十七年罷都督府，天寶元年改徐州為彭城郡。乾元元年復為徐州。州治彭城，今江蘇徐州。徐州是上州，其州設別駕一人，從四品下。魏洵由三品刺史貶為從四品下別駕，故稱降授。

60. 張玄素

蘄（音其）州黃梅縣令張玄素，年二十①，即受持《金剛般若經》。每家有迍厄疾病②，即至心祈請，即福助胗（許乙反）饗③，皆得痊濟④。年七十有餘，洛城東十餘里於故城庄染疾⑤。將終之際，遂見香華幡蓋自空而來,合掌欣然,即澡浴裝飾。舉家同聞香氣,連日不歇(前梓州通泉縣丞柳峻說⑥)。

本條《廣記》卷一〇三引《報應記》,事略。

【注釋】

①張玄素:非唐初显宦張玄素(《舊唐書》卷七五《張玄素傳》記唐初重臣張玄素卒于麟德元年),據文知生時較晚,曾任蘄州黃梅縣(今湖北黃梅)令,官職較低。

②迍厄:亦作"迍阨"。災難,挫折。

③朌蠁:比喻靈感通微。左思《蜀都賦》:"天帝運期而會昌,景福朌蠁而興作。"

④痊濟:痊癒,病好。

⑤染疾:患病。《太平廣記》卷一五〇引《紀聞·張去逸》"不數年,染疾而卒,官至太僕卿"。

⑥柳峻:此篇與下篇皆柳峻所述,據文知柳峻曾任梓州通泉縣丞(從八品下),任時當在開元六年前(《集驗記》成書時間)。

61. 薛嚴

鄂(音愕)州司馬薛嚴[一]①,受持《金剛般若經》,淨信堅固。及至亡時,年七十已上,有幢蓋簫管②,乘空而迎。其夫人[二]見隨幡蓋而去③。寢疾彌困④,夫人遙於空中喚之,飄若乘雲,冉(音染)冉退上,香氣不絕,合家共聞,因而遂終。斯亦不思議事!(同前柳峻說)

本條《廣記》卷一〇六引《報應記》;《蜀中廣記》卷九十。

【校記】

[一]鄂:《廣記》、《蜀中廣記》作"忠"。

〔二〕而:《廣記》、《蜀中廣記》作"來"。

【注釋】

①薛嚴:據文知薛嚴在唐玄宗開元前以七十高齡而辭世,曾任鄂州司馬。唐武德間改隋江夏郡為鄂州,州治在江夏縣(今湖北武漢市江夏區),鄂州上州,其州司馬為從五品下。《新唐書》卷七三下《宰相世系三下》載有二薛嚴:高宗時宰相薛元超曾孫,薛鳳童之子;薛元超六代孫,薛弘宣之子,曾任蘄州司馬(頁3015),依照活動時間知皆非此篇主人公。

②簫管:泛指管樂器。

③其夫人:《廣記》言"其妻崔氏,即御史安儼之姑也"。崔安儼為初唐人,《新唐書》卷七二下《宰相世系二下》記崔安儼曾祖是隋泗州長史崔子博、祖父崔元平、父崔行范(頁2786);《唐御史臺精舍題名考》殿中侍御史題崔安儼名;《唐尚書省郎官石柱題名考》卷二六"主客員外郎"署崔安儼名。

④寢疾:臥病。

62. 姚待

梓(音姊)州郪(音妻)縣人姚待,誦《金剛般若經》。以長安四年丁憂①,發願為亡親自寫四大部經,《法華》、《維摩》各一部,《藥師經》十卷,《金剛般若經》百卷〔一〕。寫諸經了,寫《般若經》得十四卷。日午時,有一鹿突門而入,立經牀前舉頭舐案〔二〕②,舐案訖〔三〕,便伏牀下。家有狗五六箇,見鹿搖尾,不敢輒吠。姚待下牀抱得,亦不驚懼,為受三歸③,跳躑屈腳,放而不去。至先天年中,諸經並畢,皆以帙裹〔四〕④,將欲入函。有屠兒李迴奴者〔五〕,不知何故,忽然而來,立於案前,指經而笑,合掌而立,欲得取經〔六〕。其屠兒口啞耳聾[七]，兩眼俱赤，躭酒兇惡，少有此徒[八]。所寫之經，皆以瑠璃裝軸[九]，唯《般若經》飾以檀素⑤，但簡取素軸[十]⑥，明此人於《般若》有緣。待遂裏以白紙，盛以漆函。屠兒手所持刀橫經函上，笑而馳去。一去之後，不復再見，莫知所之[十一]。

　　至開元四年，有玄宗觀道士朱法印極明莊老，往眉州講說⑦，歲久乃還。時，鄉中學士二十餘人相就禮問⑧。友人王超曹府令豎子殺羊一腔⑨，以袋盛肉。煑熟之後，心知其殺，但忍饞不得，即隨例喫[十二]，計食不過四五臠。經于一日，至日昳（田結反）時[十三]⑩，欻然肚熱頭痛[十四]，支節有若割切。至黃昏際，困篤彌甚，耳聞門外有喚姚待之聲，心雖不欲出看，不覺身以出外，問有何事。使人黃亥，狀若執刀之刺史[十五]，喚言訖，便行。待門外有溪，當去之時亦不見溪澗[十六]，但見平坦大道，兩邊行樹。行可三四里，見一大城，云是梓州城[十七]。其城複道重樓⑪，白壁朱柱，亦甚秀麗。更問使者：“此不是梓州城。”使人莫語。城有五重門，其門兩邊各有門屋，門門相對，門上各各題額，欲似篆書，不識其字。門數雖多，一無守者[十八]，街巷並亦無人。使者入五重門內，有一大廳，廊宇高峻，廳事及門並無人守。至屛牆外[十九]⑫，窺見廳上有一人，著紫，身稍肥大，容色端麗⑬，如三十已下[二十]。使者入云[二一]：“追姚待到。”待走入遙拜[二二]。怒目厲聲：“何因勾攣爾許人殺人於淨處喫⑭？”思量莫知其事，但見其瞋怒，眼中及口皆有火光，忙怕驚惶，罔知攸措（音醋）[二三]⑮。即分疏曰：“比來但持經，不曾殺人，亦不喫人肉。”便問持何經[二四]。答：“持《金剛般若經》[二五]。”著紫之人聞姚待此說，熙怡微笑⑯，聞稱大善聲。傍忽有人，著黃[二六]，不見其脚，手把一物，長二尺許，八稜成就[二七]，似打皷槌[二八]。高聲唱曰："何於朱道士房喫肉?"更不敢諱，便承實喫。"喫幾許?"報："喫五六臠。"著紫人迴看黃衣人[二九]，其人報云："喫四兩八銖。"即把筆書槌，耳中遙聞："事非本心，且放令去。待曹府到日推問[三十]。"著紫人又云："大雲寺佛殿早脩遣成。"應諾，走出。可五六步，廳西頭有一人著枷杻，四道釘鍱，請問姚待。廳上人喚姚功曹迴⑰，不稱待名。看所著枷者乃是屠兒李迴奴。著紫人問云："此人讀《般若經》虛實?"報云："是實。"答了，迴看但見空枷在地，不見屠兒。待初入時，廳前及門不見有人守掌；及其得出，廳兩邊各有數千人，朱紫黃綠，位次各立。亦多女人，擔枷負鎖，或有反縛者⑱，亦有籠頭者⑲。乃於眾中見待親家翁張楷亦在其中，雖著小枷而無釘鍱⑳，叩頭令遣家中造經。不得多語，更欲前進，被人約而不許。其中有一人散腰露頂[三一]㉑，語待急去，此非語處，迴見其人乃是待庄邊村人張賢者[三二]，抱病連年㉒，水漿不能入口。鄉人見者[三三]，皆為必死之談[三四]，妻子親情皆備凶具㉓。姚待覺後，報其兒為寫經[三五]，不踰半旬，病便得差。得放出屏牆之外，門門皆有人捉刀仗弓箭[三六]，儼然備列，捉門人不放待出。待所生父從廳東走來[三七]，叫云："我兒無事得放。何以遮攔不放[三八]㉔?"令待展臂示之，即宣衣袖，出臂示之，即便得出[三九]。及至覺寤，已經一日[四十]。

　　本條參見《法華傳記》卷八"唐梓州姚待"（據文知錄自《集驗記》）；《廣記》卷一〇四引《報應記》；《三寶感應要略錄》卷中。可參見《今昔物語集》卷六《震旦梓州郪縣姚待寫四部大乘語》(45)。

【校記】

[一]百:《法傳》、《要略錄》上有"一"字。

［二］牀:《要略錄》作"案"。

［三］舐案:《法傳》無二字。

［四］帙:原作"養",續本注"養字更勘",據《法傳》改。

［五］奴:《法傳》作"好"。者:下原衍"看",據《法傳》刪。

［六］得:《法傳》無此字。

［七］啞:原作"噁",據《法傳》改。

［八］少:《法傳》作"小"。徒:大谷大學本《法傳》作"德"。

［九］瑠璃:《法傳》作"瓔珞"。

［十］簡:《法傳》作"箇"。

［十一］之:下有脫文。《要略錄》引本篇下有"是時隣家夢鹿是待母、屠兒待父,各依業故受異身。待自為寫,故來受其化而已"三十一字;《法傳》下有"隣家夢鹿是待母、屠兒待父,命終之後各依業受生。其子發願為二親自寫大乘經,報已定故,頓不能害,且來受化而去"四十六字。

［十二］即:《法傳》無此字。

［十三］昳:《法傳》作"映"。按:據"田結反"知"昳"是。

［十四］肚:《法傳》作"壯"。

［十五］刺:原作"剌",據《法傳》改。

［十六］之:《法傳》無此字。澗:《法傳》誤作"閒"。

［十七］云:大谷大學本《法傳》作"城"。

［十八］一:《法傳》作"並"。

［十九］牆:《法傳》作"牆",據下文"放出屏牆",知"牆"非。外:續本注"外一作後",《法傳》作"後"。

［二十］三十:《法傳》作"此"。

[二一]云：《法傳》訛作"入"。

[二二]待：《法傳》無此字。

[二三]措：《法傳》作訛"指"。

[二四]便：《法傳》作"使"。

[二五]持：《法傳》下有"法華、維摩、藥師"六字。按：上文言姚待造諸經，知此處似脱六字。

[二六]黄：《法傳》下有"衣"字。按：上有"有一人著紫"，知《法傳》非。

[二七]稜：原作"積"，續本注"積疑稜"，今據《法傳》改。

[二八]槌：原作"搥"，據下文"即把筆書槌"及《法傳》改。

[二九]迴看：大谷大學本《法傳》作"問著"，東大寺本《法傳》作"迥著"，似當據大谷本。

[三十]曰：《法傳》訛作"曰"。

[三一]頂：續本注"頂一作頭"，《法傳》作"顯"。

[三二]人：大谷大學本《法傳》作"中"。

[三三]鄉：《法傳》訛作"卿"。

[三四]談：大谷大學本《法傳》作"證"。

[三五]經：《法傳》上有"法華等"三字。

[三六]箭：大谷大學本《法傳》作"槊"，東大寺本作"梁"。

[三七]父：《法傳》訛作"又"。

[三八]遮攔：《法傳》作"鹿攔"。放：原作"收"，據《法傳》改。

[三九]示之即：續本注"示之即三字恐衍文"。按：《法傳》有三字，當非衍文。

[四十]曰：《法傳》下有"矣"字。

【注釋】

①丁憂："丁"是遭逢、遇到的意思。丁憂原指遇到父母或祖父母等直系尊長等喪事,後多指官員居喪。

②經牀:誦經、禪坐的坐臥之具。

③三歸:又曰三歸依,三歸戒,即歸依佛、歸依法、歸依僧。由姚待向鹿行三歸之儀。

④帙:用來包裹經卷的用品。常稱作帙子,也叫書衣。經帙的形制有的如囊,但大多如包裹皮,一般用布帛製成,也有用紙、竹做成的。敦煌遺書普遍流通竹制帙皮,用細竹帙、粗竹帙包裹經書,法國集美博物館藏有三件竹帙。參見方廣錩《敦煌經帙》(《方廣錩敦煌遺書散論》,上海古籍出版社 2010 年版)。

⑤檀素:此處似指用本色檀木做成的卷軸。

⑥簡取:選取。

⑦眉州:唐武德元年改隋眉山郡為嘉州。武德二年從嘉州分置眉州,轄通義、丹棱、洪雅、南安(今夾江)和青神五縣,屬劍南道,州治通義縣城(今四川眉山市東坡區東坡鎮)。天寶元年撤銷眉州,改置通義郡。乾元元年(758)撤銷通義郡,恢復眉州,屬劍南道西川。

⑧禮問:請安問候。

⑨豎子:童僕。

⑩日昃:太陽偏西。《書·無逸》:"自朝至於日中昃",孔穎達疏:"昃亦名昳,言日蹉跌而下,謂未時也。"

⑪複道:樓閣間架空的通道。也稱閣道。

⑫屏牆:用作遮罩的短牆。《唐太宗入冥記》:"皇帝隨後,入得屏牆內東面。"

⑬端麗:端莊美麗。

⑭勾率:糾集,率領。清黃六鴻《福惠全書·刑名·禁抄搶》:"其不肖子弟、無賴親屬,勾率多人,持鎗挾棍,蜂擁兇家,衝入內室。"

爾許:猶言如許、如此。《三國志·吳志·吳主傳》"浩周之還"裴松之注引三國魏魚豢《魏略》:"此鼠子自知不能保爾許地也。"

⑮攸措:處理,安排。

⑯熙怡:和樂,喜悅。

⑰功曹:文職官員。漢代郡守有功曹史、縣有主吏,功曹史簡稱功曹、主吏即為功曹。除掌人事外,得以參預一郡或縣的政務。北齊後稱功曹參軍。唐時,在府的稱為功曹參軍,在州的稱為司功。據此文知姚待曾任梓州司功,人稱姚功曹。

⑱反縛:反綁兩手。

⑲籠頭:套在犯人頭上的刑具。《北史·畢義雲傳》:"搒掠無數,為其著籠頭,繫之庭樹,食以芻秣,十餘日乃釋之。"

⑳鍱:包裹在刑具上的薄鐵片。

㉑散腰:不束腰帶。陸遊《老學庵筆記》卷二:"背子率以紫勒帛系之,散腰則謂之不敬。"

㉒連年:接連多年。

㉓親情:親戚。唐拾得詩:"聚集會親情,總來看盤飣。"

凶具:棺材。宋徐鉉《稽神錄·王瞻》:"既瘳,便能下牀,自出僦舍,營辦凶具。"

㉔遮攔:亦作"遮闌"、"遮蘭"。猶阻攔。《漢書·王莽傳中》:"又置奴婢之市,與牛馬同蘭",唐顏師古注:"蘭謂遮蘭之,若牛馬蘭

圈也。"

63. 楊簡

有楊簡者,梓州通泉縣人也。洞解《楞伽》①,恒於蜀中講說,又常誦《金剛般若》。嘗於飛鳥行,日已將暮,路多猛獸,人皆憚之。簡口誦經,足仍急步。逢一見鬼者,怪諸鬼崩騰而走,若有所畏。遂見楊簡,誦經而行,諸鬼驚惶,由經之力。則知隨說之處,諸佛之所護持。

【注釋】

①洞解:精通,透徹地瞭解。

64. 李丘一

揚州高郵(音尤)縣丞李丘一①,萬歲通天元年二月二十九日,卒得重病便亡。初死之時,有兩人來追,云:我姓段[一],不道名字,直言王追,不許蹔住。于時同被追者五百餘人[二],男皆著枷②,女皆反縛,並驅向前。行可數里,有一人乘白馬朱衣,手執弓箭,高聲唱言:"丘一難追,何不與枷著?"丘一即謿段使,祖父五品,身又任官,不合著枷。所言未畢,忽然遍身咸被鎖之,莫知其由。更行十餘里,見大槐數十樹,一一樹下有一馬槽。即問段使:"此是何處?"報言:"五道大神錄人間狀,於此歇馬。"丘一聞此,方始知死。被勸前行,遂到王門。見一人抱案,容色忩遽③,語段使曰:"王遣追人,何意遲晚④?"段使更不敢語,即將丘一分何案主。語丘一言:"此人姓焦名策[三],是公本案主⑤,可隨見王。"焦策即領見王。王見丘一來,瞋責云:"李釋言聚會親族,殺他生命,以為歡樂,不知慙愧。"所稱釋言乃是丘一小字⑥。須臾,即見所殺畜生咸作人語:"某乙等今追怨家來到[四]，大王若為處分⑦。"焦都即前諮王⑧："李釋言今未合死。緣所被殺者欲急配生處，所以追對⑨。"王自問曰："你平生已來[五]，作何福業？誦持《最勝第一經》以否？"丘一憶生時不作功德，唯放鷹犬⑩。忽憶往造一卷《金剛般若經》。王聞《金剛般若經》即起合掌，喚釋言上階[六]。冥中喚《般若經》名《最勝第一功德經》。語畜生云："你且向後。""喚焦策來，可領向經藏處看驗⑪。"其王廳側有一處所，看無邊畔⑫，中有一殿，七寶莊嚴。令丘一上殿，於藏中抽取一卷經。開看，乃是丘一所寫之經，更檢得請僧疏一張，是丘一寫書處[七]。問焦都云："生平亦數造功德，何因唯見兩處？""公當官非法取錢，欺抑貧弱⑬，此是不淨之物。所修功德，自資本主⑭，不干公事[八]。"領迴見王。王問："所寫經是實不？可喚畜生來，善言辭謝，但許為造經，此終不留。"少間，所殺畜生一時同到見王。王遣丘一為造《般若經》，言訖[九]，其畜生並散去。王言："此功德無盡！"語焦策可即放還，更莫留住。（焦策）送出城門之外[十]，再三把丘一手，"策盡力相為[十一]⑮，只得（如此）[十二]？"丘一許乞策錢三百貫[十三]，家中唯有爾許，有時實不敢惜。策報丘一言："縱乞萬貫[十四]，終是無益。乞公為策造《般若經》二十部[十五]。"丘一便即許諾。又云："策雖冥吏，極受辛苦，若無福助⑯，難以託生。公努力相為寫經，幸莫滯策生路。"遂更前行。策指示一處，下看深而且黑，拒不肯入，策推之落黑坑中。驚怕眼開，乃在棺內，困而久不能語，聞男女哭聲。細細聲報云："莫哭！我今得活。"丘一婦弟獨孤憍為潤州參軍事[十六]，知三月四日欲殯，所以故來看殯，雖聞語聲，不許開棺而視，云是起屍之鬼⑰，亦不須近。男女不用舅語，遂即開棺。丘一微得動身出棺，三日具說冥事。至三月八

161

日,家中大小咸捨衣物及所有料錢⑱,請僧轉《金剛般若經》,為一切怨對造一百卷[十七]⑲,為焦都寫二十卷[十八]。未了,至一夜,有人打門,報云是焦策。丘一即令報云[十九]:"正寫欲了,必不孤負⑳。何忍更來[二十]。"策云:"請報李丞,亦無別事。蒙公為策造經,已放託生[二一],故來告別。"揚州長史李懷遠知丘一再活[二二]㉑,喚問冥事,具錄奏聞。奉恩勑加階賜五品,遣於嘉州道招慰[二三]㉒。乘驛從梓州過㉓,時熱,就姚待亭子取凉㉔,親為待說并留手書一本。

本條《廣記》卷一〇三引《報應記》,事略。

【校記】

[一]段:原作"叚",據《廣記》改,下同。按:"叚"本亦姓也,然孫潛校宋本、談愷刻本、黃氏巾箱本《廣記》作"叚",如卷一〇六"叚文昌"作"叚文昌",故汪校本《廣記》徑作"段",緣"段"、"叚"同也。

[二]五:《廣記》無此字。

[三]名策:黑板本倒作"策名"。

[四]到:黑板本作"至"。

[五]已:原作"巳",據黑板本改。

[六]釋:原作"繹",續藏本注"繹疑釋",據黑板本及上文"釋言乃是丘一小字"改。

[七]寫:黑板本作"見"。

[八]干:原作"忏",據黑板本改。

[九]訖:原作"託",續藏本注"託疑訖",據黑板本改。

[十]焦策:原脱,據黑板本補。

[十一]策:上原衍"焦"字,據黑板本刪。按:《廣記》上下句作

“焦策領出城門,云:‘盡力如此,豈不相報’”,故知此處乃焦策自稱,不當有“焦”字。

[十二]如此:原脱,文不通,據黑板本補。按:參照《廣記》之語,知“只得如此”乃焦策之問句。

[十三]乞:疑作“與”。

[十四]乞:續藏本注“乞一作與”。

[十五]二十:黑板本合寫作“廿”,下同。

[十六]潤:原作“閏”,據文意改。按:潤州、揚州毗鄰,故獨孤憬能及時奔喪,“閏”乃“潤”之形訛。

[十七]怨對:黑板本倒作“對怨”。

[十八]焦都:黑板本焦都作“策焦都”。

[十九]令:續藏本注“令一作領”。

[二十]忍:黑板本作“思”,疑是。

[二一]已:原作“巳”,據黑板本改。

[二二]長:《廣記》誤作“刺”。史:原作“吏”,據黑板本改,史之形訛。李:原作“學”,據黑板本改,李之形訛。

[二三]慰:原作“尉”,據黑板本改。《廣記》“招慰”作“招討使”。

【注釋】

①揚州:隋江都郡。《舊唐書》卷四十《地理志》:“武德三年,杜伏威歸國,于潤州江寧縣置揚州……天寶元年,改為廣陵郡,依舊大都督府。乾元元年,復為揚州。”以江都為治所,即今江蘇揚州市。高郵縣為揚州轄縣,為上縣,其縣丞為從八品下。李丘一:據文知李丘一出身官宦世家,祖父任五品官。《法華傳記》卷八記李丘一有同父異母弟李丘令。武周萬歲通天元年(696)任高郵縣丞,是年由從

八品下升為五品，任嘉州道招慰使。

　②著枷：戴上套在脖子上的刑具。《唐六典》卷六記："官品及勳、散之階第七已上，鎖而不枷"，李丘一辯解祖父五品官可蔭蔽子孫，自己現任官職，依律不當著枷。

　③忿遽：匆遽，急急匆匆。《敦煌變文集·降魔變文》："六師忿遽，麁行大步，奔走龍庭，擊其怨鼓。"

　④遲晚：遲延而落後。《敦煌變文集·大目乾連冥間救母變文》："欲救懸沙（絲）之危，事亦不應遲晚。"

　⑤本案主：負責本案的冥官。

　⑥小字：小名，乳名。

　⑦若為：怎樣；怎樣的。

　⑧都：對吏役的稱呼，前附吏役之姓，如同上文稱段使。王定保《唐摭言》卷八"為鄉人輕視而得者"條記："鄉人汪遵者，幼為小吏，洎棠應二十餘舉，遵猶在胥徒……棠訊之曰：'汪都何事至京'"。作者自注："都者，吏之呼也。"

　⑨追對：審訊對質。

　⑩鷹犬：打獵時追捕禽獸的鷹和狗，此指李丘一好田獵。

　⑪看驗：察看檢驗。

　⑫邊畔：邊際。

　⑬欺抑：猶欺壓。

　⑭本主：原主。元稹《彈奏劍南東川節度使狀》："所沒莊宅奴婢，一物已上，並委觀察使據元沒數一一分付本主，縱有已貨賣破除者，亦收贖卻還。"

　⑮相為：相助，相護。《廣記》卷三五八引《玄怪錄·齊推女》"相

為極力,且喜事成,便可領歸"。

⑯福助:福報助佑。《冥報拾遺·劉摩兒》:"受戒佈施福助,更合延壽。"

⑰起屍:詐屍。《廣記》卷三三〇引《靈異集·李建》:"亦已死矣。向者聞郎君呼叫,起屍來耳。"

⑱料錢:唐、宋舊制,官吏除俸祿外,有時另給食料,或折錢發給,稱料錢。

⑲怨對:有怨恨糾結、怨恨不滿者。

⑳孤負:違背,對不住。

㉑李懷遠:《舊唐書》卷九十《李懷遠傳》、《新唐書》卷一一六《李懷遠傳》並記李懷遠"俄曆揚、益等州大都督府長史",然時間未明,據文知當在萬歲通天元年(696)。揚州龍朔二年升為大都督府,其府長史為從三品,品秩較高。至大足元年(701)二月,"鸞臺侍郎李懷遠同鳳閣鸞臺平章事"(《舊唐書》卷六《則天皇后本紀》)。

㉒招慰:招討宣慰使,各道的使官,主招使歸順、慰撫之事。

㉓乘驛:乘坐驛站的馬車。使臣拿到聖旨後,可享有使用驛站的權利,在驛站換乘驛馬、支取飲食,有效地傳佈政令和便於施政人員的往來。《唐六典》卷六:"凡乘驛者,在京於門下給券,在外於留守及諸軍、州給券。"

㉔姚待亭子:本書上條"姚待"述姚待為則天、玄宗初梓州郪縣人。則天時曾擔任梓州功曹書佐,他好誦佛經,可能在梓州官道上建有供行人棲息歇腳的亭子。而此篇故事,則是由姚待在其所建亭子中聽聞後轉述給孟獻忠的。

贊曰：猗與大聖①，妙慧攸同②。無心而應，無念而通。不住於有［一］，不住於空［二］。何思何慮，而有成功。

【校記】

［一］住：原作“盡”，據黑板本改。按：讚語對仗，“盡”不對於下文“住”字，故從黑板本。

［二］住：黑板本作“行”。

【注釋】

①猗與：亦作“猗歟”，嘆詞，表示讚美。《詩·周頌·潛》：“猗與漆沮，潛有多魚。”鄭玄箋：“猗與，歎美之言也。”

②攸同：相同。

誠應篇第六（并序十章）

昔者宋景移星［一］①，魯陽迴日②。孟宗擢笋於冰序③，劉殷拾菫於霜辰④。祝良之雲［二］⑤，言未終而已合［三］；景山之雨⑥，車所到而咸霑。況乎無受無心，誠而必應；無為無得，感而遂通。行不執之慈［四］，深仁普洽；導不知之慧，聖鑒退覃［五］⑦。德無遠而不該，豈唯三界；明無幽而不察，何止十方。故以誠應之篇，繼之於後。

【校記】

［一］宋：續藏本注“宋一作乘”。

［二］祝：原作“礼”，“祝”之形訛，非“禮”之異體。

［三］已：原作“巳”，據黑板本改。

［四］執：續藏本注“執一作熱”。

［五］鑒：原作“賢監”，據黑板本改。按：據上文“深仁普洽”對仗句式知“聖賢監退覃”當為四字，“賢”、“監”抄重，俱為鑒之形訛。

【注釋】

①宋景移星：春秋時的宋景公發仁心而移災星事，典出《史記》卷三十八《宋微子世家》："熒惑守心。心，宋之分野也。景公憂之。司星子韋曰：'可移於相。'景公曰：'相，吾之股肱。'曰：'可移於民。'景公曰：'君者待民。'曰：'可移於歲。'景公曰：'歲饑民困，吾誰為君！'子韋曰：'天高聽卑。君有君人之言三，熒惑宜有動。'於是候之，果徙三度。"

②魯陽迴日：周武王部將魯陽公聲撼落日復升事，典出《淮南子》卷六《覽冥訓》："武王伐紂，渡于孟津，陽侯之波，逆流而擊，疾風晦冥，人馬不相見。……魯陽公與韓構難，戰酣日暮，援戈而撝之，日為之反三舍。"

③孟宗：三國時人，以哭竹生筍列為二十四孝。歐陽詢《藝文類聚》卷八九引《楚國先賢傳》："孟宗母嗜筍，及母亡，冬節將至，筍尚未生，宗入竹哀歎，而筍為之出，得以供祭，至孝之感也。"

④劉殷：晉時人，以孝感冬日生堇聞名。《晉書》卷八八《劉殷傳》："曾祖母王氏，盛冬思堇而不言，食不飽者一旬矣。殷怪而問之，王言其故。殷時年九歲，乃於澤中慟哭……殷收淚視地，便有堇生焉，因得斛餘而歸，食而不減，至時，堇生乃盡。"

⑤祝良之雲：祝良，東漢長沙人，曾任洛陽令。《太平御覽》卷十一引《長沙耆舊傳》曰："祝良為洛陽令。時亢旱，天子祈雨不得。良暴身階庭，告誠引罪，紫雲遽起，甘雨乃降。"

⑥景山之雨：漢代人百里嵩，字景山，任徐州刺史時，他的車子到哪裏，那裏就下雨。《太平御覽》卷三五引吳謝承《漢書》曰："百里嵩，字景山，為徐州刺史。時旱，嵩行部傳車所經，即雨輒澍。東海祝

其、合鄉二縣在山間，嵩不往，三縣獨不得雨，父老請之，入界即雨澍。"《通典》卷三二："百里嵩為徐州刺史，州旱，傳車所經，甘雨必注。"

⑦遐覃：及于遠方。

65. 釋清虛（九）

梓州慧義寺僧清虛，俗姓唐氏，以聖曆元年六月內在豫州①，正逢亢旱。官人士庶，祈禱不穫，百姓惶惶，罔知所向。其僧即入禪院佛前，至心啟請："願諸佛大慈，龍王歡喜，降施甘雨，救濟蒼生。弟子至明日中時為龍王等誦一百遍《金剛般若》②，願日中時早降甘雨。"及至明日中時，誦經亦竟［一］，天即降雨，溝渠泛溢，原隰普霑③，潤澤有餘。靈驗若此。

【校記】

［一］亦：疑作"未"。

【注釋】

①聖曆元年：即公元 698 年。豫州：本隋汝南郡。《舊唐書》卷三八《地理志》記唐武德四年四月平王世充，置豫州，設總管府，七年改為都督府；天寶元年改為汝南郡；乾元元年復為豫州；寶應元年避代宗李豫諱而改為蔡州。領汝陽、朗山、遂平、郾城、上蔡、新蔡、褒信、新息、平輿、西平、真陽十一縣。州治在汝陽縣（今河南汝南）。

②日中時：午時。

③原隰：泛指原野。《玄怪錄·古元之》："原隰滋茂，薊穢不生。"

66. 釋清虛（十）

聖曆二年五月內，清虛在唐州桐柏縣常樂山中常樂寺坐夏①。

還逢天旱,五穀焦卷②,土人打皷燒山③,以此祈雨。求之歷旬,迥無徵應④。遂將泥水入寺,將欲澆灌諸僧。其僧報言:"檀越莫汙濕師僧,貧道為檀越祈雨,明日必足。"其從五月二十日之午,入道場誦《般若經》。比至明日中時⑤,天遂降雨,須臾並足,高下普霑。

【注釋】

①唐州桐柏縣:唐貞觀九年改顯州為唐州,天寶元年改為淮安郡,乾元元年復為唐州。舊屬河南道,至德後割屬山南東道。州治在比陽縣(河南泌陽縣),轄桐柏縣(今河南桐柏縣)。坐夏:安居的別名,即在夏季裏靜坐以修行佛法。

②焦卷:枯萎,卷縮。

③燒山:古時風俗,放火燒山祈求驅走旱魃,天降大雨。干寶《搜神記·樊山》:"樊山,若天大旱,以火燒山,即致大雨,今往往有驗。"(李劍國:《新輯搜神記》,中華書局 2007 年版)

④迥無:猶全無,歷時很久沒有。

⑤比至:及至,到。

67. 釋清虛(十一)

大足二年五月內,屬亢陽①。奉勅遣州縣祈雨,令京城師僧二十口祈請[一],一滴不得。其僧清虛遂向酆國寺見復禮師[二]②,平章祈雨。禮遂問其僧:"阿師將何法祈雨?"報云:"將十一面觀世音呪及《金剛般若經》精心誦念,以此祈雨。"云:"幾日可得雨足?"答言:"三日三夜雨必得足。"復禮慍而言[三]③:"饒你七日祈請④。如其七日不雨,送你與薛季昶枷項⑤,遣你作餓死鬼。"僧聞此言,心增激勵,報復禮曰:"明日食時,雨下未足⑥,非滿三日,雨必普霑。"其僧即入道場,至心念誦。比至明日食時,雨即便降,可得四五寸,還即却晴。復禮弟子元濟語清虛言："明日即是三日滿,今見十里無雲,不知阿師將何為驗?"答言："不須愁,雨三日內必足。"及至明日向暮,天上猶無片雲。清虛精心懇發,恐無徵効,重啟十方諸大菩薩、羅漢、聖僧、一切賢聖:弟子今日一心為法界蒼生祈雨⑦,如今夜雨若不足,弟子於此處捨命以為蒼生。遂竭誠至心誦《金剛般若》。二更將盡,雨遂滂沱⑧,比及天明,一尺以上。周迴五百里內,甘澤並足,威神之力,巍巍如是。從此祈雨,便向酆國寺坐夏。

其年仲冬、季冬,並無雨雪。律師懷深又遣請雪。一心念誦《金剛般若》,至于三日,還蒙上天降雪。其靈驗有如此者。

【校記】

[一]令:原作"合",續藏本注"合一作令",今從令。

[二]酆:原作"豐",據《長安志》卷七、《類編長安寺》卷五"大興善寺"條改,"豐"乃"酆"形讹,下同。復:續藏本注"復次作複"。

[三]復:原作"複",據上文及僧史改,下同。

【注釋】

①亢陽:指旱災。則天武周大足二年即長安二年(702),大足元年十月即改元長安,此處沿襲大足年號。據《新唐書》卷三五《五行志二》記"長安二年春,不雨,至於六月",知此年五月確旱而不雨。

②酆國寺:即大興善寺,在唐長安靖善坊。據宋敏求《長安志》卷七、駱天驤《類編長安寺》卷五記唐中宗神龍中,韋後追贈父韋貞為酆王,遂改大興善寺為酆國寺,景雲元年(710)復為大興善寺;唐釋大覺《四分律鈔批》卷十三亦言"是京中興善寺也,中宗孝和皇帝改為豐(酆)國寺"。則天大足二年時,大興善寺尚未改名,孟獻忠當在三年後聽聞求雨事,故記作酆國寺。

③復禮：則天時大興善寺（鄆國寺）譯經僧人。京兆人，俗姓皇甫氏，少年出家住興善寺。復禮生性虛靜寡慾，遊心内典兼博玄儒，尤工賦詠，善於著述，俗流名士皆慕仰之，當時有復禮文集行世。復禮參加多次譯經，崔致遠《大唐大薦福寺故大德康藏法師之碑》記："至聖唐調露之際，有中天竺三藏地婆訶羅（此云日昭）齎此梵本來届……復禮潤文。"復禮事見《開元釋教錄》卷九、《貞元新定釋教目錄》卷十二、《宋高僧傳》卷十七《唐京兆大興善寺復禮傳》。

④饒：增加，添加。

⑤薛季昶：則天時斷獄幹吏，執法甚嚴，"久視元年，季昶自定州刺史入爲雍州長史（雍州行政長官，開元初升長史爲尹），威名甚著，前後京尹，無及之者"，大足二年（即長安二年）薛季昶在長安任雍州長史，職掌京城諸事，至長安三年仍在任，"長安三年，詔雍州長史薛季昶選部吏才中御史者"（《新唐書》卷一一九《李乂傳》），事見《舊唐書》卷一八五上《薛季昶傳》。

枷項：上枷於頸，指拘禁以接受刑法處置。《廣異記・裴齡》："言訖，見市吏枷項在前。"

⑥食時：特指進早餐的時刻。《文史知識》1989 年第 1 期："食時就是古人'朝食'（吃早飯）之時，即每天 7—9 時。以地支命名，稱之爲辰時。"

⑦法界：本是梵語意譯，通常泛稱各種事物的現象及其本質。此處指十法界，即依照《法華經》將地獄、餓鬼、畜生、阿修羅、人、天、聲聞、緣覺、菩薩、佛等十界總稱爲十法界，似有泛指衆生居住的世界之意。

⑧滂沱：雨大貌。

68. 釋清虛（十二）

長安三年,清虛從悟真寺坐夏訖,至七月二十日,暫入城中,向資聖寺停①。至八月一日,天降大雨,直至五日不絕,米麥湧貴[一]②,車馬不通[二]。百姓迫惶[三],莫知生計。其僧至五夜,忘寢與食。平曉③,嚴持香鑪,遂入佛堂,方欲啟請:“念誦《般若》以止於雨。”三五眾僧下堂來見,語其僧曰:“阿師欲作何物?”答曰[四]:“欲念誦止雨。”僧等咸曰:“可由你止得? 幾許漫作[五]④!”其僧答言:“此亦難信之事。以兩貫敵一貫,共阿師倍賭(音覩),一一限時,不勞到暗。”其僧等言:“容你到暗得止,我請輸你一貫。”清虛報言:“誦滿十遍,且得雨止;誦十五遍,即遣雲高;至二十遍,即遣日出;至二十五遍,四邊雲散;至三十遍,除雲總盡。”僧等聞出此言,即擎其僧衣被將去[六]⑤:“伊既出此矯言⑥,前身負我眾物,遣伊故出此語,亦不能自知[七]。”其僧即入道場,誦《金剛般若》恰至十遍,雨即得止;至十五遍,雲高;至二十遍,日出。其僧等見此稍異[八],咸亦驚駭。至二十五遍,四面之雲,一時散盡,僧眾失聲齊叫。至三十遍,除雲總盡。僧等一時起至,欲縛其僧。報云:“你非是娑竭龍王⑦? 晴亦由你,雨亦由你。”其中有解事者⑧,瞋訶始休⑨。嗟乎!般若威神,非言能述。下士聞道,必大笑之。去長安三年十月內,駕幸長安[九]⑩。至十一月末,清虛向眾香寺停[十]⑪。從十月□□□□月無雪⑫[十一],眾香僧眾請清虛祈雪。其僧即入道場,一心念誦《金剛般若》,限三日內雪足。誦滿三日,天降雨雪一日一夜[十二],遠近咸足。亦般若之靈驗也。

【校記】

[一]湧:續藏本注“湧一作踊”。

[二]馬:原闕作"□",續藏本注"□疑馬",今從之。

[三]迫:續藏本注"迫作廻"。

[四]答曰:原闕作"□□",續藏本注"□□疑答曰",今從之。

[五]作:續藏本注"一無作字"。

[六]去:疑下脫"曰"。按:將去為一詞,"去"似非"云"形訛。

[七]亦不能:續藏本注"亦不能一作伊亦",疑別本是。

[八]稍:疑訛,不通。

[九]長安:原闕作"□□",疑作"長安"、"京師",據下條"駕幸長安"補。按:《舊唐書·則天皇后本紀》記則天在長安三年十月"冬十月丙寅,駕還神都。乙酉(二七日),至自京師"。

[十]寺:續藏本注"一無寺字"。

[十一]□□□□:疑作"至來年二"。按:《新唐書·五行志二》:"三年冬,無雪,至於明年二月"。

[十二]雨:原闕作"□",疑作"雨"。按:卷中屢言"如得雨雪"、"不降雨雪"、"祈請雨雪"等,據此故補作"雨"。

【注釋】

①資聖寺:位於唐長安城崇仁坊東南隅。據《唐兩京城坊考》卷三載此寺本為長孫無忌宅,唐高宗龍朔三年為文德皇后追福,立為尼寺,咸亨四年改為僧寺。武則天長安三年七月,遭火焚燒,灰中得經數部,不損一字,百姓施捨,數日之間所獲鉅萬,遂營造如故。

②湧貴:指物價猛漲。

③平曉:平明,天剛亮的時候。

④幾許:何等,多麼。漫作:隨意所為。漫意同謾,胡亂。漫作意指不受約束,率性胡作。

⑤將去：拿去，拿走。

⑥矯言：虛假的言論，謊話。

⑦娑竭龍王：即娑竭羅龍王，又作娑伽羅龍王。娑竭羅，意譯為海。八大龍王之一，依其所住之海而得名。龍宮居大海底，縱廣八萬由旬，七重宮牆，七重欄楯，七重羅網，七重行樹，周匝皆以七寶嚴飾，無數眾鳥和鳴。此龍為降雨龍神，古來多向他祈雨。

⑧解事：通曉事理。陸游《雷》詩："惟嗟婦女不解事，深屋掩耳藏嬰孩。"

⑨瞋訶：瞋目呵斥。

⑩駕幸：皇帝御駕抵達某地。《舊唐書》卷六《則天皇后本紀》記則天在長安三年"冬十月丙寅（八日），駕還神都。乙酉（二七日），至自京師"。

⑪眾香寺：寺在東都洛陽寧人坊。《唐會要》卷四八："龍興寺，寧仁坊。貞觀七年立為眾香寺，至神龍元年二月改為中興寺。"寧仁即寧人，世多稱寧仁，據上知眾香寺建於貞觀七年，至唐中宗神龍元年改稱中興寺，後又改為龍興寺。

⑫無雪：據《新唐書》卷三五《五行志二》記"三年冬，無雪，至於明年二月"，知此年冬旱而未雪。

69. 釋清虛（十三）

長安四年十一月內，太平公主奏清虛為大聖天后患風入內念誦二七日［一］①。勅問："阿師是住寺僧？為客僧②？"遂對云："是住寺僧。"公主及宮人語其僧言："阿師誑勅，大合有罪。且放阿師出去。"其僧自恨薄業，悮對聖人。即入道場，乞一境界，唯誦《金剛般若經》一日一夜，夢見兩僧向眾香寺禪院問主人曰："清虛師身名不知立未？祠部僧籍安名以否③？"主人報言："欲似尚未④。"其僧語清虛曰："日西為阿師安名。"及至神龍二年十月內[二]，駕幸長安⑤。十二月並無雨雪⑥，齊州三藏及陽俊闍棃[三]，奏其僧入內念誦經二七日。應天皇帝即遣清虛任選寺而住[四]⑦。所云日西者，蓋屬聖上西歸也。般若神力，無願不果。

【校記】

[一]太：原作"本"，本乃太之形訛。主：原空一字格，據下文"公主"補。

[二]二：原訛作"三"，據卷中及《舊唐書·中宗本紀》、《新唐書·中宗本紀》改。按：駕返長安、十二月無雨雪事皆在中宗神龍二年（706），神龍二年十月駕回長安，自此還都長安；卷中記"去神龍二年十二月十一日……奏清虛入內祈雪二七日"，據上知"三"乃形訛也。

[三]陽俊：卷中作"景"，兩處必有一誤。

[四]天：下原衍"星"字，續藏本注"一無星字"，今從之。

【注釋】

①大聖天后：武則天的謚號。《舊唐書》卷六《則天皇后本紀》："睿宗即位，詔依上元年故事，號為天后，未幾，追尊為大聖天后，改號為則天皇太后。"

②客僧：游方僧。

③祠部：尚書省禮部所轄四曹之一。主掌祠祀、享祭、天文、漏刻、國忌、廟諱、蔔筮、醫藥、僧尼之事，其長官為郎中和員外郎。僧籍：登記僧尼名字、出家得度及所隸寺院的簿籍。又稱僧帳、供帳。唐代僧籍由尚書省祠部與左右街僧錄司共同管理，僧籍三年一造，一

份留州縣,一份送祠部。

④欲似:好像。

⑤駕幸長安:《舊唐書》卷七《中宗本紀》:"冬十月己卯,車駕還京師。"

⑥十二月並無雨雪:《舊唐書》卷七《中宗本紀》冬十二月"京師亢旱"。《新唐書》卷三五《五行志二》:"神龍二年冬,不雨,至於明年五月,京師、山東、河北、河南旱,饑。"

⑦應天皇帝:指中宗李顯。《舊唐書》卷七《中宗本紀》記:"(神龍元年)十一月戊寅,加皇帝尊號曰應天。"

70. 釋清虛(十四)

去神龍元年,左補闕趙延喜奏清虛入內祈雨①。入經三宿[一],被一供奉僧誑其僧□□城殿上好安道場處②。其僧不解,遂即進□□□,六僧放阿師出外祈請。即出向望春宮[二]③,南山中有□彌勒閣,於彼祈雨。一入道場,雲合還散。至三日內,□覺疲極,乃向澗底取水洗面。因臥眼合,見一給□□□把杖打其僧頭:"阿師故向此間,因何臥地? 努力強□。"其僧即起[三],還向閣下盡心誦經。及至日西,四面雲合,不逾念頃,遂即大雨,直至明朝,雨便普足。

【校記】

[一]三:續藏本注"三一作一"。

[二]向:續藏本注"向一作問"。

[三]其:原闕作"□",據上文"其僧不解"補。

【注釋】

①左補闕:唐垂拱元年(685)置補闕一職,秩從七品上,職責為對皇帝進行規諫及舉薦人才,與拾遺同掌供奉諷諫。分左右補闕,左

補闕屬門下省,右補闕屬中書省。

②供奉僧:應指內道場負責讀經、齋會的僧人。一般認為唐肅宗至德元年(756)時由元皎始任內供之職。但據本文來看,神龍元年(705)前已設供奉僧。

③望春宮:唐代宮苑,在長安城東郊外。《新唐書》卷三七《地理志一》記萬年縣"有南望春宮,臨滻水。西岸有北望春宮,宮東有廣運潭",此處指南望春宮,臨滻水。

71. 呂文展(一)

闐州闐中縣丞呂文展①,常誦《金剛般若》三萬餘遍,靈驗若神。六七年前,一牙無故自落。至誠發願,牙即漸漸而生,今始長一半許。開元五年正月二日,又牙無故自落。依前發願,牙遂更生。老而牙生,蓋亦神助。

去開元三年,盛夏亢旱,草木燋黃。刺史劉瑗[一]②,令其精心誦《金剛般若經》,一遍未終,流澤滂霈,遠近皆足,年穀以登。其年春季,霖雨妨損蚕麥[二],別駕韋岳子亦令文展誦經③,應時晴朗也。

本條《廣記》卷一〇四引《報應記》。

【校記】

[一]瑗:《廣記》作"浚"。

[二]霖:原作"霖",據《廣記》改。蚕:續藏本注"蚕一作蠶"。

【注釋】

①闐州闐中縣:唐先天元年(712)改隆州置闐州,治闐中縣(今四川闐中市)。闐中縣丞從八品下。據文知呂文展在開元前期任闐中縣丞,當已年屆衰暮,牙齒脫落。

②劉瑗:《新唐書·宰相世系表一上》記劉瑗為唐刑部尚書劉德

威（卒於永徽三年,年七十一）之孫、陜州刺史劉延景之子（頁
2246）。《通典》卷五三記開元二十八年國子祭酒劉瑗奏事,《文苑英
華》卷四百有《授劉瑗國子祭酒等制》,知劉瑗當在開元末任國子祭
酒（從三品上）,國子祭酒當為劉瑗最高職位,故《唐故鴻臚少卿貶明
州司馬北平陽府君（濟）墓誌銘（並序）》記"夫人彭城劉氏,國子祭
酒瑗之孫"、《鴻臚少卿陽濟故夫人彭城縣君劉氏墓誌銘（並序）》記
"夫人……祖瑗,金紫光祿大夫、國子祭酒"。據本篇知劉瑗在開元
三年時任閬州刺史,閬州上州,其州刺史從三品,但品秩低於國子祭
酒（如《資治通鑒》卷二二〇記"前祭酒劉秩貶閬州刺史"）,至開元
末升任國子祭酒。

　　③韋岳子:司農卿韋機之孫,右驍衛兵曹韋余慶之子,劍南節度
使韋皋之祖父。韋岳子以吏幹著名,睿宗時"及竇懷貞、李晉等伏
誅,以岳（子）嘗與交往,為姜皎所陷,左遷渠州別駕,稍遷陜州刺史。
開元中,卒於潁州別駕"。事見《舊唐書》卷一八五上《韋岳（脫
"子"）傳》、《新唐書》卷一百《韋岳子傳》。兩唐書未載韋岳子任閬
州別駕事,權德輿《韋公（皋）先廟碑銘》僅言:"在武后時,以直忤旨,
由太原令移佐睢陽,出入四朝",據此篇知開元三年韋岳子貶為閬州
別駕。

72. 呂文展（二）

　　開元四年七月,當州亢旱。降長史劉孝忠,又令祈雨。從午時至
申,細雨微降。及至初夜,天遂晴朗,即於庭前,至心發願,念誦《般
若》一遍未終[一],雨遂普霑,高下俱足。

【校記】

[一]遍:原闕作"□",據上則"一遍未終"補。

73. 呂文展（三）

開元五年正月二十二日［一］,屬以陰雨,刺史劉瑗以明日既是甲子①,若雨不□［二］,□恐經寺亢旱［三］,遂令文展念誦《般若》。至心祈晴,啟□□經［四］,應時雨霽。至甲子日,天甚晴朗。般若之力,其應若□［五］。

【校記】

［一］二:原闕作“□”,據下文“明日既是甲子”補。

［二］□:疑作“止”。

［三］□:疑作“只”或“唯”。寺:誤,疑作“夏”。

［四］□□:疑作“般若”。

［五］□:疑作“斯”。

【注釋】

①甲子:甲子日。開元五年正月二十三日為甲子日。古人認為甲子日下雨會引發旱災,唐代黃子發《相雨書》:“甲子日,不宜雨,雨必旱在六十日後”,“春甲子雨者,夏旱六十日”。

贊曰:道元一法［一］,迹有三身。其化逾遠,其德彌真。忘心而聖,不念而神。惟誠惟懇,應感斯臻。

【校記】

［一］元:續藏本注“元一作無”。

《金剛般若經集驗記》卷下（終）

(本奧云)長寬元年七月下旬①,沙門章觀書寫了。

同年八月七日一校了。

元祿十七年甲申正月二十二日②,南陽釋昇子和南拜寫(字高雲,俗壽三十六,僧臘二十四)。同(年)二月十日一校了[一]。

悲夫! 原本艸書,間有蠹滅,望于後得善本校正補書。

(京城西北栂尾高山寺經藏本云③)承曆第三之歲④,孟夏下二之天,為結後緣,染禿筆奉書寫畢。霜臺老、藤師國。

(野州日光山慈眼大師經藏本云⑤)天仁四年五月六□□□(恐是三字乎⑥,此年即天永元年庚寅也)於大原來迎院廊書寫了。

桑□□源書

天永四年⑦(自己未年後三十五年也⑧)六月二日,時點了。

寶永二年乙酉二月二十五日⑨,重以異本校正補書。始于正月二十九日,終于今朝。伏願以斯般若功力,洛陽檀越性榮信女滅罪生善發菩提心,孝子松永氏源公息災延命,福智現前,乃至自他法界蒼生齊生般若種智者。

南陽愚僧昇和南謹識⑩(俗壽三十七)

雖先書一本,寶永元年四月十一日為暴火燒却,以故重書盈余書庫。伏願功德餘風,本師空老人福智圓滿,諸願成就者也。

南無大慈大悲天滿大自在天神。

神力演大光,普照無際土。消除三垢冥,廣濟眾厄難。

寶永六年己丑夏四月　洛陽毛利源公亭子再校此書了。釋昇堂四十一歲謹誌[二]。

【校記】

[一]年:疑脫,據上文補。

[二]堂:原作"常",據下文改。

【注釋】

①長寬元年：長寬是日本二條天皇年號，此指 1163 年。釋昇子和南所據底本即長寬元年沙門章觀寫本。

②元祿十七年：元祿是日本東山天皇年號，元祿十七年（1704）乃甲申年。此年三月十三日改元寶永。此年正月二十二日釋昇子和南抄錄長寬元年章觀寫本，又于同年二月十日校。

③高山寺：位於日本京都市西北的栂（拇）尾山上。鐮倉時代（1185—1333）初期，明惠上人創建此寺。曾為華嚴宗道場，寺在日本室町時代應仁之亂時遭戰火燒毀。其後，豐臣秀吉重建本寺。寺中保存奈良、平安以來許多典籍文書，所藏有名之佛畫及宋版書籍甚多。本寺與高尾、槙尾等二寺合稱“三尾”，以楓林景致，馳名遠近。

④承曆：日本白河天皇年號，承曆第三之歲指承曆三年，即 1079 年。京城西北栂尾高山寺經藏本寫於此年，霜臺老、藤師國抄寫。

⑤日光山：位於日本栃木縣日光市，是日本佛教靈地。日光山上的輪王寺是慈眼大師的駐錫地，內有慈眼堂，坐落于輪王寺內之西。慈眼堂藏有古籍，如有日光山輪王寺慈眼堂藏本《金瓶梅》。慈眼大師：即日本天海大師。從安土桃山時代到江戶時代初期的日本天臺宗僧侶，諡號為慈眼大師。天正十六年（1588）他來到武藏國的無量壽寺北院（今日本埼玉縣川越市的喜多院），根據淺草寺史料，在進攻北條家之際，天海和淺草寺的住持忠豪就一起參加德川家康幕府，深受德川家康的賞識，逐漸聞名一時。慶長十八年（1613），德川家康受命他擔任日光山貫主。寬永二十年（1643），據說天海以一〇八歲年齡過世。五年後，受贈慈眼大師的諡號。事見《東國高僧傳》卷十《東叡山寬永寺慈眼大師傳》。

⑥天仁四年：天仁是日本鳥羽天皇年號，天仁四年應是 1111 年；但天仁僅有三年，天仁三年七月十三日即改元天永，故昇子和南注曰"恐是三字乎"。野州日光山慈眼大師經藏本抄於天仁四年，桑□□源書。

⑦天永四年：天永是日本鳥羽天皇年號，天永四年應是 1113 年。

⑧己未年：指承曆三年，此年為己未年。輪王寺本自天仁四年初次抄寫后，其後的三十五年即天永四年，再次得到校訂。

⑨寶永二年：寶永是日本東山天皇年號，寶永二年是 1705 年，乙酉年。此年釋昇子和南訪得高山寺本、輪王寺本，重加校對。

⑩昇和南：即昇堂和南，日本僧人，字高雲。出生于日本靈元天皇寬文九年（1669），靈元天皇天和元年（1681）年出家。師頗有才學，志存訪求古籍，元祿六年春"出遊於洛西，始從白雲庵住上人譚及上人唯然"（續藏本《梵網經紀》）訪得《梵網經記》二卷，遂加重刻，又撰《重刻梵網經記後序》曰"歲次癸酉，元祿六冬十二月既望，釋升堂和南序於洛東禪林僧坊"，乃知昇堂和南駐錫洛東禪林僧坊。元祿十七年（1704），昇堂和南訪得章觀長寬元年寫本《集驗記》，後又於寶永二年訪得高山寺本、輪王寺本，重加校訂，刻成冊錄，並撰寫《刻〈金剛般若經集驗記〉後序》，輯錄《金剛般若經集驗拾遺》。

《金剛般若經集驗拾遺》南陽後學釋昇堂錄

《三寶感通記》曰：唐貞觀五年，有隆州巴西縣令狐元軌者，信敬佛法〇京師西明寺主神察目驗說之①。

又曰：唐益州西南新繁縣西四十里許〇繁後具自言之（會盈耳）②。

唐臨《冥報記》曰：唐吳郡陸懷素家貞觀二十年失火［一］〇具自

言之(右三驗出《法苑珠林》第二十六卷)［二］③。

郎餘令《冥報拾遺》曰:唐括州刺史樂安任義方［三］○義方自說(右一驗出《法苑珠林》第五十卷)［四］④。

《法苑珠林》(第一百十六卷)《送終篇》曰:唐琅耶王之弘貞觀年中［五］○不復更來(右此一驗見弘自說也)⑤。

又(第一百二卷)《六度篇》曰:唐蕭氏是司元大夫崔○具說如是⑥。

大唐壽州壽春府永慶寺《金剛經碑》本跋語曰:唐乾元季中,廣州僧虔惠自幼受持此經○雲氣徐徐,上昇天界⑦。

【校記】

［一］陸懷:原闕作“□□”,據《珠林》、《廣記》補。

［二］驗出法:原闕作“□□□”,據文意補。二十:原闕作“□□”,據嘉興藏一百二十卷本卷次補。

［三］唐括:原闕作“□□”,據《珠林》、《廣記》補。

［四］法苑:原闕作“□□”,據文意補。十卷:原闕作“□□”,據嘉興藏一百二十卷本卷次補。

［五］曰唐琅:原闕作“□□□”,據文意及《珠林》補。

【注釋】

①令狐元軌事見《三寶感通錄》卷下、《珠林》卷十八、《弘贊法華傳》卷十、《法華傳記》卷八、《法華經顯應錄》卷二引《三寶感通錄》、《蜀中廣記》卷九十。

②新繁縣荀氏事見《三寶感通錄》卷下、《珠林》卷十八、《持誦金剛經靈驗功德記》、《太平廣記》卷一○二引《三寶感通錄》、《金剛般若波羅蜜經感應傳》。

③陸懷素事見《珠林》卷十八引作《冥報記》、《廣記》一〇二引作《冥報記》。

④任義方事見《珠林》卷三六引作《冥報拾遺》、《廣記》三八二引作《法苑珠林》。

⑤王之弘事見《珠林》卷九七、《廣記》卷一一五引作《法苑珠林》（作王弘之）。

⑥蕭氏事見《珠林》卷八五、《弘贊法華傳》卷八、《法華傳記》卷五、《三寶感通錄》卷三、《廣記》卷一一五引作《報應記》。

⑦僧虔惠事見《金剛般若波羅蜜經感應傳》①，乾元（758—760）乃唐肅宗年號，知此篇晚出，非出《集驗記》。

刻《金剛般若經集驗記》後序

般若，諸佛智母，深重難議。當時鷲峰得度諸生，雖超生死，而疑根未拔，本智不現。及至般若會①，中天調御以金剛智而決斷之②，直使聖凡情盡，生滅見忘，而本有智光豁爾披露，以此義為正法眼藏③。寶函所在，天人擁護，故有望空寫經遇雨不濕者④、有持經題命盡上生者⑤，此之靈驗不可舉言。依之歷代著驗記者眾焉，然一策子未有鋟□［一］，□□日東，誠可不名闕典與⑥。予往在東武，獲唐孟獻忠《驗記》［二］，如覯良友益師。乃嘆曰：惜乎此編淹涉時□，蠹滅頗多［三］，噬臍不及⑦！日者雖亦得一本，脫誤不可□□，□在北山

---

① 唐乾元年中，廣州僧虔惠自幼受持《金剛經》，寒暑不易。因與緇俗數十人泛海往南安（安南）都護府，忽值風濤大作，打壞船隻，滿船人俱沒海中。唯虔惠在浪中偶遇一蕘蓬蒿，自身漸至蓬蒿之上，隨浪三日三夜方得濟岸。子細視其蒿中，乃見《金剛經》一卷並無淹濕。虔惠拜受此經，精誠供養，日夜受持，年至百三十歲端坐告終。其經本自出香煙，漸成五色雲氣，徐徐上昇天界。大德僧眾與大守官僚、遠近緇白，咸駐此處，俟經來下。至一日一夜，莫知所之矣。

重對古本，復存得失，既陶瓢諸本，更無有□叶。然崑山片玉⑧，豈可棄捐。因旁加邦語，付諸印生。欲公海內覽者，尚得好本補來是望。

寶永六年初夏日南陽後學釋昇堂謹序于洛北幽舍［四］。

【校記】

［一］□：疑作"梓"或"版"或"木"。

［二］獻忠：原闕作"□□"，據文意補。

［三］蠹：原闕作"□"，據上文"間有蠹滅"補。

［四］寶：續藏本注"云未上梓"。

【注釋】

①般若會：指佛傳授《大般若經》的法會。憨山德清《刻金剛決疑題辭》："及至般若會上，如來以金剛智而決斷之，直使聖凡情盡，生滅見亡，而本有智光豁然披露。"

②中天調御：調御是如來的十號之一。一切眾生，譬如狂象惡馬，佛譬如像馬師而調御之。《華嚴經》卷一："慧日法王超四大而高視，中天調御越十地以居尊，包括鐵圍，延促沙劫。"

③正法眼藏：指釋尊所說的無上正法，亦即佛祖相傳的心印。

④望空寫經遇雨不濕者：道宣《大唐內典錄》卷十："益州西南新繁縣西四十里許有王李村，隋時有書生姓荀氏，在此教學，大用工書，而不顯迹。人欲其書，終不肯出，乃毆之亦不出。遂以筆於前村東空中四面書《般若經》，數日便了，云：'此經擬諸天讀之。'人初不覺其神也。後忽雷雨大注，牧牛小兒於書經處住而不澆濕，其地干燥可有丈許，自外流潦。"

⑤持經題命盡上生者：清趙嶽生《金剛般若波羅蜜經淺解跋》："有持經題七字，命盡立生兜率者。"明王起隆《金剛新異錄》："隆慶

己巳,紹興天樂鄉處士王德用妻陶氏一日病篤,見二鬼使云:'汝陽壽已絕,且平生毫無善事,當墮惡道。'須臾,果見地獄可畏相……因曾記'金剛般若波羅蜜'七字,極力猛誦數千百遍,先所現地獄遂隱不見。床次侍疾家人忽見有五色光從陶氏口出,空中隱隱有聲曰:'陶善女已免墮地獄,生善地矣。'舉鄉之人皆傳告,經題七字得脫沉淪。"

⑥闕典:猶憾事。

⑦噬臍:自齧腹臍,喻後悔不及。

⑧崑山片玉:比喻珍貴之物。

二、《冥報拾遺》校注

1. 渔阳县

唐幽州漁陽縣無終戍城內①,有百許家。龍朔二年夏四月,戍城火災,門樓及人家屋宇並為煨燼。唯二精舍及浮圖并佛龕上紙簾藨薦等②,但有佛像獨不延燎,火既不燒,巋然獨在。時人見者,莫不嗟異,以為佛力支持。中山郎餘令既任彼官,又家兄餘慶交友人郎將齊郡因如使營州③,並親見其事,具為餘令說之。

本條輯自《珠林》卷一四引《冥報拾遺》。參酌《歷代編年釋氏通鑑》卷八引《珠林》。

按:文末言"中山郎餘令既任彼官","家兄餘慶",确出《冥報拾遺》。

【注釋】

①無終戍城:在幽州漁陽縣。《通典》卷一百七十八《州郡八》記

漁陽是“古北戎無終子國也。一名山戎，凡三名”，《太平寰宇記》卷
七十記漁陽“本漢舊縣，古北戎無終子國也。按杜預注《左傳》：‘山
戎、北戎、無終三名，其實一也’”。《水經注》卷一四引《魏土地記》
曰：“右北平城西北百三十里，有無終城。”據此知無終城在北平城西
北一百三十里，即今天津薊縣一带。

②蓬蔯：用葦或竹編成的粗席，《太平御覽》卷七六六引《方言》：
“簟，粗者謂之蓬蔯。”

③餘慶：郎餘令之兄，《舊唐書》卷一八九下《郎餘令傳》記郎餘
慶高宗時為萬年令，頗有才幹，後卒于交州都督。《舊唐書·經籍
志》、《新唐書·藝文志》記有《郎余慶集》十卷，惜已失傳。

2. 童子寺

唐并州城西有山寺，寺名童子①，有大像坐高一百七十餘尺。皇
帝崇敬釋教，顯慶末年巡幸并州②，共皇后親到此寺。及幸北谷開化
寺③，大像高二百尺。禮敬瞻覩，嗟歎希奇，大捨珍寶財物衣服，并諸
妃嬪內宮之人，並各捐捨。并勑州官長史竇軌等④，令速莊嚴備飾聖
容，並開拓龕前地，務令寬廣。還京之日，至龍朔二年秋七月，內官出
袈裟兩領，遣中使馳送二寺大像。其童子寺像披袈裟日，從旦至暮，放
五色光，流照崖巖，洞燭山川。又入南龕，小佛赫奕堂殿。道俗瞻覩，數
千萬眾。城中貴賤覩此而遷善者，十室而七八焉。眾人共知，不言可悉。

本條輯自《珠林》卷一四引《冥報拾遺》。

按：事在龍朔二年，適值郎書撰成之際；“并州石壁寺老僧”條云“後於
并州訪問”，知餘令曾有並州之行，或親聞其事。

【注釋】

①童子：童子寺在并州晉原縣西，張讀《宣室志·蒲萄怪》：“晉

陽西有童子寺,在郊牧之外。"《乾隆一統志》卷九七、《嘉慶一統志》卷一三六載寺在太原縣西龍山上,北齊天保七年建。

②巡幸:帝王巡視各地。《舊唐書》卷四《高宗本紀上》:"(顯慶)五年春正月甲子,幸并州。二月辛巳,至并州。丙戌,宴從官及諸親、并州官屬父老,賜帛有差。曲赦并州及管內諸州。……夏四月戊寅,車駕還東都。"

③開化寺:寺在并州太原縣蒙山。《全唐文》卷八六〇蘇禹珪《重修蒙山開化寶嚴閣記》:"開化寺北齊文宣帝天保末年,鑿石通蹊,依山刻像,式揚震德,用鎮乾方……仁壽元年,隋朝造大閣而庇尊像焉,仍改為淨明寺。泊唐高祖在藩邸時,至此寺瞻禮回,夜夢化佛滿空,毫光數丈。登極之後,復改為開化寺。"而《續高僧傳》卷一八《釋慧瓚傳》記"秦王俊作鎮并部,弘尚釋門,於太原蒙山置開化寺",可知寺在蒙山上,初建于北齊天保末,隋開皇時秦王楊俊曾擴修開化寺。《隋書》卷二《高祖本紀》記"(開皇十七年七月)丁亥,上柱國、并州總管秦王俊坐事免",據此知楊俊擴寺當在隋文帝開皇十七年前。

④竇軌:據文知顯慶末見任并州長史,非《新唐書·竇軌傳》所記開國重臣燕國公竇軌(貞觀四年卒)。

3. 清禪寺

唐西京清禪寺先有純金像一軀①,長一尺四寸,重八十兩,隋文帝之所造也。貞觀十四年,有賊孫德信偽造璽書,將一閹豎子,詐稱勑遣取像。寺僧聞奉勑索,不敢拒,付之。經宿,事發,像身已被鑄破,唯頭不銷。太宗大怒,處以極刑。德信未死之間,身已爛壞,遍體瘡潰。寺僧更加金,如法鑄成。

本條輯自《珠林》卷一四引《冥報拾遺》。

188

【注釋】

①清禪寺:寺在長安興寧坊南門之东,《長安志》卷九記:"隋開皇三年文帝為沙門曇崇所立,大中六年改為安國寺。"

4. 司馬喬卿

前大理司直河内司馬喬卿［一］①,天性純謹［二］,有志行［三］。到永徽中［四］,為揚州戶曹［五］。丁母憂,居喪毀瘠［六］②,刺心上血寫《金剛般若經》一卷［七］。未幾,於廬上生芝草二莖［八］。經九日［九］,長尺有八寸［十］。綠莖朱蓋,日瀝汁一升。傍人食之［十一］,味甘如蜜,去而復生［十二］,如此數四。喬卿同僚數人並向餘令陳說［十三］,天下士人多共知之［十四］。

本條《珠林》卷一八、《集驗記》卷中並引,出《冥報拾遺》,據輯。又參酌《廣記》卷一〇三引《法苑珠林》;《釋氏六帖》卷三引《珠林》;《歷朝釋氏資鑒》卷六;《金剛經感應傳》;《永樂大典》卷七五四三引《金剛感應傳》)。

按:《集驗記》文末注:"餘令《孝子傳》亦具說焉。"考《舊唐書》卷一八九下《郎餘令傳》:"餘令續梁元帝《孝德傳》,撰《孝子後傳》三十卷",《新唐書》卷五八《藝文志二》:"郎餘令《孝子後傳》三十卷",據此知此篇為餘令《孝子傳》三十卷之一,惜原書已佚。

【校記】

［一］前:上原有"唐",當系道世所加,據《集驗記》刪。

［二］天性:《集驗記》無二字。

［三］志:《集驗記》作"至"。

［四］到:《集驗記》無此字。中:《集驗記》上有"年"字。

［五］戶:《廣記》上有"司"字。

［六］瘠:《廣記》下有"骨立"二字。

189

[七]一:《廣記》作"二"。

[八]上:《廣記》作"側"。

[九]經:《廣記》無此字。

[十]尺有八寸:《集驗記》、《釋氏六帖》作"一尺八寸"。

[十一]傍人食之:《集驗記》作"傍下食足",《廣記》作"食之"。

[十二]去:《集驗記》作"盡",《廣記》作"取"。

[十三]並向餘令陳說:《集驗記》作"向餘令說"。按:"向"字《珠林校注》作"同",磧砂藏本、麗藏本均作"向","同"訛也。

[十四]天下士人多共知之:《集驗記》:"餘令《孝子傳》亦具說焉。"

【注釋】

①大理司直:唐大理寺設司直六人,從六品上,掌出使推按。司馬喬卿:《元和姓纂》卷二記司馬氏發源于河內溫縣,"魏(誤,岑校為唐)都官員外郎喬鄉(誤,岑校為卿),鄠縣人也"(條105頁117),知其居于鄠縣,任都官員外郎。

②居喪:猶守孝,處在直系尊親的喪期中。

5. 孫壽

顯慶年中[一],平州人孫壽於海濱遊獵[二]①,見野火炎熾[三],草木蕩盡,唯有一叢茂草,不被焚燎[四]。疑此草中有獸,遂以火爇之[五],竟不能著。壽甚怪之,遂入草間尋覓[六],乃見一函《金剛般若經》。其傍又見一死僧,顏色不變。火不延燎,蓋為此也[七]。(信知經像非凡所測[八]。)孫壽親自見[九],說之。

本條輯自《集驗記》卷中引《冥報拾遺》,又參酌《珠林》卷一八引《冥報拾遺》、《廣記》卷一○三引《法苑珠林》。

【校記】

［一］顯:《集驗記》避中宗諱作"明",據《珠林》、《廣記》改。年:《珠林》、《廣記》無此字。

［二］人孫壽:《珠林》作"有人姓孫名壽"。

［三］炎:《珠林》作"焰"。

［四］不被:《珠林》、《廣記》作"獨不"。

［五］爇:《珠林》作"燒"。《廣記》本句作"燭之以火"。

［六］入:麗本《珠林》誤作"人"。

［七］為:《珠林》、《廣記》作"由"。

［八］測等八字:《珠林》有"信知經像非凡所測"八字。

［九］見:《珠林》無此字。

【注釋】

①平州:武德二年,改隋北平郡為平州,其年自臨渝移治肥如,改為盧龍縣(今河北盧龍縣)。平州東臨碣石,地近渤海,故孫壽於海濱遊獵。

6. 李虔觀

隴西李虔觀今居鄭州［一］①。顯慶五年［二］,丁父福胤憂［三］,乃刺［四］血寫《金剛般若經》及《般若［五］多心經》各一卷②,《隨願往生經》二卷［六］③。出外將入,即一度浴［七］。後忽聞院中有異香氣,非常郁烈。隣側並就觀之,無不稱嘆(余令曾過鄭州見彼親說,友人所傳［八］)。

本條輯自《集驗記》卷中引《冥報拾遺》,又參酌《珠林》卷一八引《冥報拾遺》、《廣記》卷一〇三引《珠林》。

【校記】

[一]虔:《廣記》脱。

[二]顯:原避中宗諱作“明”,據《珠林》改。《珠林》上有
“至”字。

[三]福胤:《珠林》、《廣記》省。

[四]刺:原作“剌”,據《珠林》改。

[五]若:續藏本《集驗記》注“若下一有波羅蜜三字”。《珠林》
下無“多”字。

[六]二:《珠林》作“一”。按:上言“各一卷”,下當有別,故知
《珠林》“一”非。

[七]度浴:《珠林》作“浴身”。

[八]說,友人所傳:《珠林》作“友,具陳說之”。

【注釋】

①鄭州:唐武德四年,置鄭州,州治在管城(今河南鄭州市)。

②《般若多心經》:即《心經》,唐玄奘所譯《般若波羅蜜多心
經》。詳參前注。

③《隨願往生經》:《佛說灌頂隨願往生十方淨土經》,別名《普廣
菩薩經》,東晉帛屍梨蜜多羅譯。

7. 曹州濟陰縣

曹州濟陰縣西二十里村中有一精舍[一]。龍朔二年冬十月
[二],有野火暴起[三],非常熾盛,乃至精舍[四],遂踰越而過
[五]。兼及僧房草舍[六],焚燎總盡,唯有《金剛般若經》一卷
[七],猶儼然如故[八]。曹州參軍事席元禕所說[九])。

本條輯自《集驗記》卷中引《冥報拾遺》,又參酌《珠林》卷一八引《冥報

拾遺》。

【校記】

[一]一:《珠林》無此字。

[二]龍:《珠林》上有"至"字。

[三]有:《珠林》無此字。

[四]乃:《珠林》作"及"。

[五]遂:《珠林》無此字。過:《珠林》下有"焉"字。

[六]兼及:《珠林》作"比"。

[七]有:《珠林》無此字。

[八]猶:《珠林》無此字。故:《珠林》作"舊"。

[十九]廎:續藏本《集驗記》注"廎恐慶可考"。《珠林》"廎元褘"作"席文禮"。所說:《珠林》作"說之"。

8.劉善經

唐汾州隰城人劉善經①,少小孤,母所撫育。其母平生常習讀內典[一],精勤苦行,以貞觀二十一年亡。善經哀毀過禮,哭聲不輟。至明年,善經怳惚之間[二],見其母曰:"我為生時修福,得受男身,今生於此縣南石趙村宋家。汝欲相見,可即至彼也。"言終不見。善經如言而往,不移時而至彼。於是日,宋家生男,善經因奉衣物,具言由委②。此男見在,善經常以母禮事之。隰州沙門善撫與善經知舊[三]③,見善經及鄉人所說,為餘令言之。

本條輯自《珠林》卷二六引《冥報拾遺》。

按:此篇敘劉善經孝順之事,當並見郎餘令《孝子傳》。

【校記】

[一]常:《珠林校注》、嘉興本作"恒",元明本作"嘗",據麗本

193

改,下同。

〔二〕惚:原作"忽",據麗本改。

〔三〕知舊:麗本作"舊知"。

【注釋】

①汾州:唐武德三年改浩州為汾州,天寶元年改為西河郡,乾元元年復為汾州。汾州州治在隰城縣(今山西汾陽市),上元元年九月改稱西河縣。

②由委:原委。《珠林》卷五二引《冥報拾遺》:"故就信家顧訪,見馬猶在。問其由委,並如所傳。"

③隰州:武德元年改隋龍泉郡為隰州,天寶元年改為大寧郡,乾元元年復為隰州,州治在隰川(今山西隰縣)。知舊:知交舊友。

9. 僧玄高

相州滏陽縣智力寺僧玄高①,俗姓趙氏,其兄子先身於同村馬家為兒。馬家兒至貞觀末死,臨死之際,顧謂母曰:"兒於趙宗家有宿因緣,死後當與宗為孫。"宗即與其同村也。其母弗信,乃以墨點兒左肋,作一大黑子〔一〕。趙家妻又夢此兒來云:"當與孃為息。"因而有娠。夢中所見,宛然馬家之子。產訖,驗其黑子,還在舊處。及兒年三歲,無人導引,乃自向馬家,云:"此是兒舊舍也。"于今現存,已年十四五。相州智力寺僧慧永、法真等說之②。

本條《珠林》卷二六引《冥報拾遺》、《廣記》卷三八七引《珠林》,據輯;又參酌《樂邦遺稿》卷下引《珠林》。

按:馬家兒貞觀末死,轉世後年十四五,推知其事記于高宗龍朔間,乃《冥報拾遺》成書之時。

【校記】

［一］左肋：《廣記》作"右肘"，《樂邦遺稿》作"左肘"，麗本《珠林》"肋"作"脇"。

【注釋】

①滏陽縣：今河北磁縣，唐開國至代宗永泰元年屬相州。《元和郡縣圖志》卷一五記滏陽縣本漢武安縣之地，後因在滏水之陽而改名。隋開皇時滏陽縣屬磁州，自隋大業二年廢磁州，遂屬相州，至唐代宗永泰元年（765）重置磁州，縣遂歸屬磁州。

智力寺：寺在相州滏陽縣，今河北邯鄲市峰峰礦區。《永樂大典》卷一三八二四"智力寺條"引《元一統志》云："寺在磁州武安縣，齊高歡薨於太原，瘞置於鼓山天宮之傍，即此滏陽乃虛陵也"，可知智力寺在磁州武安縣（即唐相州滏陽縣）鼓山，臨北齊高歡墓穴。而《元和郡縣圖志》卷一五記"高齊神武陵，在縣南三里"，可推知智力寺亦當在縣南三里左右。又考《資治通鑒》卷一六〇記："（太清元年八月）甲申，虛葬齊獻武王于漳水之西，潛鑿成安鼓山石窟佛寺之旁為穴，納其柩而塞之"，則北齊時智力寺稱作石窟佛寺，故《續高僧傳》卷二六《明芬傳》載："仁壽下敕，令（明芬）置塔於慈（磁）州之石窟寺，寺即齊文宣之所立也，大窟像背文宣陵藏中諸雕刻駭動人鬼。"隋時仍稱石窟寺，可能在唐時改作智力寺。然金正隆三年（1158）胡礪《磁州武安縣鼓山常樂寺重修三世佛殿碑》記："（北齊）文宣帝……刻諸尊像，因建此寺。初名石窟，後至天統間改智力，宋嘉祐中復更為常樂。"（《金文最》卷六七，頁976）考其碑乃金人所撰，距北齊較遠，不足為信，當以《續高僧傳》所載推斷隋之後改作智力寺。智力寺有北齊石窟，今稱北響堂寺石窟，與南響堂寺共造像四千四百餘軀。

②僧慧永、法真：滏陽縣智力寺僧人。《冥報拾遺》"信都元方"、"舘陶縣周主簿"、"李思一"皆提及僧慧永、法真居住智力寺，與郎餘令交好。

10. 張亮

唐逆人張亮①，昔為幽州都督（長史）〔一〕，於智泉寺禮拜②，見一大像相好圓滿，遂別供養。亮遇霹靂，其堂柱迸木擊亮額角，而不甚傷。及就寺禮像，像額見有破處，事在《冥報記》。又貞觀年中，其像忽然繞頸有痕迹，大如線焉。時人見之，咸以為不祥之兆。未幾，亮果以罪被誅。其痕于今見在。

本條輯自《珠林》卷三一引作《冥報拾遺記》。

按：《珠林》卷三一、三六、七二、七六四引《冥報拾遺記》，疑原書名作《冥報拾遺記》，襲《冥報記》也，而簡稱《冥報拾遺》。

【校記】

〔一〕長史：疑脫，據《冥報記》卷中、《舊唐書·太宗本紀》補。

【注釋】

①張亮：唐初重臣，封鄖國公，後因畜養五百義兒被告謀逆而誅。《舊唐書》卷三《太宗本紀下》記貞觀八年派"幽州大都督府長史張亮"等"使于四方，觀省風俗"（《資治通鑒》卷一九四記貞觀十年二月張亮代魏王泰行相州都督事，《舊唐書》卷六九《張亮傳》則記事在貞觀七年），《新唐書》卷一百五《長孫無忌傳》提及貞觀十一年下詔封十四人"張亮澧州刺史，國於鄖"，據上知張亮貞觀八年前后見任幽州大都督府長史，最晚至貞觀十一年改任澧州刺史，故此文所記禮拜智泉寺佛像事當在貞觀八年至貞觀十一年間。貞觀二十年，張亮

被人告发謀反被誅，"（三月）己丑，刑部尚書、鄭國公張亮謀反，誅"，故文稱逆人。事見《舊唐書》卷六九《張亮傳》。

②智泉寺：幽州古寺。《全唐文》卷九八七闕名《重藏舍利記》："舍利本大隋仁壽四年甲子歲，幽州刺史陳國公竇抗於智泉寺創木浮圖五級，安舍利於其下，即子城東門東百餘步大衢之北面也。原寺後魏元象元年戊午歲，幽州刺史尉萇命造，遂號'尉使君寺'，後改為智泉寺。至大唐則天時改為大雲寺，開元中又改為龍興寺。"據此，知智泉寺在幽州子城東門東，寺乃東魏孝靜帝元象年間所造，開元後改稱龍興寺。

11. 王懷智

唐坊州①人上柱國②王懷智③，至顯慶初亡歿［一］。其母孫氏，及弟懷善、懷表並存。至四年六月，雍州高陵有一人失其姓名，死經七日，背上已爛而甦。此人於地下見懷智云："見任泰山錄事。"遣此人執筆，口授為書，謂之曰："汝雖合死，今方便放汝歸家。宜為我持此書至坊州，訪我家，通人兼白我娘［二］④：'懷智今為泰山錄事參軍，幸蒙安泰。但家中曾貸寺家木作門，此既功德物，請早酬償之。懷善即死，不合久住，速作經像救助，不然，恐無濟理。'"此人既蘇之後，即齎書故送其舍［三］，所論家事無不闇合。至經三日［四］，懷善遂即暴死。合州道俗聞者，莫不增修功德。鄜州人勳衛侯智純說之⑤。

本條輯自《珠林》卷三三引《冥報拾遺》，又參酌《廣記》卷三二八引《珠林》。

【校記】

［一］至：《廣記》無此字。亡歿：《廣記》作"卒"。

[二]娘:麗本作"孃"。

[三]故:《廣記》作"特"。

[四]經:《廣記》無此字。

【注釋】

①坊州:唐武德二年,高祖分鄜州置坊州,天寶元年改為中部郡,乾元元年復為坊州,治中部(今陝西黃陵)。坊州州治在中部縣,即今陝西黃陵縣。

②上柱國:唐武官勳級中的最高級。

③王懷智:據文知王懷智勳位極高,顯慶四年時其母孫氏健在,有弟懷善、懷表,然未見史書傳載其人。《大唐故處士王君墓誌並序》記王處士(永隆二年卒時八十四歲)父名懷智,籍貫、年齡皆不同于本文(《全唐文補遺》第4冊);阿斯塔那232號古墓《唐某府衛士王懷智等軍器簿》(國家文物局古文獻研究室等編:《吐魯番出土文書》第8冊,文物出版社1987年版,第12頁),此王懷智身任武職,未審是否此人。

④通:通報,传达。

⑤勳衛:侍衛官名。唐時多以功臣子弟擔任。

12. 任義方

唐括州刺史樂安任義方①,武德年中死,經數日而蘇。自云:被引見閻羅王。王令人引示地獄之處,所說與佛經不殊。又云:地下畫日昏暗,如霧中行。於時[一],其家以義方心上少有溫氣,遂即請僧行道。義方乃於地下聞其讚唄之聲②。王撿其案,謂之吏曰[二]:"未合即死,何因錯追?"遂放令歸。義方出,度三關,關吏皆睡。送人云:"但尋唄聲,當即到舍。"見一大坑當道,意欲跳過,遂落坑中。

應時即起,論說地獄,畫地成圖。其所得俸祿皆造經像,曾寫《金剛般若》千餘部。義方自說。

本條輯自《珠林》卷三六引《冥報拾遺》,又參酌《廣記》卷三八二引《珠林》。

【校記】

[一]於:《廣記》無此字。

[二]之:《廣記》無此字。

【注釋】

①括州:《舊唐書》卷四十《地理志三》記武德四年置括州,武德七年改為都督府。貞觀元年廢都督府。天寶元年改為縉雲郡。乾元元年復為括州。大曆十四年夏五月,避德宗諱改為處州。州治麗水,今浙江麗水。樂安:此指樂安郡。南朝宋始置樂安郡,故址在今山東省廣饒縣。樂安為任氏發源地之一,晉尚書任愷、梁時任昉皆出樂安。

②讚唄:讚歎佛德的梵唄。佛教講經、受戒、誦經等一切宗教儀式進行中舉唱梵唄,稱為“作梵”,這種梵音還具有止息喧亂、便利法事進行的作用。

13. 杜智楷

唐曹州離狐人杜智楷①,少好釋典,不仕、不妻娶,被僧衣服,隱居泰山,以讀誦為事。貞觀二十一年,於山中遇患垂死,以袈裟覆體,昏然如夢。見老母及美女數十人[一]屢來相擾,智楷端然不動。群女漸相逼斥,並云:“輿將擲置北澗裏。”遂總近前,同時執捉。有攬著袈裟者。遂[二]齊聲念佛,却後懺悔。請為造阿彌陀佛,并誦觀(世)[三]音菩薩三十餘徧。少間遂覺,體上大汗,便即瘳愈。

本條輯自《珠林》卷四六引《冥報拾遺錄》,又參酌《廣記》卷一一一引《珠林》。

按:郎餘令熟知曹州事,"曹州濟陰縣"、"方山開"、"裴則男"皆敍曹州人事。

【校記】

[一]數十人:《廣記》作"十數"。

[二]遂:《廣記》作"忽"。

[三]世:疑避太宗諱而省。

【注釋】

①離狐:曹州轄縣。離狐約于漢初置縣,至唐天寶元年(724)改為南華縣。《元和郡縣誌》卷一一載:"舊傳初置縣在濮水南,常為神狐所穿穴,遂移城濮水北,故曰離狐。"其治所在今山東菏澤市牡丹區西北李村集以南。離狐距泰山五百余里,杜智楷離鄉隱居泰山。

14. 王千石

唐慈州刺史太原王千石①,性自仁孝,以沈謹所稱[一]。尤精內典,信心練行。貞觀六年(丁)父憂[二],居喪過禮,一食長齋②,柴形毀骨。立廬於墓左③,負土成墳。夜中常誦佛經,宵分不寢④。每聞擊磬之聲,非常清徹,兼有異香,延及數里。道俗聞者,莫不驚異。

本條輯自《珠林》卷四九引《冥報拾遺》。

按:《珠林》卷四九"忠孝篇"記孝養父母之事,此條敍孝義之事,引作《冥報拾遺》,考餘令撰《孝子傳》敍孝子事蹟,此條當亦載于《孝子傳》也。

【校記】

[一]所:麗本作"見"。

［二］丁：疑脫，"憂"乃名詞，"父憂"義不通。

【注釋】

①慈州：貞觀八年，改南汾州為慈州，以州内有慈烏戍而得名。舊領縣五，州治在吉昌縣（今山西吉縣）。慈州為下州，其州刺史為正四品下。

王千石：據文知王千石太原人，貞觀六年喪父，曾任慈州刺史。王千石尤精内典，信心練行，疑釋彥悰《集沙門不應拜俗等事》卷四《詳刑寺丞王千石司直張道遜等議狀一首》所言王千石當即其人。據釋彥悰所録，王千石約在高宗龍朔任詳刑寺丞（龍朔間改大理寺為詳刑寺，寺丞從六品上），可能不久後任慈州刺史。

②長齋：指長時保持日中一食的戒律。佛教戒律規定中午十二點以後進食為非時食，稱遵守過午不食戒者為持齋，長時如此則謂之持長齋。而在我國，持戒者多伴隨著吃素（不食葷腥），故民間还稱終年素食者曰吃長齋。

③廬：古人為守喪而構築在墓旁的小屋。

④宵分：夜半。

15. 石壁寺老僧

并州石壁寺有一老僧，禪誦為業，精進練行。貞觀末，有鴿巢在其房屋楹上［一］，哺養二雛。僧每有餘食［二］，恒就巢哺之。鴿雛後雖漸長，羽翼未成，乃並學飛［三］，墜地而殞［四］。僧並收瘞（焉厥反）之［五］。經旬之後［六］，僧忽夜夢二小兒白之曰［七］："兒等為先有少罪，遂受鴿身。比來聞法師讀誦《法華經》及《金剛般若經》［八］，既聞妙法［九］，得受人身。兒等今於此寺側十餘里某村某姓家託生為男［十］，十月之外，當即誕育。"僧乃依期往視［十一］，見此家一婦人同時誕育二子[十二],因為作滿月齋[十三]。僧呼鴿兒[十四],兩兒並應曰:"諾[十五]。"後[十六]歲餘始言(賈祗忠先為并州博士④,遷任照州司戶⑤,為餘令言之。後於并州訪問,並稱實錄)。

本條輯自《集驗記》卷下引《冥報拾遺》,參酌《珠林》卷五十、《廣記》卷一〇九並引《冥報拾遺》。又參酌《法華傳記》卷九;《弘贊法華傳》卷九;《宋高僧傳》卷二五《明度傳》;《法華靈驗傳》卷上引《弘贊》;《永樂大典》卷一三一四〇引《廣記》;《太平廣記鈔》卷一五諸書。

【校記】

[一]在其房屋楹上:《珠林》、《廣記》、《大典》作"其房楹上",《法傳》作"在其房室楹上",《弘贊》作"房楹上"。

[二]僧:《珠林》、《廣記》作"法師"。

[三]乃並:《廣記》、《大典》作"因"。

[四]墜地而殞:《珠林》、《弘贊》作"俱墜地而死"、《廣記》作"俱墜地死"、《法華傳記》作"墮地而死"。

[五]並:《廣記》、《法華傳記》無此字。此為《集驗記》所加,可刪。

[六]之:《珠林》、《廣記》無此字,《弘贊》作"日"。

[七]忽:《珠林》、《廣記》、《弘贊》無此字。白之:《廣記》、《大典》無二字,《弘贊》作"告"。

[八]華:《廣記》無華等七字。

[九]聞:《廣記》上有"日"字。

[十]某姓家:《廣記》、《大典》作"姓名家",《弘贊》作"某甲家"。

[十一]視:《廣記》下有"之"字。

[十二]一:《廣記》、《大典》無此字。人:《廣記》、《大典》作"果"。

[十三]齋:原作"齊",據《珠林》、《法華傳記》、《弘贊》改。《廣記》無此字。

[十四]呼:《珠林》、《廣記》、《大典》下有"為"字。

[十五]兩兒並應曰諾:《珠林》作"兩兒並應之曰諾",《廣記》、《大典》作"並應之曰唯",《法華傳記》、《弘贊》作"並應曰諾"。

[十六]後:《珠林》、《弘贊》作"一應之後"。

16. 王會師

唐京都西市北店有王會師者①,其母先終[一],服制已畢②。至顯慶二年內,其家乃產一青黃母狗[二]。會師妻為其盜食,乃以杖擊之數下。狗遂作人語,曰:"我是汝姑③,新婦杖我大錯④。我為嚴酷家人過甚,遂得此報。今既被打,羞向汝家。"因即走出。會師聞而涕泣,抱以歸家,而復還去,凡經四五。會師見其意正⑤,乃屈請市北大街中,正是己店北大牆後,作小舍安置,每日送食。市人及行客就觀者極眾,投餅與者,不可勝數。此犬恒不離此舍,過齋時即不肯食[三]⑥。經一二歲,莫知所之。

本條輯自《珠林》卷五二引《冥報拾遺》,參酌《廣記》卷一三四引《珠林》。

【校記】

[一]其母先終:《廣記》省作"母亡"。

[二]母:《廣記》作"牝"。

[三]肯:《廣記》無此字。

【注釋】

①西市:唐朝長安有東市(今西安交通大學附近)和西市(今西安勞動南路附近)兩大市場。西市南北盡兩坊之地,南接懷遠坊,北毗醴泉坊,東臨延壽、光德坊,西連群賢、懷德坊。西市面向大眾化、平民化,是當時包括西域、日本、韓國等國客商在内的國際性大市場。

②服制:指服喪。

③姑:丈夫的母親,《說文》:"姑,夫母也。"

④新婦:稱兒媳。清黃生《義府·新婦》:"漢以還,呼子婦為新婦。"

⑤意正:猶言意志堅定,不可動搖。

⑥齋時:齋食之時,即自天明至正午之間。佛教戒律規定出家人在日出之後至中午之間,可進食一次,超過中午之時限即不得進食,常稱作過午不食。犬過齋時不食,暗合僧人的飲食習慣。

17. 李信

唐居士李信者,并州文水縣之太平里人也,身為隆政府衛士①。至顯慶年冬,隨例往朔州赴蕃[一]②,乘赤草馬一匹,并將草駒③。是時,歲晚凝陰,風雪嚴厚。行十數里,馬遂不進。信以蕃期逼促[二],撾之數十下。馬遂作人語,謂[三]信曰:"我是汝母。為生平避汝父,將石餘米與女[四],故獲此報,此駒即是汝妹也。以力償債向了,汝復何苦敦逼如是。"信聞之,驚愕流涕,不能自勝,乃拜謝之。躬馱鞍轡,謂曰:"若是信孃[五],當自行歸家。"馬遂前行,信負鞍轡,隨之至家。信兄弟等見之,悲哀相對,別為厰櫪養飼④,有同事母。屈僧營齋,合門莫不精進,鄉閭道俗咸歎異之。時工部侍郎溫無隱[六]⑤、歧州司法張金停俱為丁艱在家[七]⑥,聞而奇之,故就信家顧訪,見馬猶在。問其由委,並如所傳。

　　本條輯自《珠林》卷五二引《冥報拾遺》,參酌《廣記》卷一三四引《冥報拾遺》、《大藏一覽》卷四引《珠林》。

【校記】

　　［一］蕃:《廣記》作“審”。

　　［二］蕃期:“蕃”《廣記》作“程”。宮宋元明《珠林》、《珠林校注》“期”下有“之”字,從麗藏本。

　　［三］謂:《廣記》作“語”。

　　［四］石:原作“碩”,據麗藏、磧砂藏本《珠林》及《廣記》改。與:原作“乞”,據《廣記》改。

　　［五］孃:《廣記》作“母”。

　　［六］溫:《廣記》誤作“孫”。

　　［七］停:《廣記》作“庭”。

【注釋】

　　①隆政府:其址未詳,故張沛《唐折沖府彙考》將隆政府歸之“未知隸何道諸府”。李信為并州文水縣人,考《新唐書》卷三九《地理志三》并州轄興政府,而“隆”、“興”義同,疑系轉訛。

　　②赴蕃:奔赴兵期。

　　③草駒:雌馬駒。草指雌性牲畜,上文赤草馬即指赤色的母馬。

　　④廐櫪:馬厩。廐指牲口棚子,《齊民要術》:“架北牆為廐”;櫪指馬槽。

　　⑤溫無隱:唐初太原(并州)祁縣人,禮部尚書溫大雅之子,官至工部侍郎。事見《舊唐書》卷六一《溫大雅傳》、譜系見《新唐書》卷七二中《宰相世系表二中》。

⑥丁艱:《舊唐書》卷六一《溫大雅傳》載溫無隱父親溫大雅:"(秦)王即位,轉禮部,封黎國公。……歲餘卒,諡曰孝。"據此知溫無隱父親在貞觀初已亡,故高宗顯慶時丁艱當指其母去世。

18. 耿伏生

隋冀州臨黃縣東有耿伏生者①,其家薄有資產。隋大業十一年,伏生母張氏避父將絹兩匹與女[一]。數歲之後,母遂終亡,變作母豬,在其家生,復產二肫。伏生並已食盡,遂便不產[二],伏生即召屠兒出賣。未取之間,有一客僧從生乞食,即於生家少停[三]。將一童子[四],入豬圈中游戲,豬語之言[五]:"我是伏生母,為於往日避生父眼,取絹兩匹與女[六]。我坐此罪,變作母豬,生得兩兒,被生食盡。還債既畢,更無所負。欲召屠兒賣我,請為報之。"童子具陳向師,師時怒曰:"汝甚顛狂,豬那解作此語。"遂即寢眠。又經一日,豬見童子,又云:"屠兒即來,何因不報?"童子重白師主[七]②,又亦不許[八]。少頃,屠兒即來取豬。豬踰圈走出,而向僧前床下。屠兒逐至僧房。僧曰:"豬投我來,今為贖取。"遂出錢三百文贖豬。後乃竊語伏生曰:"家中曾失絹不[九]?"生報僧云:"父存之日,曾失兩匹[十]。"又問:"姊妹幾人[十一]?"生又報云[十二]:"唯有一姊[十三],嫁與縣北公乘家。"僧即具陳童子所說。伏生聞之,悲泣不能自已。更別加心供養豬母。凡經數日,豬忽自死。託其女夢云:"還債既畢,得生善處。"兼勸其女更修功德。

本條輯自《珠林》卷五七引《冥報拾遺》,參酌《廣記》卷四三九引《珠林》、《梵網經菩薩戒略疏》卷三引《珠林》。

按:"耿伏生"及其下"朱氏"、"路伯達"三條諸本注引《冥報拾遺》,唯麗本"路伯達"注稱"右此三驗出《冥報》"。考"耿伏生"上之"卞士瑜"、

“王五戒”二條注稱“右此二驗出《冥報記》”，若“耿伏生”等三條並出《冥報記》，則可統注作“右此五驗出《冥報記》”，不必分作兩注，故知麗本“冥報”後脱“拾遺”二字也。又考隋時臨黄縣屬武陽郡（魏郡），而文稱冀州臨黄縣，緣高宗龍朔二年魏州改稱冀州，臨黄縣遂隸屬冀州，故知事記于龍朔二年之後，晚於《冥報記》成書時間。

【校記】

[一]與：原作“乞”，據《廣記》、《梵網經菩薩戒略疏》改。

[二]便：《廣記》作“更”。

[三]停：《廣記》作“憩”。

[四]將：《廣記》上有“僧”字。

[五]語：《廣記》作“與”。

[六]與：原作“乞”，據《廣記》改。

[七]主：按：汪校本《廣記》據明鈔本誤改作“師”。談愷本、掃葉山房、黄氏巾箱本《廣記》作“主”，同《珠林》，“師主”佛家語也。

[八]亦：《廣記》無此字。

[九]不：《廣記》作“否”。

[十]失：麗本、《廣記》下有“絹”字。

[十一]姊妹：《廣記》作“娣姒”。

[十二]又報：《廣記》無二字。

[十三]姊：《廣記》作“弟”。

【注釋】

①臨黄縣：唐魏州（龍朔二年改稱冀州）轄縣。據《元和郡縣圖志》卷一六記北魏初置臨黄縣，以北臨黄溝得名，屬頓丘郡。隋改屬魏郡，武德初割屬澶州，州廢還屬魏州，大曆初又割屬澶州，臨黄縣治

207

所在今河南范縣東南二十二里。魏州在唐高宗龍朔二年（662）改稱冀州，《舊唐書》卷三九《地理志二》記魏州：“龍朔二年，改為冀州大都督府，以冀王為都督，管冀、貝、德、相、棣、滄、魏七州。咸亨三年，依舊為魏州，罷都督府”；而冀州同時則被改稱魏州，《新唐書》卷三九《地理志三》記冀州：“龍朔二年更名魏州，咸亨三年復故名。”正如《通典》卷一八〇記：“龍朔二年，改（魏州）為冀州，改冀州為魏州。”《冥報拾遺》成書于龍朔二年之後，故此處所言冀州臨黃縣，實是此前的魏州臨黃縣，如《廣弘明集》卷一五記“冀州，舊魏州者”。

②師主：猶言師家、師父等。師為弟子之所主，故稱為師主。

19. 陽武縣婦女姓朱

唐鄭州陽武縣婦女姓朱①，其夫先負外縣人絹百匹②。夫死之後，遂無人還。貞觀末，因病死，經再宿而蘇，自云：被人執至一所。見一人云：“我是司命府吏。汝夫生時，負我家絹若干匹，所以追汝。今放汝歸，宜急具物至某縣某村某家送還我母。如其不送，捉追更切。兼為白我孃，努力為某造像修福[一]。”朱即告乞鄉閭③，得絹送還其母。具言其兒貌狀，有同生平。其母亦對之流涕，歔欷久之。

本條輯自《珠林》卷五七引《冥報拾遺》。

【校記】

[一] 某：宮宋元明本《珠林》、《珠林校注》作“其”，據麗本改。

【注釋】

①鄭州陽武縣：唐武德四年置鄭州，治虎牢城。貞觀七年徙治管城（在今河南）。陽武為鄭州轄縣，即今河南原陽縣。

②負：欠。

③鄉閭：鄉親，同鄉。

20. 路伯達

唐汾州孝義縣人路伯達[一]①,至永徽年中負同縣人錢一千文,後乃違契拒諱②。及執契往徵[二],遂共錢主於佛前為信誓曰:"若我未還公[三],願吾死後與公家作牛畜。"言訖[四],未逾一年而死。至二歲時,向錢主家牸牛產一赤犢子[五],額上生白毛為"路伯達"三字[六]。其子姪等恥之,將錢五千文求贖。主不肯與,乃施與隰城縣啟福寺僧真如[七]③,助造十五級浮圖。人有見者,發心止惡,競投錢物布施[八]④。

本條輯自《珠林》卷五七引《冥報拾遺》,參酌《廣記》卷四三四引《珠林》;《銷釋金剛科儀會要註解》卷一;宋祝穆《古今事文類聚續集》卷二六;宋曾慥《類說》卷四三;《錢通》卷一八。

【校記】

[一]孝:《廣記》脫此字。

[二]往:宮宋元明本、《珠林校注》作"作",據麗本改。

[三]若我:《廣記》、《銷釋金剛科儀會要註解》作"我若"。

[四]言:《廣記》作"話"。

[五]產一赤犢子:《廣記》作"生一犢子",《銷釋金剛科儀會要註解》作"生一牛犢"。

[六]為:《廣記》作"成"。按:諸書皆作"為","成"乃《廣記》所改。

[七]隰城:汪校本、明鈔本《廣記》等作"濕成",形訛也。

[八]布施:《廣記》作"以佈施焉"。

【注釋】

①孝義縣:汾州轄縣,即今山西孝義市。漢為中陽縣,後魏曰永

安,唐貞觀元年改為孝義。

②違契:違背借錢時所寫的文書憑證。

③啟福寺:《釋門自鏡錄》卷下"唐汾州啟福寺慧澄互用受苦事",又據本篇,知寺在汾州隰城縣內。《元和郡县图志》卷一三记隰城縣本汉兹氏县,西晋改慈氏县为隰城县。唐肅宗上元元年(760)九月,改為西河縣,故治在今山西汾陽市。

④布施:本義為以衣食等物施與大德及貧窮者。後指施與他人以財物、體力、智慧等,為他人造福成智而求得累積功德,以致解脫的一種修行方法。

21. 倪買得妻皇甫氏

唐兗州曲阜人倪買得妻皇甫氏,為有疾病,祈禱泰山①,稍得瘳愈,因被冥道使為伺命②。每被使,即死,經一、二日事了以後,還復如故。前後取人亦眾矣。自云:曾被遣取鄉人龐領軍小女,為其庭前有齋壇讀誦③,久不得入。少間,屬讀誦稍閑,又因執燭者詣病女處,乃隨而入,方取得去。問其取由,乃府君四郎所命④,府君不知也。論說地獄,具有條貫。又云:地下訴說生人,非止一二。但人微有福報,追不可得;如其有罪,攝之則易。皇甫見被使役,至今猶存。今男子作生伺命者,兗州見有三四人,但不知其姓名耳。

本條輯自《珠林》卷六二引《冥報拾遺》。

【注釋】

①祈禱泰山:向泰山祈禱,以求泰山府君的佑護。泰山信仰自東漢時便已興起,東漢《殘鎮墓券》記:"生人屬長安,死人屬太(泰)山",認為泰山操縱凡人生死,具有管理鬼魂的職能。佛教地獄觀念傳入中國後,泰山信仰依然存在,世人以供奉神靈的心態祈求泰山府

君能庇佑凡人,以消災免難,賜福延壽。

②冥道:與冥界相近,指死後的世界。《敦煌變文集·目連緣起》:"慈母作咒,冥道早知,七日之間,母身將死,墮阿鼻地獄,受無間之餘殃。"

伺命:"伺命"頻見於唐代典籍,是索命鬼差的代稱。"伺命"源于傳統"司命鬼神"之說,高國藩《敦煌俗文化學》:"佛教傳入我國以後,司命的名詞遂為佛教僧徒所篡奪利用而變為司命鬼、伺命鬼。"(三聯書店1999年版,第606頁)如王梵志詩歌數次提及"伺命",反映了唐代鬼使拘人觀念的盛行。

③齋壇:此指佛教誦經禮佛的法事處所。

④府君四郎:指泰山府君的四子。《冥報記·兗州人》亦提及泰山四郎,他是泰山府君第四子。

22. 方山開

唐曹州成武人方山開［一］①,少善弓矢,尤好游獵,以之為業,所殺無數。貞觀十一年死,經一宿蘇,云:初死之時,被二人引去,行可十餘里,即上一山。三鬼共引山開,登梯而進。上欲至頂,忽有一大白鷹,鐵為嘴爪,飛來攫開左頰而去［二］。又有一黑鷹,亦鐵嘴爪,攫其右肩而去。及至山頂,引而廳事,見一官人,被服緋衣,首冠黑幘,謂山開曰:"生平有何功德［三］?可並具言之。"對曰:"立身已來,不修功德。"官曰:"可,且引向南院觀望［四］。"二人即引南行,至於一城,非常嶮峻［五］。二人扣城北門數下,門遂即開,見其城中赫然,總是猛火②。門側有數箇毒蛇,皆長十餘丈,頭大如五斗塊［六］,口中吐火,如欲射人。山開恐懼,不知所出,唯知叩頭念佛而已。門即自開。乃還見官人,欲遣受罪。侍者諫曰:"山開未合即

死，但恐一入此城，不可得出。未若且放，令修功德。"官人放之
[七]，令前二人送之，依其舊道而下。復有飛鷹欲攫之，賴此二人援
之免脱[八]。下山遂見一坑[九]，其中極穢[十]，逡巡之間，遂被
二人推入，須臾即蘇。（面及右膊之上）[十一]，爪跡極深，終身不
滅。山開於後遂捨妻子，以宅為佛院，恒以讀誦為業[十二]。

本條輯自《珠林》卷六四引《冥報拾遺》，參酌《廣記》卷一三二引
《珠林》。

按：宋、元、明本《珠林》此條注稱"出《冥報記》"，然其下"劉摩兒"、
"李知禮"注稱"右三驗出《冥報拾遺》"，又言"方山開"、"劉摩兒"、"李知
禮"同出《冥報拾遺》，前後注引矛盾；又考"方山開"條上之"王將軍"、"姜
略"、"冀州小兒"、"李壽"四條注稱"右四驗出《冥報記》"，若同出《冥報
記》，不必分作兩注，故知其不出於《冥報記》，當出《冥報拾遺》。

【校記】

[一]成武：原作"城武"，據兩《唐書·地理志》改。按：《唐書·
地理志》作"成武"，知"城"訛，《廣記》倒作"武城"。

[二]攫：麗本作"攫"，明本作"攖"，下同。

[三]生平：宮宋元明《珠林》、《珠林校注》作"平生"，今從麗本、
《廣記》。

[四]且：《廣記》作"宜"。按：《珠林校注》此句作"可，且引向南
院觀望"。

[五]嶮：《廣記》作"險"，二字古通。

[六]斗：宮宋元明本作"升"，據麗本、《廣記》改。按：頭大如五
升並不足怪，據文意知"斗"是。塊：《廣記》、四庫《珠林》作"斛"。

[七]放之：《廣記》作"曰善"。

[八]之免脱：《廣記》作“护得免”。

[九]下：《廣記》上有“及”字。

[十]穢：《廣記》作“秽恶”。

[十一]面等六字：原脱，據《廣記》補。

[十二]業：《珠林校注》、宋元明本下有“出《冥報記》”四字。按：麗本無此四字，且諸本《珠林》其下二條末記“右三驗出冥報拾遺”，故知此條及下二條皆出《冥報拾遺》，宋元明本前後注引齟齬，乃誤加“出《冥報記》”四字。

【注釋】

①成武：曹州轄縣。武德五年屬戴州，貞觀十七年廢戴州，成武县改属曹州。

②總是：全都是。

23. 劉摩兒

唐汾州孝義縣懸泉村人劉摩兒[一]，至顯慶四年八月二十七日遇患而終[二]，其男師保明日又死。父子平生，行皆險詖①。其比隣有祁隴威[三]，因採樵，被車輾死，經數日而蘇。乃見摩兒男師保在鑊湯中。須臾之間，皮肉俱盡，無復人形，唯見白骨。如此良久，還復本形。隴威問其故，對曰：“為我射獵[四]，故受此罪。”又謂保曰：“卿父何在？”對曰：“我父罪重，不可卒見。卿既即還，請白家中，為修齋福。”言訖，被使催促，前至府舍。見館宇崇峻，執杖者二十餘人[五]。一官人問之曰：“汝比有何福業②?”對曰：“隴威去年正月在獨村看讀一切經[六]，脫衫一領布施，兼受五戒，至今不犯。”官人乃云：“若如所云，無量功德，何須來此！”乃索簿勘[七]，見簿曰[八]：“其人合死不虛。”側注云：“受戒布施福助，更合延壽。”乃遣人送還，

213

當即蘇活［九］。

本條輯自《珠林》卷六四引《冥報拾遺》，參酌《廣記》卷一三二引《珠林》。

按：此條宋元明本《珠林》注稱"出《冥報記》"，然其下"李知禮"注稱"右三驗出《冥報拾遺》"，前後注引矛盾；又考所記在顯慶四年八月之後，晚於《冥報記》成書時間，可知其出《冥報拾遺》。

【校記】

［一］懸：麗本作"縣"，《廣記》無此字。

［二］患：《廣記》作"病"。

［三］其比：麗本作"其北"，《廣記》作"比"。

［四］為我：《廣記》作"我為"。

［五］杖：麗本作"仗"。

［六］讀：《廣記》作"誦"。

［七］乃：《廣記》作"遂"。

［八］見簿：《廣記》作"及見簿，乃"。

［九］活：《珠林校注》、宋元明本下有"出《冥報記》"四字，誤。按：麗本無此四字；《珠林》所引同一典籍常在最後一則末總言"右幾篇出某書"，並無逐一注引典籍的例子，而宋元明本卻逐一注引《冥報記》，有違體制；且諸本《珠林》其下一條末記"右三驗出冥報拾遺"，故知此條及其上、其下三條皆出《冥報拾遺》，宋元明本前後注引齟齬，乃誤加"出《冥報記》"四字也。

【注釋】

①險詖：陰險邪僻。《诗·周南·卷耳序》："内有进贤之志，而无险詖私謁之心。"孔颖达疏："险詖者，情实不正、誉恶为善之

辞也。"

②比：近來。

24. 李知禮

唐隴西李知禮，少趫捷①，善弓射，能騎乘，兼工放彈［一］②，所殺甚多。有時罩魚［二］③，不可勝數。貞觀十九年，微患三四日［三］，即死。乃見一鬼，并牽馬一匹，大於俗間所乘之馬。謂知禮曰："閻羅王追公。"乃令知禮乘馬，須臾之間，忽至王前。王約束云："遣汝討賊，必不得敗，敗即殺汝。"有同侶二十四人，向東北望賊，不見邊際，天地盡昏，埃下如雨。知禮等敗，語同行曰："王教嚴重④，寧向前死，不可敗歸。"知禮迴馬，前射三箭以後，諸賊似稍卻縮［四］。數滿五發［五］，賊遂敗散。事畢謁王，王責知禮［六］："汝敵雖退，何為初戰之時即敗［七］？"以麻辮髮，并縛手足，臥在石上，以大石鎮而用磨之。前後四人，體並潰爛。次到知禮，勵聲叫曰："向者賊敗，並是知禮之力。還被王殺，無以勵後。"王遂釋放，更無囑著，恣意游行［八］。凡經三日，向於西北出行［九］，入一牆院。禽獸一群可滿三畝餘地［十］，總來索命，漸相逼近［十一］。曾射殺一雌犬，直向前齧其面，次及身體，無不被傷。見三大鬼各長一丈五尺［十二］，圍亦如之，共剝知禮皮肉，須臾總盡。唯面及目白骨，兼見五藏。及以此肉分與禽獸［十三］，其肉落而復生［十四］，生而復剝。如此三日，苦毒之甚，不可勝記。事畢，大鬼及禽獸等忽然總失。知禮迴顧，不見一物，遂即踰牆南走，莫知所之。意中似如一跳千里。復見一鬼逐及知禮［十五］，乃以鐵籠罩之，有無數魚競來唼食。良久［十六］，鬼遂到迴，魚亦不見。其家舊供養一僧，其僧先死，來與知禮去籠，語知禮云："檀越大飢。"授之三丸白物［十七］，如棗，令禮

215

噉之[十八],時便大飽[十九]。而語之曰:"檀越還家[二十]。"僧亦別去。禮到所居宅北[二一],見一大坑,其中有諸槍稍攢植⑤,不可得過。見其兄女并婢齎箱,并有錢絹及一器飲食[二二],在坑東北。知禮心中將此婢及以姪女游戲[二三],意甚怪之。迴首北望,即見一鬼拔劍直進[二四]。知禮惶懼,委身投坑,即得蘇也。自從初死至於重生,凡經六日。後問家中,乃是姪女持紙錢絹解送知禮[二五]⑥。當時所視,乃見銅錢絲絹也[二六]。

　　本條輯自《珠林》卷六四引《冥報拾遺》(麗本誤注"右三驗出《冥報記》"),參酌《廣記》卷一三二引《冥報記》;《錢通》卷三一抄《廣記》;《太平廣記鈔》卷一五。

　　按:"李知禮"條不見於高山寺、知恩院諸本《冥報記》,此條文筆不若唐文之典雅委曲,《廣記》引作《冥報記》,誤也。

【校記】

[一]工:麗本、《廣記》作"攻"。

[二]罩:《廣記》作"捕"。

[三]微患三四日:《廣記》作"病數日"。

[四]似:《廣記》作"巳"。卻縮:《廣記》作"退卻"。

[五]數滿:《廣記》作"箭"。

[六]禮:《廣記》下有"曰"字。

[七]敗:《廣記》作"便"。按:汪校本《珠林》未校"便"字,徑將"即便"置於下句首,致上句意未盡也。

[八]更無囑著,恣意遊行:《廣記》作"不管束"。

[九]向於:《廣記》作"忽向"。

[十]禽獸一群:《廣記》作"見飛禽走獸"。

[十一]近：宮宋元明本作“亦”，據麗本、《廣記》改。

[十二]見：《廣記》上有“復”字。一丈五尺：《廣記》作“丈餘”。

[十三]及：《廣記》作“乃”。與：原作“乞”，據文意改。按：《珠林》引《冥報拾遺》“與”常作“乞”，可據異本知誤，此條理同。

[十四]落：《廣記》作“剝”。

[十五]見：《廣記》作“有”。

[十六]良久：《廣記》作“食畢”。

[十七]三丸白物：《廣記》作“白物三丸”。

[十八]禮：《廣記》上有“知”字。

[十九]時便大飽：《廣記》作“應時而飽。

[二十]還：《廣記》上有“宜”字。

[二一]禮：《廣記》上有“知”字。

[二二]並有錢絹及一器飲食：《廣記》作“箱內有錢絹，及別置一器飲食”。

[二三]將：《廣記》作“謂”。

[二四]拔：麗本、《廣記》作“挺”。

[二五]解送知禮：《廣記》作“及飯饌為奠禮”。

[二六]見：《廣記》作“是”。

【注釋】

①趫捷：矯健敏捷。

②放彈：指用力發射出小丸，具有一定殺傷力。唐遊俠兒多通放彈，以此攻人殺物。《酉陽雜俎·靈鑒》：“寅常與靈鑒較角放彈。……寅自一發而中之，彈丸反射而不破。靈鑒控弦，百發百中，皆節陷而丸碎焉。”

③罩魚：用漁具捕魚，《爾雅·釋器》："篧謂之罩（捕魚籠也）"，溫庭筠有詩《罩魚歌》。

④嚴重：猶嚴酷；嚴厲。

⑤攢植：密植，密集種植。

⑥解送：此處猶指發送，祭奠亡者。

25. 盧元禮

唐范陽盧元禮，貞觀末為泗州漣水縣尉①。曾因重病悶絕，經一日而穌[一]，云：有人引至府舍，見一官人過，無侍衛。元禮遂至此官人座上，踞床而坐[二]。官人目侍者，令一手提頭、一手提脚[三]，擲元禮於階下。良久乃起，行至一別院，更進向南，入一大堂中。見竈數十百口，其竈上有氣，蟲然如雲霧直上，沸聲喧雜，有同數千萬人。元禮仰視，見似籠盛人，懸之此氣之上。云是蒸罪人處。元禮遂發願大語云："願代一切衆生受罪。"遂解衣赤體，自投於釜中。因即昏然，不覺有痛。須臾有一沙門挽元禮出，云："知汝至心②。"乃送其歸，忽如睡覺。遂斷酒肉，安經三四歲後[四]，卒於洛。

本條輯自《珠林》卷六四引《冥報拾遺》。

【校記】

[一]穌：麗本作"蘇"，古通。

[二]踞：麗本作"據"。

[三]提：麗本作"捉"。

[四]安：麗本無此字。

【注釋】

①泗州：古泗州設置較早，唐武德四年沿置，治所臨淮縣在今盱眙縣對岸，即在洪澤湖水下。漣水縣為泗州轄縣，即今江蘇漣水縣。

②至心：用心至诚。

26. 杜通達

唐齊州高苑縣人杜通達［一］①，貞觀年中，縣丞命令送一僧向北。通達見僧經箱，謂言其中總是絲絹［二］②。乃與妻共計，擊僧殺之。僧未死間［三］，誦咒三兩句，遂有一蠅飛入其鼻，久悶不出。通達眼鼻遽喎③，眉鬢即落，迷惑失道，精神沮喪。未幾之間，便遇惡疾，不經一年而死。臨終之際，蠅遂飛出，還入妻鼻，其妻得病，歲餘復卒。

本條輯自《珠林》卷七十引《冥報拾遺》，參酌《廣記》卷一二一引《珠林》；《永樂大典》卷一六八四二；《太平廣記鈔》卷一五。

【校記】

［一］苑：原作“遠”，唐無高遠縣，據《廣记》、《大典》、《太平廣記鈔》改。

［二］言：《廣記》作“意”。

［三］間：《廣記》作“聞”。

【注釋】

①齊州：武德元年，改隋齊郡為齊州，貞觀七年，置都督府，管齊、青、淄、萊、密五州。天寶元年，改為臨淄郡。然高苑縣屬淄州，其縣治今山東高青縣東南高城鎮。齊州都督府管齊、青、淄、萊、密五州，疑《冥報拾遺》緣此稱齊州高苑縣。

②謂言：以為，說是。

③喎：嘴歪，即由於顏面神經麻痺，口角向另一側歪斜的症狀。

27. 邢文宗

唐河間邢文宗，家接幽燕①，稟性虣險［一］。貞觀年中，忽遭惡風疾[二]②。旬日之間，眉鬚落盡[三]。於後就寺歸懺，自云：近者使向幽州，路逢一客將絹十餘匹，迥澤無人，因即劫殺[四]。此人云："將向城內[五]，欲買經紙。"終不得免。少間，屬一老僧復欲南出，遇文宗。懼事發覺，揮刀擬僧。僧叩頭曰："乞存性命，誓願終身不言。"文宗殺之，棄之草間。經二十餘日，行還，過僧死處。時當暑月，疑皆爛壞，試往視之，儼如生日。宗因下馬[六]，以策築僧之口[七]，口出一蠅，飛鳴清徹，直入宗鼻，久悶不出。因得大患[八]，歲餘而死。

本條輯自《法苑珠林》卷七十引《冥報拾遺》，參酌《廣記》卷一二一引《冥報拾遺》、《永樂大典》卷一六八四二。

【校記】

[一]稟：《廣記》作"秉"。

[二]風：宮宋元明本《珠林》、《珠林校注》無"風"字，據麗本、《廣記》補。按：下文言"眉鬚落盡"，此風疾症狀，故知脫"風"。

[三]鬚：《廣記》作"鬢"。

[四]劫：麗本作"却"。

[五]城內：明本、《珠林校注》作"房山"、宮宋元本作"房子"，麗本作"城內"，《廣記》作"房州"，據唐郡制從麗本。按：房州遠在湖北，《廣記》"房州"必誤；宮宋元本"房子"義不通；"房山"縣（今河北石家莊之西）在恒州，遠離河間往來幽州之道徑，而幽州雖有"房山"，山嶽非"買經紙"之地，故知"城內"是。

[六]宗：《廣記》上有"文"字。

[七]下馬以："以"及上句末"下馬"《廣記》作"以馬下"。

[八]患：《廣記》作"病"。

【注釋】

①幽燕：稱今河北北部及遼寧一帶。唐以前屬幽州，戰國時屬燕國，故名。河間指河間古郡，在河北中部河間市，故文言其地臨近幽燕。

②惡風疾：即麻風病，病者眉鬚脱落，醫家稱作風疾、惡風疾、惡疾大風，如《普濟方》卷一百八有"治惡風疾方"。唐王燾《外臺秘要方》卷三十："惡疾大風有多種不同，初得雖遍體無異而眉鬚已落，有遍體已壞而眉鬚儼然，有諸處不異好人而四肢腹背皆有頑處，重者手足十指已有墮落。"

28. 信都元方

唐相州滏陽縣人信都元方①，少有操尚，尤好釋典。年二十九，至顯慶五年春正月死。死後月餘，其兄法觀寺僧道傑②，情切友憶［一］，乃將一巫者至家，遣求元方與語。道傑又頗解法術［二］，乃作一符攝得元方，令巫者問其由委。巫者不識字，遣解書人執筆，巫者為元方口授，作書一紙，與同學馮行基［三］，具述平生之意，并詩二首。及其家中，亦留書啟。文理順序，言詞悽愴。其書疏大抵勸修功德，及遣念佛寫經，以為殺生之業，罪之大者，無過於此。又云："元方不入地獄，亦不墮鬼中。前蒙冥官處分［四］，令於石州李仁師家為男［五］，但為隴州吳山縣石名遠於華嶽祈子，乃改與石家為男［六］。"又云［七］："受生日逼，忽迫不得更住。從二月受胎，至十二月誕育。願兄等慈流，就彼相看也。"言訖，涕泣而去。河東薛大造寓居滏陽③，前任吳山縣令，自云具識名遠，智力寺僧慧永、法真等說之。

本條輯自《珠林》卷七二引《冥報拾遺記》，參酌《廣記》卷三八八引《冥報拾遺》。

【校記】

[一]情切友憶:《廣記》作"思悼不已"。

[二]道傑:原作"法觀",不合文意,據《廣記》改。

[三]馮:原作"憑",據《廣記》改。

[四]前:《廣記》作"全"。

[五]令:《廣記》誤作"今"。

[六]乃:《廣記》誤作"及"。

[七]云:《廣記》作"再"。

【注釋】

①相州:唐高祖武德元年,承隋制置相州,治所在安陽。滏陽縣本為礠州轄縣,貞觀元年廢礠州,置屬相州。

信都:復姓。唐時有信都承慶,曾任青州刺史。

②法觀寺:《珠林》卷九一引《冥報拾遺》:"見相州滏陽縣法觀寺僧辯珪",又據本篇,知法觀寺在相州滏陽縣內。

③薛大造:未詳。兩唐書有《薛大鼎傳》記太宗、高宗時蒲州汾陽人薛大鼎(父為薛隋介州長史薛粹),永徽四年任荊州大都督府長史。未審薛大鼎、薛大造是否為兄弟輩。

29. 賀悅永興

唐武德年中,隰州①大寧人賀悅②永興為隣人牛犯其稼穡,乃以繩勒牛舌斷。永興後生子三人,並皆瘖瘂,不能言語。

本條輯自《珠林》卷七三引《冥報拾遺》,參酌《廣記》卷一三二引《珠林》。

【注釋】

①隰州:武德元年改隋龍泉郡為隰州,天寶元年改為大寧郡,乾

元元年復為隰州,州治在隰川(今山西隰縣)。大寧为隰州辖县(今
山西大寧县)。

②賀悅:復姓。《元和姓纂》卷九:"賀悅,賀遂氏音訛為賀悅,今
闢西有此姓焉。"

30. 陸孝政

唐雍州陸孝政,貞觀年中為右衛隰川府左果毅。孝政為性躁急,
多為殘害。府內先有蜜蜂一甔,分飛聚於宅南樹上。孝政于時遣人
移就別甔。其蜂未去之間,孝政大怒,遂煮熱湯一盆,就樹沃蜂,總以
死盡,殆無遺子[一]①。至明年五月,孝政於廳晝寢,忽有一蜂螫其
舌上,遂即洪腫塞口②,數日而卒。

本條輯自《珠林》卷七三引《冥報拾遺》,參酌《廣記》卷一三二引
《珠林》。

【校記】

[一]遺子:《廣記》作"子遺"。

【注釋】

①遺子:同子遺,殘存,遺留。

②洪腫:腫脹。南朝宋劉義慶《幽明錄·庚宏奴》:"尋而楊氏得
疾,通身洪腫,形如牛馬。"

31. 李義琰

唐隴西李義琰①,貞觀年中為華州縣尉②。此縣忽失一人,莫知
所在。其父兄疑一讎冤家所害[一],詣縣陳請。義琰案之,不能得
決。夜中執燭,委細窮問③。至一夜[二],義琰據案俛首,不覺死人
即至,猶帶被傷之狀。云:"某被傷性名[三],被打殺置於某所井中,
公可早撿[四]。不然,恐被移向他處,不可覓得[五]。"義琰即親往

223

覓[六]，果如所陳。尋而，儺家云始具伏[七]④。當時聞見者，莫不驚歎。

本條輯自《珠林》卷七三引《冥報拾遺》，參酌《廣記》卷一二七引《珠林》。

【校記】

［一］冤：《珠林校注》作"怨"，《廣記》無此字。

［二］一：麗本作"乙"，《廣記》無此字。

［三］名：疑作"命"。

［四］撿：《珠林校注》作"檢"，《廣記》作"驗"。

［五］覓得：《廣記》作"尋覓"。

［六］覓：《廣記》無此字。

［七］云始具伏：《廣記》作"始具款伏"。

【注釋】

①李義琰：唐初人，父為癭陶令李玄德，祖為李武卿，先祖自隴東遷徙魏州昌樂。《唐摭言》卷七記武德五年李義琰與兄李義琛、從弟李上德三人同舉進士。至高宗上元中，累遷中書侍郎，又授太子右庶子、同中書門下三品。事見《舊唐書》卷八一《李義琰傳》、《新唐書》卷一〇五《李義琰傳》，譜系見《新唐書》卷七二上《宰相世系表二上》。

②華州：唐武德初置華州，治鄭縣（今陝西省華縣）。聖曆後轄境約當今陝西省華縣、華陰、潼關等縣市及渭北的下邽鎮附近地區。天寶元年（742）改華陰郡，乾元元年（758）復改華州。貞觀年間，華州轄鄭縣、華陰二縣，華州縣尉當指鄭縣、華陰二縣尉，二縣皆屬望縣，其縣尉為正九品下。史書未載李義琰任華州縣尉事，據此可補李

氏貞觀間履歷。

③委細:仔細,詳細。唐陳子昂《為喬補闕論突厥表》:"臣具委細問其磧北事,皆異口同辭。"

④具伏:完全認罪。《新五代史·李從溫傳》:"仁嗣等詣闕自訴,事下有司,從溫具伏。"

32. 齊士望

唐魏州武強人齊士望,貞觀二十一年死,經七日而蘇。自云:初死之後,被引見王。即付曹司,別遣勘當。經四五日,勘簿云:"與合死者同姓字,然未合即死。"判官語士望曰:"汝生平好燒雞子,宜受罪而歸。"即命人送其出門。去曹司一二里,即見一城,聞城中有鼓吹之聲[一]。士望欣然,趨走而入。既入之後,城門已閉,其中更無屋宇,遍地皆是熱灰。士望周章[二]①,不知所計,燒灼其足,殊常痛苦。士望四顧,城門並開,及走向門,其扉即掩。凡經一日,有人命門者曰:"開門,放昨日罪人出。"既出,即命人送歸。使者辭以路遙,遷延不送之②,始求以錢絹,士望許諾。遂經歷川塗,踐履荊棘,行至一處,有如環堵。其中有坑深黑,士望懼之,使者推之,遂入坑內,不覺漸蘇。尋乃造紙錢等待焉,使者依期還到,士望妻亦同見之云[三]。

本條輯自《珠林》卷七三引《冥報拾遺》,參酌《廣記》卷三八二引《珠林》(《珠林校注》誤注《廣記》作《太平御覽》)。

【校記】

[一]聞:《廣記》誤作"門"。

[二]章:宋元明本、《珠林校注》作"憚",據麗本、《廣記》改。

[三]云:《廣記》無。

【注釋】

①周章:驚恐,遑遽。《文選·左思〈吳都賦〉》:"輕禽狡獸,周章夷猶。"劉良注:"周章夷猶,恐懼不知所之也。"

②遷延:拖延。多指時間上的耽誤。《廣記》卷一八九引《譚賓錄·李光弼》:"光弼與程元振不協,觀天下之變,遷延不至。"

33. 封元則

唐封元則,渤海長河人也,至顯慶中為光祿寺太官掌膳①。時有西蕃客于闐王來朝,食料餘羊凡至數十百口［一］,王並託元則送於僧寺,放作長生。元則乃竊令屠家烹宰,收其錢直。龍朔元年夏六月,雒陽大雨,震雷霹靂元則［二］,於宣仁門外大街中殺之②,折其項裂,血流灑地。觀者盈衢,莫不驚愕。

本條輯自《珠林》卷七三引《冥報拾遺》,參酌《廣記》卷三九三引《珠林》。

【校記】

［一］料:宮宋元明本作"斷",據麗本、《廣記》改。

［二］雷:宮宋元明本作"電",據麗本、《廣記》改。

【注釋】

①光祿寺:光祿寺掌酒醴膳羞之政,下轄太官署,其署有監膳十人(從九品下)、主膳十五人,供膳二千四百人,掌固四人。

②宣仁門:東都洛陽東城東面的門。徐松《唐兩京城坊考》卷五記皇城東朝堂之南鴻臚寺,本為"隋司隸台及光祿寺之地",至高宗乾封中徙至東城。

34. 舘陶縣主簿

唐冀州舘陶縣主簿姓周①,忘其名字。至顯慶四年十一月,奉使於臨渝關互市[一]②。當去之時,將佐史等二人從往。周將錢帛稍多,二人乃以土囊壓而殺之,所有錢帛咸盜將去,唯有隨身衣服充斂。至歲暮,乃入妻夢,具說被殺之狀,兼言所盜財物藏隱之處。妻乃依此告官[二]。官司案辯[三],具得實狀,錢帛並獲,二人皆坐處死。相州智力寺僧慧永云:嘗親見明庭觀道士劉仁寬說之[四]。

本條輯自《珠林》卷七四引《冥報拾遺》,參酌《廣記》卷一二七引《珠林》。

【校記】

[一]互:《廣記》作"牙"。

[二]告:《廣記》作"訴"。

[三]辯:《廣記》作"辨"。

[四]嘗:原作"當",據《廣記》改。

【注釋】

①舘陶縣:《舊唐書》卷三九《地理志二》、《元和郡縣圖志》卷一六皆記館陶縣為魏州轄縣。

②臨渝關:《新唐書》卷三九《地理志三》記平州石城縣:"有臨渝關,一名臨間關。"

互市:指民族或國家之間的貿易活動。

35. 咸陽婦女

唐咸陽有婦女,姓梁,貞觀年中,死經七日而蘇。自云:被人收,將至一大院內。見有大廳[一],有一官人據案執筆,翼侍甚盛,令人勘問云:"此婦女合死以不?"有人更齎一案,勘云:"與合死者同姓名,所以追耳[二]。"官人勅左右即欲放還。梁白官人云[三]:"不知梁更別有何罪,請即受罪而歸。"官人即令勘案,云:"梁生平唯有兩舌惡罵之罪,更無餘罪[四]。"即令一人拔舌[五],一人執斧斫之,日常數四。凡經七日,始送令歸。初似落深崖,少時如睡而覺。家人視其舌上猶大爛腫。從此已後[六],永斷酒肉,至今猶存。

本條輯自《珠林》卷七六引《冥報拾遺記》,參酌《廣記》卷三八六引《法苑珠林》。

【校記】

[一]有大廳:《廣記》作"厅上"。

[二]追耳:《廣記》作"误追"。

[三]梁:《廣記》作"吏"。

[四]餘:《廣記》作"别"。

[五]拔:宋元明本作"括",據麗本、《廣記》改。

[六]已:《廣記》作"以"。

36. 姜滕生

冀州故觀城人姜滕生[一]①,武德末年忽遇惡疾,遂入蒙山醫療②,積年不損。後始還家,身體瘡爛,手足指落。夜眠,忽夢見一白石像,可長三尺許,謂之曰:"但為我續手,令爾即差。"至旦,忽憶於武德初年在黍地裏打雀,於故村佛堂中取《維摩經》裂破,用繫杖頭嚇雀。有人見者云道[二]:"裂經大罪。"滕生反更惡罵,遂入堂中,打白石像,右手總落[三]。夢中所見,宛然舊像。遂往佛前,頭面作禮,盡心悔過。雇匠續其像手,造經四十卷,營一精舍。一年之內,病得痊愈[四]。鄉人號為聖像,其堂及像並皆見在。

本條輯自《法苑珠林》卷七九引《冥報拾遺記》,參酌《廣記》卷一一六引《冥報記》(明鈔本作出《冥報拾遺記》,據觀城隸屬知其事在《冥報記》成書之後,非出《冥報記》)。

【校記】

[一]滕:《廣記》作"勝"。

[二]道:《廣記》作"盗"。

[三]總:《廣記》無此字。

[四]愈:《廣記》無此字。

【注釋】

①故觀城:觀城為魏州轄縣,龍朔二年時因魏州改稱冀州而改屬冀州。《元和郡縣圖志》卷一六、《舊唐書》卷三九《地理志二》記漢置觀縣,隋開皇六年改為觀城縣,屬魏州;武德四年以觀城屬澶州,至貞觀元年廢澶州,觀城遂歸屬魏州。《新唐書》卷三九《地理志三》又記貞觀十七年省觀城縣,其地置入昌樂、臨黃,大曆七年復置觀城,故知貞觀十七年至大曆七年觀城廢置,僅留故城。而龍朔二年至咸亨三年,魏州改稱冀州,故文稱冀州故觀城。

②蒙山:《元和郡縣圖志》卷一三記沂州費縣(今山東費縣)有蒙山,"在縣西北八十里,楚老萊子所耕之處"。姜滕生或自觀城東行,曆濮州、兗州而至東南方的蒙山。

37. 姚明解

唐姚明解者①,本是普光寺沙門也。性聰敏,有文藻,工書翰,善丹青,至於鼓琴亦當時獨絕。每欣俗網,不樂道門。至龍朔元年,舉應詔人,躬赴洛陽[一]。及升第歸俗,頗有餘言,未幾而卒。後託夢於相知淨土寺僧智整曰[二]②:"明解宿無福業,不遵內教③,今受大罪[三],非常飢乏。儻有故人之情,頗能惠一飡不[四]?"智整夢中許諾,及其寤後,乃為設食[五]。至夜纔眠,即見明解來愧謝之。至二年秋中,又託夢於畫工曰:"我以不信佛法,今大受苦痛,努力為我寫三二卷經[六]。"執手殷勤,賦詩言別。教畫工讀十八遍,令記。
瘳乃憶之,其詩曰:"握手不能別,撫膺還自傷[七]。痛矣時陰短,悲
哉泉路長。松林驚野吹[八],荒隧落寒霜。言離何以贈[九],留心
內典章[十]。"其畫工素不識字,忽瘳,乃倩人錄之,將示明解知友、
故人。皆曰:"是明解文體不惑。"聞見者莫不惻然[十一]。京下道
俗,傳之非一。

　　本條輯自《法苑珠林》卷七九引《冥報拾遺記》,參酌《續高僧傳》卷二
五;《釋門自鏡錄》卷上;《釋氏稽古略》卷三引《法苑珠林》、《冥報錄》;《歷
代編年釋氏通鑑》卷八引《自鏡錄》;《歷朝釋氏資鑑》卷六引《自鏡錄》;
《新脩科分六學僧傳》卷一八。

　　【校記】

　　[一]躬:原脫,據麗本《珠林》補。

　　[二]知:《釋氏稽古略》作"州",《自鏡錄》作"知洛州"。按:淨
土寺在洛陽,非在相州,"知"是。智:《自鏡錄》作"慧",下同。

　　[三]受大:麗本作"大受"。

　　[四]不:《釋氏稽古略》作"否"。

　　[五]乃:《釋氏稽古略》作"遂"。

　　[六]三二:麗本《珠林》、《珠林校注》、《釋氏通鑑》、《釋氏資鑑》
作"二三"。

　　[七]還:《續高僧傳》作"聊"。

　　[八]松林驚野:《續高僧傳》作"野風驚晚"。

　　[九]言離何以:《續高僧傳》作"留情何所",《自鏡錄》作"離言
何以"。

　　[十]留心:《續高僧傳》作"惟斯"。

［十一］聞見：《釋氏稽古略》作“見聞”。惻：《釋氏稽古略》作“測”。

【注釋】

①明解：唐初普光寺僧，以文藻、書翰、丹青聞世，後還俗，應舉登第。事見《續高僧傳》卷二五、《北山錄》卷九。

②智整：《珠林》卷九四引《冥報拾遺·景福寺比丘尼》亦提及智整，知其為洛州淨土寺僧人。

③内教：佛家自稱其教為内教，以他教為外教。

38. 夏侯均

夏侯均者，冀州阜城人也①。顯慶二年病［一］②，經四十餘日，昏亂殆死［二］。自云：被配作牛［三］，頻經苦訴。訴云：“嘗三度於隱師處受戒懺悔③。自省無過，何忍遣作牛身，受苦如是［四］？均已被配磨坊，經二十日苦使［五］。”後為勘當受戒［六］④，是實不虛，始得免罪。此人生平甚有膂力，酗酒好鬥。今現斷酒肉，清信賢者，為隱師弟子，齋戒不絶。

本條輯自《法苑珠林》卷八九引《冥報拾遺》，參酌《三寶感應要略錄》卷上引《靈應記》。可參見《今昔物語集》卷六《震旦夏侯均造药师佛得活語》(24)。

【校記】

［一］病：《要略錄》上有“受重”二字。

［二］殆：《要略錄》作“悶絶而”，方詩銘《冥報拾遺》校本作“始”，“始”乃“殆”形訛也。

［三］牛：《要略錄》下有“身”字。

［四］是：《要略錄》作“此”。

〔五〕日：《要略録》上有“四”字。

〔六〕當受戒：《要略録》作“受戒等”。按：疑“當”爲“嘗”之形訛。

【注釋】

①冀州：唐州郡。《舊唐書》卷三九《地理志》載冀州本是“隋信都郡。武德四年，改爲冀州……（貞觀十七年）廢觀州之阜城來屬。龍朔二年，改爲魏州都督府”，州治在信都（今河北冀州舊城）。

②顯慶：唐高宗年号，顯慶二年即 657 年。此年冀州仍稱冀州，五年後改爲魏州。

③隱師：初唐時冀州僧人，《珠林》卷九四引《冥報拾遺》記隱師救冀州頓丘縣老婦事，所遇隱師是同一人。

④受戒：又稱納戒。即在家或出家人從師或依自誓而納受戒法。

39. 李思一

唐隴西李思一，今居相州之滏陽縣。貞觀二十年正月已死，經日而蘇，語在《冥報記》①。至永徽三年五月又死，經一宿而蘇，說云：以年命未盡〔一〕，蒙王放復歸〔二〕。於王前見相州滏陽縣法觀寺僧辯珪，又見會福寺僧弘亮及慧寶，三人並在王前辯答〔三〕。見冥官云〔四〕：“慧寶死時未至〔五〕，宜修功德〔六〕。辯珪、弘亮今歲必死。”辯珪等是年果相繼卒。後寺僧令一巫者，就弘亮等舊房召二僧問之。辯珪曰〔七〕：“我爲破齋，今受大苦。”兼語諸弟子等曰：“爲我作齋，救拔苦難。”弟子輩即爲營齋〔八〕。巫者又云〔九〕：“辯珪已得免罪。”弘亮云〔十〕：“我爲破齋，兼妄持人長短〔十一〕，今被拔舌，痛苦不能多言。”相州智力寺僧慧永等說之。

本條輯自《珠林》卷九一引《冥報拾遺》，參酌《釋門自鏡録》卷上、《金剛般若經靈驗傳》卷中。

【校記】

［一］盡:《自鏡錄》作“合即死”。

［二］復:麗本、《自鏡錄》無此字。

［三］辯答:《自鏡錄》作“答辨”。

［四］見:《自鏡錄》無此字。云:宮宋元本作“去”。

［五］時:宮宋元本作“期”。

［六］宜:《自鏡錄》下有“放歸”二字。

［七］曰:《自鏡錄》上有“来”字。

［八］輩:《自鏡錄》作“等”。營:《自鏡錄》作“設”。

［九］又:《自鏡錄》作“報”。

［十］云:《自鏡錄》上有“来”字。

［十一］持:《自鏡錄》作“说”。長:《自鏡錄》上有“好惡”二字。

【注釋】

①《冥報記》:李思一曾兩次入冥,貞觀二十年入冥事並不載于高山寺、知恩院本《冥報記》。其事今見《三寶感通錄》卷下、《大唐内典錄》卷十、《集驗記》卷上,文記思一入冥後因從旻法師聽《涅槃》而得返人間。考《集驗記》卷上知事出蕭瑀《金剛般若經靈驗記》,則此篇誤記為《冥報記》矣。

40. 韋知十

　　唐右金吾兵曹京兆韋知十［一］①,至永徽中煮一羊脚［二］,半日猶生。知十怒。家人曰:“用柴十倍於常,不知何意如此②?”更命重煮,還復如故。乃命剖之［三］,其中遂得一銅像,長徑寸焉,光明照灼,相好成就。其家一生不敢食酒肉［四］。中山郎餘令親聞說之。

本條輯自《珠林》卷九四引《冥報拾遺》,參酌《廣記》卷九九誤引作《冥報記》。

【校記】

[一]兵:《廣記》作"衛"。

[二]至:《廣記》作"於"。

[三]剖:《廣記》作"割"。

[四]一生:《廣記》作"自此放生"。

【注釋】

①右金吾:即右金吾衛,唐代官署名,唐十六衛的一衛。唐初沿用隋時官制,稱左、右候衛,龍朔二年改為左、右金吾衛。兵曹為右金吾衛下級武官,《唐六典》卷二五記右金吾衛設兵曹參軍事各二人,正八品下,主掌翊府、外府武官職員。

②何意:即何以,何故。唐苟道興《搜神記》:"弟子宿會有緣,得先生教授,不知何意如此。"

41. 萬年婦女謝氏

唐雍州萬年縣閶村,即灞、渭之間也。有婦女謝氏[一],適同縣元氏[二],有女適迴龍村人來阿照。謝氏永徽末亡,龍朔元年八月託夢於來氏女,曰:"我為生時酤酒[三],小作升方[四]①,取價太多,量酒復少。今坐此罪,於北山下人家為牛,近被賣與法界寺②夏侯師家。今將我向城南耕稻田,非常辛苦。"及寤[五],其女涕泣為阿照言之。至二年正月,有法界寺尼至阿照村。女乃問尼。尼報云:"有夏侯師是實。"女即就寺訪之。云:"近於北山下買得一牛,見在城南耕地。"其女涕泣求請。寺尼乃遣人送其女就之。此牛平常唯一人禁制,若遇餘人,必陸梁觝觸。見其女至,乃舐其遍體,又流淚焉。女即憑夏侯師贖之[六],乃隨其女去。今現在阿照家養飼,女常呼為阿孃,承奉不闕。京師王侯妃媵,多令召視,競施錢帛。

本條輯自《珠林》卷九四引《冥報拾遺》,參酌《廣記》卷一三四引《冥報記》(誤,事在《冥報記》成書之後)。

【校記】

[一]女:《珠林校注》、宋元明本《珠林》作“姓”,據麗本、《廣記》改。謝:麗本下有“氏”字,《珠林校注》無此字。

[二]同:《廣記》訛作“周”,唐無周縣。

[三]為:《廣記》無此字。

[四]方:《廣記》作“乃”。

[五]及:《廣記》作“乃”。

[六]憑:《廣記》作“是就”。

【注釋】

①升方:升是古代方形容器,文中的升方指賣酒時用來量酒的方形升器。

②法界寺:法界尼寺,在唐長安城豐樂坊西南隅。徐松《唐兩京城坊考》卷三記隋文獻皇后為尼華暉令容所立,《三寶感通錄》卷下記隋文帝“於京師法界寺造連基浮圖,下安舍利”。

42. 任五娘

龍朔元年[一],洛州景福寺比丘尼修行,房中有一供侍童女任五娘死[二],修行為立靈座[三]。經於月餘[四],其姊及弟於夜中忽聞靈座上呻吟[五]。其弟初甚恐懼,後乃問之。答曰:“我生時於寺中食肉[六],坐此大受苦痛[七]。我體上有瘡,恐汙床席,汝可多

將灰置床上也。"弟依其言置灰後,看床上大有膿血。語弟曰[八]:
"姊患不能縫衣,汝大襤縷,宜將布來,我為汝作衫及韤。"弟置布於
靈床上,經宿即成。又語其姊曰:"兒小時患染,遂殺一螃蟹取汁,塗
瘡得差。今入刀林地獄,肉中見有折刀七枚[九]。願姊慈流[十],
為作功德救助。知姊煎迫,卒不濟辦[十一]。但隨身衣服無益死
者,今並未壞,請以用之。"姊未報間,乃曰:"兒取去[十二]。"良久又
曰:"衣服已來[十三],見在床上。"其姊試往視之[十四],乃是所斂
之服也[十五]。姊遂送至淨土寺寶獻師處[十六],憑寫《金剛般若
經》。每寫一卷了,即報云:"已出一刀。"凡寫七卷了。乃云:"七刀
並得出訖。今蒙福助,即往託生。"與姊及弟哭別而去(吳興沈玄法
說,與淨土寺僧智整所說亦同[十七])。

　　本條輯自《集驗記》卷中引《冥報拾遺》,參酌《珠林》卷九四引《冥報拾
遺》;《廣記》卷一百三引作《冥報記》(誤,事在《冥報記》成書之後);《金剛
經感應傳》引《報應記》(文異)。

【校記】

　　[一]龍:《珠林》、《廣記》上有"唐"字,道世所加,故不錄。

　　[二]一供侍童女:《珠林》、《廣記》作"侍童",《金剛經感應傳》
作"女使"。死:《珠林》、《廣記》下有"後"字,《金剛經感應傳》下有
"已"字。

　　[三]立靈座:《珠林》作"五娘立靈"。按:下文"忽聞靈座上呻
吟",又據《廣記》,知《珠林》"靈"下脫"座"字。

　　[四]於月餘:疑"於"衍,《珠林》、《廣記》作"月餘日",《金剛經
感應傳》作"月餘"。

　　[五]弟:上原衍"妹",據《珠林》、《廣記》刪。

[六]中:《珠林》作"上"。

[七]受:《珠林》、《廣記》無此字。

[八]語:《珠林》、《廣記》上有"又"字。

[九]見:《珠林》作"現"。

[十]流:續藏本注"流一作敗"。按:宮宋元明《珠林》作"流",麗藏、大本《珠林》作"念",《廣記》作"憫",今從宮宋元明《珠林》,不改。

[十一]卒:續藏本注"卒作交"。《珠林》作"交",《廣記》作"卒"。辦:原作"辨",據宮宋元明《珠林》、《廣記》改。

[十二]取:《珠林》、《廣記》上有"自"字。

[十三]已:原作"巳",據《珠林》改,下同。

[十四]視:《珠林》、《廣記》作"觀"。

[十五]所:續藏本注"所《法苑》作'可'誤也"。按:宮宋元明《珠林》作"可",《廣記》作"所"。歛:《珠林》、《廣記》作"斂",古通。

[十六]姊:《珠林》、《廣記》無此字。至:《珠林》、《廣記》無此字。

[十七]與:《珠林》、《廣記》無此字。

43. 徹禪師

唐絳州南孤山陷泉寺沙門徹禪師[一]①,曾行遇癩人在穴中②。徹引出山中[二],為鑿穴給食,令誦《法華經》。素不識字,加又頑鄙[三],句句授之,終不辭倦。誦經向半,夢有教者,自後稍聰[四]。得五六卷,瘡漸覺愈。一部既了,鬚眉平復[五],膚色如常[六]。故經云:"病之良藥[七]。"斯言驗矣[八]。

本條輯自《珠林》卷九五引《冥報拾遺》,參酌《冥報記》卷上;《大唐內典錄》卷十;《集神州三寶感通錄》卷下;《弘贊法華傳》卷八;《法華經傳記》卷五;《釋氏六帖》卷三;《廣記》卷一〇九引《冥報拾遺》;《法華經顯應錄》卷下引《靈瑞集》;《法華靈驗傳》卷下引《靈瑞集》、《弘贊》、《現應錄》。

按:《冥報記》卷上亦載"徹禪師",文字極繁,較《珠林》所引本條多三百餘字。《珠林》注稱"右一驗出《冥報拾遺》"、《廣記》卷一〇九引作《冥報拾遺》,餘令或自《冥報記》省略成文。

【校記】

[一]絳:《珠林》作"鋒",唐無鋒州,據《感通錄》、《內典錄》、《法華經顯應錄》、《釋氏六帖》、《廣記》改。沙門:《內典》、《感通錄》作"僧",《法華經顯應錄》作"法"。

[二]出:《內典》、《弘贊》、《法傳》、《感通錄》作"至"。

[三]加又:《釋氏六帖》作"又加"。

[四]自後稍聰:《廣記》作"後稍聰悟"。

[五]鬚:《弘贊》作"髻"。

[六]膚色:《廣記》作"容色",《內典》作"肌膚"。

[七]病:《釋氏六帖》作"南閻浮提"。

[八]言:《內典》、《感通錄》、《弘贊》、《法傳》作"誠"。

【注釋】

①陷泉寺:唐時絳州佛寺。《續高僧傳》卷二十《釋僧徹傳》記:"秦州刺史房仁裕表陳其事,請立伽藍。下勑許之。今之陷泉寺是也",據此知寺乃唐初太宗下敕所建。

徹禪師:唐初絳州僧人。事見《續高僧傳》卷二十《釋僧徹傳》。

②癩:麻風病。

44. 裴則男

唐曹州離狐人裴則男,貞觀末,年二十,一日[一]死,經三日而穌。自云:初死,被一人將至王所。王衣白,非常鮮潔①。王遣此人將牛耕地,此人訴云:"兄弟幼小,無人扶侍二親②。"王即憫之,乃遣使將向南。至第三重門,入,見鑊湯及刀山劍樹,又見數千人,頭皆被斬,布列地上。此頭並口云:"大飢。"當村有一老母,年向七十,其時猶未死[二],遂見在鑊湯前然火。觀望訖,還至王前。見同村人張成,亦未死,有一人訴成云:"毀破某屋③。"王遣使檢之,報云:"是實。"成曰:"成犁地,不覺犁破其塚,非故然也。"王曰:"汝雖非故,心終為不謹耳。"遂令人杖其腰七下。有頃,王曰:"汝更無事,放汝早還。"王乃使人送去。遣北出踰牆,及登牆,望見其舍[三],遂聞哭聲,乃跳下牆,忽覺起坐。既穌之後,具為鄉曲言之。邑人視張成腰上有七下杖迹,迹極青黑,問其毀墓,答云:"不虛。"老母尋病,未幾而死。

本條輯自《珠林》卷九七引《冥報拾遺》,參酌《廣記》卷三八二引《冥報拾遺》。

【校記】

[一]曰:麗本無此字。《廣記》無"一曰"二字。

[二]猶:《廣記》作"有"。

[三]其:《廣記》作"己"。

【注釋】

①鮮潔:潔淨無瑕。

②扶侍:服侍;奉侍。

③屋:指墳塋。死者常自稱墳塋為其屋舍。

45. 杜之亮

京兆杜之亮元明[一],隋仁壽中為漢王諒府參軍事[二],諒於并州舉兵反，諒敗之後，之亮與僚屬等皆繫獄，惶懼［三］。母氏為憂，日夜悲泣，忽於夢中見一沙門，曰：“但能誦《金剛般若經》，可度此厄。”及曉，便求此經誦之。寢食之餘，未曾蹔輟。無幾，主司引囚伏法，之亮身預其中，唱名咸死。唱訖，之亮輒漏無名，如此者三。主與屬皆被鞭撻，俄而會赦（得）免［四］。顯慶中［五］，卒於黄州［六］。餘令與之亮鄉親，先所知委也［七］。

　　本條輯自《集驗記》卷上引《冥報拾遺》，參酌《廣記》卷一○二引作《報應記》（文字有別）。又參見日僧淨慧《金剛經靈驗傳》卷一。

　　【校記】

　　［一］亮元明：續藏本《集驗記》注“亮一本昔作高，明一本作助”，亮下同。按：元明為之亮字，亮、明同義互訓。

　　［二］隋：原作“隨”，據文意改。續藏本《集驗記》注“隨古作隋”。事：《廣記》無此字。

　　［三］惶：《廣記》上有“亮”字，疑是。

　　［四］得：疑脱，據《廣記》補。

　　［五］顯：原作“明”，據《廣記》改。按：孟獻忠避中宗李顯諱而改“顯”作“明”，今改之。

　　［六］黄州：《廣記》下有“刺史”二字，疑脱。

　　［七］所：續藏本《集驗記》注“所一作可”。也：續藏本《集驗記》注“也作之”。

　　46. 沈嘉會

　　前校書郎吳興沈嘉會［一］，太宗時以罪徒配蘭州。自到已來［二］，每思鄉邑。其後，日則禮佛，兼於東南望泰山禮拜，願得還鄉，經二百餘日。永徽六年十月三日夜半，忽見二童子，儀容秀麗，綺衣紈袴,服飾鮮華,云:"兒等並是泰山府君之子,府君媿先生朝夕禮拜,故遣迎接[三],即須同行。"嘉會云:"此去泰山三千餘里,經途既遠,若為能到[四]?"童子曰:"先生但當閉目,兒自有馬。"嘉會即依其言,須臾而至,見宮闕廊宇,有若人間。引入謁拜府君[五],府君為之興。須臾之間,延入曲室,對坐言語,無所不知[六]。府君說云:"人之在生,但犯一事[七],生時不發,死後冥官終不捨之。但能日誦《金剛般若經》,大得滅罪。"又云:"前有一府君為坐貪穢,天曹解之[八]。"問知今府君姓劉,不敢問字。謁見之後,每夜恒與嘉會雙陸,兼設餚饌。嘉會如廁,於小廳東頭見姑臧令慕容仁軌(執)笏端坐[九]。嘉會召問之。云:"不知何事,府君追來已六十餘日。"嘉會還,為府君言之。府君令召仁軌,謂之曰:"公縣下有婦女阿趙,行私縣尉,他法抽殺[十]。此嫗來訴縣尉,遂誤追明府君耳[十一]。"府庭前有一大盆[十二],其中貯水,令仁軌洗面,乃賜之食。食訖,云:"欲遣鬼送明府[十三],恐為群兇所逼,乃自命一兒故送仁軌。"雙陸七局,其兒便還。云:"已送訖。"又云:"慕容明府不敢坐於大堂,今居堂東頭一小房內。"嘉會即辭府君,府君放去。嘉會具為州縣官言之,州官初不之信。蘭州長史趙持滿故令人於姑臧訪問仁軌。仁軌云:"從去九月內得風疾,手足煩疼,遂便灸灼三十餘處[十四]。家人覺其神彩恍忽,十一月初便得瘳損。"校其日數,莫不闇同。縣尉拷殺阿趙事皆實錄,縣尉尋患,旬日而死。初,嘉會謁見府君之時,家人但覺其神爽昏耄而已。既而每日誦《金剛般若經》,以為常業。尋還本土,至今現在(丘貞明說,余令後見嘉會所說亦同)。

　　本條輯自《集驗記》卷中引《冥報拾遺》,參酌《廣記》卷一〇二引《報應記》(事略)。

【校記】

[一]郎:原作"即",據《廣記》改,即乃郎之形訛。沈:原作"沁",據《廣記》改。

[二]到:續藏本注"到一作別"。

[三]迎:原作"近",續藏本注"近一作迎",今從別本。按:《廣記》"近接"作"奉迎",亦知迎意是。

[四]到:續藏本注"到一作至"。

[五]入:原作"人",據《廣記》改。

[六]知:原作"盡",續藏本注"盡一作知",《廣記》作"知",今從之。

[七]但:原作"佀",據文意改。

[八]解:《廣記》作"黜"。

[九]執:原脫,續藏本注"笏上疑脫持字",據《廣記》補。端:原作"而",續藏本注"而一作端",《廣記》作"端",今從之。

[十]私:續藏本注"私一作弘"。他:續藏本注"一無他字"。

[十一]誤追:續藏本注"誤追作設生"。

[十二]庭:上原有"若"字,意不通,續藏本注"若字無",今從別本。

[十三]鬼:原作"兒",續藏本注"兒一作鬼",今從別本。按:下文言"自命一兒故送",知上文非指兒,鬼是也。

[十四]處:續藏本注"處一作度"。

47. 栖玄法師

普光寺栖玄法師少小苦行,常以講誦《金剛般若經》為業。龍朔二年冬十一月,於寺內端坐遷神,儼然不動。天子聞而嘉之,下制曰:

“普光寺僧栖玄德行淳脩，道俗欽仰，奄然坐化，釋眾摧梁。宜以三品禮葬，仍給皷吹一部。”傾城士女，觀者如市焉（餘令嘗在京都見諸大德及親友共說［一］）。

本條輯自《集驗記》卷下引《冥報拾遺》。

【校記】

［一］嘗：原作“當”，義不通，續藏本注“當疑作嘗”，今從之。說：黑板本下有“也”字。

48.高純

翊衛高純［一］，隋僕射齊公頴之孫［二］，刺史表仁之子也［三］。龍朔二年［四］，在長安出順義門，忽逢二鬼，各乘一馬，謂曰：“王令召卿。”言是生人，弗之信也，乃策馬避之［五］。二鬼又馳［六］，擁之［七］。令一騎至普光寺門待，仍相謂曰：“勿令入寺。入寺訖，恐不可得。”既過，仍擁之向西。又至開善、會昌二寺，亦並如之。有兄弟於化度寺出家，意欲往就。及至寺門，鬼又不許，於是擒之。純乃毆鬼一下，鬼等大怒，曳其落馬，因即悶絕［八］。寺門有僧見其但自落馬，其側更無一人，乃舉入其兄弟房［九］。經宿，遂得蘇也。既蘇之後，具自陳述，說云：“被引見王。王云：‘此人未合即來，乃令其生受。’以曾謗議眾僧，遣犁其舌［十］，舌遂長數寸而無所傷。”人問之曰：“何因舌長而無損處？”答曰：“以曾誦《金剛般若經》［十一］，所以不能損也。”經宿而罷。後又以手向口［十二］，如吞物之狀，須臾即於領下發赤色一道［十三］，流入腹中。因即僵仆，號叫而絕，如此，日常數四。人問其故。對曰：“為幼年時盜食寺家菓子，所以吞鐵丸也。”凡經二旬而罷。其後遂乃練行，迄今不食酒肉（餘令時赴考入京，親自聞說）。

本條輯自《集驗記》卷下引《冥報拾遺》，參酌《大唐內典錄》卷十;《三寶感通錄》卷下;《珠林》卷四六;《法華傳記》卷七;《弘贊法華傳》卷九;《太平廣記》卷一〇三引《報應記》。

【校記】

［一］純:續本注"純一作紙"，《廣記》作"紙"，下同。《珠林》、《弘贊法華傳》作"法眼"。按:"紙"不類人名，疑乃純之形訛。

［二］隋:黑板本作"随"。頴:原作"穎"，據《隋書·高頴傳》改。按:《廣記》作"穎"，《弘贊法華傳》作"顆"，《珠林》作"頴"，皆"頴"之形訛。孫:《珠林》上有"玄"字。《弘贊法華傳》"之孫"作"曾孫"。

［三］之:《內典錄》、《感通錄》、《法傳》作"孫"。

［四］二:《內典錄》、《感通錄》、《珠林》、《弘贊法華傳》、《法傳》作"三"。

［五］乃:黑板本作"仍"。

［六］馳:《廣記》作"驅"。

［七］擁:續本注"擁一作攉"。《廣記》作"擁"，知"攉"非，下同。

［八］因:黑板本下衍"大"字。

［九］舉:原作"輦"，續本注"輦一作舉"，《內典錄》、《三寶感通錄》、《珠林》、《弘贊法華傳》、東大寺本《法傳》作"輿"，《廣記》作"舁"，今從舉，舉、輿古同。

［十］犁:《珠林》作"犂"，犁、犂古同。

［十一］金剛般若經:《內典錄》、《珠林》作"《法華經》"，《三寶感通錄》、《法傳》作"《法華》"，《弘贊法華傳》作"《法華》、《金剛般若》"，《廣記》作"《金剛經》"。

［十二］又以手:續本注"又以手一作叉手"。

[十三]領:續本注"領疑頷"。《廣記》作"咽"。赤色:《廣記》作
"白脈"。

佚目疑目

1. 董雄

唐貞觀年中,有河東董雄爲大理寺丞[一]①,少來信敬,蔬食十
年[二]。至十四年中[三],爲坐[四]李仙童事②,主上大怒[五],
使侍御韋悰鞫問甚急[六]③。因禁數十人,大理丞李敬玄④、司直
王忻[七],同連此坐。雄與同屋囚鎖[八],專念《普門品》⑤,日得
三千遍[九]。夜坐誦經,鎖忽自解落地。雄驚告忻、玄。忻、玄共
視,鎖堅全在地,而鉤、鎖相離數尺,即告守者。其夜監察御史張守一
宿直[十]⑥,命吏開鎖[十一],以火燭之[十二],見鎖不開而相離,
甚怪。又重鎖,紙封書上而去[十三]。雄如常誦經,五更中,鎖又解
落有聲[十四]。雄又告忻、玄等[十五]。至明[十六],告敬玄[十
七],視之[十八],封題如故,而鎖自相離。敬玄素不信佛法,其妻讀
經,常謂曰:"何爲胡神所媚[十九],而讀此書耶?"及見雄此事,乃深
悟不信之咎,方知佛爲大聖也。時忻亦誦八菩薩名⑦,滿三萬遍,晝
鎖解落,視之如雄不異[二十]⑧。其事臺中內外具皆聞見,不久
俱免。

本條參《珠林》卷二七引《冥報拾遺》;《廣記》卷一一二引《珠林》;《冥
報記》卷中;《集神州三寶感通錄》卷下;《大唐內典錄》卷十;《法華傳記》卷
六引《感通錄》(文詳《感通錄》,實引自《冥報記》);《法華經顯應錄》卷下
引《珠林》。

按：此條亦見於《冥報記》卷中，文末言"臨時病篤在家，李敬玄來問疾，具說其事"，知唐臨確載其事。然《珠林》所引此篇文字比唐臨《冥報記》少百六十字，依《珠林》抄錄全文之慣例知其當別抄他書，非出《冥報記》；且"董雄"條之下第三條"尼法信"注引"右一驗出《冥報記》"，若二條出自同書，當相連並引，何必分抄兩處，故知《珠林》卷二七"董雄"、"尼法信"兩條出自兩書，故《珠林》引作《冥報拾遺》、《冥報記》。

雖知《珠林》"董雄"條非出《冥報記》，但《珠林》引作《冥報拾遺》尚存疑竇。其一，《珠林》成書之前的《集神州三寶感通錄》卷下、《大唐內典錄》卷十並錄"董雄"事，三書所錄文字相同、字數相近，可斷定三條同出一本，《珠林》當參考道宣之作。其二，《珠林》引典次序為先引《冥報記》、後引《冥報拾遺》，唯此一條有違引典次序體例。其三，《珠林》所引《冥報拾遺》的位置在《珠林》卷末或"篇"（《珠林》分一百篇）末。（如卷一四"敬佛篇"倒數第八條"清禪寺"，下七條為道世自記；卷六四倒數第二條"盧元禮"，末條錄自《西域記》；卷七三"封元則"條下有道世自記；卷九四"酒肉篇"倒數第二條"任五娘"，下有《宣律師感應記》，但目錄未載此篇，並非驗記；卷九七倒數第二條"裴則男"，倒數第一條為道世自記，據上而知，除《西域記》特殊之外，《冥報拾遺》基本位於卷末或篇末）。其四，《珠林》所引《冥報拾遺》之文，唯此一條位於《唐高僧傳》（即《續高僧傳》）前。綜合上述疑竇，疑"董雄"條誤引作《冥報拾遺》，實出於道宣《集神州三寶感通錄》（未見《珠林》注引《大唐內典錄》），故此條下緊接道宣《續高僧傳》。

又《法華經傳記》雖引作《感通錄》，但其文字實出於《冥報記》；《集神州三寶感通錄》、《大唐內典錄》、《珠林》文字基本相同，本事當由《冥報記》縮省而成。

【校記】

［一］寺：《冥報記》、《感通錄》、《內典錄》、《法傳》、《廣記》無

此字。

〔二〕十：《法傳》上有“數”字，《感通錄》、《內典錄》下有“數”字。

〔三〕至：《感通錄》、《內典錄》無此字。

〔四〕為坐：《感通錄》、《內典錄》作“坐連”。

〔五〕主：《感通錄》、《內典錄》無此字。

〔六〕悰：原作“琮”，據《冥報記》、《感通錄》、《內典錄》、《法傳》改。

〔七〕忻：原作“欣”，據《冥報記》、《感通錄》、《內典錄》、《法傳》、《廣記》及下文改，二字古同。

〔八〕雄與：《冥報記》、《法傳》作“與雄”。按《冥報記》、《法傳》作“與雄同屋囚禁，皆被鎖牢固，雄專念誦《法華經·普門品》”，當是略抄致訛。

〔九〕千：《廣記》誤作“十”。

〔十〕守：《冥報記》作“敬”。

〔十一〕開：《珠林校注》作“關”，據麗本、《冥報記》、《法傳》、《感通錄》、《內典錄》改。

〔十二〕以火燭之：《感通錄》作“火燭之”，《內典錄》作“火燭照之”。

〔十三〕書：《冥報記》、《法傳》作“封纏其鎖，書署封”。

〔十四〕有聲：《冥報記》、《法傳》下有“如人開者”。

〔十五〕又：《廣記》作“復”。

〔十六〕明：麗本作“州”，據明本、《珠林校注》、《廣記》、《法傳》改。

[十七]敬玄:《感通錄》作"守一",《珠林校注》上有"李"字。

[十八]視:《冥報記》、《法傳》上有"共"字,《感通錄》上有"守一來"三字。

[十九]媚:麗本作"魅"。

[二十]視之如雄不異:《冥報記》、《法傳》作"視之鎖拔伏地,雄不為異也"。按:宮宋元明本脫"不",據麗本、《感通錄》、《內典錄》補,廣記作"無"。

【注釋】

①董雄:據文知貞觀十四年董雄任大理寺丞,從六品上,掌分判大理寺事。董雄熟悉唐律,永徽四年十一月長孫無忌《進律疏議表》提及"前雍州盩厔縣令雲騎尉董雄"參與編著《唐律疏議》。雍州盩厔縣為畿縣,其縣令正六品下,可知永徽四年十一月時董雄已去任。

②李仙童:事未詳。又《郎官石柱題名》有金部員外郎李仙童。可考李仙童有二:《新唐書·宗室表》蔡王房,李尚旦之子李仙童,不詳歷官;《新唐書·宰相表》趙郡李氏東祖房,蔚州司馬李君武子李仙童,不詳歷官。

③韋悰:唐初京兆杜陵杜氏,曾任尚書右丞、御史中丞。《元和姓纂》卷二(條130,頁128)載:"(韋福)嗣生悰、憬。悰,御史中丞",可知韋悰譜系;貞觀十三年冬,道士秦世英言法琳《辯正論》欺誷太宗,太宗遂派治書侍御史(正四品下階)韋悰問責法琳(《續高僧傳》卷二四《法琳傳》、《法琳別傳》卷中),韋悰上《彈奏秦英文》(《全唐文》卷一五九,"秦"下避諱省"世")以明其事;《資治通鑑》卷一九五、《通典》一六七《刑法五》、劉肅《大唐新語》卷九《從善》載貞觀十四年"韋悰為尚書右丞(正四品下階)"。據上則知,貞觀十三年韋悰

任治書侍御史,奉敕問責法琳,後又上書彈劾秦世英;貞觀十四年,鞫問董雄等,同年擔任尚書右丞。"琼",《珠林》原作"惊",《開元釋教錄》卷八亦訛作"韋琼",蓋二字形近常訛。

　　④李敬玄:《舊唐書》卷八一、《新唐書》卷一〇六有《李敬玄傳》,載穀州長史李孝節之子李敬玄高宗時任相,永淳元年卒時年六十八。本傳未載李敬玄貞觀時事,推測貞觀十四年李敬玄二十六歲,或任大理丞。

　　⑤普門品:《觀世音菩薩普門品》的略名,為《法華經》二十八品中的第二十五品。普門即圓通之門,此品為觀音菩薩說普門圓通之德者,故名普門品。

　　⑥張守一:《冥報記》作"張敬一",疑《感通錄》等"守"當為"敬"之訛。貞觀間之張守一無考(《廣異記》記肅宗乾元時有大理少卿張守一),貞觀間張敬一事可考。《唐會要》卷六十記貞觀二十二年張敬一補為殿中侍御史;《冊府元龜》卷四百七十三記張敬一永徽三年奏事,據此知張敬一貞觀二十二(648)至永徽三年(652)間任殿中侍御史。張敬一當在貞觀十四年時任監察御史(正八品下),至貞觀二十二年升為殿中侍御史(從七品下)。宿直:指官員夜間值班。《南齊書·周顒傳》:"宋明帝頗好言理,以顒有辭義,引入殿內,親近宿直。"

　　⑦八菩薩:指護持正法、擁護眾生的八尊菩薩。其名稱有種種異說。例如《般若理趣經》所說的八大菩薩是金剛手菩薩、觀自在菩薩、虛空藏菩薩、金剛拳菩薩、文殊師利菩薩、才發心轉法輪菩薩、虛空庫菩薩、摧一切魔菩薩;《七佛八菩薩所說神咒經》的八大菩薩是文殊、虛空藏、觀世音、救脫、跋陀和、大勢至、堅勇、釋摩男。

⑧不異：沒有差別，等同。

2. 北齊仕人

北齊時，有仕人姓梁，甚豪富，將死，謂其妻子曰："吾平生所愛奴[一]及馬[二]，皆使用日久[三]，稱人意。吾死可以為殉[四]；不然，無所乘也。"及死[五]，家人以囊盛土，壓奴殺之，馬猶未殺。奴死四日而蘇，說云：當不覺去[六]，忽至官府門。門人因留止，在門所經一宿[七]。明旦，見其亡主被鎖，兵守衛[八]，將入官所[九]。見奴謂曰[十]："我謂死人得使奴婢[十一]，故遺言喚汝。今各自受其苦[十二]，全不相關，今當白官放汝。"言畢而入。奴從屏外闚之[十三]，見官問守衛人曰："昨日壓脂多少乎？"對曰："得八斗[十四]。"官曰："更將去，壓取一斛六斗。"主則被牽出[十五]，竟不得言。明旦又來，有喜色[十六]。謂奴曰："今當為汝白也[十七]。"又入[十八]，官問："得脂乎？"對曰："不得。"官問："何以[十九]？"主司曰："此人死三日，家人為請僧設會[二十]。每聞經唄聲，鐵梁輒折，故不得也。"官曰："且將去。"主司白官[二一]："請官放奴。"即喚放，俱出門。主遺傳語其妻子曰："賴汝等追福，獲免大苦[二二]，然猶未脫。更能造經、像[二三]以相救濟，冀因得免。自今無設祭，既不得食，而益吾罪。"言畢而別。奴遂重生[二四]，而具言之。家中果以其日設會[二五]。於是傾家追福，合門練行。

本條《法苑珠林》卷三六引《冥報拾遺記》。又參《冥報記》卷下；《法華傳記》卷八；《廣記》卷三八二引《法苑珠林》；《釋氏要覽》卷下引《法苑》。

按：此條文字同於《冥報記》，唯《珠林》文末缺"臨舅高經州說云，見齊人說之災（爾）"兩句；此條注引《冥報拾遺記》，其下一條"任義方"又注引《冥報拾遺》，若同出一書當襲例在下條末作"右二驗出《冥報拾遺》"，不必兩引,故知"北齊仕人"、"任義方"非出一書,當依岑仲勉所論"蓋采自《冥報記》而誤加'拾遺'字耳"。又附:""臨舅高經州",岑仲勉論:"按《高熲傳》,子盛道,官至莒州刺史,經字必訛,隋無經州也",經字乃涇之訛,臨舅非指高盛道,乃指涇州刺史高表仁也。高表仁為唐臨三舅,《大唐朝散大夫行洛州偃師縣令高君(安期)墓誌銘》記載高表仁入唐後任涇州刺史。

【校記】

[一]所:《冥報記》、《法傳》無此字。

[二]及馬:原倒作"馬及",據《冥報記》、《法傳》乙正。

[三]用:《冥報記》、《法傳》作"乘"。

[四]可:宮宋元明本《珠林》無此字,據麗本《冥報記》、《法傳》、《廣記》補。

[五]及:《冥報記》、《法傳》下有"其"字。

[六]當:《廣記》作"初"。

[七]宿:《法傳》作"夜"。

[八]兵:《冥報記》、《法傳》上有"嚴"字。

[九]將:原脫,麗本作"言",據《冥報記》、《法傳》補,《廣記》作"兵衛引入"。

[十]曰:《法傳》訛作"且"。

[十一]人:《法傳》無此字。

[十二]其苦:《冥報記》作"苦",《法傳》無二字。

[十三]闚:《冥報記》、《法傳》、《釋氏要覽》、《廣記》作"窺",二字古通。

[十四]斗:《冥報記》、《法傳》作"升"。

[十五]則:《冥報記》、《法傳》作"即"。牽:上原衍"壓",據《冥

報記》、《法傳》、《釋氏要覽》、《廣記》刪。

[十六]喜:原作"善",據《冥報記》、《法傳》、《釋氏要覽》、《廣記》改。

[十七]當:《冥報記》、《法傳》無此字。

[十八]又:《冥報記》作"及",《法傳》作"乃"。

[十九]何:《冥報記》、《法傳》作"所"。

[二十]會:《冥報記》、《法傳》、《釋氏要覽》作"齋"。

[二一]司:《冥報記》、作"因",《法傳》下有"因"。

[二二]獲:《冥報記》、《法傳》作"得"。

[二三]更能造經、像:《冥報記》、《法傳》作"能更寫《法華經》,造像"。

[二四]重:《冥報記》、《法傳》無此字。

[二五]果:《法傳》訛作"畢"。

三、《報應記》校注

1. 盧景裕

後魏盧景裕字仲儒①,節閔初為國子博士[一]②,信釋氏③,註《周易》、《論語》。從兄仲禮[二],據鄉人反叛,逼其同力以應西魏[三]④,繫晉陽獄。至心念《金剛經》[四],枷鎖自脫。齊神武作相⑤,特見原宥。

本條輯自《廣記》卷一〇二引《報應記》,參酌重編《說郛》卷七二引《廣記》。本事見《魏書》卷八四《儒林傳》、《北史》卷三十《盧同傳附盧景裕傳》。

【校記】

〔一〕節閔:《魏書》、《北史》作"普泰"。

〔二〕仲:原作"神",據《魏書》、《北史》改。

〔三〕西魏:《魏書》、《北史》作"元寶炬"。

〔四〕《金剛經》:《魏書》、《北史》作"誦經(《高王觀世音》)"。

【注釋】

①盧景裕:南北朝時魏人,范陽涿人,少聰敏,專經為學。好佛,曾寓讬僧寺,講聽不已,通佛經大義。事見《魏書》卷八四《儒林傳》。

②節閔:北魏節閔帝元恭,在位一年,年號為普泰(531)。節閔初,盧景裕為國子博士,"參議正聲,其見親遇,待以不臣之禮"。

③釋氏:指佛教。原謂出家僧尼須舍其本姓,改以"釋"為姓,故以"釋氏"為出家人之泛稱,又逐漸引申為佛教徒或佛門之泛稱。

④西魏:南北朝時期元寶炬建立的北方政權。元寶炬是北魏孝文帝的孫子,他所建立的西魏與高歡所掌控的東魏對立。至557年西魏被北周取代,經歷兩代三帝,享國二十二年。

⑤齊神武:齊神武帝高歡,鮮卑名賀六渾,為北魏、東魏權臣,也是北齊政權的奠基者。西魏建立時(535),高歡任東魏大丞相。《魏書》、《北史》記其赦盧景裕之罪。

2. 趙文若

隋趙文若,開皇初病亡。經七日,家人初欲斂,忽縮一腳,遂停。既蘇,云:被一人來追,即隨行。入一宮城,見王曰:"卿在生有何功德?"答云〔一〕:"唯持《金剛經》。"王曰:"此最第一〔二〕! 卿算雖盡,以持經之故,更為申延。"又曰:"諸罪中殺生甚重〔三〕。卿以豬羊充飽,如何?"即遣使領文若至受苦之處。北行可三二里〔四〕,至高墙下,有穴才容身。從此穴出,登一高阜①,四望遙澗,見一城極高峻,烟火接天,黑氣溢地。又聞楚痛哀叫之聲,不忍聽,乃掩蔽耳目,叩頭求出,仍覺心破,口中出血[五]。使者引廻,見王曰[六]:"卿既噉肉,不可空迴。"即索長釘五枚,釘頭及手足。疼楚[七],從此專持經,更不食肉。後因公事至驛[八],忽夢一青衣女子求哀[九]。試問驛吏曰:"有何物食?"報云:"見備一羊,甚肥嫩。"詰之,云:"青犉也②。"文若曰:"我不喫肉。"遂贖放之。

本條《廣記》卷一○二、重編《說郛》卷七二、《天中記》卷二三、《金剛經受持感應錄》並引,出《報應記》,據輯。本事見《集驗記》卷下引《金剛般若經靈驗記》,《珠林》卷九四引作《冥報記》。類事見《廣記》卷三八一引《冥祥記》(談刻本作《冥神記》);《天中記》卷五四引《宜(冥)祥記》;《永樂大典》卷七五四三引宋釋延壽《金剛經證驗賦》。

【校記】

[一]云:重編《說郛》作"曰"。

[二]最第一:《集驗記》作"最大第一功德"。

[三]甚:孫潛校宋本《廣記》(以下簡稱"孫校本")作"最"。

[四]三二:孫校本作"二三"。

[五]出血:孫校本作"血出"。

[六]見:孫校本無此字。

[七]疼楚:《集驗記》作"若既蘇已,後仍患頭痛並手足疼"。

[八]事:《集驗記》、《珠林》作"使"。

[九]女子:《集驗記》作"婦人",《珠林》作"婦女"。

【注釋】

①高阜:高的土山。

②牸：泛指雌性牲畜或獸類。

3. 蒯武安

隋蒯武安①，蔡州人②，有巨力，善弓矢，常射大蟲。會嵩山南為暴甚，往射之。漸至深山，忽有異物如野人，手開大蟲皮，冒武安身上③，因推落澗下。及起，已為大蟲矣。惶怖震駭，莫知所為。忽聞鐘聲，知是僧居，往求救，果見一僧念《金剛經》，即閉目俯伏[一]。其僧以手摩頭，忽爆作巨聲，頭已破矣。武安乃從中出，即具述前事。又撫其背，隨手而開。既出，全身衣服盡在，有少大蟲毛，蓋先灸瘡之所粘也。從此遂出家，專持《金剛經》。

本條《廣記》卷一〇二、《金剛經受持感應錄》並引《報應記》，據輯；參酌《太平廣記鈔》卷一五。

【校記】

[一]即：孫校本作“次即”。

【注釋】

①蒯武安：宋張君房《雲笈七籤》卷五六云“蒯武安人而變虎”，知其事有流傳。

②蔡州：隋稱汝南郡，唐代宗寶應元年（762）改稱蔡州，治汝陽縣（今河南汝南）。故“蔡州”當是盧求所改。

③冒：蒙蓋。

4. 睦彥通

睦彥通[一]①，隋人，精持《金剛經》，日課十遍。李密盜起，彥通宰武牢，邑人欲殺之以應義旗。彥通先知之[二]，遂投城下，賊拔刀以逐之。前至深澗，迫急躍入，如有人接右臂，置盤石上，都無傷處。空中有言曰：“汝為念經所致。”因得還家。所接之臂有奇香之氣，累日不滅［三］。後位至方伯②，九十餘，終。

　　本條《廣記》卷一○二、重編《說郛》卷七二、《金剛經受持感應錄》並引《報應記》，據輯，又參酌《永樂大典》卷七五四三"金剛感應事蹟"。本事見《集驗記》卷上引《靈驗記》、《持誦》。

【校記】

　　［一］睦：重編《說郛》作"陸"，《持誦》作"睚"，下同。按：《元和姓纂》卷二"趙郡邯鄲"（條 6 頁 80）作"睚"，因其本事《集驗記》作"睦"，故不改。

　　［二］之：孫校本無此字。

　　［三］累：重編《說郛》作"經"，《大典》作"數"。不：明本作"方"。

【注釋】

　　①睦彥通：事見《集驗記》"睦彥通"條。

　　②方伯：殷周時代一方諸侯之長，後泛稱地方長官。漢以來之刺史，唐之採訪使、觀察使，均稱"方伯"。

5. 杜之亮

　　隋杜之亮①，仁壽中為漢王諒府參軍［一］。後諒於并州舉兵反，敗，亮與僚屬皆繫獄。亮惶懼，日夜涕泣②。忽夜夢一僧曰："汝但念誦《金剛經》，即此厄可度。"至曉，即取經，專誠習念。及主者並引就戮，亮身在其中［二］，唱③者皆死，唯無亮姓名。主典之者皆坐罰。俄而，會赦得免。顯慶中，卒於黃州刺史。

　　本條《廣記》卷一○二、《金剛經受持感應錄》、重編《說郛》卷七二並引《報應記》；據輯。本事見《集驗記》卷上引《冥報拾遺》。

【校記】

　　［一］軍：《集驗記》下有"事"字。

[二]其:重編《說郛》作"上"。

【注釋】

①杜之亮:其事見《集驗記》"杜之亮"條。

②日夜涕泣:據《集驗記》知之亮母心憂其子,日夜涕泣,又為子求經誦之;之亮身陷圈圄,身不由己,實不能取經習念也。《報應記》傳抄減省,致使上下文意齟齬。

③唱:指唱名,高聲呼名,點名。鬼魂被押解到冥府,冥吏會逐一唱名,依次判其罪行。

6.慕容文策

慕容文策,隋人,常持《金剛經》,不喫酒肉。大業七年暴卒,三日復活,云:初見二鬼,把文牒追①,至一城門,顧極嚴峻[一]。入行四五里[二],見有宮殿、羽衛,王當殿坐[三],僧道四夷不可勝數。使者入見,文策最在後。一一問在生作善作惡,東西令立。乃唱策名,問曰:"作何善?"對曰:"小來持《金剛經》②。"王聞[四],合掌嘆曰[五]:"功德甚大!且放還。"忽見二僧,執火引策,即捉袈裟角[六],問之。僧云:"緣公持經,故來相衛。可隨燭行。"遂出城門。僧曰:"汝知地獄處否[七]?"指一大城門曰:"此是也。"策不忍看,求速去[八]。二僧即領至道,有一橫垣塞路[九],僧以錫扣之,即開,云:"可從此去。"遂活。

本條《廣記》卷一〇二、《金剛經受持感應錄》、重編《說郛》卷七二並引《報應記》,據輯。本事見《集驗記》卷上引《金剛般若經靈驗記》,《法傳》卷五(宋宗曉《法華經顯應錄》卷下引《靈瑞集》)。

【校記】

[一]顧:孫校本無此字。《集驗記》"顧極"作"樓櫓"。按:

疑衍。

[二]入:孫校本無此字。

[三]王:孫校本、重編《說郛》作"主"。

[四]王:孫校本作"主"。

[五]嘆:孫校本無此字。《集驗記》此句作"王聞此言,合掌恭敬,歡言"。

[六]即:孫校本無此字。《集驗記》有此字。

[七]否:孫校本無此字。《集驗記》有此字。

[八]去:孫校本作"出"。

[九]橫垣:《集驗記》作"有一大門塞其道口"。

【注釋】

①文牒:此指捉捕罪魂的冥府文書。

②小來:從小,年輕時。杜甫《送李校書二十六韻》:"小來習性懶,晚節慵轉劇。"

7. 蕭瑀

蕭瑀,梁武帝玄孫,梁王巋之子。梁滅入隋,仕至中書令,封宋國公[一],女(兄?)煬帝皇后[二]。篤信佛法,常持《金剛經》。議伐高麗,不合旨。上大怒①,與賀若弼、高熲同禁②,欲寘於法。瑀就其所八日,念《金剛經》七百遍。明日,桎梏忽自脫。守者失色,復為著。至殿前,獨宥瑀,二人即重罰。因著《般若經靈驗》一十八條。乃造寶塔貯經,檀香為之[三],高三尺[四]。感一鍮石像忽在庭中[五]③,奉安塔中,獲舍利百粒。貞觀十一年[六],見普賢菩薩,冉冉向西而去④。

本條《廣記》卷一○二、《金剛經受持感應錄》、重編《說郛》卷七二並引

《報應記》，據輯。本事見《冥報記》卷中、《法華傳記》卷五、《弘贊法華傳》卷一。

　　按：《冥報記》等記蕭瑀兄蕭璟造多寶塔，而此條錯記蕭瑀，且舛錯甚多，不合于史，蓋盧求拼湊諸篇而成。

【校記】

　　[一]封宋：重編《說郛》作"後封"。

　　[二]女（兄）：《舊唐書·蕭瑀傳》、《冥報記》作"姊"，《新唐書·蕭瑀傳》作"女兄"。按：蕭瑀姐為煬帝蕭皇后，《隋書·后妃傳》："煬帝蕭皇后，梁明帝巋之女也。""女"，或訛，或下脫"兄"字。

　　[三]檀：《冥報記》等上有"以"。香：孫校本作"木"。

　　[四]高：《冥報記》等上有"塔"。

　　[五]感：孫校本無此字。

　　[六]一：重編《說郛》訛作"二"。

【注釋】

　　①上：指隋煬帝。

　　②同禁：同時囚禁。據《隋書》卷三《煬帝紀上》記大業三年七月"丙子，殺光祿大夫賀若弼、禮部尚書宇文弼、太常卿高熲"，故知蕭、賀、高同禁或在大業三年或其前。然《舊唐書》卷六三《蕭瑀傳》記"煬帝又將伐遼東，謂群臣曰：'突厥狂悖為寇，勢何能為？以其少時未散，蕭瑀遂相恐動，情不可恕。'因出為河池郡守，即日遣之"，參以《新唐書》卷一百二《蕭瑀傳》、《隋書》卷四《煬帝紀下》，考蕭瑀違煬帝意在大業十一年為突厥圍于雁門時，此時賀、高已逝十年，何從同禁，故知全文前後記事齟齬，盧求不慎誤錄。

　　③鍮石：指銅與爐甘石（菱鋅礦）共煉而成的黃銅。

④冉冉向西而去:《冥報記》等記蕭璟"正向西方,頃之,倒臥遂絕"。

8. 袁志通

唐袁志通,天水人,常持《金剛經》。年二十,被驅為軍士,敗走巖嶮,經日不得食。而覺二童子持滿盂飯來與之,志通拜,忽然不見。既食訖,累日不飢。後得還鄉。貞觀八年,病死兩日[一],即蘇,曰:被人領見王。王問:"在生善業?"答云:"常持《金剛經》。"王甚喜曰:"且令送出。"遂活。

本條《廣記》卷一〇二、《金剛經受持感應錄》、重編《說郛》卷七二並引《報應記》,據輯。本事見《集驗記》卷上引《金剛般若經靈驗記》;《法傳》卷五;《法華經顯應錄》卷下引《靈瑞集》;明了圓《法華靈驗傳》卷上引《靈瑞集》、《現應錄》。

【校記】

[一]病死兩日:《集驗記》作"貞觀八年正月二十八日身患,至二月八日夜,命終"。

9. 韋克勤

唐韋克勤,少持《金剛經》。為中郎將,從軍伐遼,沒高麗。貞觀中,太宗征遼。克勤望見官軍[一],乃夜出投之,暗不知路。乃至心念經,俄見炬火前導,克勤隨火而去[二],遂達漢軍。

本條《廣記》卷一〇二、《金剛經受持感應錄》並引《報應記》,據輯;參酌《太平廣記鈔》卷一五。本事見《集驗記》卷上。

【校記】

[一]望:上原衍"少持《金剛經》"五字,乃涉上行而重抄,據《集驗記》、孫校本刪。

[二]去：孫校本作"至"。

10. 沈嘉會

唐沈嘉會，貞觀中任校書郎，以事配蘭州。思歸甚切，每旦夕常東向拜太山，願得生還，積二百餘日[一]。永徽六年十月三日夜，見二童子，儀服甚秀，云："是太山府君之子[二]。府君媿公朝夕拜禮[三]，故遣奉迎。"嘉會云："太山三千餘里[四]，何能可去？"童子曰："先生閉目，勿憂道遠。"即依其言，瞬息之間便到。宮殿宏麗[五]。童子引入，謁拜府君，即延入曲室，對坐談笑，無所不知。謂嘉會曰："人之為惡，若不為人誅，死後必為鬼得而治，無有徼幸而免者也。若日持《金剛經》一遍，即萬罪皆滅，鬼官不能拘矣。"又云："前府君有過，天曹黜之。某姓劉。"嘉會亦不敢問其他也。嘗與嘉會雙陸，兼設酒肴。嘉會起[六]，於小廳東見姑臧令慕容仁軌執笏端坐，云："府君帖追，到此已六十日，未蒙處分。"嘉會坐[七]，啟府君，便令召仁軌入，謂曰："公縣下有婦人阿趙，被縣尉無狀拷殺①，阿趙來訴，遂誤追公。"庭前有盆水，府君令洗面，仍遣一小兒送歸。嘉會亦辭，復令二男送。凡在太山二十八日，家人但覺其精神昏昧，既還如舊。嘉會話仁軌於眾，長史趙持滿令人驗之，無不同。自此常持《金剛經》[八]，遇赦得歸。

本條輯自《廣記》卷一○二引《報應記》。本事見《集驗記》卷中引《冥報拾遺》。

【校記】

[一]積：《集驗記》作"經"，孫校本無此字。

[二]是：《集驗記》上有"兒等並"三字。

[三]拜禮：《集驗記》作有"禮拜"。

［四］太：《集驗記》上有"此去"二字。

［五］宮：《集驗記》上有"見"字。宏：孫校本作"敞"。

［六］起：《集驗記》作"如廁"。

［七］坐：《集驗記》作"還"。

［八］金剛：孫校本無二字。

【注釋】

①拷殺：拷打致死。《北史》卷五四《段孝言傳》："曾夜過其客宋孝王家，呼坊人防援，不時赴，遂拷殺之。"

11. 高紙

高紙［一］，隋僕射潁之孫也［二］。唐龍朔二年，出長安順義門，忽逢二人乘馬，曰："王喚。"紙不肯從去，亦不知其鬼使，策馬避之，又被驅擁。紙有兄，是化度寺僧。欲往寺內，至寺門，鬼遮不令入。紙乃毆鬼一拳。鬼怒，即拽落馬［三］，曰："此漢大兇黷。"身遂在地，因便昏絕。寺僧即令舁入兄院。明旦乃蘇，云：初隨二使見王。王曰："汝未合來。汝曾毀謗佛法，且令生受其罪。"令左右拔其舌，以犁耕之，都無所傷。王問本吏曰［四］："彼有何福德如此？"曰："曾念《金剛經》。"王稱善，即令放還。因與客語，言次忽悶倒，如吞物狀，咽下有白脉一道流入腹中，如此三度。人問之［五］，曰："少年盜食寺家果子，冥司罰令吞鐵丸。"後仕為翊衛，專以念經為事。

本條《廣記》卷一〇三、《金剛經受持感應錄》、重編《說郛》卷七二並引《報應記》，據輯。本事見《集驗記》卷下引《冥報拾遺》、《大唐內典錄》卷十、《三寶感通錄》卷下、《珠林》卷四六、《法華傳記》卷七。

【校記】

［一］紙：《集驗記》一本作"純"，下同，疑是。

［二］潁：原作“穎”，據孫校本改。

［三］拽：《集驗記》作“曳”。

［四］本：重編《說郛》作“主”。

［五］之：孫校本無此字。

12. 白仁哲

唐白仁哲［一］，龍朔中為虢州朱陽尉，差運米遼東。過海遇風［二］，四望昏黑。仁哲憂懼，急念《金剛經》得三百遍［三］。忽如夢寐，見一梵僧謂曰：“汝念真經，故來救汝。”須臾風定，八十餘人俱濟。

本條輯自《廣記》卷一〇三引《報應記》，參酌《南部新書》庚卷引《報應記》；《金剛經感應傳》引《報應記》，《永樂大典》卷七五四三引《報應記》（疑抄《金剛經感應傳》），事詳；重編《說郛》卷七二引《報應記》；《金剛經受持感應錄》引《報應記》。本事見《集驗記》卷上。

【校記】

［一］哲：原訛作“晢”，據孫潛校宋本、《集驗記》（作“悊”，“悊”、“哲”古通）、《南部新書》、重編《說郛》、《金剛經感應傳》、《大典》改，下同。

［二］過：《南部新書》作“入”。

［三］急：《南部新書》作“即”。得：《南部新書》無此字。

13. 竇德玄

竇德玄，麟德中為卿，奉使揚州。渡淮，船已離岸數十步，見岸上有一人，形容慘悴［一］，擎一小襆，坐於地。德玄曰：“日將暮，更無船渡。”即令載之。中流，覺其有飢色，又與飯。乃濟，及德玄上馬去，其人即隨行已數里。德玄怪之，乃問曰：“今欲何去？”答曰：“某非人,乃鬼使也,今往揚州追竇大使。"曰:"大使何名?"云:"名德玄。"德玄驚懼,下馬拜曰:"某即其人也。"涕泗請計。鬼曰:"甚媿公容載,復又賜食,且放。公急念《金剛經》一千遍[二],當來相報[三]。"至月餘,經數足。其鬼果來,云:"經已足,保無他慮。然亦終須相隨見王。"德玄於是就枕而絕,一宿乃蘇,云:初隨使者入一宮城。使者曰:"公且住,我當先白王。"使者乃入於屏障,後聞王遙語曰:"你與他作計,漏洩吾事,遂受杖三十[四]。"使者却出,袒以示公,曰:"喫杖了也。"德玄再三媿謝,遂引入。見一著紫人[五],下皆相揖,云:"公大有功德,尚未合來,請公還。"出墮坑中,於是得活。其使者續至,云:"飢,求食及乞錢財[六]。"並與之,問其將來官爵。曰:"熟記取:從此改殿中監,次大司憲,次太子中允,次司元太常伯,次左相,年至六十四。"言訖辭去,曰:"更不復得來矣。"後皆如其言。

本條《廣記》卷一〇三、《金剛經受持感應錄》、重編《說郛》卷七二並引《報應記》,據輯。本事見《集驗記》卷上,類事見《廣記》卷七一引《玄門靈妙記》①(德玄倒作玄德,文異而意味全同)。

【校記】

[一]慘:原作"憔",據孫校本、《集驗記》改。

[二]急:孫校本作"急急"。

---

① 此篇錯訛甚多:竇德玄作竇玄德;事記(貞觀中)使揚州十二年後竇德玄亡,按《金石錄》卷四《司元太常伯竇德玄碑》、《舊唐書》卷五《高宗本紀下》知竇德玄終於乾封元年(666),則其十二年前為高宗永徽五年(654)而非文中所言貞觀中;文稱竇氏為河南人,而據《舊唐書》卷五一《高祖太穆皇后竇氏傳》竇氏為"京兆始平(至德二年改作興平)人"(《新唐書》卷七六《太穆竇皇后》記作"京兆平陵人");道士王遠知作王知遠,兩唐書本傳、胡璩《談賓錄》(《太平廣記》卷二三引)皆記王遠知事。《玄門靈妙記》當取材於本篇提及《竇大使上章錄》,疑其撰時上距竇德玄已遠,作者又隨意裝點,以致錯訛百出。

［三］當:《集驗記》作"即"。

［四］受杖:孫校本作"仗背"。

［五］紫:下原衍"衣",據孫校本、《集驗記》刪。

［六］求:原作"未",據孫校本改,《集驗記》作"索"。乞:孫校本、《集驗記》無此字。

14. 宋義倫

唐宋義倫,麟德中為虢王府典籤①,暴卒,三日方蘇,云:被追見王。王曰:"君曾殺狗兔鴿,今被論,君算合盡②,然適見君師主云:'君持《金剛經》,不惟滅罪,更合延年。'我今放君,君能不喫酒肉、持念尊經否?"義倫拜謝曰:"能。"又見殿內牀上有一僧,年可五六十［一］,披衲③。義倫即拜禮。僧曰:"吾是汝師故相救,可依王語。"義倫曰:"諾。"王令隨使者往看地獄。初入一處,見大鑊行列,其下燃火,鑊中煮人,痛苦之聲,莫不酸惻。更入一處,鐵牀甚闊,人臥其上,燒炙焦黑,形容不辨。西顧有三人［二］,枯黑佇立,頗似婦人,向義倫叩頭云:"不得食喫,已數百年。"倫答曰［三］:"我亦自無,何可與汝!"更入一獄,向使者云:"時熱,恐家人見斂。"遂去。西南行數十步,後呼云:"無文書,恐門司不放出［四］④。"遂得朱書三行,字並不識。門司果問,看了放出［五］,乃蘇。

本條《廣記》卷一〇三、《金剛經受持感應錄》、重編《說郛》卷七二並引《報應記》,據輯。按:盧書慣引前人之作,此篇記事久遠,當出他人之作。考此篇敘高宗時事,述《金剛經》靈異,疑源出郎餘令《冥報拾遺》。

【校記】

［一］可:孫校本無此字。

［二］顧:孫校本作"頭"。

［三］倫：孫校本作"義倫"。

［四］司：孫校本作"家"。

［五］出：孫校本作"去"。

【注釋】

①虢王：唐高祖十五子李鳳。《舊唐書》卷六四《虢王鳳傳》記："麟德初，累授青州刺史。上元元年薨，年五十二，贈司徒、揚州大都督，陪葬獻陵，諡曰莊。"

典籤：《舊唐書》卷四四《職官志三》記親王府設典籤二人，從八品下，掌宣傳教命。

②算：壽算，壽命。

③衲：即納衣。指僧侶所穿的由補綴朽舊破布所製成的法衣。又作衲袈裟，也稱為弊衲衣、壞衲衣、五衲衣、百衲衣。《大乘義章》卷一五："言衲衣者，朽故破弊縫衲供身，不著好衣。何故須然？若求好衣，生惱致罪，費功廢道，為是不著；又復好衣未得道人生貪著處；又在曠野多致賊難，或至奪命。有是多過，故受衲衣。"

④門司：守門的吏役。

15. 李岡

唐兵部尚書李岡［一］①，得疾暴卒［二］，唯心上煖［三］。三日復蘇，云：見一人引見大將軍，蒙令坐。索案看，云："錯追公。"有頃，獄卒擎一盤來，中置鐵丸數枚。復舁一鐺②放庭中，鐺下自然火出。鐺中銅汁湧沸，煮鐵丸，赤如火。獄卒進盤，將軍以讓岡。岡懼，云飽。將軍吞之，既入口，舉身洞然；又飲銅汁，身遂火起。俛仰③之際，吞並盡。良久，復如故。岡乃前問之，答云："地下更無他饌，唯有此物，即吸食之［四］。若或不飡［五］，須臾即為猛火所焚，苦甚於此。唯與寫佛經十部,轉《金剛經》千卷,公亦不來,吾又離此。"岡既復生,一依所約,深加敬異。

本條《廣記》卷一○三、《金剛經受持感應錄》、重編《說郛》卷七二並引《報應記》,據輯。

【校記】

[一]岡:重編《說郛》作"商"。

[二]疾暴卒:重編《說郛》作"暴疾"。

[三]唯:重編《說郛》無此字。

[四]即吸:孫校本作"節級"。

[五]飡:重編《說郛》作"食"。

【注釋】

①李岡:未見史書傳載兵部尚書李岡,疑"岡"訛。檢《唐僕尚丞郎表》唐初有吏部尚書李綱、開元間有兵部尚書李嵩,綱、嵩、岡字形稍近,恐盧求訛錄人名。

②鐺:平底淺鍋。

③俛仰:低頭抬頭,喻時間短暫。

16. 王陁

隋王陁為鷹揚府果毅[一],因病遂斷葷肉①,發心誦《金剛經》[二],日五遍。後染瘴疾②,見羣鬼來,陁即急念經。鬼聞便退,遙曰:"王令追汝,且止誦經。"陁即為歇,鬼悉向前,陁乃昏迷欲絕。須臾,又見一鬼來云:"念經人,王令權放六月[三]。"既寤,遂一心持誦,晝夜不息。六月雖過,鬼亦不來。夜聞空中有聲,呼曰:"汝以持經功德,當壽九十矣。"竟如其言。

本條《廣記》卷一○三、《金剛經受持感應錄》、重編《說郛》卷七二並引

《報應記》,據輯。本事見《集驗記》卷上引《金剛般若經靈驗記》,類事見P.2094《持誦金剛經靈驗功德記》。

【校記】

[一]隋:原訛作"唐",據《集驗記》改。按:《廣記》編者慣在文首加朝代,本篇首"唐"字乃其所加,然考之《集驗記》事在隋大業間,故改作"隋"。

[二]誦:誦及其上三字孫校本作"血發心念"。

[三]月:《集驗記》作"日",下同。

【注釋】

①葷肉:肉類,為佛家所禁食。

②瘴疾:指受南方山林間瘴氣而生的疾病,亦泛指惡性瘧疾等病。據《集驗記》王陁為秦州人,無由接觸南方山林間的瘴氣,故"染瘴疾"或訛誤,或泛指疾病。

17. 王令望

唐王令望少持《金剛經》,還卭州臨溪[一],路極險阻。忽遇猛獸,振怖非常,急念真經。猛獸熟視[二],曳尾而去,流涎滿地。曾任安州判司[三],過揚子江[四],夜風暴起,租船數百艘相接盡没,唯令望船獨全[五]。後終亳州譙令。

本條《廣記》卷一〇三、《金剛經受持感應錄》、重編《說郛》卷七二並引《報應記》,據輯。本事見《集驗記》卷上。

【校記】

[一]還:《集驗記》作"遊"。按:據《集驗記》知王令望非卭州人,"遊"字是。

[二]猛:孫校本無此字。

[三]司:《集驗記》作"佐"。

[四]過:孫校本作"還"。按:《集驗記》作"送租至","過"意是。

[五]船:孫校本作"所坐船"。

18. 陳惠妻

唐陳惠妻王氏,初未嫁,表兄褚敬欲婚,王氏父母不許。敬詛曰:"若不嫁我,我作鬼必相致。"後歸於惠,惠為陵州仁壽尉。敬陰恚之,卒。後,王夢敬,旋覺有娠,經十七月不產。王氏憂懼,乃發心持《金剛經》,晝夜不歇。敬永絕交,鬼胎亦銷。從此,日持七遍。

本條《廣記》卷一〇三、《金剛經受持感應錄》、重編《說郛》卷七二並引《報應記》,據輯。本事見《集驗記》卷上。

19. 何澋

唐何澋,天授初任懷州武德令,常持《金剛經》。至河陽,水漲橋倒。日已夕,人爭上船,岸遠未達,欲沒。澋懼[一],且急念經,須臾近岸,遇懸蘆,攀緣得出。餘溺死八十餘人。

本條《廣記》卷一〇三、《金剛經受持感應錄》、重編《說郛》卷七二並引《報應記》,據輯。本事見《集驗記》卷上。

【校記】

[一]懼:孫校本作"惶恐"。

20. 張玄素

唐張玄素,洛陽人,少持《金剛經》[一]。天授初,任黃梅宰,家有厄難[二],應念而消。年七十遘疾,忽有花蓋垂空①,遂澡浴,與家人訣別,奄然而卒。

本條《廣記》卷一〇三、《金剛經受持感應錄》、重編《說郛》卷七二並引《報應記》,據輯。本事見《集驗記》卷下。

【校記】

[一]少:孫校本作"世"。

[二]家:孫校本上有"時",《集驗記》上有"每"。

【注釋】

①花蓋:以花裝飾而成的傘蓋,亦稱為華蓋。印度、西域等地氣候炙熱,人多持傘蓋遮陽,傘上或以花裝飾之,一般通稱為華蓋。佛教建築經幢、石塔之頂上,有雕刻精細如傘狀之蓋,亦稱華蓋,又稱寶蓋。

21. 李丘一

唐李丘一好鷹狗畋獵,萬歲通天元年,任揚州高郵丞。忽一旦暴死[一],見兩人來追,一人自云姓段[二]。時同被追者百餘人,男皆著枷,女即反縛。丘一被鎖前驅,行可十餘里,見大槐樹數十,下有馬槽。段云:"五道大神每巡察人間罪福,於此歇馬。"丘一方知身死。至王門,段指一胥云:"此人姓焦名策,是公本頭。"遂被領見[三]。王曰:"汝安忍無親,好殺他命,以為己樂。"須臾,即見所殺禽獸皆為人語云:"乞早處分。"焦策進云:"丘一未合死。"王曰:"曾作何功德?"云:"唯曾造《金剛經》一卷[四]。"王即合掌云:"冥間號《金剛經》最上功德。君能書寫,其福不小。"即令焦策領向經藏,令驗。至一寶殿,眾經充滿,丘一試抽一卷,果是所造之經。既迴見王,知造有實,乃召所殺生類,令懇陳謝,許造功德。丘一依王命,願寫《金剛經》一百卷,眾歡喜盡散。王曰:"放去。"焦策領出城門,云:"盡力如此,豈不相報?"丘一許錢三百千[五],不受[六],云:"與造經二十部。"至一坑,策推之,遂活。身在棺中,惟聞哭聲,已三日矣。驚呼,人至破棺,乃起。旬日,寫經二十卷了。焦策來謝,致辭而去。尋,百卷亦畢。揚州刺史奏其事,敕加丘一五品,仍充嘉州招討使。

本條《廣記》卷一〇三、《金剛經受持感應錄》、重編《說郛》卷七二並引《報應記》，據輯。本事見《集驗記》卷下。

【校記】

［一］死：孫校本作“卒”。

［二］段：《集驗記》作“叚”，下同。按：孫潛校宋本、談愷刻本、黃氏巾箱本《廣記》皆作“叚”，其本事《集驗記》亦作“叚”，“叚”姓也；然諸本《廣記》之“段”寫作“叚”，如卷一〇六“段文昌”作“叚文昌”，故汪校本《廣記》徑作“段”，今從之。

［三］見：孫校本作“過”。

［四］唯曾造：重編《說郛》作“曾寫造”。

［五］錢三百千：重編《說郛》作“百千錢”。

［六］不：重編《說郛》上有“策”字。

22. 于昶

唐于昶，天后朝任并州錄事參軍［一］，每至一更後，即喘息流汗，二更後愈。妻柳氏將召醫工，昶密曰：“自無他苦［二］，但晝決曹務，夜判冥司事，力不任耳。”每知有災咎，即陰為之備，都不形言。凡六年，後丁母艱，持《金剛經》，更不復為冥吏。因極言此功德力，令子孫諷轉。後為慶州司馬。年八十四［三］，將終，忽聞異香［四］，非代所有［五］。謂左右曰：“有聖人迎我往西方。”言訖而沒［六］。

本條《廣記》卷一〇四、《佛祖統紀》卷二八、《金剛經受持感應錄》並引《報應記》，據輯。本事見《集驗記》卷下。

【校記】

［一］並州：《集驗記》作“荊府”，據《大唐故越州都督會昌定公碑》知“並州”誤。參軍：《集驗記》、《佛祖統紀》無二字。

［二］自無他苦：《集驗記》作“更無他疾”。

［三］年：《佛祖統紀》作“至”。

［四］異：《佛祖統紀》作“奇”。

［五］非代所有：《集驗記》作“代所未聞”。

［六］言訖：《佛祖統紀》作“即念佛”。

23. 裴宣禮

唐裴宣禮，天后朝為地官侍郎，常持《金剛經》。坐事被繫，宣禮憂迫，唯至心念經，枷鎖一旦自脫。推官親訪之，遂得雪免［一］。御史任植同禁［二］，亦念經獲免。

本條《廣記》卷一〇四、《金剛經受持感應錄》並引《報應記》，據輯。本事見《集驗記》卷上。

【校記】

［一］雪免：《集驗記》作“清雪”。

［二］御：《集驗記》無御等十一字。

24. 吳思玄

唐吳思玄，天后朝為太學博士，信釋氏，持《金剛經》，日兩遍，多有靈應。後稍怠，日念一遍［一］。長安中［二］，思玄在京［三］，病有巫褚細兒，言事如神，星下祈禱。思玄往就見，細兒驚曰：“公有何術，鬼見皆走？”思玄私負，知是經力，倍加精勵，日念五遍。兄疾，醫無效，思玄至心念經，三日而愈。思玄曾於渭橋見一老人，年八十餘，著氌褖服［四］，問之，曰：“為所生母也［五］。”思玄怪之。答曰：“母年四十三時，有異僧教云：‘汝欲長壽否？但念《金剛經》。’母即發心，日念兩遍，終一百七。姨及鄰母誦之［六］，並過百歲，今遵母業，已九十矣①。”

本條《廣記》卷一〇四、《金剛經受持感應錄》並引《報應記》,據輯。本事見《集驗記》卷上。

【校記】

[一]念:原作"夜",據孫校本改。按:《集驗記》作"則",孫校本意是。

[二]長安中:原闕作"□□□",據孫校本補。按:《集驗記》作"長安元年",汪校本、談刻本闕三字,孫校本"長安中"是。

[三]思玄:按:《集驗記》作"思溫",盧求縮省文字致文意矛盾,兄思溫因病居京,思玄探望兄病。

[四]麤繰:孫校本倒作"繰麤",《集驗記》作"重繰"。

[五]所:《集驗記》作"親"。

[六]誦:孫校本作"讀"。

【注釋】

①九十:上文言老人年八十餘,則九十非指老人也。據《集驗記》知九十乃指鄰母,文云"姨亡已經一年,壽一百十四歲。自餘兩箇,今各年九十已上"。

25. 銀山老人

饒州銀山,採戶逾萬,並是草屋。延和中[一],火發,萬室皆盡,唯一家居中[二],火獨不及。時本州楊體幾自問老人[三],老人對曰[四]:"家事佛,持《金剛經》。"

本條《廣記》卷一〇四、《金剛經受持感應錄》並引《報應記》,據輯。本事見《集驗記》卷中。

【校記】

[一]延和中:《集驗記》作"大極元年"。按:唐中宗大極元年五

273

月改元延和。

[二]唯:孫校本下有"老人"二字。

[三]本州:按:《集驗記》記楊體幾任饒州長史,非本州人氏。

[四]對曰:孫校本作"出對曰"。

26. 崔文簡

唐崔文簡,先天中任坊州司馬[一],屬吐蕃奄至州城,同被驅掠,鎖械甚嚴。至心念經,三日,鎖忽自開。虜疑有奸,箠撻,具以實對。問云:"汝有何術?"答云:"念《金剛經》。"復令鎖之,念未終,又解。眾皆嘆異,遂送出境。

本條《廣記》卷一〇四、《金剛經受持感應錄》並引《報應記》,據輯。本事見《集驗記》卷上引《金剛般若經靈驗記》。

【校記】

[一]坊:《集驗記》作"芳"。按:坊州地處唐長安之東北,先天時邊防甚固,吐蕃難以攻陷;據《集驗記》知当作"芳州",其地臨近邊陲,吐蕃兵寇芳州見於《舊唐書·玄宗本紀》等記載。

27. 姚待

唐姚待,梓州人,常持《金剛經》,并為母造一百部。忽有鹿馴戲,見人不驚,犬亦不吠,逡巡自去。有人宰羊,呼待同食,食了即死[一]。使者引去,見一城,門上有額,遂令入見王。王呼何得食肉,待云:"雖則食肉,比元持經。"王稱善,曰:"既能持經,何不斷肉?"遂得生[二]。為母寫經,有屠兒李迴奴請一卷[三],焚香供養。迴奴死後,有人見於冥間,枷鎖自脫,亦生善道。

本條《廣記》卷一〇四、《金剛經受持感應錄》並引《報應記》,據輯。參酌《蜀中廣記》卷九十。本事見《集驗記》卷下、《法華傳記》卷八、《三寶感應要略錄》卷中引《集驗記》。

【校記】

[一]死:孫校本、《蜀中廣記》作"卒"。

[二]遂得生:孫校本作"生待",《蜀中廣記》作"待"。

[三]奴請:孫校本、《蜀中廣記》作"奴來請"。

28. 呂文展

唐呂文展,開元三年任閬中縣丞,雅好佛經,尤專心持誦《金剛經》[一]。至三萬餘遍,靈應奇異。年既衰暮,三牙并落,念經懇請[二],牙生如舊。在閬中時,屬亢旱,刺史劉浚令祈雨[三]。僅得一遍,遂獲沛然。又苦霖潦,別駕(韋岳子)使祈晴[四],應時便霽。前後証驗非一,不能徧舉。

本條《廣記》卷一〇四、《金剛經受持感應錄》並引《報應記》,據輯。本事見《集驗記》卷下。

【校記】

[一]持誦:孫校本作"法持"。

[二]念:孫校本作"向"。

[三]浚:《集驗記》作"瑗"。

[四]韋岳子:原脱,據孫校本、《集驗記》補。

29. 張國英

唐崔寧①,大曆初鎮西蜀②。時會楊林反[一]③,健兒張國英與戰④,射中腹,鏃沒不出。醫曰:"一夕必死。"家人將備蕣具,與同伍泣別[二]⑤。國英常持《金剛經》。至夜[三],夢胡僧與一丸藥。至旦,瀉箭鏃出[四],瘡便合瘥[五]。

本條《廣記》卷一〇五、《金剛經受持感應錄》並引《報應記》,據輯。

【校記】

［一］會：孫校本無此字。林：疑誤,據史作"子琳"。

［二］與：孫校本無此字。

［三］至：孫校本無此字。

［四］箭：孫校本無此字。

［五］瘥：孫校本作"差"。

【注釋】

①崔寧：中唐人,本習儒術,卻喜縱橫之術,掛冠而客游劍南,從軍為步卒,事鮮于仲通。後官運亨通,大曆二年(767)任西川節度使,鎮西蜀。事見《舊唐書》卷一一七《崔寧傳》。

②西蜀：今四川省。古為蜀地,因在西方,故稱"西蜀"。

③楊林：未詳其人,疑誤。考《舊唐書》卷一一《代宗本紀》、《新唐書》卷六《代宗本紀》記大曆三年西蜀楊子琳曾作亂,《新唐書》卷一四四《崔寧傳》記"楊子琳襲取成都,帝乃還寧於蜀。未幾,子琳敗",楊林當即楊子琳,盧書訛誤之處蓋非此一處也。

④健兒：軍卒。

⑤同伍：同一伍的人。古時軍隊五人為伍,戶籍五家為伍。

30. 李廷光

唐李廷光者［一］,為德州司馬,敬佛,不茹葷血。常持《金剛經》,每念經時,即有圓光在前［二］。用心苦至,即光漸大［三］;少懷懈惰,即光漸小暗［四］。因此砥礪,轉加精進。

本條《廣記》卷一〇六、《金剛經受持感應錄》並引《報應記》,據輯。本事見《集驗記》卷中,《持誦》作"李延"。

【校記】

[一]李廷光:《集驗記》誤作"孛廷光",據《唐故中散大夫涪州刺史上柱國李府君(延光)墓誌銘(並序)》知作"李延光"。按:《報應記》抄錄《集驗記》之文,故襲"延"作"廷"。者:孫校本無此字。

[二]有:孫校本無此字。

[三]即:原作"則",據孫校本、《集驗記》改。

[四]即:原作"則",據孫校本、《集驗記》改。

31. 陸康成

唐陸康成嘗任京兆府法曹掾①,不避強禦②。公退,忽見亡故吏抱案數百紙請押③,問曰:"公已去世,何得來[一]?"曰:"此幽府文簿。"康成視之,但有人姓名,略無他事[二]。吏曰:"皆來年兵刃死者。"問曰:"得無我乎,有則檢示。"吏曰:"有。"因大駭曰[三]:"君既舊吏,得無情耶?"曰:"故我來啟明公耳[四],唯《金剛經》可託。"即失之[五]。乃遂讀《金剛經》[六],日數十遍。明年,朱泚果反[七]④,署為御史[八]。康成叱泚曰[九]:"賊臣敢干國士!"泚震怒,命數百騎環而射之。康成默念《金剛經》[十],矢無傷者[十一]。泚曰:"儒以忠信為甲胄,信矣[十二]。"乃捨去[十三]。隱終南山[十四],竟不復仕[十五]。

本條《廣記》卷一○六、《金剛經受持感應錄》、宋委心子《新編分門古今類事》卷一九並引《報應記》,據輯。

【校記】

[一]得:《類事》作"復"。

[二]他:《類事》作"它"。

[三]因:《類事》作"乃"。

［四］我：孫校本、《類事》無此字。

［五］失：汪校本誤作“允”，《全唐五代小說》誤作“火”。

［六］遂讀：《類事》作“遽誦”。

［七］果反：《類事》作“叛”。

［八］為：《類事》上有“康成”二字。

［九］沘：《類事》作“之”。

［十］默：《類事》上有“但”字。

［十一］矢：《類事》作“略”。

［十二］信矣：《類事》作“果然”。

［十三］捨：原作“舍”，據孫校本、《類事》改。

［十四］隱：原作“康成遂入隱於”，據孫校本、《類事》改。按：《類事》“隱”上有“遂”字，疑是。

［十五］竟不復仕：《類事》作“不復仕焉”。

【注釋】

①法曹：州府等官署下設的主管刑法狱讼的办事机构。掾，指官署下属各机构中的主管屬吏，陸康成在京兆府法曹中担任官吏。

②強禦：豪強，有權勢的人。唐劉知幾《史通·辨職》：“史之為務，厥途有三焉。何則？彰善貶惡，不避強禦。”

③請押：請求畫押，即在文書上署名或畫上記號。

④朱泚：中唐時的叛將。朱泚在唐德宗時任太尉，權勢顯赫。建中四年（783），涇原軍嘩變，朱泚被擁立為帝，號為大秦，又更號為漢，兵駐長安。興元元年（784），李晟等軍攻克長安，朱泚逃往寧州彭原縣（今甘肅慶陽西南），後為部將梁廷芬等所殺。據文中“朱泚果反”，知其事發生在唐德宗建中時。

32. 薛嚴

唐薛嚴，忠州司馬[一]，蔬食長齋，日念《金剛經》三十遍。至七十二，將終，見幢蓋、音樂來迎。其妻崔氏，即御史安儼之姑也①，屬纊次②，見嚴隨幢蓋冉冉而去[二]，呼之不顧。一家皆聞有異香之氣[三]。

本條《廣記》卷一〇六、《金剛經受持感應錄》並引《報應記》，據輯。參酌《蜀中廣記》卷九十。本事見《集驗記》卷下。

【校記】

[一]忠：《集驗記》作"鄂"。

[二]冉冉：下原有"昇天"二字，據孫校本、《集驗記》刪。

[三]聞：孫校本無此字。

【注釋】

①安儼：即崔安儼，初唐人，《新唐書》卷七二下《宰相世系二下》記崔安儼曾祖是隋泗州長史崔子博、祖父崔元平、父崔行范，《唐御史台精舍題名考》殿中侍御史題崔安儼名，《唐尚書省郎官石柱題名考》卷二六"主客員外郎"署崔安儼名。

②屬纊：在將死的人口鼻上放絲綿，以觀察其有無呼吸。屬纊是古代漢族喪禮儀式，是判斷人是否病重死亡的步驟。

33. 任自信

任自信，嘉州人①。唐貞元十五年，曾往湖南，常持《金剛經》，潔白無點。於洞庭湖中[一]，有異物如雲，冒舟上，俄頃而散。舟中遂失自信，不知所在。久之，乃凌波而出，云：至龍宮謁龍王。四五人命昇殿，念《金剛經》，與珠寶數十事。二僧相送出宮，一僧曰[二]："憑附少信，至衡嶽觀音臺紹真師付之②，云是汝和尚送來，令轉《金剛經》。"至南岳訪僧,果見[三],云和尚滅度已五六年矣③。

本條《廣記》卷一○六、《金剛經受持感應錄》並引《報應記》,據輯。參酌《蜀中廣記》卷九十。

【校記】

[一]中:《蜀中廣記》作"忽"。

[二]曰:原脱,據孫校本、《蜀中廣記》補。

[三]僧果見:《蜀中廣記》作"真師"。

【注釋】

①嘉州:武德元年改隋眉山郡為嘉州,天寶元年改為犍為郡,乾元元年復為嘉州,治龍遊縣(今四川樂山)。

②觀音臺:湖南衡山寺廟。《宋高僧傳》卷九、《唐洪州百丈山故懷海禪師塔銘》記慧能弟子南嶽懷讓大師曾駐錫此地,則寺在玄宗前已建立。至貞元間,紹真駐錫此處。

③滅度:佛教術語,指命終證果、滅障度苦,即涅槃、圓寂、遷化之意。

34. 宋衍

宋衍,江淮人,應明經舉①。元和初,至河陰縣②,因疾病廢業,為鹽鐵院書手③,月錢兩千,娶妻安居,不議他業。年餘,有為米綱過三門者[一]④,因不識字,請衍同去,通管簿書,月給錢八千文。衍謂妻曰:"今數月不得八千,苟一月而致,極為利也。"妻楊氏甚賢,勸不令往,曰:"三門舟路頗為險惡,身或驚危[二],利亦何救[三]?"衍不納,遂去。至其所,果遇暴風所擊,彼羣船盡沒。唯衍入水,捫得粟藁一束,漸漂近岸,浮藁以出[四],乃活。餘數十人皆不救。因抱藁以謝曰:"吾之微命,爾所賜也,誓存没不相捨。"遂抱藁疾行數里,有孤姥鬻茶之所,茅舍兩間,遂詣宿焉。具以事白。姥憫之,乃為設粥。及明旦,於屋南曝衣,解其藁以曬,於藁中得一竹筒,開之,乃《金剛經》也。尋以訊姥,且不知其詳,姥曰:"是汝妻自汝來後,蓬頭禮念[五],寫經誠切[六],故能救汝。"衍感泣,請歸。姥指東南一徑曰:"但尋此去,校二百里,可以後日到家也。"與米二升,拜謝,遂發。果二日達河陰,見妻媿謝。楊媛驚問曰:"何以知之?"盡述根本。楊氏怪之,衍乃出經,楊媛涕泣,拜禮頂戴。衍曰:"用何以為記?"曰:"寫時,執筆者悮羅漢字,空'維'上無'四',遂詣護國寺禪和尚處請添。和尚年老眼昏[七],筆點過濃,字皆昏黑。但十日來,不知其所在。"驗之,果如其說。衍更嗚咽,拜其妻,每日焚香禮經於淨室。乃謂楊媛曰:"河濱之姥,不可忘也。"遣使封茶及絹與之。使至,其居及人皆不見,詰於牧豎,曰:"比水漲無涯際,何有人鬻茶!"復云[八]:"路亦並無,乃神化也。"數歲,相國鄭公絪為東都留守⑤,乃召衍及楊媛往,問其本末。并令將經來,與其男武職事[九],月給五千,因求其經,至今為鄭氏所尊奉。故岳州刺史丞相弘農公因覩其事,遂敘之,名曰《楊媛徵驗》⑥。

　　本條《廣記》卷一〇六、《金剛經受持感應錄》並引《報應記》,據輯。參酌《太平廣記鈔》卷一五;《說郛》卷三五龔頤正《續釋常談》引《報應記》(作宋術);《錢通》卷一八引《轉因錄》;《大藏一覽》卷九。本事或出《楊媛徵驗》。

【校記】

[一]為米綱:《錢通》作"運米"。

[二]驚:《錢通》作"傾"。

[三]救:《錢通》作"益"。

[四]浮:《錢通》作"扶"。

[五]頭:孫校本作"首"。

[六]切:孫校本作"至"。

[七]昏:孫校本作"暗"。

[八]云路亦並無:孫校本作"云疾路亦無□"。

[九]事:原作"食",據孫校本、《大藏一覽》改。

【注釋】

①明經:唐代科舉科目,指通儒家經典者,《唐六典》卷二記有大經(《禮記》《左傳》)、中經(《毛詩》《周禮》《儀禮》)、小經(《周易》《尚書》《公羊》《穀梁》),一般只試兩經。應明經舉,即赴京參加朝廷舉辦的明經科考試。

②河陰縣:唐開元二十二年(《舊唐書·地理志》記開元二十年,《新唐書·地理志》記作開元二十二年)割汜水、滎澤二縣置,治所在河南鄭州市西北。宋衍自江淮北上,行經河南道,遂至於河陰縣。

③鹽鐵院:地方上掌管鹽鐵事務的機構。

書手:擔任書寫、抄寫工作的人員。《新唐書》卷五七《藝文志》:"貞觀中……請購天下書,選五品以上子孫工書者為書手,繕寫藏於內庫,以宮人掌之。"

④綱:從唐代起成批運送貨物的辦法。當時的官府水陸運輸以一定數額的同類物資,稱作"綱"。

三門:黃河險要之處,在今河南陝縣東北黃河中,即《水经注》所言"砥柱"。三門包括中神門、南鬼門、北人門,《河南通志》卷一二:"而鬼門尤險,舟筏一入,鮮有得脫。"

⑤鄭公絪:唐憲宗時拜同中書門下平章事的鄭絪。居相位凡四

年,後自河中節度入為檢校尚書左僕射。太和三年(829),以太子太傅致仕。《舊唐書》卷一五《憲宗本紀下》記元和十三年(818)三月鄭絪留守東都。事見《舊唐書》卷一五九《鄭絪傳》。

⑥楊媛徵驗:據本文知岳州刺史丞相弘農公曾撰此作,然未見著錄。弘農公其人未詳,李劍國《唐五代傳奇志怪敍錄》考元和後楊姓宰相唯楊嗣復事蹟略似,然未曾任岳州刺史。

35. 王偁

王偁家於晉州①,性頑鄙②。唐元和四年,其家疾疫,亡者十八九,唯偁偶免。方疾,食狗肉,目遂盲。不知醫藥,唯禱鬼神,數年無報。忽有一異僧請飯,謂曰:"吾師之文,有《金剛經》,能排眾苦,報應神速,居士能受之乎?"偁辭愚,又無目,固不可記。僧勸寫之。偁從其言,得七卷,請僧誦之[一]。數日,夢前僧持刀決其目,乃驚寤,覺有所見,久而遍明[二],數月如舊。偁終身轉經不替。

本條《廣記》卷一〇七、《金剛經受持感應錄》並引《報應記》,據輯。

【校記】

[一]誦:孫校本作"讀"。

[二]遍:孫校本作"逾"。

【注釋】

①晉州:唐武德元年罷平陽郡,置晉州,三年為總管府,四年為都督府,貞觀六年廢府,復為晉州,治所在平陽(今山西臨汾市)。

②頑鄙:愚鈍鄙陋。語出《老子》:"眾人皆有以,而我獨頑似鄙。"王弼注:"無所欲為,悶悶昏昏,若無所識,故曰頑且鄙也。"

36. 李元一

李元一,唐元和五年任饒州司馬[一]。有女居別院,中宵忽見神人,驚悸而卒,顏色不改。其夫嚴訥自秦來,至蒼湖①,恍惚見其妻行水上而至[二]。訥驚問之,妻泣曰:"某已亡矣,今鬼也。"訥駭異之,曰:"近此鴈浦村,有嚴夫子,教眾學。彼有奇術,公往懇請哀救,某庶得復生矣。"訥後果見嚴夫子,拜謁泣訴,盡啟根本。嚴初甚怒:"郎君風疾,何乃見凌!"訥又拜悲泣,久乃方許曰:"殺夫人者,王將軍也。塋在此堂內西北柱下,可為寫《金剛經》,令僧轉讀於其所祠焉,小娘子必當還也。"訥拜謝,疾往郡城。明日到,具白元一。寫經,速令讀之,七遍,女乃開目,久之能言,媿謝其夫曰:"茲堂某柱下,有王將軍枯骨,抱一短劍。為改塋之[三],劍請使留[四],以報公德。"發之果驗,遂改瘞,留其劍。元一因寫經數百卷[五],以施冥寞。

　　本條《廣記》卷一〇七、《金剛經受持感應錄》並引《報應記》,據輯。

【校記】

[一]李元一,唐:孫校本作"唐李元一"。

[二]惚:孫校本作"恍"。

[三]改:孫校本作"厚"。

[四]使:孫校本作"便"。

[五]寫經:孫校本作"寫此經"。

【注釋】

①蒼湖:鄱陽湖。湖水蒼茫,故得名。

37. 魚萬盈

　　魚萬盈,京兆市井粗猛之人。唐元和七年,其所居宅有大毒蛇,其家見者皆驚怖。萬盈怒,一旦,持巨棒,伺其出,擊殺之,烹炙以食。因得疾,臟腑痛楚,遂卒,心尚微煖。七日後蘇,云:初見冥使三四人追去［一］，行暗中十餘里，見一人獨行，其光繞身，四照數尺，口念經。隨走就其光，問姓字，云：“我姓趙名某，常念《金剛經》者，汝但莫離我。”使者不敢進［二］，漸失所在。久之，至其家，萬盈拜謝曰：“向不遇至人，定不回矣。”其人授以《金剛經》，念得遂還。及再生，持本重念，更無遺闕，所疾亦失。因斷酒肉，不復殺害，日念經五十遍。

　　本條《廣記》卷一〇七、《金剛經受持感應錄》並引《報應記》，據輯。

【校記】

　　［一］去：孫校本作“來”。

　　［二］進：孫校本作“近”。

38. 于季回

　　于季回舉進士［一］，唐元和八年，下第將歸。有僧勸曰：“郎君欲速及第，何不讀《金剛經》？”遂日念數十遍。至王橋宿①，因步月②，有一美女與言，遂被誘去。十餘里，至一村舍，戲笑甚暄，引入升堂，見五六人，皆女郎。季回慮是精怪，乃陰念經，忽有異光自口出，羣女震駭奔走。但聞腥穢之氣，蓋狐狸所宅。榛棘滿目，季回茫然，不知所適。俄有白犬，色逾霜雪，似導季回前行，口中有光［二］，復照路。逡巡達本所，後至數萬遍。

　　本條《廣記》卷一〇七、《金剛經受持感應錄》並引《報應記》，據輯。參酌《太平廣記鈔》卷一五。

【校記】

　　［一］季：原作“李”，據孫校本改，下同。

　　［二］有：孫校本無此字。

【注釋】

　　①王橋：地名。《新唐書》卷二二一上《西域傳》：“次王橋，為巢

所敗,更與鄭畋四節度盟,屯渭橋。"考其地理位置當距長安之北的渭橋不遠,《陝西通志》卷一六記涇陽縣"西北五十里周家橋東"有王橋,當即其地。

②步月:月下步行。

39. 強伯達

唐強伯達,元和九年,家於房州①,世傳惡疾,子孫少小便患風癩之病②,二百年矣。伯達纔冠便患,囑於父兄:"疾必不起,慮貽後患,請送山中。"父兄裹糧[一]③,送之巖下,泣涕而去。絕食無幾,忽有僧過,傷之曰:"汝可念《金剛經》內一四句偈[二]④,或脫斯苦。"伯達既念,數日不絕。方晝,有虎來,伯達懼甚,但瞑目至誠念偈。虎乃遍舐其瘡,唯覺凉冷,如傅上藥,了無他苦。良久自看,其瘡悉已乾合。明旦,僧復至。伯達具說,僧即於山邊拾青草一握以授,曰:"可以洗瘡,但歸家,煎此以浴。"乃嗚咽拜謝,僧撫背而別。及到家,父母大驚異,因啟本末。浴訖,身體鮮白,都無瘡疾。從此相傳之疾遂止[三],念偈終身。

本條《廣記》卷一〇七、《金剛經受持感應錄》引《報應記》,據輯。參酌《銷釋金剛科儀會要註解》卷九。

【校記】

[一]父兄:孫校本作"其父兄"。

[二]一:《銷釋金剛科儀會要註解》無此字。

[三]遂:孫校本作"永"。

【注釋】

①房州:唐武德元年(618)置房州,治竹山縣。貞觀十年(636)徙治房陵縣(今湖北房縣),轄境相當今湖北房縣、竹山、竹溪、保康

等縣及神農架林區北部地。

②風癩:病名,麻風病之一種。《雲笈七簽》卷一一九:"居人範彥通忽患風癩,瘡痍既甚,眉須漸落。"

③裹糧:攜帶熟食乾糧,以備遠行。

④四句偈:由四句所成之偈頌。《金剛經》卷末四句偈文"一切有為法,如夢幻泡影,如露亦如電,應作如是觀",被稱為一經之精髓。意為世界上一切事物都是空幻不實,"實相者則是非相",認為應"遠離一切諸相"而"無所住",即不執著或留戀現實世界。

40. 董進朝

董進朝,元和中入軍[一],時宿直城東樓上。一夕月明,忽見四人,著黄,從東來,聚立城下,說己姓名,狀若追捕,因相語曰:"董進朝常持《金剛經》,以一分功德祝庇冥司,我輩蒙惠,如何殺之?須枉命相待。若此人他去,我等無所賴矣。"其一人云:"董進朝對門有一人同姓同年[二],壽限相埒①,可以代矣。"因忽不見。進朝驚異之。及明已[三],聞對門復魂聲[四]②,問其故,死者父母云:"子昨宵暴卒。"進朝感泣說之,因為殯葬,供養其母。後出家,法號慧通[五],住興元(唐安)寺[六]③。

本條《廣記》卷一〇七、《金剛經受持感應錄》並引《報應記》,據輯。參酌重編《說郛》卷一〇六引《金剛經鳩異》。本事見《金剛經鳩異》。

【校記】

[一]元:上原有"唐"字,乃《廣記》編者所加,據《金剛經鳩異》删。

[二]同姓同年:原作"同年同姓",據孫校本、《金剛經鳩異》、重編《說郛》改。

〔三〕明已：原作"明"，據孫校本、《金剛經鳩異》、重編《說郛》改。

〔四〕復魂：原作"哭"，據孫校本、《金剛經鳩異》、重編《說郛》改。

〔五〕號：原作"名"，據孫校本、《金剛經鳩異》、重編《說郛》改。

〔六〕唐安：原脱，據孫校本、《金剛經鳩異》、重編《說郛》補。

【注釋】

①相埒：相等，此指壽數相等。

②復魂：古人認為人受驚嚇生病或病危是魂魄離體所致，招喚使之附體為復魂。

③興元（唐安）寺：疑指興元寺、唐安寺。興元寺在長安安定坊，宣宗大中六年改千福寺為興元寺；唐安寺亦為長安古寺，《新唐書》卷三四《五行志一》："開成元年閏五月丙戌，烏集唐安寺，逾月散。"

41. 康仲戚

康仲戚，唐元和十一年往海東①，數歲不歸。其母唯一子，日夕憶念〔一〕。有僧乞食，母具語之，僧曰："但持《金剛經》，兒疾回矣。"母不識字，令寫得經，乃鑿屋柱以陷之，加漆其上，晨暮敬禮。一夕，雷霆大震，拔此柱去。月餘，兒果還〔二〕，以錦囊盛巨木以至家，入拜跪母。母問之，仲戚曰："海中遇風，舟破墜水，忽有雷震，投此木於波上，某因就浮之，得至岸。某命是其所與，敢不尊敬？"母驚曰："必吾藏經之柱。"即破柱，得經，母子常同誦念。

本條《廣記》卷一〇七、《金剛經受持感應錄》並引《報應記》，據輯。參酌《太平廣記鈔》卷一五。

【校記】

［一］夕：原作“久”，據孫校本改。

［二］還：孫校本作“還矣”。

【注釋】

①海東：古代有時稱日本、韓國為海東，即渤海之東。

42. 吳可久

吳可久，越人，唐元和十五年居長安，奉摩尼教①。妻王氏，亦從之。歲餘，妻暴亡，經三載，見夢其夫曰［一］：“某坐邪見為蛇，在皇子陂浮圖下②，明旦當死，願為請僧，就彼轉《金剛經》，冀免他苦。”夢中不信，叱之。妻怒，唾其面。驚覺，面腫痛不可忍［二］。妻復夢於夫之兄曰：“園中取龍舌草③，搗傅立愈。”兄寤走取，授其弟，尋愈。詰旦④，兄弟同往請僧轉《金剛經》。俄有大蛇從塔中出［三］，舉首徧視，經終而斃。可久歸佛，常持此經。

本條《廣記》卷一〇七、《金剛經受持感應錄》並引《報應記》，據輯。

【校記】

［一］見：孫校本無此字。

［二］面：孫校本作“面已”。

［三］有：孫校本無此字。中出：孫校本作“还去”。

【注釋】

①摩尼教：又稱祆教、明教，為三世紀時波斯人摩尼糅合古代波斯瑣羅亞斯德教及基督教、佛教思想而成立的宗教。其教義以瑣羅亞斯德教的善、惡二元論為基礎，將一切現象歸納為善與惡，善為光明，惡為黑暗，而光明必會戰勝黑暗。其簡明直接性，頗受當時人歡迎，故能傳播於中亞、羅馬帝國、印度、中國等地，至十三世紀仍極為

興盛。

②皇子陂：地名，在唐長安城東南。《長安志》卷一一：“永安陂在縣南二十五里，周七里。《十道志》曰：‘秦蓲皇子，起塚陂北原上，因名皇子陂’。”

③龍舌草：生於南方水澤草藥，《本草綱目》卷一九：“治癰疽，湯火灼傷，搗塗之。”

④詰旦：平明，清晨。

43. 开行立

唐开行立，陝州人，不識字。長慶初①，常持《金剛經》一卷隨身，到處焚香拜禮。忽馳貨出同州，遇十餘賊，行立棄貨而逃。才五六十斤［一］，賊舉之，竟不能動。相視驚異，追行立［二］，問之。對曰：“中有《金剛經》，恐是神力。”賊發囊，果有經焉［三］，却與百餘千，請經而去［四］，誓不作賊，受持終身［五］。

本條《廣記》卷一〇七、《金剛經受持感應錄》並引《報應記》，據輯。參酌《太平廣記鈔》卷一五；《金剛感應傳》引《報應記》，《永樂大典》卷七五四三引《感應記》，事詳。

【校記】

［一］才：原作“不”，據孫校本改。

［二］追：孫校本作“追及”。

［三］果有經焉，却：孫校本作“焉有經□賊众却”。

［四］經而：原作“其”，據孫校本改。

［五］受持終身：孫校本作“写经受持各终身矣”。

【注釋】

①長慶：唐穆宗李恒的年號（821—824）。

44. 何老

何老,鄂州人,常為商,專誦《金剛經》。唐長慶中,因傭人負貨,夜憩於山路,忽困寐,為傭者刲其首,投於澗中。取貨而趨市,方鬻,見何老來,惶駭甚。何曰:"我得誦經之力,誓不言於人。"遂相與為僧。

本條《廣記》卷一〇七、《金剛經受持感應錄》並引《報應記》,據輯。

45. 勾龍義

勾龍義,閬州俚人[一]①。唐長慶中,於郪縣傭力自給。常以邑人有疾,往省之,見寫《金剛經》,龍義無故毀斥而止絶之[二]。歸即喑啞[三],醫不能愈,頑嚚無識②,亦竟不悔。僅五六年,忽聞鄰人有念是經者,惕然自責曰:"我前謗真經,得此啞病。今若悔謝,終身敬奉,却能言否?"自後每聞念經,即倚壁專心而聽之,月餘,疑如念得。數日,偶行入寺,逢一老僧,禮之。僧問:"何事?"遂指口云啞[四]。僧遂以刀割舌下,便能語。因與念經,正如隣人之聲。久而,訪僧,都不復見。壁畫須菩提③,指曰:"此是也。"乃寫經,畫須菩提像,終身禮拜。

本條《廣記》卷一〇七、《金剛經受持感應錄》並引《報應記》,據輯。參酌《銷釋金剛科儀會要註解》卷六。

【校記】

[一]閬:原作"間",汪校本疑作"簡",據孫校本、《銷釋金剛科儀會要註解》改。按:唐無間州,據郪縣(屬梓州)知勾龍義在梓州附近,則孫校本等所言毗鄰梓州之閬州是也。俚:按:談愷刻本作"里",汪校本、明抄本、孫校本作"俚"。

[二]斥:原作"棄",據孫校本、《銷釋金剛科儀會要註解》改。

［三］歸即：孫校本作"言下"。

［四］云：原作"中"，據孫校本、《銷釋金剛科儀會要註解》改。

【注釋】

①俚人：古代對南方某些少數民族的泛稱，又稱俚子。勾龍義為閬州人，治在今四川閬中，地多少數民族。

②頑嚚：愚鈍蠢笨。

③須菩提：佛陀十大弟子之一，被譽為解空第一之人，善講般若空理。

46. 趙安

趙安，成都人，唐太和四年在家常持《金剛經》［一］，日十遍。會蠻寇退歸①，安於道中見軍器［二］，輒收置於家，為仇者所告。吏捕至門，涕泣禮經而去。為獄吏所掠，遂自誣服，罪將科斷②。到節帥廳③，枷杻自解。乃詰之，安曰："某不為盜，皆得之巷陌。每讀《金剛經》，恐是其力。"節帥叱之不信。及過次，忽於安名下書一放字［三］，後即云餘並准法，竟不知何意也。及還，洗浴禮經，開匣視之，其經揉裂折軸，若壯夫之拉也。妻曰："某忽聞匣中有聲，如有斫扑。"乃安被考訊之時，無差失也［四］。

本條《廣記》卷一〇七、《金剛經受持感應錄》並引《報應記》，據輯。參酌《蜀中廣記》卷九十。

【校記】

［一］年在家：原作"年"，據孫校本、《蜀中廣記》改。

［二］道：孫校本、《蜀中廣記》作"途"。

［三］安：孫校本、《蜀中廣記》作"按"。

［四］失也：孫校本、《蜀中廣記》作"跌矣"。

【注釋】

①蠻寇:指南詔。唐文宗太和三年(829),南詔權臣蒙嵯巓侵蜀,西川節度使杜元穎不修防禦,《新唐書·文宗本紀》十二月"庚戌,雲南蠻寇成都",《蠻書》、《新唐書·南蠻傳》等載蒙嵯巓攻破成都,掠奪百姓、工匠數萬人及珍寶而去。

②科斷:依法判決。

③節帥:節度使。據《舊唐書》卷一七上《文宗本紀上》太和三年十二月原西川節度使杜元穎被貶邵州刺史,郭釗改任西川節度使,至太和四年郭釗以疾求代,十月戊申以李德裕為西川節度使。據時間推算,趙安所遇節帥可能指郭釗。

47. 倪勤

倪勤,梓州人,唐太和五年以武略稱,因典涪州興教倉①,素持《金剛經》。倉有廳事面江,甚為勝槩②,乃設佛像,而讀經其中。六月九日,江水大漲[一],惟不至此廳下,勤讀誦益勵。洎水退,周視數里,室屋盡溺,唯此廳略不沾漬,倉亦無傷,人皆禮敬。

本條《廣記》卷一〇八、《金剛經受持感應錄》並引《報應記》,據輯。參酌《蜀中廣記》卷九十。

【校記】

[一]江:孫校本作"涪"。

【注釋】

①涪州:唐武德元年置涪州,以"在蜀江之南,涪江之西,故為名"(《元和郡縣圖志》卷三十)。天寶初改涪陵郡,乾元初復為涪州,治涪陵縣(今重慶市涪陵區)。

②勝槩:景致美好。

48. 張政

張政,邛州人,唐開成三年七月十五日暴亡。初見四人來捉,行半日,至大江,瀾甚[一],渡深三尺許[二],細看盡是膿血,便小聲念《金剛經》,使者色變。入城,見胡僧長八尺餘,罵使者曰:"何不依帖?亂捉平人①。"盡皆驚拜。及領見王,僧與對坐[三],曰:"張政是某本宗弟子,被妄領來。"王曰:"待略勘問。"僧色怒,王判放去。見使者四人,皆著大枷。僧自領政出城,不見所渡之水。僧曰:"吾是汝所宗和尚,汝識我否?我是須菩提。"乃知是持經之力,再三拜禮。僧曰:"弟子合眼。"僧以杖一擊,不覺失聲,乃活。死已三日,唯心上煖。

本條《廣記》卷一〇八、《金剛經受持感應錄》並引《報應記》,據輯。參酌《蜀中廣記》卷九十。

【校記】

[一]瀾甚:原作"甚瀾",據孫校本、《蜀中廣記》改。

[二]渡:原作"度",據孫校本、《蜀中廣記》改。

[三]與對:孫校本作"與王對"。

【注釋】

①平人:無罪之人,良民。《資治通鑒·後唐明宗天成元年》:"朱氏宗族當死,願無濫及平人。"

49. 李琚

唐李琚,成都人,大中九年四月十六日忽患疫疾。恍惚之際,見一人自稱"行病鬼王",罵琚云:"抵犯我多,未領汝去。明日復共三女人同來,速設酒食,皆我妻也。"琚亦酬酢曰①:"汝何得三妻?"但聞呵叱啾唧②,不覩人也。却四度來[一],至二十一日辭去。琚亦拜送，却回，便覺身輕。於佛堂作禮，將喫粥，却行次，忽被風吹去，住足不得。乃至一大山，見江海無涯，人畜隨琚立岸邊[二]，不知所向。良久，有黃衫人問曰：“公是何人？隨我來。”才四五步，已見江山甚遠。又問：“作何善事？若無，適已於水上作猪羊等也，細說恐王問。”琚云：“在成都府，曾率百餘家於淨衆寺造西方功德一堵③，為大聖慈寺寫大藏經，已得五百餘卷，兼慶讚了。”使者引去。約五十里，見一大城。入門數里，見殿上僧長六七尺，語王云：“此人志心造善，無有欺誑[三]④。”王詰黃衫人：“如何處得文帖，追平人來？”答云：“山下見領來，無帖追。”王云：“急送去。”便見所作功德在殿上，碑記分明，石壁造廣利方在後。使者領去，又入一院，令坐，向琚說：“緣漢州刺史韋某亡，欲令某作刺史[四]。”琚都不諭。六七日已來放歸，凡過十二處，皆云王院，悉有侍衛，總云：“與寫一卷《金剛經》。”遂到家。使人臨別執手，亦曰：“乞一卷《金剛經》。”便覺頭痛。至一塔下，聞人云：“我是道安和尚⑤，作病卓頭兩下，願得爾道心堅固。”遂醒，見觀音菩薩現頭邊立笑，自此頓瘳。妻兒環哭，云：“沒已七日，唯心上煖。”寫經與所許者，自誦不怠。

　　本條《廣記》卷一〇八、《金剛經受持感應錄》並引《報應記》，據輯。參酌《蜀中廣記》卷九十。

【校記】

[一]却四度：《蜀中廣記》作“及期果”。

[二]隨：《蜀中廣記》下有“流”字。

[三]誑：汪校本、《蜀中廣記》作“誷”，據談刻本、孫校本改。

[四]刺史：孫校本作“漢州刺史”，《蜀中廣記》作“須州刺史”。按：唐無須州，《蜀中廣記》“須”为“漢”之讹。

【注釋】

①酬酢：應對，應付。

②啾唧：嘀咕之聲。

③淨眾寺：寺在成都西北。《宋高僧傳》卷一九《無相傳》記開元十六年來華的新羅僧無相曾住此寺。

④欺謟：欺瞞隐讳。

⑤道安：東晉時代北方的高僧。先在後趙師事佛圖澄，後趙滅亡後被前秦苻堅延請到長安，講說經典，組織譯經。道安重視《般若經》的研究，他認為研究般若經典不能單用“考文”、“察句”的方法，而要披開繁複的文句體會它的精神實質，他的般若學是對《般若經》根本原理——“空”含義的闡發。

50. 元初

唐元初，九江人，販薪於市，年七十，常持《金剛經》。晚歸江北，中流，風浪大起。同涉者俱沒，唯初浮於水上，即漂南岸。羣舟泊者，悉是大商，見初背上光高數尺，意其貴人。既得活，爭以衣服遺之，及更召以與飯［一］。語漸熟，乃知村叟，因詰光所自。云：“某讀《金剛經》五十年矣，在背者經也。”前後厄難，無不獲免，知是經之力也［二］。

本條《廣記》卷一〇八、《金剛經受持感應錄》並引《報應記》，據輯。

【校記】

［一］與：孫校本無此字。

［二］是：孫校本作“蓋”。

51. 販海客

唐有一富商，恒誦《金剛經》，每以經卷自隨。嘗賈販外國，夕宿於海島。衆商利其財,共殺之,盛以大籠,加巨石,并經沉於海[一]。平明,衆商船發。而夜來所泊之島[二],乃是僧院,其院僧每夕則聞人念《金剛經》聲,深在海底。僧大異之,因命善泅者沉於水訪之,見一老人在籠中讀經,乃牽挽而上。僧問其故,云:"被殺,沉於海[三],不知是籠中,忽覺身處宫殿,常有人送飲食,安樂自在也。"衆僧聞之,普加讚歎[四]。蓋《金剛經》之靈驗。遂投僧削髮,出家於島院。

本條《廣記》卷一〇八、《金剛經受持感應錄》引《報應記》,據輯。參酌《太平廣記鈔》卷一五。

【校記】

[一]經:孫校本作"經卷"。

[二]泊:汪校本原作"治",據《金剛經受持感應錄》、《太平廣記鈔》改。

[三]海:孫校本作"水"。

[四]普:上原衍"悉",據孫校本删。

52. 崔善沖

崔善沖,先初任梓州銅山丞[一],嶲州刺史李知古奏充判官①。諸蠻叛,殺知古。善沖等二十餘人奔走,擬投昆明,夜不知道,沖專念尊經[二],俄見炬火在前[三],衆便隨之。至曉火滅,乃達昆明。

本條《廣記》卷一一二引《報應記》,據輯。本事見《集驗記》卷上,類事見 P.2094《持誦》。

【校記】

[一]銅:原作"桐",據《集驗記》改。

［二］尊经:持誦作"《金剛經》"。

［三］炬火:持誦作"火炬"。

【注釋】

①巂州刺史:巂州治在今四川省西昌市,與梓州皆屬劍南道。據《集驗記》、《新唐書·宰相世系表二上》、《舊唐書》卷一百二《徐堅傳》李知古非任巂州刺史,時任監軍御史。

53. 唐晏

唐晏,梓州人,持經,日七遍。唐開元初,避事普州安岳縣［一］。與人有隙,讒于使君劉肱［二］,肱令人捉晏。夜夢一胡僧云:"急去。"驚起便走,至遂州方義縣,肱使奄至。奔走無路,遂一心念經。捕者交橫,並無見者,由是獲免。

本條輯自《廣記》卷一一二引《報應記》。本事見《集驗記》卷上,类事見 P.2094《持誦》。

【校記】

［一］普:原作"晉",據孫校本、《集驗記》改。按:晉州無安岳縣,形近而訛。

［二］肱:当作"朏",參《集驗記》"唐晏"條校,下同。

54. 崔義起妻

唐司元少常伯崔義起①,妻蕭氏,父文鏗［一］,少不食葷茹酒肉。蕭氏以龍朔三年五月亡,其家為修初七齋②。僧方食,其婢素玉忽云:"夫人來語某曰:'生時聞佛經說地獄,今身當之,苦不可言。賴男女等與我追福,蒙放暫歸。'即向諸僧懺悔,欲去,又云:'我至二十日更來,將素玉看受罪。'"即如期,素玉便昏絕,三日乃蘇,云:"初隨夫人到一大城中,有一別院,夫人所住,亦兼有湯鑊鐵床來至,夫人尋被燒煮,酷毒難說。其夫人父文鏗忽乘雲在空,呼曰:'早放素玉回。'語素玉曰[二]:'我女生時不受戒,故恣行貪嫉。汝歸,令崔郎多造功德,為拔此厄。'又見一婆羅門僧從空中下,作梵語,教素玉念《金剛》、《法華》、《藥師經》各一遍,令去。"既活,並不遺忘。有梵僧聽之,云:"素玉所傳,如同西國語,與中國異也。"

本條輯自《廣記》卷一一五引《報應記》。本事見《三寶感通錄》卷下、《法苑珠林》卷八五、《法華傳記》卷五,類事見《弘贊法華傳》卷八。宋僧宗曉《法華經顯應錄》卷下、宋僧本覺《釋氏通鑒》卷八引《三寶感通錄》,明僧了圓《法華靈驗傳》卷下引《弘贊法華傳》等。

【校記】

[一]文:衍或誤。按:《三寶感通錄》、《法苑珠林》、《法華傳記》無此字,考下文亦作"文鏗",疑為盧求誤加也。

[二]曰:上原衍"女",據《三寶感通錄》、《法苑珠林》、《法華傳記》删。

【注釋】

①崔義起:《新唐書》卷七二下《宰相世系表二下》(頁2787)記崔義起高祖為崔仲哲,義起任戶部侍郎。崔義起曾任倉部郎中,《唐尚書省郎官石柱題名考》倉部郎中題名,《舊唐書》卷一九八《龜茲傳》記:"倉部郎中崔義起與曹繼叔、韓威等擊之,那利敗走。"據《三寶感通錄》等知崔義起在龍朔三年前後任司元少常伯。

②初七齋:人死七天后,家屬為死者舉行的超度法會。從死者亡後當天至第四十九日之間,每隔七日舉行一次齋會。民間相信亡者由於業緣的安排將去投胎,此時若其親屬為之修福,則可以轉劣為勝而投生到善處。

偽目疑目

1. 兗州軍將

乾符中,兗州節度使崔尚書,法令嚴峻。嘗有一軍將衙參不到①,崔大怒,令就衙門處斬。其軍將就戮後,顏色不變,眾咸懼之[一]。是夜三更歸家,妻子驚駭,謂是鬼物。軍將曰:"初遭決斬時,一如醉睡,無諸痛苦。中夜,覺身倒街中,因爾還家。"妻子罔知其由。明旦入謝。崔驚曰[二]:"爾有何幻術能致[三]?"軍將云:"素無幻術,自少讀《金剛經》[四],日三遍[五],昨日誦經[六],所以過期。"崔問:"記得斬時否?"云:"初領到戟門外[七]②,便如沉醉,都不記斬時。"崔又問:"所讀經何在?"云:"在家,鑷函子內。"及取到,鑷如故。毀鑷,見經已為兩斷[八]。崔大驚[九],自悔[十],慰安軍將,仍賜衣一襲,命寫《金剛經》一百卷供養[十一]。今兗州延壽寺門外,蓋軍將衙門就法并斬斷經之像[十二],至今尚存。

本條《廣記》卷一〇八引《報應記》;《金剛經受持感應錄》引《報應記》;《太平廣記鈔》卷一五;《永樂大典》卷七五四三。此條及下二條,非出《報應記》,李劍國《唐五代志怪傳奇敘錄》考辨甚詳,茲不贅述。

【校記】

[一]懼:孫校本作"异"。

[二]崔驚:孫校本作"崔見之驚駭"。

[三]致:孫校本作"致此"。

[四]自少讀:孫校本作"然自少常讀"。

[五]日三遍:孫校本作"日课三遍"。

［六］誦經：孫校本作"家人失晓誦经忙遽"。

［七］領：孫校本無此字。

［八］見：孫校本作"見所读"。斷：孫校本下有"矣"字。

［九］驚：孫校本下有"异"字。

［十］自悔：孫校本作"颇自悔责"。

［十一］寫：孫校本下有"银字"二字。供養：孫校本作"充供養"。

［十二］經：孫校本下有"文"字。

【注釋】

①衙參：官吏到上司衙門，排班參見，稟白公事。

②戟門：節度使官署的軍門。《資治通鑒·唐僖宗光啟三年》："行密帥諸軍合萬五千人入城，以梁纘不盡節於高氏，為秦畢用，斬於戟門之外。"胡三省注："唐設戟之制……三品及上都督、中都督、上都護、上州之門十二，下都督、下都護、中州、下州之門各十。設戟於門，故謂之戟門。"

2. 楊復恭弟

唐內臣姓楊①，忘其名，復恭之弟也②。陷秦宗權③、鹿晏洪④、劉巨容⑤賊內，二十餘年，但讀《金剛經》，雖在城中，未嘗（輒）廢［一］。會宗權男為襄陽節度使，楊為監軍使，楊因人心危懼，遂誘麾下將趙德言攻殺宗權男，發表舉德言為節度使。由是軍府稍定，民復舊業矣。楊於課誦之功，益加精勵。嘗就牙門外柳樹下焚香［二］⑥，課誦之次［三］，欻有金字《金剛經》一卷，自空中飛下。楊拜捧而立［四］，震駭心目。得非信受精虔，獲此善報也！故陷於賊黨二十年間，終能梟巨盜，立殊勳，克保福祿者，蓋佛之冥祐也。

本條《廣記》卷一〇八引《報應記》；《金剛經受持感應錄》引《報應記》。

【校記】

［一］輒：疑脱，據孫校本補。

［二］樹：孫校本無此字。

［三］之：孫校本無此字。

［四］而立：孫校本作“雨泣”。

【注釋】

①内臣：指宦官，太監。

②復恭：楊復恭，字子烙。本為宦官，唐僖宗時，因參與鎮壓龐勳起義有功，由河南監軍升為宣徽使，旋為樞密使。後定策立昭宗，專典禁兵，操縱朝政。昭宗大順二年（891）被迫致仕，後為李茂貞擒殺。

③秦宗權：唐末地方割據者。初為許州牙將，趁亂驅逐蔡州刺史，佔據蔡州。黄巢起義軍入關，秦宗權從監軍楊復光攻擊起義軍，以功授蔡州奉國軍節度使。光啟元年（885）二月，秦宗權在蔡州稱帝，逐漸成為中原地區實力最為強大的軍閥集團。龍紀元年（889）初，兵敗，被唐昭宗下令斬首。

④鹿晏洪：史作鹿晏弘，唐末軍事將領，楊復光屬下。黄巢起義後，任山南西道節度使，後為蔡州刺史秦宗權所攻破而死。

⑤劉巨容：曾任山南東道節度使，是抵禦黄巢起義的著名將領，後來被掌權的宦官誣告而死，全族誅滅。

⑥牙門：古時駐軍主帥或主將帳前樹牙旗以為軍門，稱“牙門”。

3. 蔡州行者

唐宋汶牧黄州日［一］①，秦宗權阻命作亂，將欲大掠四境。蔡州有念《金剛經》行者，郡人咸敬之，宗權差為細作，令入黄州探事。

行者至黄州，未逾旬，為人告敗。宋汶大怒，令於軍門集眾決殺。忽報有加官使到，將校等上言，方聞喜慶，不欲遽行殺戮，由是但令禁錮。逾月，使臣不到，又命行刑。出狴牢次[二]②，報使入境，復且停止。使已發，引出就刑，值大將入衙，見之，遽白於宋曰："黄州士馬精彊，城壘嚴峻，何懼姦賊窺覘？細作本非惡黨，受制於人，將軍曲貸性命，足示寬恕。"汶然之，命髡髮負鉗③，緣化財物，造開元新寺。寺宇將就之一夜，夢八金剛告曰："負鉗僧苦行如此，締構既終[三]④，盍釋其鉗，以旌善類。"汶覺[四]，大異之，遂令釋鉗，待以殊禮。自後一州悉呼為金剛和尚。

本條《廣記》卷一〇八引《報應記》；《金剛經受持感應錄》引《報應記》。

【校記】

[一]牧：孫校本作"收"。

[二]出：孫校本作"方出"。

[三]締構既：孫校本作"构推即"。

[四]覺：孫校本上有"梦"字。

【注釋】

①牧黄州：任黄州刺史。

②狴牢：監獄。

③髡髮負鉗：剃去頭髮，頸戴枷鎖。

④締構：建造。

附　　錄

一、《金剛般若經集驗記》承傳及文獻價值

　　盛唐時期的小說集數量有限,被視為唐小說創作的衰微期,李劍國《唐五代志怪傳奇敍錄》考訂此段有十多種志怪集,但皆已亡佚,僅《廣古今五行記》、《紀聞》可輯佚鱗爪。孟獻忠《金剛般若經集驗記》是一部久被湮滅、流傳東瀛的盛唐志怪集,輯錄了前人與作者創作的有關《金剛經》題材的靈異小說,可從文獻材料上推進唐代小說研究、深化盛唐士庶心態和宗教信仰研究,故具有重要的研究意義。

　　據《金剛般若經集驗記序》所記,是書作於"開元六年(718)四月",主要敍述則天末年至玄宗開元年間梓州、定州、申州等地圍繞《金剛經》發生的靈驗故事,分為救護、延壽、滅罪、神力、功德、誠應六部分,原書六部分注為 70 章,實存 76 異事(今校注的 73 條故事中,"唐晏"、"王陀"、"吳思玄"三條各錄兩樁異事,"呂文展"牙落復生事簡不計)。本書作者署名孟獻忠,其人生平可加鉤稽。日本正倉院藏唐寫本《王子安集》附孟獻忠與彭執古所著《君沒後彭執古、

孟獻忠與諸弟書》一文,其文追述作者與已逝後的王勃之舊日情誼,文稱王勃為兄,據此推斷孟獻忠生年或近于王勃,當生於唐高宗之世。孟獻忠從仕于武則天、玄宗時,據是書推考他在長安三年(703)任申州司戶,開元四年(716)至六年在任梓州司馬,還曾擔任過營田判官。又據北宋歐陽棐《集古錄目》載唐中宗景龍三年(709)孟獻忠撰《唐太子中舍人楊承源碑》,以時間推斷當為梓州司馬孟獻忠所撰(南宋趙明誠《金石錄》載此碑為王獻忠撰,疑系疏誤)。開元六年孟獻忠撰寫《金剛般若經集驗記》時已入暮年,他希望將書"貽諸子孫",此時仍未顯達,僅居司馬之位。孟獻忠除撰著此書之外,尚有一部《文場秀句》傳世。日本現存《遊仙窟》江戶時代(1603—1867)初期無刊記本、慶安五年(1652)刊行本和元祿三年(1690)本注釋"絳樹青琴,對之羞死"一句時,引文作"孟獻忠《文場秀句》曰:'絳樹者,古美妾也'",依據文意推斷,這可能是一部帶有注解性文字的集子①。

壹、《金剛般若經集驗記》版本承傳

此書在中土失傳已久,幸賴海東僧侶傳抄得以傳世。目前常見三卷本為日本京都藏經書院《卍續藏經》排印本,收於該書第一輯第二編乙第二十二套第一冊(總 742 冊),臺灣新文豐出版公司影印《卍續藏經》本編入第一四九冊。《卍續藏經》所據底本為日本永觀堂(禪林寺)釋升堂和南寶永六年(1709)刻本,又參校日本異本。升堂和南又作升子和南、升和南,字高雲,生於 1669 年,1681 年出家為

① 李銘敬:《日本及敦煌文獻中所見〈文場秀句〉一書的考察》,《文學遺產》2003 年第 2 期。

僧,博學多識,以傳承釋家典籍為己任。升堂和南《重刻梵網經記後序》記其於元祿六年(1693)在洛東(京都仿洛陽建制,京都東南西北中五個部分被稱為"洛東"、"洛南"、"洛西"、"洛北"、"洛中")禪林僧坊刻印《梵網經記》,今收于《卍續藏經》第一編第五十九套。據《金剛般若經集驗記》後記,升堂和南十六年後亦於洛東禪林僧坊刻是書,知其駐錫京都東山禪林寺多年。此書在日本流傳的異本較多,升堂和南有感自己所得版本脫誤甚多,遂廣搜異本,於元祿十七年(1704)正月抄寫沙門章觀長寬元年(1163)古寫本。因章觀寫本曾遭蠹蛀,文字闕遺頗多,升堂和南又訪得高山寺藏本和輪王寺藏本於寶永二年(1705)加以校補成書。高山寺藏本(京城西北栂尾高山寺經藏本)為承曆三年(1079)霜台老、藤師國抄寫本;輪王寺藏本(野州日光山慈眼大師經藏本)為天仁四年(1110)桑□□源抄寫本,兩本稍補章觀寫本蠹蝕之憾,然多漫漶。據此,升堂和南抄本實參考四種版本:高山寺藏本、輪王寺藏本、章觀寫本、升堂和南舊藏本。寶永六年,升堂和南抄本經毛利源公亭子再校,該年初夏由升堂和南刻印成冊,流傳於世。

可知的日本現存版本有:奈良國立博物館藏高山寺舊藏本;輪王寺藏本;紀州高野山大學圖書館藏寶永二年寫本;京都大學圖書館藏明治時期寫本;滋賀縣石山寺藏上、中兩卷殘本(上卷序文闕佚較多);黑板勝美氏藏本。黑板勝美氏本版高九寸七分,凡十八張紙,紙總長三丈一尺六寸七分,每張紙行數不等,少則二十三行,多則二十九行[①]。此本抄寫于日本平安(794—1192)前期,是現存最早版

---

① 孟獻忠:《金剛般若經集驗記》,東京古典保存會影印黑板勝美氏藏本,1935年(昭和十年)。

本。黑板勝美氏藏本為殘本,主要保存卷上"袁志通"、"吳思玄"、"釋德遵"、"杜思訥",卷中"趙文若"、"棲玄法師"、"高純"、"李丘一"等八則故事。就其殘本來看,它接近是書原貌,勝於《卍續藏經》所據升堂和南刻本,如"袁志通"條中"庿"、"冣"黑板勝美氏本作"相"、"冣(最)",參校《法華傳記》所引本篇,可知黑板勝美氏為是;"吳思玄"條中的"縣竹"據黑板勝美氏本可知為"緜竹",指漢州縣名;復如"吳思玄"條中的"務州",黑板勝美氏本作"婺州",考《舊唐書》卷四十《地理志三》則天時廢務州,武德四年置婺州並一直沿襲,而故事發生于武周時期,故知黑板勝美氏本"婺州"是;"杜思訥"條中的"銅鍉"據黑板勝美氏本可知為"銅鞮",《舊唐書》卷三九《地理志二》載潞州轄銅鞮縣,知"鍉"訛。除對勘文字訛誤,升堂和南刻本脫文亦可藉黑板勝美氏本增補,如"李丘一"條焦策自云:"盡力相為,只得?"文義不通,據黑板勝美氏本可知"得"字下脫"如此"二字。綜上,黑板勝美氏本優於升堂和南刻本,勝於升堂和南曾參考的高山寺藏本、輪王寺藏本、章觀寫本等。現存黑板勝美氏本偶有疏漏,應系抄者筆誤,如"袁志通"條中主人公姓氏有一處被誤抄作"遠","吳思玄"條漏抄三十三字,抄者在初抄後又依底本增補刪改,故其行里間有增訂刊誤的小字。惜其本殘缺過多,平添遺憾。

　　本書亦省名《經驗記》、《驗記》、《金剛般若記》:升堂和南《刻〈金剛般若經集驗記〉後序》字有湮滅,據文中所言"獲唐孟□□《驗記》,如覯良友益師"[①]一句判斷,此書被簡稱《驗記》;遼代僧人釋非濁《三寶感應要略錄》卷中抄《金剛般若經集驗記》"僧法藏"、"釋清

---

① 　孟獻忠:《金剛般若經集驗記》,《卍續藏》第149冊,第467頁。

虛”兩條,引作《經驗記》;《三寶感應要略錄》卷中抄是書“姚待”條,引作《金剛般若記》。《金剛般若記》、《經驗記》異名同書,這是釋非濁傳抄典籍之慣例(如其書有《法苑珠林》、《法苑殊(珠)》、《珠林》不同稱呼)。《三寶感應要略錄》所引三條曾經非濁刪汰,文字減省。校其文字差異,知其與升堂和南刻本屬不同版本,兩者互有訂補之處,如據《金剛般若經集驗記》知《三寶感應要略錄》“釋清虛”條“于齊靈岩寺”中“齊”下脫“州”字、“僧問投門者”中“投”為“捉”訛(捉門乃唐代捉鋪守門者①,如《新唐書》卷四九《百官志四》記“捉鋪持更者,晨夜有行人必問,不應則彈弓而向之,復不應則旁射,又不應則射之”②);據《三寶感應要略錄》知《金剛般若經集驗記》“僧法藏”條中“武德二年閏五月”應為“武德二年閏二月”,可參陳垣《二十史朔閏表》。《金剛般若經集驗記》一書歷代書目闕載,其書、其作者皆未錄於中土典籍,但其傳承並未中斷。除《三寶感應要略錄》之外,從素材來源、文字比較等角度可確定唐代僧人僧詳《法華傳記》、盧求《報應記》傳抄本書:《法華傳記》傳抄“僧琰”、“尼藏”、“慕容文策”、“袁志通(一)”、“袁志通(二)”、“僧法藏”、“高純”、“石壁寺老僧”、“姚待”、“釋清慧”十條,大多保持故事原貌;《報應記》轉引二十七條,縮略甚多,“僅存原故事之梗概,遠無原故事情節之曲折複雜。”③上述情況反映此書在北宋中後期尚未失傳,曾流傳至遼國為非濁所見,惜其後承傳不明,恐湮沒史塵。

　　《金剛般若記》、《經驗記》等異名說明本書流傳過程中有不同的

---

① 程喜霖:《烽鋪考》,《鄭州大學學報》1988 年第 1 期。
② (宋)歐陽修:《新唐書》,中華書局 1975 年,第 1288 頁。
③ 邵穎濤:《論唐小說集的成書特徵》,《北方論叢》2011 年第 3 期。

稱呼。日本寬治八年（1094）興福寺僧永超《東域傳燈目錄》“般若部”所記“《經驗記》三卷”①即指《金剛般若經集驗記》，應爲日本僧人赴中土求法時帶回。此書在成書後不久便遠播東瀛，故影響成書於 822 年的日本佛教說話文學濫觴之作《日本靈異記》②，其卷上序所言“大唐國作《般若驗記》”即指本書。若純以時間推算，日本平安前期的黑板勝美氏藏本源于唐人傳本，故黑板勝美氏藏本與盛唐《法華傳記》所引篇章之文字頗多相合之處，而異於後來的升堂和南刻本；升堂和南所參考的高山寺藏本、輪王寺藏本時間上接近於《東域傳燈目錄》所記三卷本。

貳、文獻價值

《金剛般若經集驗記》有 47 則系作者自撰，15 則引自蕭瑀《金剛般若經靈驗記》、1 則引自唐臨《冥報記》、10 則引自郎餘令《冥報拾遺》。無論是自撰還是傳抄，皆在故事結尾交代講述者的信息。孟獻忠所撰故事源自友朋傳聞，作者如實記錄故事講述者的身份，如定州安嘉縣主簿長孫楷、司勳郎中王潛、梓州通泉縣丞柳峻、隰州司戶賈祇忠、梓州司士鄭叔鉤等官吏的名稱及其任職的大致時間，這對唐代相關人員生平資料略具彌補之功。《金剛般若經集驗記》所記開元四年梓州刺史韋慎名（《大唐故韋府君（慎名）墓誌銘》錄其曾任梓州刺史）、開元三年至五年閬州刺史劉瑗，可補郁賢皓《唐刺史考全

---

①　［日］永超：《東域傳燈目錄》，《大正藏》第 55 冊，第 1147 頁。
②　李銘敬：『日本靈異記』の漢文をめぐって―原典を目指しての研究提起.『日本漢文學研究』第 3 號。

編》之缺;孟書詳細記載梓州慧義寺僧清虛的事蹟,對其雲遊、駐錫、交往僧侶之記錄用墨頗多,這對研究唐代僧侶信仰與生活狀態有不可替代的價值。

　　此書引自他書的小說具有重要文獻價值。此書補充蕭瑀小說集題名信息,輯佚其大量亡佚篇章。盧求《報應記》記蕭瑀"著《般若經靈驗》一十八條",李劍國先生《唐五代志怪傳奇敍錄》即以《般若經靈驗》名之。盧書所言書名系略稱而已,據《金剛般若經集驗記》可知蕭瑀小說集名爲《金剛般若經靈驗記》,皆述奉持《金剛經》之靈異故事。《金剛般若經靈驗記》亡佚已久,孟獻忠《金剛般若經集驗記》所引"柳儉"、"僧琰"、"尼藏"、"王陀"、"魏旻"、"睦彥通"、"李思一"、"慕容文策"、"袁志通"(一)、"袁志通"(二)、"僧法藏"、"婆羅門師法藏"、"劉弼"、"趙文昌"、"趙文若"十五篇可補蕭作亡佚之憾,價值匪微。①

　　據本書可對方詩銘輯補《冥報記》部分篇章加以辨僞。簡梅青《〈金剛般若經集驗記〉文獻學價值探析》一文論及孟書文獻輯錄價值,但對唐臨《冥報記》文獻辨僞價值還需做以補充。唐臨小說集《冥報記》散佚甚夥,前賢多作輯補。楊守敬《日本訪書志》補遺《冥報記》多至廿九條,惜濫誤甚多;岑仲勉先生《唐唐臨〈冥報記〉之復原》對此做過詳細辨誤,並考訂出有七條極爲可信。方詩銘綜合楊、岑之說並據《法苑珠林》補遺十五條,李劍國先生又在方作基礎上復緝補四條("僧義孚"、"皇甫兄弟"、"明相寺"、"薛孤訓")。但據《法苑珠林》輯補佚文,需要謹慎。《法苑珠林》所引前人書籍名稱常

---

① 　邵穎濤:《蕭瑀〈金剛般若經靈驗記〉文獻輯佚》,《中國典籍與文化》2011 年第 4 期。

有錯訛,如將《續高僧傳》誤引為《梁高僧傳》、把《冥祥記》誤作《冥報記》。前人已就《法苑珠林》失誤做出考訂,學界亦達成共識。如李劍國先生指出《法苑珠林》所引"司馬文宣"、"王胡"、"李旦"、"鄭鮮之"、"王范妾"、"王克"六篇雖引自《冥報記》,但事實上"不類臨書"①,並非出自《冥報記》;另有"姚明解"、"方山開"、"劉摩兒"、"李知禮"四篇實際上出自《冥報拾遺》,亦系道世疏誤。中華書局1992 年版方詩銘輯校《冥報記》所補的"隋寶實寺僧法藏"、"柳儉"、"趙文信"、"劉弼"、"趙文若"五條故事頗存疑竇:第一,此五則皆未詳故事來歷,不合《冥報記》體例。唐臨《冥報記序》自云"具陳所受及聞見由緣",故《冥報記》詳細交代每則故事的緣由。岑仲勉先生就是依據這條標準細加甄擇,剔偽存真,而將此五則排除在外。岑文雖所選過嚴,忽視《法苑珠林》有可能刪替"具陳由源"的字句。但不可否認,詳述來由依然是檢驗是否為《冥報記》佚文的一個標準。第二,此五則皆述奉持《金剛經》而避禍趨吉的異事,這與《冥報記》所記《法華經》靈異之事並不相侔。以《金剛經》為線索的顯驗故事在唐臨著作中極為少見,《冥報記》主要敘寫圍繞《法華經》而展開的宣驗故事,共提及《法華經》十八次,涉及十二則靈異故事。只有"唐豆盧氏"一篇提及《金剛經》,據《唐故司衛正卿田府君夫人扶風竇氏(琰)墓誌銘並序》可知唐臨為據實而記。第三,《太平廣記》轉引上述故事時並未指明引自《冥報記》。上述五則故事有四則被《太平廣記》卷一〇二所轉引。"唐柳儉"、"唐趙文信"、"唐劉弼"三條皆注明出於《法苑珠林》而非《冥報記》,這與《太平廣記》常將《冥報記》

---

① 李劍國:《唐五代志怪傳奇敘錄》,南開大學出版社1993 年版,第199 頁。

作品——標明的體例相違。而"趙文若"一條較為特殊,《太平廣記》共有兩處徵引,卷一○二引《報應記》;卷三八一引《冥祥記》(談刻本作《冥神記》),其文字近于《法苑珠林》所引。孟書僅見于佛教藏經之中,故不為學界所周知,據此可以解決上述疑問:因為孟書明確指明"隋寶實寺"、"唐柳儉"、"唐趙文信"、"唐劉弼"、"唐趙文若"五篇出自唐初蕭瑀《金剛般若經靈驗記》。

成書于總章元年(668)的《法苑珠林》在轉載這些故事時文筆較略,時有疏誤,下文對此一一辨析。

1."隋寶實寺"源于《金剛般若經靈驗記》"鄜州寶室寺①**僧法藏"**

《法苑珠林》所記較簡,縮減甚多。如省略法藏造寺鑄像種類及數目,僅以"佛殿精妙,僧房華麗,靈像幡華,並皆修滿"一語概括;法藏入冥情節亦被《法苑珠林》省略。

因《法苑珠林》縮減過甚,而造成前後文意不諧。前文交代法藏希望寫經以求"願病差不敢違命",後文忽然寫到"未經三五日,臨欲捨命,具見阿彌陀佛來迎"。未能體現《金剛經》證驗之效,參照《金剛般若經靈驗記》原文可知曉《法苑珠林》略去大段文字後造成文意突兀。

2."唐柳儉"源于《金剛般若經靈驗記》"邢州治中柳儉"

《金剛般若經靈驗記》原作"邢州治中柳儉",檢《舊唐書·職官志》卷四二"貞觀二十三年六月……改諸州治中為司馬",故《法苑珠林》抄錄《金剛般若經靈驗記》時沿例將"治中"改為"司馬"。《金剛

---

① 《金剛般若經集驗記》原作"實室寺",誤,據《珠林珠林》、《法華經傳》改。

般若經靈驗記》原作"扶風岐陽宮監",而《法苑珠林》改爲"岐州岐陽宮監"。據《元和郡縣誌》卷二:"大業三年罷(岐)州,爲扶風郡,武德元年復爲岐州。至德元年改爲鳳翔郡。"故知《金剛般若經靈驗記》所記緣隋稱爲"扶風",而《法苑珠林》依唐例改作"岐州"。

　　《金剛般若經靈驗記》僅言柳儉隋末被拘,而《法苑珠林》補充柳儉被拘爲義寧元年,此說可能並不準確。大業十三年各地起義此起彼伏,煬帝又南幸江都,朝廷似乎不可能有精力處理謀亂之事。況且隋恭帝是在大業十三年十一月改元義寧,"十一月十六日昧爽以前,大辟罪已下,皆赦除之"①,此後或不會再興株連之事。

　　《法苑珠林》將原文官職、州郡皆作了改動。

3. "唐趙文信"源自《金剛般若經靈驗記》"遂州人魏旻"

　　此故事在唐代流傳較廣,《法苑珠林》卷十八、《太平廣記》卷一百二、《持誦金剛經靈驗功德記》皆引此事。從文字判斷,後兩者應源于《法苑珠林》,而《法苑珠林》又來自《金剛般若經靈驗記》。

　　《法苑珠林》所記縮略較多,並將主人公名姓作了改動。

　　《法苑珠林》省略遂州人在冥間被閻羅王勘簿誤追的情節,未交代遂州人還陽緣由,造成入冥情節的缺失。入冥題材故事中,還陽緣由一般是必不可少的環節,幾乎沒有亡魂隨意來往冥間的例子。《珠林》略去遂州人放歸緣由,而借《金剛般若經靈驗記》可知遂州人被釋是由於"冥府誤追",這樣遂州人方能回歸陽間並有機緣遊歷冥界並見證庾信受到報應。

　　《法苑珠林》"天衣來下,引師上天去"並非是文原貌。"天衣"

---

① 李延壽:《北史》,中華書局 1974 年版,第 473 頁。

應指天人之衣,如《大智度論》卷三十四曰:"忉利天衣,重六銖",天衣不可能引師上天。據《金剛般若經靈驗記》作"諸天香華,迎師將去",是比較合理和可信的。

《法苑珠林》在描述庾信罪責時,宗教色彩更為明顯。《金剛般若經靈驗記》僅敘庾信罪狀為"在生之時好作文筆,或引經典、或生誹謗,以此之故今受大罪"。近乎如實敘述庾信的形跡。而《法苑珠林》在前者基礎上大加渲染,說"為生時好作文章,妄引佛經,雜糅俗書,誹謗佛法,謂言不及孔老之教,今受罪報龜身苦也",其宗教懲罪觀念較為明顯,應系加工而成。

《法苑珠林》略去遂州人遍尋《金剛經》及誦持之事,這不合入冥故事常見模式。入冥經歷並非預示此類故事結束,入冥後的警策效果才是此類故事更重視的。原故事描寫遂州人返陽後,潛心修習《金剛經》並鼓說州人信奉。《法苑珠林》省去遂州人誦習一事,僅言州人受持《金剛》則造成上下脫節。

《法苑珠林》略去遂州人奉經延壽情節,而這一情節正是《金剛般若經靈驗記》故事的常見模式。

4. "唐劉弼"出自《金剛般若經靈驗記》"蓬州儀隴縣丞劉弼"

《金剛般若經靈驗記》作"蓬州儀隴縣",《法苑珠林》作"蓬州儀龍縣",《法苑珠林》或為抄寫之誤。《金剛般若經靈驗記》為善神拔樹;《法苑珠林》所記稍詳,對拔樹情節略作渲染;《法苑珠林》所記為大風拔樹。

5. "唐趙文若"出自《金剛般若經靈驗記》"隋時雍州趙文若"

《法苑珠林》對故事年代加以補充,定為大業間,《太平廣記》引《報應記》作"開皇初"。而《金剛般若經靈驗記》並未提及時間,很

可能是在流傳過程中產生異說。《法苑珠林》還將地點加以補充,定
為雍州長安縣。

　　上述五條故事皆源于蕭瑀著作。蕭瑀歷經三朝,熟識隋朝典故,
所述故事當來自耳目聞見。蕭氏撰著成文後,得以傳播,並被傳抄改
寫。晚于蕭瑀的唐臨,不可能是這些故事的原創者,至多為故事的轉
載者。

　　孟書可補遺郎餘令《冥報拾遺》佚文十篇。郎餘令《冥報拾遺》
為唐初重要志怪集,惜亡佚已久。方詩銘窮搜博采,輯補《冥報拾
遺》大量佚文,但仍有疏漏。《金剛般若經集驗記》抄錄《冥報拾遺》
"杜之亮"、"沈嘉會"、"任五娘"、"李虔觀"、"(曹州)濟陰縣"、"孫
壽"、"司馬喬卿"、"棲玄法師"、"高純"、"石壁寺老僧"十則故事,其
中"杜之亮"、"沈嘉會"、"棲玄法師"、"高純"四條佚文未被前人所
知,可補方作之缺。《金剛般若經集驗記》所引其他六篇可對方輯本
作以校勘。方輯本主要依據《法苑珠林》和《報應記》,多有疏誤之
處,據此書可加補充:"任五娘"條,《法苑珠林》卷九四與孟書作"兒
小時患染",獨《太平廣記》卷一〇三誤引《冥報記》作"兒小時染
患";"李虔觀"條,孟書較《法苑珠林》卷十八補充李虔觀父親名"福
胤";"濟陰縣"條,《法苑珠林》卷十八作"曹州參軍事席文禮說之",
而孟書作"曹州參軍事(席)元褘所說";"孫壽"條,據《法苑珠林》卷
十八、孟書,可知《太平廣記》卷一〇三引《法苑珠林》衍"獲"字;"司
馬喬卿"條,孟書"喬卿"誤作"音鄉";"石壁寺老僧"條,孟書所引多
"賈祇忠先為並州博士,遷任隰州司戶,為餘令言之。後於並州訪
問,並稱實錄"三十字。

　　《金剛般若經集驗記》傳抄蕭、唐、郎三人小說,洵唐代小說慣

例。唐人小說常相互引用,形成普遍的傳抄現象。如盧求《報應記》轉引《金剛般若經集驗記》27 條;敦煌 P.2094《持誦金剛經靈驗功德記》19 則異事有 13 則見於《金剛般若經集驗記》("唐晏"、"崔善沖"、"豆盧氏"、"僧琰"、"尼藏"、"王陀"、"魏旻"、"睦彥通"、"僧法藏"、"婆羅門師"、"李延光"、"趙文昌"),大概是抄寫者輾轉傳抄孟著。縱觀此類小說的傳抄現象,它們常發生於宗教靈異故事上,又藉宗教信仰在某個範圍内得以擴散或廣為傳播。宗教思想刺激宗教徒、小說家創作宗教靈異題材作品,作品又被宗教徒或小說家所傳抄而成為宣揚宗教觀念或紹介民間信仰的工具。從《金剛般若經集驗記》發展來看,唐代小說形成創作與傳抄的互動趨勢,擴展古代小說的傳播範圍,也有效地保存部分散佚小說的基本内容。

二、《報應記》流傳概況與故事淵源

盧求《報應記》全名為《金剛經報應記》,約成書于大中十一年(857)前①。是書皆記僧俗持念《金剛經》而逢凶化吉之異事,重在宣驗佛經靈異。所載故事大多只具梗概,文學藝術成就不高,但依然有其學術意義與文學價值,可就此考察唐代《金剛經》信仰。因誦念《金剛經》而化凶避禍的靈異故事,是唐代釋家宣驗類故事的常見類型。隋唐之際,《金剛經》極受士庶青睞,甚至被視為"續命經",故常現身於佛教靈異故事中。唐代圍繞此經所撰寫的靈異著作,尚有蕭

---

① 李劍國:《唐五代志怪傳奇敘錄》,南開大學出版社 1993 年版,第 754 頁。

瑀《金剛般若經靈驗記》、孟獻忠《金剛般若經集驗記》、佚名《金剛經靈驗記》、段成式《金剛經鳩異記》、敦煌本《持誦金剛經靈驗功德記》等,此類著作誠為探究唐代民間信仰與佛教信仰的重要資料。

　　盧求為文學家李翱之婿,唐僖宗宰相盧攜之父。《新唐書·藝文志》地理志類著錄盧求《成都記》五卷,注云"西川節度使白敏中從事"。《宋高僧傳》卷21"釋永安傳"記大中八年三月釋永安造謁白敏中,"判官盧求見之謂為小沙彌"①,則盧求最晚在大中八年已入白敏中幕府,又于大中九年八月五日撰《成都記序》。《成都記》搜訪前人有關巴蜀地理論著,附有成都山川圖志,是當時有關成都地理的詳備之書,可惜亡佚已久。現存《成都記序》簡介巴蜀之山川風情、歷史沿革,亦有一定價值。

　　《報應記》之名最晚見於《宋史·藝文志》卷158,可能宋時尚見三卷本《報應記》,此後便下落不明。幸賴《太平廣記》所徵引部分篇章而流傳於世,據李劍國先生《唐五代志怪傳奇敘錄》考證《太平廣記》所錄現存59條中有54條是可信的,確出於《報應記》。此外,唐代沙門神清《北山錄》卷七所載"崔皓妻郭氏"亦應出於盧求之書,可加輯補(北宋僧人慧寶為《北山錄》注云"出盧求《金剛經驗》也",文中所指《金剛經驗》應為《金剛經報應記》)。《北山錄》所記極簡,文云:"皓妻郭氏誦《般若經》,皓取經,灰之於廁。至是將刑,檻車送城南,衛士十人,行溲其上,呼聲嗷嗷,曰:'斯投經之報也。'"②此故事出於《北史》,所記較詳:"浩非毀佛法,而妻郭氏敬好釋典,時時讀

————————————

①　贊宁撰,范祥雍點校:《宋高僧傳》,中華書局1987年版,第544頁。
②　神清撰,慧寶注:《北山錄》,《大藏經》(第52冊),(臺北)新文豐出版公司1987年版,第619頁。

誦。浩怒,取而焚之,捐灰廁中。及浩幽執,被置檻内,送于城南,使衛士數十人溲其上,呼聲嗷嗷,聞于行路。自宰司之被戮辱,未有如浩者,世皆以為報應之驗。"①

<h2 align="center">壹、《報應記》故事淵源</h2>

此書有摘錄前人著作的素習,《太平廣記》所徵引的 54 條《報應記》作品多有淵源。《報應記》共轉引《金剛般若經集驗記》27 條,有"趙文若"(《金剛般若經集驗記》引蕭瑀《金剛般若經靈驗記》,此條與《冥報記》所記内容有異)、"睦彦通"、"慕容文策"(《金剛般若經集驗記》引《金剛般若經靈驗記》)、"袁志通"(《金剛般若經集驗記》引《金剛般若經靈驗記》)、"杜之亮"(《金剛般若經集驗記》引《冥報拾遺》)、"韋克勤"、"沈嘉會"(《金剛般若經集驗記》引《冥報拾遺》)、"白仁晳"(《金剛般若經集驗記》作"向(白)仁悊")、"竇德玄"、"王陁"(《金剛般若經集驗記》作"王陀")、"高紙"(《金剛般若經集驗記》引《冥報拾遺》,作高純)"王令望"、"陳惠妻"、"何澣"、"張玄素"、"李丘一"、"于昶"、"裴宣禮"、"吳思玄"、"銀山老人"、"崔文簡"、"姚待"、"呂文展"、"薛嚴"、"李廷光"(《金剛般若經集驗記》作"孝廷光")、"崔善沖"、"唐晏"。《報應記》"盧景裕"一篇出於北齊魏收《魏書·儒林傳》;"董進朝"一則出於段成式《金剛經鳩異記》②;"崔義起妻"一條見於《三寶感通錄》、《法苑珠林》卷

---

① 李延壽:《北史》,中華書局 1974 年版,第 789 頁。

② 段成式《金剛經鳩異》收于《酉陽雜俎》續集,據李劍國先生推斷《酉陽雜俎》續集編于大中七年至九年(853—855)間,據此《金剛經鳩異記》成書早於《報應記》。參見石昌渝主編:《中國古代小說總目·文言卷》,山西教育出版社 2004 年版,第 622 頁。

八五。

　　加上引自《北史》"崔皓妻郭氏"條,《報應記》抄錄前人篇章可考者凡 31 條,佔據現存《報應記》篇章數目的多一半。《報應記》所轉錄的前人作品皆為隋朝至唐開元初期作品,換而言之,《報應記》所錄開元以前的作品幾乎都有源頭,並非盧求自創。因為故事從他作縮寫而來,故僅存原故事之梗概,遠無原故事情節之曲折複雜。

　　基於《報應記》抄錄前人著作部分內容,可據此對校以尋找某一故事最好的文字版本。《報應記》中有不少故事轉引于《金剛般若經集驗記》,對照兩書版本差異有助於分辨錯訛,尋求文本的真實記載。如《報應記》"高紙"一篇,《金剛般若經集驗記》引《冥報拾遺》卻作"高純",究竟孰是孰非? 雖然《報應記》"高紙"條抄錄于《金剛般若經集驗記》,但不能簡單斷言《報應記》在傳抄過程中產生錯訛。依《大正藏》編者《金剛般若經集驗記》校勘所記"純一作紙",可知《金剛般若經集驗記》流傳過程中有"高紙"、"高純"兩種說法。因為《報應記》保存了《金剛般若經集驗記》部分原始文字,據此可判斷《金剛般若經集驗記》原文作"高紙"而非"高純","高純"之誤恐是後人傳抄所致。《報應記》與《金剛般若經集驗記》有很多異文都可通過對勘方式明辨對錯,復如《報應記》"白仁晳"條源于《金剛般若經集驗記》"向(白)仁悊","悊"古同與"哲"字,故可判斷中華書局汪少楹點校《太平廣記》所引《報應記》"白仁晳"有誤,當作"白仁哲"①。

---

　　① 張國風《〈太平廣記〉版本考述》列舉"沈與文野竹齋抄本"、"陳鱣校本宋本"、"談愷刻本"、"許自昌刻本"皆作"白仁哲",故可確斷汪校本《太平廣記》有誤。參見張國風:《〈太平廣記〉版本考述》,中華書局 2004 年版,第 46 頁。

貳、《報應記》"高紙"故事流變

為什麼《報應記》好傳抄前人著作呢？這涉及唐代靈異故事傳播問題。下文以"高紙"為例，述其故事淵源與演變歷程，借此考察《報應記》中靈異故事被改竄的宗教目的與特徵。

綜合入冥經歷者身份、故事年代、故事内容、語詞字句等多種信息，可以判斷《報應記》"高紙"故事源于郎餘令《冥報拾遺》"高純"一篇。郎文此條内容現收于孟獻忠《金剛般若經集驗記》卷下①，《金剛般若經集驗記》原文附有"（郎）餘令親自聞說"，並注明引自郎餘令《冥報拾遺》。故三者間關係為《冥報拾遺》→《金剛般若經集驗記》→《報應記》，《冥報拾遺》為《報應記》的最早源頭。

此作講述高潁之孫（高表仁之子）被鬼使拘至冥間，受到閻羅王問責治罪，後因他曾奉持誦《金剛經》而得以重返陽間。綜合入冥者身份、故事年代、故事内容、語詞字句等多種信息，可以判斷《報應記》"高紙"係盧求在郎文基礎上縮略而成，原作中的主人公身份、鬼使於普光寺堵截、化度寺僧等情節都被加以省略。盧求還將故事結構略作調整，如將《冥報拾遺》中"舌不損"原因挪移至冥府審問過程中，將"翊衛"職位後移至故事結尾。盧求所作的文筆簡化、情節挪移等工作，使故事簡潔明瞭。但正因為盧求做過文字改易而出現一處紕漏：《冥報拾遺》載主人公在入冥前曾任官職，入冥後即出家修行；《報應記》因年代久遠不知事實，而誤將任職一事挪移文後，敍說

① 孟獻忠：《金剛般若經集驗記》，《卍續藏經》（第 149 册），（臺北）新文豐出版公司 1994 年版，第 88 頁。

"後仕為翊衛，專以念經為事"。（可據《大唐內典錄》、《法苑珠林》等書旁證）

《報應記》"高紙"故事並非僅見于《金剛般若經集驗記》、《冥報拾遺》，還被唐代諸多典籍所傳抄，如道宣《大唐內典錄》、道宣《三寶感通錄》、道世《法苑珠林》、惠詳《弘贊法華傳》、僧祥《法華經傳記》等。較早記錄這一故事的僧侶著作為道宣《大唐內典錄》，道宣《三寶感通錄》與僧祥《法華經傳記》幾乎原封不動抄錄了前作。

《大唐內典錄》之後的《法苑珠林》進一步加工故事細節，更趨詳細，敍述委婉曲折。從文學角度而言，其文筆超逾前代所述。早前故事只見梗概，而《法苑珠林》則對鬼捉、入冥兩個情節進行大量補充，使其愈加傳神；它對主人公身份有了更明確的交代。此前作品僅簡單介紹主人公為高表仁之孫，缺遺名字。而《法苑珠林》主人公信息已漸補全，名叫高法眼，還擔任公職曾"向中台參選"。但《法苑珠林》所記"高法眼"的名姓及身份似存紕漏："法眼"非系人名，故後來的《弘贊法華傳》稱為"釋法眼"；高法眼非為高熲玄孫，可能是高熲曾孫（高熲第三子高表仁之孫）。道宣、道世同處西明寺，二人所記此篇故事的主要情節又基本相同，很容易讓人懷疑成書于總章元年（668）之《法苑珠林》參考了成書于麟德元年（664）正月的《大唐內典錄》（《法苑珠林》取材道宣之書不乏先例，如"崔義起妻"一條故事即出自道宣《三寶感通錄》）。另外，就故事情節、人物姓名判斷：成書較晚的《弘贊法華傳》可能脫胎于《法苑珠林》。

《金剛般若經集驗記》所引《冥報拾遺》"高純（紙）"故事，並非源于《大唐內典錄》諸書。從成書年代來看，《冥報拾遺》比《大唐內典錄》還要早。據李劍國先生推斷《冥報拾遺》可能成書于龍朔三年

（663），要比《大唐內典錄》創作時間要早①，源于道宣著作的可能性較小。最重要的是，從所記載的內容來看，無論是人物身份、故事年代，還是入冥受審細節上，《冥報拾遺》皆不同於《大唐內典錄》、《法苑珠林》所記。故可判斷，《冥報拾遺》所記並非來源於佛教書籍，正如文後所注這則故事是"餘令赴考入京親自聞說"。

諸書記載相異的原因在於此故事源於一則京城傳說，記錄者不同其所記載的內容也便產生了差異。從郎餘令"親自聞說"及《法苑珠林》所言"京城道俗共知"，可知這一故事流傳較廣。此點也反映了唐代敍事作品的一個特徵——故事多來源於坊間傳聞。

那麼同一故事為什麼會被不同書籍反復徵引、改寫呢？不妨從改動處探察諸書旨意。就這則故事而言，較明顯的變化如下所述。

變化之一，主人公身份的記載不同。《冥報拾遺》交代主人公系皇庭翊衛，其他書籍也提及主人公赴中台（尚書省）參選，這說明主人公身份為入仕者。可在故事流傳中產生了主人公捨棄仕途而出家為僧的情節，《大唐內典錄》、《三寶感通錄》、《法華經傳記》、《弘贊法華傳》皆如此類，其宗教教化目的不言而喻。

變化之二，不同書籍常根據實際需要改動細節，這在佛教典籍中體現地更加明顯。主人公所信奉的經書在不同書籍中記載不一，這種差異源於各書的實際需要不同，也反映出作者出於宗教目而加以變易經典。每一種書籍都有選擇地指明了主人公奉持的經典：專記《金剛經》靈異之事的《金剛般若經集驗記》、《報應記》所記佛經是《金剛般若經》；《法華經傳記》、《弘贊法華傳》則是《法華經》。

———————————

① 李劍國：《唐五代志怪傳奇敍錄》，南開大學出版社1993年版，第204頁。

傳抄某一故事並不斷加以改動,洵為唐代作品的一個顯著特徵。尤其是唐代靈異類故事得到不同撰寫者的反復傳抄、重新書寫,故其敘事手法頗多雷同,所敘故事亦大同小類。靈異故事被諸書傳抄的主要原因出自於弘揚宗教的目的。宗教信仰成為推動靈異類故事產生和傳播的主要動力,故《法華經傳記》、《報應記》把故事改寫為適合自己宗派的故事。

佛教經典信仰的傳播潮流推動了《報應記》問世,而由經典信仰所孕育的大量靈異類故事又為《報應記》提供素材。《報應記》轉引或改寫前人奉持《金剛經》靈異類故事,意在宣揚《金剛經》之神異,迎合了當時經典信仰的潮流。《太平廣記》保存了 120 餘則《金剛經》靈驗故事,敦煌典籍含有大量《金剛經》類書籍,僅天津藝術博物館就藏有 33 卷敦煌《金剛經》,約占總藏數 10%。《金剛經》代表大乘空宗思想的發展,這部短小精典的經書逐漸成為唐人信奉的主要經典,贏得了無數士庶的青睞,它被視為"續命經"屢屢出現于佛教宣驗故事中,所以圍繞此部經文而鋪展的靈異故事不可勝數。

三、唐代志怪集成書特徵與演繹歷程

唐人有意為文,集卓才、奇情、玄思、妙筆於小說書寫之中,將中國文言小說推至文學巔峰。有關唐代小說的研究成果極其豐贍,但唐小說集如何編著而成的問題尚未得到詳盡解答,而這一問題關涉故事素材、小說體例、情節模式等諸多方面,頗值得深入研究,本文擬對此問題作以嘗試性的探討。唐小說單篇佳作大多為作者自創,極顯作家文學想像，亦有像《長恨歌傳》之類是在傳聞基礎上加工而成；唐代小說集的成書情況則較為複雜，主要包含坊間傳聞、傳抄改寫、作者自撰三種類型。

壹、素材源自坊間傳聞

唐小說集中有相當數量的故事素材來源於坊間傳聞或親友間轉述，系作者在傳聞基礎上加工而成。此種類型以唐臨《冥報記》、郎餘令《冥報拾遺》、孟獻忠《金剛般若經集驗記》等著作為主，張讀《宣室志》、戴孚《廣異記》中也有類似情況。唐臨《冥報記序》自云"具陳所受及聞見由緣"，小說集詳細交代了每則故事的緣由及講述者的身份，如"周武帝"條記："（唐）臨外祖齊公親見，時飯（《大正藏》作"歸"）傢俱說云爾。"①郎餘令《冥報拾遺》體例襲仿《冥報記》，亦多記故事緣由，如"任五娘"結尾云："吳興沈玄法說，淨土寺僧智整所說亦同。"②唐臨、郎餘令的作品，幾乎皆為作者根據傳聞撰寫而成。孟獻忠《金剛般若經集驗記》故事亦一一載明來歷，標識講述者身份，如"于昶"條自敍："其孫梓州郪縣尉于愻親自說也。"《宣室志》、《廣異記》也有源自傳聞的現象，如"今在京師，聞其事于（董）觀云云"③，"劉成"條云："備得其事，傳以紀述。"講明成書緣由。此類作品來源於同僚、親友間的傳聞，其故事講述者多為士大夫。有些故事雖然並未詳述傳聞經歷，但從隻言片語的記載依然可以推斷其

---

① 唐臨撰，方詩銘輯校：《冥報記》，中華書局 1992 年版，第 50 頁。
② 郎餘令撰，方詩銘輯校：《冥報拾遺》，中華書局 1992 年版，第 126 頁。
③ 張讀撰，張永欽、侯志明點校：《宣室志》，中華書局 1983 年版，第 53 頁。

源自市井傳聞。同一故事素材常發生變數,如《紀聞》、《廣異記》皆有華嶽神拘奪民婦魂靈的故事,應屬於同一傳聞的不同記載。

坊間傳聞是唐小說材料的重要來源之一。唐代小說作者在宴飲集會、酬答唱和、訪僧謁緇等過程中收集故事素材,再在見聞基礎上重加整理而撰寫成篇。這種成書情況形成固定格式,故事結尾常有交代緣由的情節:

> 荊州僧常靖親見其事。① (《金剛經鳩異・僧法正》)
> 平昌孟弘微與及相識,具錄其事。② (《前定錄・柳及》)
> 趙生名何,蘇州人皆傳其事。③ (《靈異記・許至雍》)

如實記述故事來源既交代了故事成書過程,還增加了故事的可信度。小說家在交代小說素材緣由的同時,潛藏著史傳敘事意識。誠如楊義先生所論:“中國敘事作品雖然在後來的小說中淋漓盡致地發揮了它的形式技巧和敘寫謀略,但始終是以歷史敘事的形式作為它的骨幹”④。唐代小說家是以信史態度創作小說,他們處處模仿史傳敘事,為求他人信服,故備述由來以彰顯故事真實可靠。

源自傳聞的唐小說實際上經過了兩次加工:講述者將個人見聞轉述于作者,再經作者整理成文,由講述者與作者共同完成。講述者創造故事雛形,為故事提供藍本,他們借助口頭方式將異聞傳播於某一範圍群體或整個城邑。而小說作者則扮演著再創作的角色,他們

---

① 段成式撰,方南生點校:《酉陽雜俎》,中華書局 1981 年版,第 270 頁。
② 鍾輅:《前定錄》,中華書局 1985 年版,第 17 頁。
③ 李昉等:《太平廣記》,中華書局 1961 年版,第 2260 頁。
④ 楊義:《中國敘事學》,人民出版社 2009 年版,第 18 頁。

對故事素材重新加工,在不改變故事內容的前提下對故事加以潤色,或者略微改動某些情節。可借助《冥報記》中一則故事覘視作者再創作的功績:

> 陳公太夫人豆盧氏……欲起誦之,而堂燭已滅。夫人因起,命婢燃燭,須臾婢還,廚中無火。夫人命開門,於人家訪取之,又無火,夫人益深歎恨。忽見庭中有燃火燭,上階來入堂內,直至床前,去地三尺許,而無人執,光明若晝。夫人驚喜,頭痛亦愈,即取經誦之。有頃,家人鑽燧得火,燃燭入堂中。燭光即滅。便以此夜誦竟之,自此日誦五遍以為常。……夫人至今尚康,年八十年矣。夫人自向臨嫂說之云爾。①

依據唐臨所記,此則故事是唐臨嫂子親耳聽聞豆盧氏自述,再由唐臨記錄成文。唐臨所言是否出於實情呢?可據唐人墓誌得證。豆盧氏孫女竇琰墓誌銘今存於世,其文記載了這一異事:

> 祖妣豆盧氏,夜中讀經,遽而燈滅,有取火者,久而不至。夫人在侍,因徙②(往)催之。將出戶庭,空裏有燭影,隨夫人所召,直指經處,讀之乃畢。列于唐臨《冥寶(報)記》焉。③ (《唐故司衛正卿田府君夫人扶風竇氏(琰)墓誌銘並序》)

---

① 唐臨撰,方詩銘輯校:《冥報記》,中華書局 1992 年版,第 42 頁。
② 《全唐文補遺》作"往",疑是。參見吳鋼主編:《全唐文補遺》第 3 輯,三秦出版社1996 年版,第 499 頁。
③ 周紹良、趙超主編:《唐代墓誌彙編續集》,上海古籍出版社 2001 年版,第 329 頁。

比照唐書與墓誌所記，可知此事或有一定的原型，這證實《冥報記》
所記故事確實源于傳聞。此則墓誌為竇琰死後，其親眷請人撰寫，所
記竇琰祖母豆盧氏異事可信度較高。借助兩處記載，我們還能得知：
唐作文字略作誇張，增飾佛經愈病、延壽情節；而墓誌所記則較平實，
僅言空中燭影之事。唐臨完善了故事情節，增加了豆盧氏誦經得驗
的靈異，這些地方在墓誌中皆未提及。小說家的增衍揭櫫文人在傳
聞基礎上屢作改易，此點亦是唐代小說集常見特徵。源自傳聞的小
說如實記錄講述者的身份、履歷，有助於研究唐代信仰階層及見聞者
身份，具有一定的歷史價值，像《冥報記》所記高潁子嗣信息便能彌
補史料缺失。

貳、徵引抄錄他人著作

　　抄錄前人書籍或對他人著作加以改寫的情況，在唐小說集中較
為多見，尤其是宗教靈異題材故事常被不同作者反復傳抄。一些深
受宗教思想影響的小說家為勸化世人歸依宗教，誡諭大眾恪守道德
約束和宗教戒律，頻繁轉載個別靈異故事，以致同一故事接二連三出
現於不同作品中。孟獻忠《金剛般若經集驗記》有徵引他人著作的
素習，援引蕭瑀《金剛般若經靈驗記》、《冥報拾遺》諸小說集作品。
徵引唐人小說亦常見於佛教典籍中，如釋門類書《法苑珠林》每卷末
附有"感應緣"並廣引實事為證，徵引了大量唐小說，有《冥報記》、
《冥報拾遺》、《三寶感通錄》、《續高僧傳》等。此外，《持誦金剛經靈
驗功德記》、《法華傳記》、《弘贊法華傳》、《釋氏六帖》、《金剛經報應
記》諸書亦引用不少唐小說。這些書籍有的是全部抄錄原作，有的

僅是對前人故事作以簡要概括,略具原故事之梗概。如《釋氏六帖》所引"李山龍"、"揚州僧"及"釋明舜"等作品敍事甚略,其中的"李山龍"、"揚州僧"兩篇雖標引出自《三寶感通錄》,實際是《三寶感通錄》轉引《冥報記》的作品,這些情況反映了唐小說被傳抄的慣例與特徵。

除孟獻忠《金剛般若經集驗記》之外,唐代小說集《報應記》亦頻繁傳抄前人篇什,可參閱前文。靈異故事被諸書傳抄的主要原因出自於弘揚宗教的目的。宗教信仰成為推動靈異類故事產生和傳播的主要動力,佛教經典信仰的傳播潮流刺激《冥報記》、《報應記》、《金剛經鳩異》等小說集問世,而由經典信仰所孕育的大量靈異類故事又為這些小說集提供素材。《報應記》、《金剛般若經集驗記》等小說集頻繁轉引前人奉持《金剛經》靈異類故事,意在宣揚《金剛經》之神異,迎合了當時經典信仰的潮流。這種信仰潮流可從現存資料窺知,如《太平廣記》保存 120 餘則《金剛經》靈驗故事,敦煌典籍含有大量《金剛經》類書籍,僅天津藝術博物館就藏有 33 卷敦煌《金剛經》,約占總藏數 10%。《金剛經》代表大乘空宗思想的發展,這部短小精典的經書逐漸成為唐人信奉的主要經典,贏得了無數士庶的青睞,它被視為"續命經"屢屢出現于佛教宣驗故事中,所以圍繞此部經文而鋪展的靈異故事不可勝數。因此,轉抄他人靈異作品在當時極為常見。敦煌文獻中即有不少被反復徵引的敍事作品,如《黃仕強傳》、《荀居士寫經靈驗記》、P.2094《持誦金剛經靈驗功德記》等。

叁、發揮想象自創作品

唐小說集中還有一部分作品既非記錄坊間傳聞,也不是改易別書而成,系出於作家自撰。此類著作以《玄怪錄》、《紀聞》、《河東記》、《通幽記》、《傳奇》等小說集為主,在其他小說集中亦不乏其例。由文士所編撰的作品極顯文學底蘊,可讀性較強。作者在小說中充分展示其才藝,構造了一個瑰麗奇異的想象空間。此類著作篇幅較長,文學色彩較濃,故事曲折離奇,情節跌宕起伏,人物敘寫生動,文采卓然,辭藻華麗。作者精心敷衍成篇,運用大量修飾手法,而這些特徵在源自傳聞、傳抄他人的作品中則較為少見。傳抄之作大多缺少文采,故事情節頗多雷同,語言過於平實;而由文人自創的故事則有效彌補了這一缺憾,堪稱唐傳奇之佳篇。

　　記錄傳聞、傳抄他作、自創作品並非孤立相斥,唐代小說集常涵括三種不同的成書情況並形成相互補充的有機體系。小說家無論選用何種創作方式,皆具有一個鮮明特點,即以史家態度和筆法敘寫故事。即使小說所敘故事虛幻不實,可"時人咸著傳記彰明其事"①,依然以信實的態度撰寫此類異事。唐人重視歷史敘寫方式,常用獨特的歷史關照方式記述故事,小說也或多或少受此思維的影響。作者採用類似史實的記載方式撰寫故事,所記人物常附會於歷史人物、事件,故其作品虛中有實,實中含虛。唐代小說集的三種成書類型雖然偏重不同的書寫題材,記錄傳聞多記人物經歷、傳抄他作圍繞靈異題材、自創作品喜好記敘愛情故事、歷史事件,皆形成固定的風格、模式,然而它們合力擴展小說的書寫範圍,豐富了唐代小說敘事手法與完善了敘事技巧,進一步推動唐小說走向成熟。

―――――――――

　　①　段成式撰,方南生點校:《酉陽雜俎》,中華書局 1981 年版,第 265 頁。

四、敦煌地域文化中的《金剛經》小說創作與傳播

《金剛經》傳播幾乎擴展至中國版圖的所有地域，湧現漢文、和闐、粟特、回鶻、藏文、滿文等不同文字譯本。這一經典信仰既是地域間、民族間宗教信仰交流與融合的映現，也是佛教觀念傳播的體現。有關《金剛經》信仰研究方興未艾，學界做了大量研究工作，已取得豐碩成果。但立足文學角度，探討西北地域《金剛經》信仰交流、文學作品對不同民族與不同地域間經典傳播的影響效應等問題仍有一定的學術價值。本節擬從志怪傳播角度考察《金剛經》信仰在不同民族、不同地域間的傳播與發展。

敦煌寫卷 S.4037v 錄有《苟居士寫經靈驗記》，其文如下：

苟（苟）居士，樂善，專誦念《金剛經》。乃發心，於雜（新）繁縣西北村東以筆書空，為天寫《金剛經》。其處每有雨下（不）濕。人初不知，村人放牛，小兒往來，常取於此處避雨。後有一胡僧從此過，見，乃告村人曰："此是經壇，空中有有（疑衍）經。"齋日有化寶蓋，往人（往）出現爾。此經壇去縣城西北三十里，今現在。①

此段靈異故事與敦煌寫卷 P.2094《持誦金剛經靈驗功德記》"苟居士"所錄文字相差無幾，系同出一源。P.2094《持誦金剛經靈驗功德記》題記："于唐天復八載，歲在戊辰四月九日，布衣翟奉達寫。"天復僅有四年，此因敦煌邊陲不知唐室變易而仍襲唐號，故知其抄寫時

---

① 《英藏敦煌文獻（漢文佛經以外部分）》第 5 卷，四川人民出版社 1992 年版，第 233 頁。

間實為後梁開平二年（908）。而據 S.4037 正面所抄唐末禪月大師
《贊念法華僧》及背面所記“乙亥年正月十日”，可鉤稽 S.4037v 抄寫
年代當為後樑乙亥（915）年①。依據抄寫時間與所錄文字而斷，S.
4037v 所記苟居士寫經靈驗記襲自 P.2094。

壹、跨地域傳播中的情節變異

　　S.4037 V 與 P.2094 所記故事抄自唐人作品。道宣《大唐内典
錄》卷十、《三寶感通錄》卷三、《道宣律師感通錄》(《律相感通傳》)
諸書皆載此事，今存兩種不同記載：《大唐内典錄》、《三寶感通錄》主
人公作苟書生，《道宣律師感通錄》則作苟蒨（原字難識，據麗藏本
定），兩處文字差異較大。故該故事在道宣筆下分為兩類：一類為
《大唐内典錄》與成書稍晚的《三寶感通錄》，另一類《道宣律師感通
錄》(《律相感通傳》)，形成兩種敍事風格。

　　敦煌寫卷“苟居士”應驗故事即濫觴于道宣之作。但敦煌寫卷
與道宣原作除部分文字之別，還存有僧人身份、主人公身份、經壇等
不少差異，這些差異為抄寫者刻意修改，流露文獻傳抄中宗教意圖，
彰顯故事從中原流向邊陲過程所發生的文化差異。

　　跨空間的圖書傳播易導致敍事細節發生變化，而其轉變多受傳
抄者個人意識及所處的文化場域影響。“苟居士”故事由中原流傳
到敦煌地區，亦生髮情節變異。敦煌是邊陲地域，西接西域諸族，被
《耆舊記》(《續漢書·郡國志》劉昭注引)稱作“華戎所交，一都會

---

　　①　劉亞丁：《佛教靈驗記研究——以晉唐為中心》，巴蜀書社 2006 年版，第 242 頁。

也",其文化染有胡風異趣,如莫高窟壁畫常繪有類似藏族、突厥等外族者的畫像。榮新江通過梳理于闐人在沙州的活動年表,勾勒十世紀"于闐僧"、"于闐使"往來于闐和沙州的頻繁記錄,還原敦煌地域文化交流原貌①。在漢、胡文化交流的背景中,P.2094寫卷抄者翟奉達之文化思維亦留下胡風痕跡。翟奉達重修的220窟壁畫上繪有為文殊牽獅的于闐王圖像,原敦煌文物研究所認為它可能來源于闐的影響,孫修身等學者則提出這是具有中國本土特徵的新樣文殊圖稿。這種文殊新樣展現敦煌地域的文化觀念,有意在中原文化中引入西域文化要素,體現文化思維的新變,正是敦煌地域複雜文化的縮影。

在這種地域文化思維的反映下,敦煌寫卷將《大唐內典錄》中的"非常僧"改為"胡僧",順應敦煌地域胡漢交處的地理色彩並迎合唐代小說慣見的書寫現象。道宣筆下的"非常僧"是"異僧"的同義詞,並沒有過多渲染故事中的僧人身份;敦煌卷子中的僧人身份則被改易為胡僧。胡僧情節顯然經過故事傳抄者的有意增加,而P.2094"唐晏"條與此一脈相承,它將唐代孟獻忠《金剛般若經集驗記》"唐晏"故事中"道人示警"改為"胡僧示警",強調"胡僧"的靈異。胡僧情節客觀上深化了小說的文化旨意,發揮隱喻功能。唐小說中的胡僧是一類特殊的群體,小說家常借胡僧來揭示靈異或寶藏的存在,"胡僧識寶"遂成為常見的故事情節,"中國識寶傳說產生于唐宋時期,這一時期,識寶故事主要圍繞阿拉伯、波斯人識寶展開。"②敦煌

---

① 張廣達、榮新江:《關於敦煌出土於闐文獻的年代及其相關問題》,《于闐史叢考》,上海書社1993年版。

② 嚴夢春:《"回回識寶"傳說探微》,《民族文學研究》2005年第1期。

卷子的胡僧情節趨迎世俗理解的"胡僧"形象,從而使由胡僧口中所揭示的"寫經臺"富有神異的"寶物"性質,正如文中所述"有化寶蓋,往人(往)出現"。這種行文設置將佛教靈異與傳統小說情節交織在一起,增加故事趣味性,從而產生神奇的效應,強化佛教故事的靈異色彩。

傳抄者的敦煌地域視野還增加故事的宣教旨意。敦煌是佛教弘法之地,像翟奉達等傳抄者具有濃郁的佛教情結,其宗教心理影響故事傳抄。敦煌卷子將主人公身份由書生改為居士,並言明主人公"樂善,專誦念《金剛經》"。"樂善"是對苟居士宗教品性的界定,誦念《金剛經》則對苟居士修行做了補充。此身份變易完全把主人公納入到宗教信眾行列中,具有明確目的性,流露出抄寫者懷有較強的宗教意圖。敦煌發現的靈驗故事總數約有六七十件,皆以佛教為背景,其內容涉及持誦佛經、抄經造經、造塔、念佛、鳴鐘等題材,其宗教性意圖皆較鮮明。敦煌卷子刻意說明經壇信息,"此經壇去縣城西北三十里,今現在。"強調講經壇的存在並說明它至今保存,具有深化靈異效應的用意。空中寫經靈異本屬虛幻,但經壇遺跡卻增強靈驗異事真實存在的意味,並以實物規引信眾信奉,以實證虛使文學想象性遭致削減,卻迎合了士庶的宗教情結。將"經壇"視作史實的現象在此故事所流傳的後代方志中更為多見,這說明大眾對靈異之事深信不疑並對此不斷鑿實。經壇情節的出現及增衍呈現出現實化情節加劇之勢,故事在傳抄過程中似乎欲重歸史的面向,卻不過是刻意的情節設置而已,其本質上源自人為操作。

敦煌地域所傳抄的中原作品有一個鮮明特徵,文筆簡省,敘事平易。當原本詞語繁麗、敘事曲折的故事傳到敦煌之後,傳抄者往往刪繁就簡，留存故事梗概，這幾乎成為敦煌地域的傳抄色彩。除本篇之外，P.2094 寫卷"遂州人"、"王陀"、"僧法藏"、"唐晏"、"魏昫"相較《金剛般若經集驗記》原事，"陳昭"條較《金剛經鳩異記》原文，皆用筆簡略，縮減頗多，改變複雜的敘事風格，甚至省略遂州人的姓名、王陀官職。復如 S.381《唐京師大莊嚴寺僧釋智興鳴鐘感應記》幾乎是《續高僧傳》卷 29《釋智興傳》的縮寫。敦煌傳抄作品敘事簡明的特徵有別於其他傳抄作品，像《法苑珠林》從道宣《三寶感通錄》所抄"高紙"、"崔義起妻"等故事皆增飾敷衍，《法苑珠林》"崔義起妻"條文字數量超逾原文三倍。此種情況的頻繁出現預示敦煌傳抄作品更重視故事本身，在傳抄者看來"文繁不具多載者也"，多求以事警人而非炫弄文字外飾、曲折敘述等敘事技巧。

貳、發軔志怪的故事淵源

目前所見最早記載這一故事的書籍為道宣《大唐內典錄》，但並不能說明此故事出於道宣首創。我們可通過作品間之差異，探析唐代故事傳播情況：首先，同年所作的《大唐內典錄》與《道宣律師感通錄》差異處頗多，存有疑竇。《大唐內典錄》為道宣"龍朔四年（麟德元年，664）春正月"所著，《道宣律師感通錄》序載"麟德元年終南山釋道宣撰"。然兩書記載的此故事卻存有細節差異：《道宣律師感通錄》主人公名喚苟蒨，原為綿州巴西縣人，客遊新繁教書；它對村人之事所記稍詳，敘寫村人耽於外道、輕侮苟蒨，後感於神跡而生信敬；它還將出自僧侶口中的話語改為直敘。同一作者在同一年所作的同一故事，竟有如此多之差異，頗令人生疑。其次，《大唐內典錄》與

《道宣律師感通錄》所記此事之文風、思想皆有不同。前者所記更具有文人化的傾向，描繪主人公“大用工書”，其文筆較爲典雅；而後者所記則具有濃厚的宗教意識，充斥佛教徒的思想痕跡，如寫及“得第二果”、“不食酒肉”、“多信外道”、“遂即信敬”等詞語。故從其文風、宗教痕跡判斷，兩事似非出自一人之筆。再次，作品間的乖違不合道宣的史實態度。道宣撰寫的靈驗故事以史實見稱，故《大唐內典錄》卷十所錄靈驗故事多被視作信史而載錄于道宣《續高僧傳》，如該卷“釋遺俗”、“釋寶瓊”等皆被收入《續高僧傳》。如此注重信實的道宣，卻在同年對同一事件採取了不同的記載，甚至連主人公名姓也加以改易，實事出有因，暗藏玄機。

　　道宣爲何在同年所作作品中有不同的記載呢？這需要從《大唐內典錄》成書體例說起。《大唐內典錄》卷十所錄感應故事，除個別篇章是道宣親自所寫外，其餘皆改寫自前人作品，其素材來源《高僧傳》、《冥報記》、《冥報拾遺》等。唐代靈驗故事多以紀實態度敘寫，作者盡力以傳記形式記敘靈驗異事，詳述故事的來源。《大唐內典錄》沿襲此種創作方式，其自創作品有跡可循：“令狐元軌”云“京師西明寺主神察，目驗說之”；“曇韻禪師”記“余以貞觀十一年親自見之”；“河東練行尼”敘“貞觀二年，端自說之”。由是觀之，道宣自創作品多述緣由。而《大唐內典錄》沒有提供故事緣由信息的條目，則多轉述於他書，“荀書生”一條即轉引他書。正因爲此篇作品並非道宣自撰，所以在《大唐內典錄》轉引這一故事之後，《道宣律師感通錄》再次對此故事加以改寫。這種改易前人著作的現象在《法苑珠林》、《大唐內典錄》等諸多作品中皆有體現，洵爲唐代敘事作品的共同特徵。

　　我們大致可以判斷此故事在道宣作品中的創作軌跡：麟德元年（664）正月，道宣根據某書在《大唐内典錄》中轉錄此事，此年六月成書的《三寶感通錄》又抄錄《大唐内典錄》，同年稍後成書的《道宣律師感通錄》則對原故事作了修改。然而這個判斷還存在一個問題，即《道宣律師感通錄》撰時之疑。一般認為此書為道宣之作，但唐時經錄未載此書，麗藏本云"藏所無"，"惠澄上座傳來寄帙"①，大正藏因此收錄。而續藏本又將其稱作《律相感通傳》，卻記"乾封二年（667）仲春"成書，書名、撰時留有異議，因涉另外一個問題，故不贅述。

　　那麼《大唐内典錄》素材源於何處呢？《大唐内典錄》所錄感應故事的來源可參照現存典籍探知，此故事之來源亦可循此思路鉤稽。爬梳《大唐内典錄》卷十所記故事的文字與情節，可知"荀書生"條前的"嚴恭"、"李山龍"、"李思一"、"豆盧氏"、"岑文本"、"蘇長"、"董雄"七條出於《冥報記》；"荀書生"條後之"高表仁孫"條見於《冥報拾遺》②，而《大唐内典錄》"高表仁孫"條前有一"又"字，表明"荀書生"與"高表仁孫"條同源，據此可推知"荀書生"為《冥報拾遺》佚文。從體例來看，"荀書生"條符合《冥報拾遺》特徵：郎餘令《冥報拾遺》所記故事皆為隋唐間靈驗故事，又頗多念誦持寫《金剛經》類的靈異之事，這與"荀書生"故事內容相合。由此推知，今見於《大唐内典錄》的"荀書生"寫經故事可能源自《冥報拾遺》，具有輯佚郎著的

---

　　①　釋道宣：《道宣律師感通錄》，《大正藏》第 52 冊，442b。

　　②　據孟獻忠《金剛般若經集驗記》所引《冥報拾遺》有"高純（紙）"條，與此大致相同，可知《大唐内典錄》"高表仁孫"實源於《冥報拾遺》。中華書局 1992 年版方詩銘輯校《冥報記》所附《冥報拾遺》中未錄此篇，故《集驗記》"高純"一篇可補方作之闕。參見孟獻忠：《金剛般若經集驗記》，《卍續藏經》第 149 冊，（臺北）新文豐出版公司 1994 年版。

文獻價值。

　　道宣傳抄郎餘令的作品，折射僧侶撰著援引文人小說的現象，關涉僧侶作品材料來源。唐代學僧輩出，道宣、道世、法琳等名僧論著廣引典籍，《辯正論》、《法苑珠林》、《大唐内典錄》、《廣弘明集》等博采志怪的特徵已為學界所知。此傳抄特徵不是偶然現象，類似懷信《釋門自鏡錄》、僧詳《法華傳記》、慧詳《弘贊法華傳》等皆有這種特徵，唐代僧侶注意從藏外典籍取材以證驗佛法靈異。頻繁出現的這種傳抄現象，不單純是保存志怪作品與促使傳抄興盛的事情，還關係著小說發展流變與傳抄現象特徵。志怪作品經過文士的文學加工，儘管具有宗教意識的作者試圖以類似史傳的敍事方式記載靈異之事，但其虛構成分的存在卻是不爭事實。這些志怪作品並非信史，但在其歷史框架中卻潛隱些許虛構場景，這是文學原有的想象化、文學化要素。而將此類作品援引到撰著中的僧侶，多持信任不疑的態度並對某些虛幻情節進行增飾，這就使作品的文學特徵發生轉變，在反復傳抄過程中增添虛構特徵，與唐小說重視史實的文學原貌拉開距離。如《大唐内典錄》所傳抄的"高表仁孫"條源自郎餘令《冥報拾遺》"高純"一則，現收于孟獻忠《金剛般若經集驗記》卷下，附有"餘令親自聞說"諸語。《三寶感通錄》、《法苑珠林》、《弘贊法華傳》、《法華傳記》等書籍皆傳抄此事，但故事年代、主人公身份、姓名、所持經典、故事情節都差異較大，這預示反復傳抄導致作品出現再寫現象，原有可考之以史的唐小說思維已經被打破了。

　　這種傳抄呈現單維度的發展趨勢，從文學作品滑向宗教靈異，從文人作品變為僧侶作品。儘管唐代文士常從僧侶處獲取材料，像唐臨、郎餘令都曾從僧人那裏獲得靈異素材並用來創作，卻很少出現文人傳抄僧人作品的現象，兩類群體的創作旨意、文筆風致等因素無形間沖淡文人傳抄的意圖，使文士固守文學疆域而不願削弱文學性。

叁、故事傳播的文化因素

敦煌寫卷 P.2094 與 S.4037v 抄錄"苟居士寫經靈驗記"，並非是偶然的現象，而是一類複雜的群體現象，這折射古代靈異故事的傳抄中宗教文化影響效應。自道宣《大唐內典錄》後，這一故事遂不絕於載，僅道宣本人就兩次轉述這一故事。此後，《法苑珠林》卷十八、《太平廣記》卷一〇二皆引自道宣《三寶感通錄》。《金剛經疏記科會》卷七、宋僧子璿《金剛經纂要刊定記》卷五、明僧廣伸《金剛經鎞》卷二、明曾鳳儀《金剛經宗通》卷三、明曹學佺《蜀中廣記》卷九五、明徐應秋《玉芝堂談薈》、清錢謙益《牧齋有學集·金剛經了義引》卷二一、清揆敘《益戒堂詩集》卷五、清周克復《金剛持驗紀》、清彭際清《居士傳》卷四等書籍皆對此輾轉相因，故事主要傳播於佛教相關典籍。

此故事甚至傳入異族，被翻譯為回鶻文字，德國柏林博蘭登堡科學院所藏吐魯番出土物 T Ⅱ Y22 (U3107) 即為回鶻版的"苟居士寫經靈驗記"。回鶻文《苟居士抄〈金剛經〉靈驗記》①具有重要的文獻價

---

① 依據回鶻原文及 Peter Zieme 所錄英文來看，Peter Zieme 所擬題目實際並不符合原文本意。該故事並未提及主人公名姓，也沒有說明他的身份為居士，主人公應是一個書生。而《苟居士抄〈金剛經〉靈驗記》一名是 Peter Zieme 依據《三寶感通錄》、《法苑珠林》等書所暫定的，其較準確的擬名應為《（苟）書生寫〈金剛經〉靈驗記》。Peter Zieme, *The Scholar Mr Xun of the District Xinfan : A Chinese Tale in an old Turkish Translation*，《耿世民先生 70 壽辰紀念文集》，民族出版社 1997 年版，第 276—289 頁。

值，"現在只有少數回鶻文文獻存留於世，所以任何回鶻文文獻（即使是殘卷）的發現都對突厥語文學，特別是對維吾爾語文學的研究具有重要意義，都是十分珍貴的材料。"①此寫卷發現于古交河地區，提供古交河俗眾佛教信仰的信息，揭示這一地域的經典信仰形態。比勘回鶻譯卷與原故事的異同，可以考察回鶻譯者的宗教心理及其對佛教思想的接受傾向。回鶻譯卷淡化主人公形象，不錄主人公姓氏，把他視為某一類人物的縮影。主人公成為信守佛法的典型形象，"努力做善事"，更強調其功德修行。這些改易符合宗教信徒的性格特徵，體現西北地域佛教傳播的世俗性。此卷注重描繪寫經靈異，特意渲染七日大雨、十尺不濕等情節，還通過牧童的驚異，誇張表達經壇的奇異。這些情節具有深化靈異故事的用意，增強了民眾對靈異現象的信任。洪勇明《回鶻文〈荀居士抄《金剛經》靈驗記〉》一文中的漢譯特別強調"天神"概念，在有限的篇幅中兩次提及"天神"，指明寫經"獻給天上的眾神"。天神與佛教"諸天"內涵不一，此卷把"諸天"譯為回鶻文"天神"可能受到西北回鶻文化影響，這說明回鶻譯經存有地域文化的痕跡，再現傳抄過程中的地域風格②。正如學者所論："在當地佛教文化的強烈影響下，回鶻人紛紛改信佛教，在相當長的時間內，他們既信仰佛教又信仰摩尼教。"③回鶻信仰並非單純的佛教信仰，還夾雜著其他信仰。這種現象在回鶻文譯經中較為多見，日本學者羽田亨論：譯經者是先信奉摩尼教而後才改信佛教

---

①　耿世民：《回鶻文〈大白蓮社經〉一葉殘卷研究（3）》，《西北民族研究》2008 年第 1 期。

②　洪勇明：《回鶻文〈荀居士抄金剛經靈驗記〉》，《新疆大學學報（哲社版）》2008 年第 5 期。

③　李中和：《唐代回鶻宗教信仰的歷史變遷》，《甘肅社會科學》2009 年第 2 期。

的,將其已知的諸天及惡魔名稱移置於新信奉的佛教的諸天及惡魔之上。①

　　為便於比較諸書傳抄差異,列表於下。

表 1　苟(荀)書生寫經靈驗記主要情節比較

書名	人物	地點	主要情節	故事結尾
1 大唐內典錄、三寶感通錄(源內典)	苟書生	新繁縣西四十里,王李村	教書,為村人所侮,村東對空寫經,雷雨丈餘不濕,牧兒避雨	僧人告知有經壇,百姓護欄設齋,天樂盈耳
2 道宣律師感通錄	苟蒨書生	新繁村	教書,不食酒肉,為村人所侮,村北對空寫經,牧兒避雨不濕	村人自覺經壇神異,遂護欄設齋
3 法苑珠林(引自《三寶感通錄》)	苟書生	新繁縣西四十里,王李村	教書,為村人所侮,村東對空寫經,雷雨丈餘不濕,牧兒避雨	僧人告知經壇,百姓護欄設齋,天樂盈耳
4 金剛經疏記科會、金剛般若經疏論纂要刊定記會編卷八、金剛經纂要刊定記(引纂靈記)	苟書生	新繁縣王者村	村東對空寫經,霖雨、流水霧霈,丈餘不濕,牧童避雨	西僧告知有經壇,百姓護欄設齋,有天樂
5P. 2094、S. 4037v(源 P. 2094)	苟居士	新繁縣西,北村(東)	樂善,誦經,對空寫經,有雨不濕,放牛者、小兒避雨	胡僧告知有經壇,經壇現在
6 太平廣記(引自《三寶感通錄》)	苟書生	新繁縣西四十里,王李村	村東對空寫經,後值雷雨丈餘不濕,牧牛小兒避雨	僧人告知有經壇,百姓護欄設齋,天樂盈耳
7 回鶻譯卷	書生	城西李村	教書,樂善,對空寫經,七日霖雨丈餘不濕,牧牛小兒避雨	殘缺
8 金剛經感應傳	苟居士	新繁縣西王李村	村東對空寫經,有雨丈餘不濕,牧童小兒皆避雨	僧人告知有經壇,百姓護欄設齋,有天樂

---

　　①　[日]羽田亨:《西域文明史概論》,(京都)弘文堂1931年版,第173—174頁。

依據人物、地點、主要情節，故事在唐代主要有《大唐内典録》、《道宣律師感通録》、《纂靈記》三類。《大唐内典録》直接影響《三寶感通録》，而《三寶感通録》則波及《法苑珠林》、《太平廣記》、《金剛經感應傳》、《大藏一覽》、《金剛持驗紀》、《居士傳》等；《道宣律師感通録》故事情節傳播較少；失傳的《纂靈記》曾記録這一故事，宗密的《金剛經疏記科會》、《金剛般若經疏論纂要刊定記會編》卷八，宋僧子璿《金剛經纂要刊定記》、《金剛經鎞》皆源自《纂靈記》。荀、苟形近，極易混淆，如同出《三寶感通録》的《法苑珠林》、《太平廣記》分別作荀、苟，故後世出現荀、苟兩姓的説法。《纂靈記》在故事流傳過程中發揮特殊作用，具有一種銜接效應，它上承初唐故事雛形，下啟後世效仿，其特有的"西僧"、"霖雨"對敦煌寫卷（S.4037v 中的新繁縣西北村東可能即他書的新繁縣西王李村東，"北"或為"王李"之訛）、回鶻譯卷或有影響。從故事情節流變來看，由某一源頭而輻射的靈異故事傳抄現象出現兩種演繹趨勢：一是次要情節的模糊化，類似故事發生場所等非重要情節易被淡化處理，或被有意改動；二是故事過程與靈異效果易被增飾，在某種書寫意圖的推動下出現擴充現象。

苟（荀）居士寫經異事廣泛流傳後，還被方志類書籍附會成當地名勝，成為方志著作中一個重要情節。宋人祝穆《方輿勝覽》卷五一記："寫經臺，在新繁縣。漢末苟居士于臺上援筆書空曰：'吾為諸天，雨降則苔上不沾濕。'側有石硯。"①此後復有明人李賢《明一統志》卷六七、明人曹學佺《蜀中廣記》卷六八、清人穆彰阿《大清一統

---

① 祝穆：《方輿勝覽》，中華書局 2003 年版，第 910 頁。

志》卷三八五、嘉慶《新繁縣誌》卷一三等皆記錄"寫經臺"一事,體現方志類書籍對靈異故事的穿鑿。這種情況體現方志編撰者的加工特徵,傳統方志之編寫具有採集傳説的宿習,常廣搜當地相關記載而匯錄成書,極易以幻為真。祝穆等人採用的傳説顛覆故事背景,將發軔初唐之作前移至漢末。一旦時間錯亂,故事內容發生變異,寫經臺的佛教色彩也被模糊化,甚至可能被視為儒家經典的靈異產物。方志所沿用的傳聞打破原故事的結構,使某些情節與原故事呈現相反的發展趨勢,常見抵牾之處,如《明一統志》、《大清一統志》、嘉慶《新繁縣誌》將寫經臺定位於新繁縣北三十里,已與故事本身相去甚遠。那麼靈驗故事傳抄至少在兩類題材中發生虛構:宗教典籍與方志著作。表面看,它們都有意增加虛構成分以彰顯某種旨意,然實際上宗教典籍之虛多在外在形式與語言誇飾,而方志則將虛構成分潛隱到故事結構之間。

诸書傳抄的情節變異折射宗教故事的演繹歷程。唐代出現諸多描寫經典靈異的志怪作品,這類文人作品融宗教靈異、文學想象、史實框架為一爐,當引起宗教徒關注之後,原有的文學色彩逐漸遭致宗教徒解構而逐漸衰微,民間色彩、靈異色彩逐漸加強,最終成為某種信仰的記載,即承襲文學化志怪創作——民間化信仰記載的轉變趨勢。而其不斷傳抄並逐步神化的過程具有諸種緣由。其流傳原因潛藏圖書傳抄過程中宗教文化心理所發揮的影響,勾勒靈驗傳抄的時代背景。

第一,世俗寫經應驗心理的時代張揚。寫經之習發軔於佛法東傳,世俗大眾不斷投身到寫經的行動中。至唐寫經之風更為盛行,無論是出土的實物、還是文獻記載皆證明唐五代寫經風氣的鼎興,如

P.2094 抄者翟奉達還抄校 P.2668、P.2055、北岡 44 及天津市藝術博物館 4532 等佛教寫卷，P.2055 尾題："弟子朝議郎檢校尚書工部員外郎翟奉達為亡過妻馬氏追福，每齋寫經一卷，標題如是：第一七齋寫《無常經》一卷、第二七齋寫《水月觀音經》一卷、第三七齋寫《咒魅經》一卷、第四七齋寫《天請問經》一卷、第五七齋寫《閻羅經》一卷、第六七齋寫《護諸童子經》一卷、第七七齋寫《多心經》一卷、百日齋寫《盂蘭盆經》一卷、一年齋寫《佛母經》一卷、三年齋寫《善惡因果經》一卷。右件寫經功德為過往馬氏追福，奉請龍天八部、救苦觀世音菩薩、地藏菩薩、四大天王、八大金剛以作證盟，一一領受福田，往生樂處，遇善知識，一心供養。"翟奉達抄寫諸經，希冀獲得福佑，為亡者追福，為生者祈運，其宗教信仰傾向由此可見一斑。應驗故事是將寫經靈驗轉化為現實福報的書寫方式，故在迎合世俗求佑心理的基礎上大行於世，如《普賢菩薩說此證明經》感應故事有《黃仕強傳》；抄寫《金剛經》感應故事更是多見，《冥報拾遺》、《廣異記》、《報應記》、《金剛般若經集驗記》、《金剛經鳩異》、P.2094 等書籍皆記錄了大量的此類故事；抄寫《法華經》感應故事多見於《冥報記》、《法華經傳記》、《弘贊法華傳》、《廣異記》、《宣室志》等書籍。寫經應驗題材主要有因寫經免除地獄懲罪、因寫經延壽、因寫經而避凶化吉等，這些靈驗記皆滿足了世俗對於寫經徵驗的心理。而"苟書生"寫經靈驗故事則具有新型特徵，它側重於描寫佛教經典引發的神異行跡，符合寫經潮流及應驗故事興盛的時代風氣。

　　第二，經典信仰傳播普及的演繹進程。此故事的流傳史順應了《金剛經》信仰普及化的進程。唐五代信徒崇奉的經典主要有《法華經》和《金剛經》，這代表了不同的宗教思想信仰：持誦造寫《法華經》

者,側重宣揚以"觀世音菩薩普門品"為信仰表徵的念誦救贖思想,延續濟度眾生的理念;而《金剛經》則代表大乘空宗思想的發展,這部短小精典的經書逐漸成為唐人信奉的主要經典,贏得了無數士庶的青睞,它被視為"續命經"屢屢出現于佛教宣驗故事中,圍繞此部經文而鋪展的靈異故事不可勝數。《太平廣記》保存了 120 余則《金剛經》靈驗故事,敦煌典籍含有大量《金剛經》類書籍,僅天津藝術博物館就藏有 33 卷敦煌《金剛經》,約占總藏數 10%。"《金剛經》在唐代的普遍信仰,一方面與《金剛經》所固有的佛教義理有很大的關係,另一方面又受到其時社會生活現實的影響。"①苟書生寫《金剛經》靈異故事符契《金剛經》信仰的發展趨勢,不斷被人轉引的傳抄現象暗合《金剛經》信仰興盛的蓬勃之勢。也正因為契合《金剛經》信仰潮流,這一故事才被頻繁引錄于《金剛經報應記》、《金剛般若經集驗記》、《金剛經疏記科會》、《金剛經纂要刊定記》、《金剛經鎞》、《金剛經宗通》、《金剛持驗紀》等同類書籍。

第三,勸化信徒的宗教功效。佛教極重視教化之功,"釋氏宣教"類書籍宗旨即在於勸化眾生信仰佛教。"苟書生"寫經應驗之事塑造宗教信徒的神通、刻畫寫經引發的靈異、描述俗眾歸信的情況,這些信息對導引大眾歸信佛教頗有效應。故事傳抄過程中,相關信息仍不斷被強化,佛教徒著眼于經壇、僧侶等情節並對此不斷神化,使故事具有順勢而盛的契機。

以敦煌寫卷為代表的應驗故事是唐五代靈驗故事的一個縮影,其傳抄流變折射應驗故事的演變和流傳。其演繹軌跡大致勾勒了靈

---

① 杜正乾:《唐代的金剛經信仰》,《敦煌研究》2004 年第 5 期。

驗故事傳抄模式：應驗類小說被從某一著作中摘錄而出並以單篇形
式傳抄書寫，常被編入不同典籍之中，其傳承軌跡與佛教普及化歷程
相一致，從單一個體向多地域的信仰群體發展；在流傳過程中故事不
斷被賦予新意，並越來越多地體現出世俗化的特徵。

文獻彙錄

《金剛般若經集驗記》文獻彙錄

1. 簡梅青《孟獻忠〈金剛般若經集驗記〉文獻學價值探析》(吳春梅主編:《安大史學第 2 輯》,安徽大學出版社 2006 年版,第 28—36 頁)

孟獻忠《金剛般若經集驗記》(以下簡稱《集驗記》),凡三卷。計分救護、延壽、滅罪、神力、功德、誠應等六篇。我國早佚,存於日本,今收入《卍續藏經》第一百四十九冊,為受持《金剛般若經》之各種靈驗故事集。由其序言可知是書撰於開元六年(718 年)。內容部分則是抄錄蕭瑀《金剛般若靈驗記》(以下簡稱《靈驗記》)、唐臨《冥報記》和郎餘令《冥報拾遺》等靈驗作品而來,同時加入作者實際見聞之事蹟而成。上述三書在我國已早佚,今本唐臨《冥報記》、郎餘令《冥報拾遺》主要是根據《法苑珠林》(以下簡稱《珠林》)、《太平廣記》(以下簡稱《廣記》)等書輯佚而成,材料收集不甚全面,蕭瑀《金剛般若靈驗記》甚至還沒有輯佚本。因此,孟書對於我們今天輯佚、校對上述三種靈驗記及其他相關書籍,都有重要的參考價值。本文擬在上述諸方面試作探討。

……

2. 陳士強《大藏經總目提要·文史藏》(上海古籍出版社 2008年版,第556—559頁)

陳士強《佛典精解》(上海古籍出版社 1992 年版,第 1360—1363 頁)

第五品　金剛經類之一:唐孟獻忠《金剛般若經集驗記》三卷

《金剛般若經集驗記》,簡稱《金剛經集驗記》,三卷。唐開元六年(718),梓州司馬孟獻忠撰。收入《續藏經》第一四九冊。

《金剛般若經集驗記》書首有孟獻忠自序。說:"夫般若者,乃諸佛之智母,至道之精微,為法海之泉源,實如來之秘藏。……今者取其靈驗尤著,異跡克彰,經典之所傳,耳目之所接,集成三卷,分為六篇。"(《續藏經》第一四九冊,第 75 頁上)《金剛般若經集驗記》是一部專記誦持《金剛經》的感應故事的著作。《金剛經》是印度大乘佛教的早期經典——般若類佛經中的一種。前後有五次翻譯:姚秦鳩摩羅什的第一譯、北魏菩提留支的第二譯、陳代真諦的第三譯皆名《金剛般若波羅蜜經》,隋代達摩笈多的第四譯名《金剛能斷般若波羅蜜經》,唐代義淨的第五譯名《能斷金剛般若波羅蜜多經》。《金剛經》也是般若類佛經的總集《大般若經》中的一部小經,相當於唐代玄奘翻譯的《大般若經》六百卷中的第五百七十七卷,即此經十六會中的第九會"能斷金剛分"。

……

3.《續藏經・金剛般若經集驗記》第 149 冊"中國撰述　史傳部"（新文豐出版公司 1994 年版,第 75—110 頁）

金剛般若經集驗記　三卷附拾遺　孟獻忠（撰）

……

4. 世界佛學名著譯叢編譯委員會《世界佛學名著譯叢・佛教叢書（七種）總索引總目錄》（華宇出版社 1988 年版,第 334 頁）

大日本續藏經第 2 編乙第 22 套　支那撰述史傳部

金剛般若經集驗記　孟獻忠（撰）

5. 孟建梁主編《隋唐孟氏名人錄》（上海人民出版社 2010 年版,第 22 頁）

孟獻忠,唐居士。有《金剛般若集驗記》,見《續藏目錄》。

6. 葉謂渠《日本小説史》（北京大學出版社 2009 年版,第 68 頁）

（《日本靈驗記》）這一佛教説話集,正如景戒所云,是受中國唐代《冥報記》、《金剛般若經集驗記》的啓迪,但他不是單純的模仿,只學習此二書的形式和某些修辭,以及借用少量中國題材,而強調内容要以"自土奇事"來編寫,因此作者對書名加上"日本國"三字,以突現其本土性,親定全書名為《日本國現報善惡靈異記》。

……

7. 周紹良《敦煌文學叢考》（宋家鈺等編:《英國收藏敦煌漢藏文獻研究:紀念敦煌文獻發現一百周年》,中國社會科學出版社 2000 年版,第 258 頁）

關於《唐太宗入冥記》的標題

自從梁武大倡佛法,釋教流行日盛,因之果報感應之説,亦隨之與起。尤其是承六朝志怪之餘風,文人作品亦轉而趨向寫一些有關佛教果報故事,如王琰《冥祥記》、唐臨《冥報記》、《報應記》等,都是宣揚佛教報應故事的。同時佛教徒為鼓動一般人信教誦經,還編寫一些專書的靈驗記、感應傳之類作品,如蕭瑀為《金剛經》編寫的《金剛般若靈驗記》,段成式編寫的《金剛經鳩異》,孟獻忠編寫的《金剛般若經集驗記》,無名氏為《普賢菩薩說證明經》寫的《黃仕強傳》,為《金光明經》寫的《懺悔滅罪冥報傳》等,有的是單篇流傳,有的則抄錄在經卷之首。主要是強調感應,加強對某一經典之信仰,對之起傳播促進作用。

8. 陳士強《大藏經總目提要·文史藏》（上海古籍出版社 2008 年版,第 499 頁）

經典傳習……共有六部三十卷。……唐孟獻忠《金剛般若經集驗記》三卷和唐段成式《金剛經鳩異》一卷,是記與《金剛經》有關的感應故事的。前者分為六篇,始《救護篇》,終《誠應篇》,後者不分類目。

9.《周紹良先生欣開九秩慶壽文集》（中華書局 1997 年版,第 265—266 頁）

現存最早的《金剛經》感應記為唐人作品:孟獻忠《金剛般若經集驗記》,撰成於開元六年(718),今存日本……現存最古的《金剛般若經集驗記》摘引了多則蕭瑀《金剛般若經靈驗記》中的感應故事,其中有八則又見於 P.2094,二者文句相近,結構相仿,與後世諸書所錄並異,可惜蕭瑀是書今已不存,無法進行更細緻深入的比勘研究,我們不能僅據幾則故事近同就斷定本卷與蕭書,乃至後出感應記的關係,但本卷故事撰集早流傳廣泛確實是可以肯定的。

10. 劉亞丁《佛教靈驗記研究 以晉唐為中心》（巴蜀書社 2006 年版，第 230—234 頁）

《金剛般若經集驗記》三卷，唐孟獻忠撰。今見《續藏經》乙第二十二套第一冊。分救護、延壽、滅罪、神力、功德、感應六目。孟獻忠，不知何許人也，書中署"梓州司馬"，翻檢新舊唐書及《唐五代人物傳記資料綜合索引》，皆不錄其人。序云"大唐開元六年（718）撰畢"。該書部分篇目與《金剛經鳩異》和《持誦金剛經靈驗功德記》不同，系孟氏自己採錄，如"唐晏"條末尾有"獻忠時任梓州司馬親問其事"等語。此點與唐臨《冥報記》相類。

……

孟獻忠《金剛般若集驗記》卷上亦有杜之亮得脫事，略詳於此。《太平廣記》卷一百二錄此條，惟"亮身在上中"為"亮身在其中"，似更合理。

……

11. 平野顯照《唐代文學與佛教》（華宇出版社 1986 年版，第 318 頁）

此外，在緇徒之間也在進行多種的《金剛經》的注釋，除了這些有關《金剛經》普及的事象以外，我們還必須注意下面幾件事，在製作年代上有很大的問題的《持誦金剛經靈驗功德記》的存在，唐末五代法社、邑會等信仰團體的存在以及在變文和壁書上所看到的與《金剛經》有關的事象。根據河內昭圓氏《持誦金剛經靈驗功德記私考》（《大谷大學敦煌古寫經》續）的論證，伯希和本·二〇九四號《持誦金剛經靈驗功德記》與唐·僧詳的《法華經傳記》、唐·惠祥的《弘贊法華傳》、唐·法藏的《華嚴經傳記》、唐·孟獻忠的《金剛般若經集驗記》、盧求的《金剛經報應記》以及斯坦因本·四一五五號、四四八七號、四九八四號的《金光明經冥報驗傳記》等都是同類的内容,是屬於所謂的靈驗傳說十九條。是研究佛教傳說的寶貴資料。

12. 黃東陽《唐五代記異小說的文化闡釋》(秀威信息科技股份有限公司 2007 年版,第 100 頁)

譬若孟獻忠鳩集《金剛經》應驗故事,即表明當淨信持念經書時,"故能使修羅之軍,尋聲而遠遁,波旬之騎,藉響而旋奔,鉤爪鋸牙,挫芒衄銳,洪濤烈火,息浪韜炎,厲氣煙凝,毒不能害,交陳雲合,刃不能傷"的救難力量。不過《金剛經》畢竟與專予拔難救苦的觀世音信仰不同,即《普門品》裏明言持念觀世音能救人於當下的災難,而《金剛經》是告知信奉者持守經文可得甚大功德,令《金剛經》在陳述念經的力量時,更能強調《金剛經》其功德不可思議性的特質,將《金剛經》與世俗困境予以封立,宛若無堅不摧的金剛石,勘破世上實質的災禍。觀世音救贖眾生,乃是基於為佛的悲願,救拔蹄歸屬於塵世的苦痛,但若以功利、現實的眼光衡量,《普門品》裏陳述的救難功用,是可被統攝于《金剛經》裏。故常信眾圓顯人世裏的缺憾及困境時,尚畏惺懼于自然的莫測及神秘的鬼神,以及命定的年壽。……

13. 劉介民《原典文本詩學探索》(寧夏人民出版社 2006 年版,第 487 頁)

《日本靈異記》中卷《閻羅王使鬼得所召之人賂以免緣第廿四》、《閻羅王使鬼得所召之人饗而報恩第廿五》都寫因賂鬼而獲生。這在《金剛般若集驗記·救護篇》中的竇玄德事與《冥報記》中的馬嘉運事有關。只是景戒在編撰他的故事時吸取了主要情節,刪去了次要部分。

14. 楊富學《漢傳佛教影響回鶻三證》(覺醒主編:《覺群·學術論文集第三輯》,宗教文化出版社 2004 年版,第 392—393 頁)

回鶻文《荀居士抄〈金剛經〉靈驗記》寫本是近期德國學者茨默于柏林收藏的吐魯番出土物中發現的,1 葉,編號 TIIY22(U3107),正背面各書文字 7 行,內容如下……該故事在多種文獻中都有記載,可見于道宣《集神州三寶感通錄》、李昉《太平廣記》卷 102、道世《法苑珠林》卷 18、《金剛般若經集驗記》、《金剛經感應傳》及敦煌本《持誦金剛經靈驗功德記》。

15. 王國良《六朝志怪小說考論》(文史哲出版社 1988 年版,第 34 頁)

在形式上,紀錄佛教靈驗事蹟的專集,像唐代唐臨冥報記、孟獻忠《金剛般若經集驗記》,宋代釋常謹《地藏菩薩像靈驗記》等,都是模仿六期的感應記之屬而編成。甚至連五代時道士杜光庭編撰道教靈驗記,也是學它的。

16. 伏俊璉、伏麒鵬編《石室奇諧　敦煌小說選析》(甘肅人民出版社 2000 年版,第 229 頁)

現存最早的《金剛經》感應故事為唐人孟獻忠撰於開元六年(718 年)的《金剛般若經集驗記》,其中摘引了多則蕭瑀《金剛般若經靈驗記》中的感應故事,其中八則又見於 P.2094,二者文句相近,結構相仿,可見 P.2094 雖抄於 908 年,其中《感應記》的編纂年代必定要早得多。

17. 賴永海、王月清編著《宗教與道德勸善》(江蘇古籍出版社 2002 年版,第 128 頁)

另外,專門記錄傳習、奉持某一經典的應驗記以唐代惠英、胡幽貞的《大方廣佛華嚴經感應傳》、唐代孟獻忠的《金剛般經集驗記》、唐段成式的《金剛經鳩異》等為代表。

18. 蔣寅主編《中國古代文學通論·隋唐五代卷》（遼寧人民出版社 2005 年版，第 558 頁）

如專門持誦《金剛經》的靈驗記集《持誦金剛經靈驗功德記》（P. 2094），首尾完備，為後來成為敦煌著名曆學家的翟奉達于五代後梁時所抄，所存 18 則誦經應驗故事，部分條目見於梁蕭瑀《金剛般若經靈驗記》（《法苑珠林》引）、唐唐臨《冥報記》及唐孟獻忠《金剛般若經集驗記》。

19. 鎌田茂雄《世界佛學名著譯叢（42）·簡明中國佛教史》（華宇出版社 1987 年版，第 225—227 頁）

此外，為了使佛教信仰滲透到民間，還寫了《靈驗傳》、《感應傳》等許多書。著名的有：道宣的《集神州三寶感通錄》（23）、道世的《法苑珠林》、唐臨的《冥報記》、懷仁的《釋門自鏡錄》、慧詳的《弘贊法華傳》、僧詳的《法華經傳記》、法藏的《華嚴經傳記》、慧英的《華嚴經感應傳》、孟獻忠的《金剛般若集驗記》、段成式的《金剛經鳩異》、少康的《往生淨土瑞應刪傳》等。特別是《靈驗傳》與《高僧傳》的《感通篇》、《亡身篇》等，對於理解中國佛教的性質極為重要。

20. 內山知也《隋唐小說研究》（復旦大學出版社 2010 年版，第 64 頁）

《冥報記》不同于《金剛般若集驗記》這種由佛教信徒編撰的作品。它出自世俗官僚之手，如同前代隋朝王劭的《舍利感應記》一樣，往往會帶有迎合朝廷的特點。

《冥報拾遺》文獻輯錄

1. 程毅中《唐代小說史》（人民文學出版社 **2003** 年版,第 **46**—**47** 頁）

《冥報記》之後又有郎餘令的《冥報拾遺》,《法苑珠林》傳記篇雜集部(《四部叢刊》本卷 119)著錄,二卷,題"唐朝中山郎餘令字元休龍朔年中撰"。

郎餘令,兩唐書有傳。《唐詩紀事》卷 7 也記載其事蹟:餘令,定州人,博學擢第,授霍王元軌府參軍事。從父知年,亦為王友。元軌每曰:"郎家二賢皆入府,不意培塿而松柏為林也。"改著作郎,卒。

郎餘令相信佛教的因果報應,但是卻不相信和尚的騙術。《新唐書》卷 199 本傳說:"……有為浮屠者,積薪自焚,長史裴瑮率官屬將觀焉。餘令曰:'人好生惡死,情也。彼違蔑教義,反其所欲,公當察之,毋輕往。'瑮試廉按,果得其奸。"可見他認為釋家的教義不應該違背好生惡死的常情,所以修行也就是為了延壽。兩唐書都沒有說到他著作《冥報拾遺》,只提到他撰有《孝德後傳》(《新唐書·藝文志》作《孝子後傳》三十卷)。郎餘令是個多才多藝的人,他能作畫,曾在秘書省畫鳳,當時稱為五絕之一(見《因話錄》卷 5)。他還編了一本《樂府雜詩》,盧照鄰為之作序說:"中山郎餘令雅好著書,時稱博物,揮亡篇于古壁,征逸簡于道人。撰而集之,命余為序。"(《盧照鄰集》卷 6)《冥報拾遺》原書不傳,只見《法苑珠林》、《太平廣記》引有佚文。楊守敬、岑仲勉、方詩銘都曾作過輯錄,實存四十餘條。

2. 范崇高《中古小說校釋集稿》（巴蜀書社 2006 年版，第 199—202 頁）

《冥報拾遺》校釋

三丸白物……

不知何意如此……

升方……

慈流……

3. 馬焯榮《馬焯榮文選二：中國宗教文學史》（銀河出版社 2002 年版，第 293 頁）

《冥報拾遺》是對《冥報記》的續作，郎餘令撰。郎餘令，定州新樂（今屬河北）人，生卒年不詳。他博學多才，擢進士第，授霍王元軌府參軍事，徙幽州錄事參軍，復改著作佐郎。他所著《冥報拾遺》，成書于唐高宗龍朔中（661—663），上距唐臨撰《冥報記》僅十年。中華書局刊行《冥報記》，將《冥報拾遺》作為"附錄"一併刊載於其後。

4. 石昌渝主編《中國古代小說總目·文言卷》（山西教育出版社 2004 年版，第 297 頁）

冥報拾遺二卷（唐）郎餘令撰

郎餘令（？—681），字元休。定州新樂（今河北新樂東北）人。伯祖茂（字蔚之）、祖穎（字楚之），有名當時，隋煬帝稱為"二郎"。兄餘慶，官終交州都督，時稱"郎氏兩賢"。少以博學知名，擢進士第。貞觀二十三年（649）霍王李元軌為定州刺史，授霍王府參軍事。龍朔二年（662）為幽州錄事參軍。李弘在東宮（656—675），餘令續梁元帝《孝德傳》作《孝子後傳》三十卷（佚）以獻。儀鳳四年（679）任洛州司功參軍。累轉著作佐郎，撰《隋書》未成病卒。鄭愔有《哭郎著作》詩。妻李道真，垂拱三年（687）卒，有《著作佐郎郎餘令妻李道真墓誌》。事見兩《唐書》本傳、《千唐志齋藏志》三一一郎餘令撰《唐故尚書吏部郎中張府君（仁褘）墓誌》、《法苑珠林》卷一一九、《唐詩紀事》卷一一及本書。餘令有史才，劉知己《史通》卷六《言語》稱其與張太素“並稱述者，自負史才”。且工書畫，《哭郎著作》云“書草藏天閣”，《寶刻類編》卷二著錄貞觀五年《尚書左丞郎茂碑》，任孫餘令題額。《歷代名畫記》卷九稱其“有才名，工山水古賢。為著作佐郎，撰《自古帝王圖》，按據史傳，想像風采，時稱精妙”。《因話錄》卷五云：“秘書省內有落星石、薛少保（稷）畫鶴、賀監（知章）草書、郎餘令畫鳳，相傳號為四絕。”

本書見於《法苑珠林》卷一一九《傳記篇·雜集部》著錄：“《冥報拾遺》二卷，右唐朝中山郎餘令字元休龍朔年中撰。”書中多有龍朔二年事，似成于龍朔三年（龍朔只三年）。《三寶感通錄》卷下誤以《冥報記》並《拾遺》均為唐臨撰。書已不存。《法苑珠林》、《太平廣記》徵引甚多，可以考定為本書佚文者共四十四條。中華書局版方詩銘輯校《冥報記》附錄《冥報拾遺》，輯四十五條。然《唐董雄》（《珠林》百卷本卷二七、百二十卷本卷三六引）實見《冥報記》卷中，《唐徹禪師》（《珠林》百卷本卷九五、百二十卷本卷一一四、《廣記》卷一〇九引）實見《冥報記》卷上，《珠林》、《廣記》誤注出處，不宜輯入。《珠林》卷八〇引晉州屠兒事（《廣記》卷四三九引《法苑珠林》），脫出處，在李知禮條後，當為本書佚文，宜補。本書是《冥報記》續書，所載大都是唐代近事，事末亦多具聞見緣由，體例似唐臨書。所敘冥報事簡略，只個別篇什稍可觀（如“李知禮”），總體上比《冥報記》遜色。

5. 李劍國《唐五代志怪傳奇敍錄》（南開大學出版社 1993 年版，第 202—209 頁）

冥報拾遺二卷

佚。唐郎餘令撰。志怪集。

郎餘令（614？—681），《舊唐書》卷一八九下、《新唐書》卷一九九有傳。餘令定州新樂人。伯祖茂（蔚之）、祖穎（楚之）有名當時，隋煬稱爲二郎。兄餘慶，官終交州都督，時稱"郎氏兩賢"。余令以博學知名，擢進士第，授霍王李元軌（636—688 年在位）府參軍事。轉幽州錄事參軍。李弘在東宮（顯慶元年至上元二年，656—675），餘令續梁元帝《孝德傳》，撰《孝子後傳》三十卷以獻（按：《新唐志》雜傳類有目）。累轉著作佐郎，撰《隋書》未成病卒。本傳所載如此。

……

6. 孫順霖，陳協琹編著《中國筆記小說縱覽》（華東師範大學出版社 2013 年版，第 131 頁）

郎餘令（生卒年不詳，約活動在唐高宗顯慶至龍朔年間），字元休。定州新樂（今河北新樂市）人。少以博學知名，擢進士第，授霍王元軌府參軍。龍朔二年（662）後徙幽州錄事參軍。撰《孝子後傳》三十卷，深得太子嗟重，改著作佐郎。撰《隋書》未成，病卒。另于龍朔元年（661）撰有《冥報拾遺》二卷，體例仿唐臨《冥報記》，屬志怪類筆記小說。

冥報拾遺　唐代志怪小說集。郎餘令撰。二卷。在新舊唐書及以後的公私書目中不見著錄。《法苑珠林》（日本大正藏本）雜集部有著錄。原書已佚。《法苑珠林》、《太平廣記》等書存有佚文。清楊守敬據此輯得四卷，有誤。岑仲勉經過辨誤復核，得四十四則。

　　本書在體例上仿《冥報記》，於每則故事下記聞見緣由，以示征信。但有不少條與《冥報記》相同，或為增補。由於本書的内容、體例、編撰年代與《冥報記》相近，所以《法苑珠林》、《太平廣記》等書徵引時常有混淆。

　　7. 程毅中《明代小說叢稿》（人民文學出版社 2006 年版，第187 頁）

　　佛教徒用應驗故事來宣傳教義，弘揚佛法，從魏晉南北朝以來就盛行於世了。六朝小說中有劉義慶的《宣驗記》，蕭子良的《冥驗記》，王琰的《冥祥記》，傅亮、張演、陸杲的《觀世音應驗記》及顏之推的《集靈記》等；到了唐代，又有唐臨的《冥報記》，郎餘令的《冥報拾遺》和敦煌遺書中的《金光明經果報記》（斯四六二等）、《持誦金剛經靈驗功德記》（斯四〇三七等）、《黃仕強傳》（伯二一三六等）之類。這些作品作為古代小說中的一種類型，魯迅稱之為“釋氏輔教之書”，並加以論述說：“大抵記經像之顯效，明應驗之實有，以震聳世俗，使生敬信之心，顧後世則或視為小說。”

　　8. 王平《中國古代小說的地域文化特徵》（朱萬曙主編：《明代文學與地域文化研究》，黃山書社 2005 年版，第 108 頁）

唐代小說作者姓名籍貫表

作品名稱　作者姓名　籍貫

《冥報拾遺》郎餘令　定州（今河北定州）

　　9. 劉葉秋、朱一玄、張守謙等主編《中國古典小說大辭典》（河北人民出版社 1998 年版，第 233 頁）

　　【冥報拾遺】唐代志怪小說集。郎餘令撰。唐臨《冥報記》於永徽四年（653）左右撰成後，“大行於世”（《舊唐書·唐臨傳》）。到高宗龍朔中(661—663)郎餘令便仿《冥報記》之例,編寫了《冥報拾遺》。郎餘令,字元休,定州新樂人。少以博學知名,舉進士,授霍王元軌府參軍,曆幽州錄事參軍,轉著作佐郎,卒。《舊唐書》卷一百八十九下、《新唐書》卷一百九十九有傳。《冥報拾遺》,《舊唐書·經籍志》以下的公私書目都未著錄,《法苑珠林》(日本《大正藏》本)卷一百雜集部第三有"《冥報拾遺》二卷。右此一部皇朝中山郎餘令字元休龍朔年中撰"的記載,但原書早已亡佚。《法苑珠林》、《太平廣記》等書存有佚文,楊守敬據以輯錄,得四卷,岑仲勉又加校核,實得四十四條(見《唐臨冥報記之復原》)。今人方詩銘輯校本《冥報記》末並附《冥報拾遺》新校本。《冥報拾遺》和《冥報記》創作年代相近,內容和創作特點大抵相類,在性質上也沒有什麼區別。(徐俊)

10. 陳士強《大藏經總目提要·文史藏(二)》(上海古籍出版社2008年版,第508頁)

另外,據《法苑珠林》卷一百記載,至龍朔(661—663),中山郎餘令(字元休)曾撰《冥報拾遺》二卷,以補唐臨之書,原書已佚,有片段輯存于《太平廣記》卷一百九、卷一百十六、卷一百二十一等之中。

11. 高國藩《敦煌俗文化學》(上海三聯書店1999年版,第608頁)

《法苑珠林》卷七十八引《冥報拾遺》云:"因被冥道使為伺命,每被使即死,經一二日,事了之後,還復如故,前後取人亦眾矣。"

12. 王齊洲、畢彩霞編著《〈新唐書·藝文志〉著錄小說集解》,(嶽麓書社2009年版,第278—284頁)

劉昫《舊唐書》卷八十五《列傳》第三十五《唐臨》

唐臨,京兆長安人,周內史瑾孫也。其先自北海徙關中。伯父令則,開皇末為左庶子,坐諂事太子勇誅死。臨少與兄皎俱有令名。武德初,隱太子總兵東征,臨詣軍獻平王世充之策,太子引直典書坊,尋授右衛率府鎧曹參軍。宮殿廢,出為萬泉丞。縣有輕囚十數人,會春暮時雨,臨白令請出之,令不許。臨曰:"明公若有所疑。臨請自當其罪。"令因請假,臨召囚悉令歸家耕種,與之約,令歸系所。囚等皆感恩貸,至時畢集詣獄,臨因是知名。再遷侍御史,奉使嶺外,按交州刺史李道彥等申叩冤系三千餘人。累轉黃門侍郎,加銀青光祿大夫。儉薄寡欲,不治第宅,服用簡素,寬於待物。嘗欲弔喪,令家童自歸家取白衫,家僮誤將餘衣,懼未敢進。臨察知之,使召謂曰:"今日氣逆,不宜哀泣,向取白衫,且止之也。"又嘗令人煮藥失制,潛知其故,謂曰:"陰暗不宜服藥,宜即棄之。"竟不揚言其過,其寬恕如此。高宗即位,檢校吏部侍郎。其年,遷大理卿。高宗嘗問臨在獄系囚之數,臨對詔稱旨,帝喜曰:"朕昔在東宮,卿已事朕,朕承大位,卿又居近職,以疇昔相委,故授卿此任。然為國之要,在於刑法,法急則人殘,法寬則失罪,務令折中,稱朕意焉。"高宗又嘗親錄死囚,前卿所斷者號叫稱冤,臨所入者獨無言。帝怪問狀,囚曰:"罪實自犯,唐卿所斷,既非冤濫,所以絕意耳。"帝歎息良久曰:"為獄者不當如此耶!"永徽元年,為御史大夫。明年,華州刺史蕭齡之以前任廣州都督贓事發,制付群官集議。及議奏,帝怒,令於朝堂處置。臨奏曰(略)。高宗從其奏,齡之竟得流於嶺外。尋遷刑部尚書,加金紫光祿大夫,復歷兵部、度支、吏部三尚書。顯慶四年,坐事貶為潮卅刺史,卒官,年六十。所撰《冥報記》二卷,大行於世。

　　……

13.《唐宋文學中志怪型人物的現實化》(聶石樵主編:《古代文學中人物形象論稿》,北京師範大學出版社 2000 年版,第 97 頁)

入冥和冤報故事在初唐尤其流行,見於唐臨《冥報記》和郎餘令《冥報拾遺》。

14. 方廣錩主編《中國佛教文化大觀》(北京大學出版社 2001 年版,第 464 頁)

志怪中的所謂"釋氏輔教之書"宣傳佛像、佛經的靈驗,宣傳三世輪回、因果報應的觀念。這種釋氏輔教之書,唐代以後仍有人創作,例如唐代唐臨的《冥報記》,郎餘令的《冥報拾遺》。這類小說圖解佛教教義,對佛教的吸收還處在很膚淺的水準上。隋唐時,佛教進入全盤階段,佛教對小說的影響深入到人物的塑造、情節的構思、主題的提煉。

15. 李宗為《唐人傳奇》(中華書局 1985 年版,第 14 頁)

《冥報記》和《冥報拾遺》創作年代相近,在性質上也沒有什麼區別,大抵都是記經象之顯效。明應驗之實有,拿唐臨自己的話來說,"皆所以征明善惡,勸戒將來,實使聞者深心感寤……輒錄所聞,集為此記。仍具陳所受及聞見由緣,言不錯文,事專楊礭(揚榷),庶後人見者,祈留意焉。"這兩種唐人小說集很明顯都是純粹的志怪小說了。其間稍有不同的是,郎餘令的有些作品敍述稍詳,如其《王璹》一文,長達千餘字,述冥間的事情細大不捐,可以說已初步具有了後來傳奇小說注意細節描寫的萌芽。

16. 劉明華主編《古代文學論叢》(中華書局 2007 年版,第 215—216 頁)

劉知幾對小說文體的貢獻是不小的,但他對唐初蓬勃發展的小說實踐卻似乎視而不見。他對當代作品很少提及,惟一的例外是在《言語》篇中曾提到著《冥報拾遺》的郎餘令:"近有敦煌張太素、中山郎餘令,並稱述者,自負史才。郎著《孝德傳》,張著《隋後略》。凡所撰今語,皆依仿舊辭。若選言可以效古而書,其難類者,則忽而不取,料其所棄,可勝紀哉?"按郎餘令兩唐書有傳,稱"孝敬在東宮,餘令續梁元帝《孝德傳》,撰《孝子後傳》三十卷以獻,甚見嗟重。累轉著作佐郎。撰《隋書》未成,會病卒,時人甚痛惜之"。按李弘在東宮,為顯慶元年(656年)至上元二年(675年)。《法苑珠林》卷一一九:"《冥報拾遺》二卷,右唐朝中山郎餘令字元休龍朔年中撰。"李劍國推斷為龍朔三年(663年),則此書所撰,當與《孝子後傳》同時。此書寫成後,承唐臨《冥報記》"大行於世"之餘威而有相當影響,如《路伯達》一篇,就被懷信《釋門自鏡錄》卷下"慳損僧物錄十"引用,題"唐汾州界内寺伯達死作寺牛事",作為"新錄"收入,文字僅略有不同。劉知幾對這些視而不見,顯然是由於他的史書本位觀導致的對小說文體的取消、輕視和偏見。

17. 陳文新《中國文學編年史·隋唐五代卷》(湖南人民出版社2006年版,第132页)

(公元663年)郎餘令在幽州錄事參軍任,撰《冥報拾遺》成。《法苑珠林》卷一〇〇:"《冥報拾遺》二卷。右皇朝中山郎餘令字元休龍朔年中撰。"同書卷一四錄存《冥報拾遺》佚文三則,一則云:"唐幽州漁陽縣無終戍城内有百許家,龍朔二年夏四月,戍城火災……中山郎餘令既任彼官……"據《舊唐書》儒學下郎餘令傳"轉幽州錄事參軍"語,知龍朔二年餘令當在幽州錄事參軍任。又《法苑珠林》卷一八錄《冥報拾遺》佚文四則,記事最遲者在龍朔二年十月,故知《冥報拾遺》撰成約在本年。按郎餘令(？—687?)，字元休，定州新樂人。進士擢第。初授霍王府參軍，轉幽州錄事參軍，歷洛州司功參軍，官終著作佐郎。有《孝子後傳》三十卷等。據《舊唐書》儒學下本傳。

18. 張總《地藏信仰研》(宗教文化出版社 2003 年版，第 171 頁)

《冥報拾遺》是由郎餘令作。郎餘令曾任著作佐郎，頗有才名並善畫。時秘書省內有落星石，薛稷畫鶴，賀知章草書，郎餘令畫鳳，相傳為四絕。《冥報拾遺》成書距《冥報記》不久，約在高宗龍朔年中。此書中也多有遊歷地獄，還陽復活之事。如《唐王懷智》、《唐任義方》、《唐方山開》、《唐劉摩兒》等等，其中甚至還有住在泰山附近之皇甫氏，因病祈泰山得愈，活著即為冥道使差"伺命"之事，"每被使即死，經一二日，事了以後還復如故"。

《報應記》文獻彙錄

1. 李劍國《唐五代志怪傳奇敘錄》(南開大學出版社 1993 年版，第 753—757 頁)

金剛經報應記三卷

輯存一卷。唐盧求撰。志怪集。一題《報應記》。盧求，僖宗相盧攜之父。《舊唐書》卷一七八《盧攜傳》載："盧攜字子升，范陽人。祖損。父求，寶曆初登進士第，應諸府辟召，位終郡守，"按《唐摭言》卷八載：盧求李翱之婿，楊嗣復下進士及第。《唐詩紀事》卷五三云："求，登寶曆二年進士第，李翱之婿也。"本傳稱寶曆初，不確。據《唐摭言》及《唐詩紀事》，寶曆元年知貢舉者亦楊嗣復，是年求落第。

《新唐志》地理類著錄盧求《成都記》五卷,注云:"西川節度使白敏中從事。"白敏中鎮西川,時在宣宗大中六年至十一年。《全唐文》卷七四四盧求《成都記序》,末題大中九年八月五日敘,是此年盧求在白敏中幕,何年人幕不詳。所撰《成都記》已佚。《全唐詩》卷五一二收詩一首。

……

2. 內山知也《隋唐小說研究》(復旦大學出版社 2010 年版, 第 96—97 頁)。

第五節《報應記》及王方慶小說(吳念聖譯)

一、"唐臨"《報應記》考《報應記》的刊本現已失傳。《太平廣記》中僅記載了其中五十九則故事,編著者不詳。但《說郛》卷第七二中收載《報應記》故事十八則,題為唐·唐臨撰。今將其與《太平廣記》相對照則知:《說郛》十八則故事相當於《太平廣記》卷一〇二與卷一〇三"報應"部分,卷一〇四以後一篇都沒徵引。其次,卷一〇二與卷一〇三中亦非全引,未引而逸部分亦有之。另外,文章雖有少量文字的異同,但《說郛》所載幾乎全部摘錄于《太平廣記》,而且所錄相當不嚴謹,可以推測編者並無意將其全部收錄。

……

3. 周紹良《敦煌文學叢考》(宋家鈺等編:《英國收藏敦煌漢藏文獻研究:紀念敦煌文獻發現一百周年》,中國社會科學出版社 2000 年版, 第 258 頁)

關於《唐太宗入冥記》的標題

自從梁武大倡佛法,釋教流行日盛,因之果報感應之說,亦隨之興起。尤其是承六朝志怪之餘風,文人作品亦轉而趨向寫一些有關佛教果報故事,如王琰《冥祥記》、唐臨《冥報記》、《報應記》等,都是宣揚佛教報應故事的。同時佛教徒為鼓動一般人信教誦經,還編寫一些專書的靈驗記、感應傳之類作品,如蕭瑀為《金剛經》編寫的《金剛般若靈驗記》,段成式編寫的《金剛經鳩異》,孟獻忠編寫的《金剛般若經集驗記》,無名氏為《普賢菩薩說證明經》寫的《黃仕強傳》,為《金光明經》寫的《懺悔滅罪冥報傳》等,有的是單篇流傳,有的則抄錄在經卷之首。主要是強調感應,加強對某一經典之信仰,對之起傳播促進作用。

主要參考文獻

［汉］班固:《漢書》,北京:中華書局,1962 年。

［汉］司马迁:《史記》,北京:中華書局,1982 年。

［南朝宋］范晔:《後漢書》,北京:中華書局,1965 年。

［晉］陳壽撰,［南朝宋］裴松之注:《三國志》,北京:中華書局,1982 年。

［梁］沈約:《宋書》,北京:中華書局,1974 年。

［梁］蕭子顯:《南齊書》,北京:中華書局,1972 年。

［唐］房玄龄:《晉書》,北京:中華書局,1974 年。

［唐］姚思廉:《陳書》,北京:中華書局,1972 年。

［唐］李延寿:《北史》,北京:中華書局,1974 年。

［唐］魏徵等:《隋書》,北京:中華書局,1973 年。

［後晉］劉昫等:《舊唐書》,北京:中華書局,1975 年。

［宋］歐陽修、宋祁:《新唐書》,北京:中華書局,1975 年。

［宋］歐陽修:《新五代史》,北京:中華書局,1974 年。

［宋］薛居正等:《旧五代史》,北京:中華書局,1976 年。

［宋］钱易:《南部新書》,北京:中華書局,1985 年。

［唐］杜佑：《通典》，北京：中華書局，1984 年。

［唐］李吉甫撰，賀次君點校：《元和郡縣圖志》，北京：中華書局，1983 年。

［唐］林宝：《元和姓纂》，北京：中華書局，1994 年。

［唐］李林甫等撰，陳仲夫點校：《唐六典》，北京：中華書局，1992 年。

［唐］長孫無忌等撰，劉俊文點校：《唐律疏議》，北京：中華書局，1983 年。

［宋］王溥：《唐會要》，北京：中華書局，1955 年。

［宋］司馬光：《資治通鑒》，北京：中華書局，1956 年。

［宋］宋敏求：《長安志》，台北：成文出版社，1990 年。

［宋］乐史：《太平寰宇記》，北京：中華書局，1985 年。

［宋］赵明诚：《金石錄》，北京：中華書局，1983 年。

［元］骆天驤撰，黄永年點校：《類編長安志》，北京：中華書局，1990 年。

［清］徐松撰，李健超校：《增訂唐兩京城坊考》，西安：三秦出版社，2006 年。

［清］孙星衍：《三輔黃圖》，北京：中華書局，1985 年。

［清］董誥等编：《全唐文》，北京：中華書局，1983 年。

［清］黄六鸿：《福惠全書》，北京：北京出版社，2000 年。

［清］赵钺：《唐御史台精舍題名考》，北京：中華書局，1997 年。

［清］劳格、赵钺著，徐敏霞、王桂珍點校：《唐尚書省郎官石柱題名考》，北京：中華書局，1992 年。

［汉］桓譚：《新論》，上海：上海人民出版社，1977 年。

［南朝宋］刘义庆:《世說新語》,北京:中華書局,1999 年。

［晉］張華撰,范寧校證:《博物志校證》,北京:中華書局,1980 年。

［晉］干寶撰,李劍國輯校:《新輯搜神記》,北京:中華書局,2007 年。

［晉］葛洪:《西京雜記》,北京:中華書局,1985 年版。

［唐］唐臨撰,方詩銘輯校:《冥報記》,北京:中華書局,1992 年。

［唐］郎餘令撰,方詩銘輯校:《冥報拾遺》,北京:中華書局,1992 年。

［唐］戴孚撰,方詩銘輯校:《廣異記》,北京:中華書局,1992 年。

［唐］張鷟撰,趙守儼點校:《朝野僉載》,北京:中華書局,1997 年。

［唐］李肇:《唐國史補》,北京:中華書局,1991 年。

［唐］戴孚撰,方詩銘輯校:《廣異記》,北京:中華書局,1992 年。

［唐］薛用弱:《集異記》,北京:中華書局,1980 年。

［唐］韋述撰,辛德勇輯校:《兩京新記輯校》,西安:三秦出版社,2006 年。

［唐］段成式撰,方南生點校:《酉陽雜俎》,北京:中華書局,1981 年。

［唐］牛僧孺編,程毅中點校:《玄怪錄》,北京:中華書局,1982 年。

［唐］趙元一:《奉天錄》,北京:中華書局,1985 年。

［唐］韓偓:《海山記》,北京:中華書局,1991 年。

［唐］鄭綮:《開天傳信記》,北京:中華書局,1985 年。

［唐］蘇鶚：《杜陽雜編》，北京：中華書局，1985 年。

［唐］劉肅撰，許德楠，李鼎霞點校：《大唐新語》，北京：中華書局，1984 年。

［唐］钟铬：《前定錄》，北京：中華書局，1991 年。

［唐］歐陽詢：《藝文類聚》，北京：中華書局，1965 年。

［五代］王定保：《唐摭言》，上海：上海古籍出版社，1978 年。

［宋］彭乘：《續墨客揮犀》，北京：中華書局，1991 年。

［宋］李昉：《太平廣記》，北京：中華書局，1961 年。

［宋］李昉：《太平御覽》，北京：中華書局，1960 年。

［宋］李昉：《文苑英華》，北京：中華書局，1966 年。

［宋］周輝撰，刘永翔校注：《清波雜誌》，北京：中华书局，1991 年。

［宋］錢惽：《錢氏私志》，北京：中華書局，1991 年。

［宋］陸遊：《老學庵筆記》，上海：上海书店出版社，1990 年。

［宋］朱彧：《萍洲可談》，北京：中華書局，1985 年。

［宋］王讜：《唐語林》，北京：中華書局，1958 年。

［明］陶宗仪：《說郛》，上海：上海古籍出版社，1988 年。

［明］解缙等：《永樂大典》，北京：中華書局，1982 年。

［三國吳］支謙譯：《菩薩本緣經》，《大正藏》第 3 冊。

［晉］僧伽提婆譯：《增一阿含經》，《大正藏》第 2 冊。

［晉］佛陀跋陀羅譯：《觀佛三昧海經》，《大正藏》第 15 冊。

［晉］法顯：《法顯傳》，《大正藏》第 51 冊。

章巽校注：《法顯傳校注》，北京：中華書局，2008 年。

［姚秦］鳩摩羅什譯：《妙法蓮華經》，《大正藏》第 9 冊。

〔姚秦〕鳩摩羅什:《阿彌陀經》,《大正藏》第 12 冊。

〔姚秦〕佛陀耶舍、竺佛念譯:《長阿含經》,《大正藏》第 1 冊。

〔北魏〕般若流支譯:《正法念處經》,《大正藏》第 17 冊。

〔北魏〕吉迦夜、曇曜譯:《雜寶藏經》,《大正藏》第 4 冊。

〔北涼〕曇無讖譯:《悲華經》,《大正藏》第 3 冊。

〔北涼〕曇無讖譯:《大般涅槃經》,《大正藏》第 12 冊。

〔北涼〕浮陀跋摩、道泰譯:《阿毗曇毗婆沙論》,《大正藏》第 28 冊。

〔北齊〕那連提耶舍譯:《大悲經》,《大正藏》第 12 冊。

〔南朝宋〕畺良耶舍譯:《觀無量壽經》,《大正藏》第 12 冊。

〔南朝齊〕求那毗地譯:《百喻經》,《大正藏》第 4 冊。

〔梁〕僧旻、寶唱等集:《經律異相》,《大正藏》第 53 冊。

〔梁〕釋僧祐:《釋迦譜》,《大正藏》第 50 冊。

〔梁〕釋僧祐:《弘明集》,《大正藏》第 52 冊。

〔梁〕釋僧祐:《出三藏記集》,北京:中華書局,1995 年。

〔梁〕慧皎:《高僧傳》,北京:中華書局,1992 年。

〔隋〕智顗說,灌頂記:《妙法蓮華經文句》,《大正藏》第 34 冊。

〔隋〕費長房:《歷代三寶紀》,《大正藏》第 49 冊。

〔唐〕法琳:《辨正論》,《大正藏》第 52 冊。

〔唐〕玄奘:《大唐西域記》,《大正藏》第 51 冊。

季羨林校注:《大唐西域記校注》,北京:中華書局,2000 年。

〔唐〕義淨:《大唐西域求法高僧傳》,《大正藏》第 51 冊。

王邦維校注:《大唐西域求法高僧傳校注》,北京:中華書局,1988 年。

［唐］義淨：《南海寄歸內法傳》，《大正藏》第 54 冊。

［唐］慧立、彥悰：《大唐大慈恩寺三藏法師傳》，《大正藏》第 50 冊。

孫毓棠、謝方點校：《大慈恩寺三藏法師傳》，北京：中華書局 2000 年。

［唐］釋道世著，周叔迦、苏晋仁校注：《法苑珠林校注》，北京：中華書局，2003 年。

［唐］道宣：《大唐內典錄》，《大正藏》第 55 冊。

［唐］道宣：《續高僧傳》，《大正藏》第 50 冊。

［唐］道宣：《廣弘明集》，《大正藏》第 52 冊。

［唐］道宣：《釋迦方志》，《大正藏》第 51 冊。

［唐］道宣：《集神州三寶感通錄》，《大正藏》第 52 冊。

［唐］實叉難陀譯：《地藏菩薩本願經》，《大正藏》第 13 冊。

［唐］釋道世著，周叔迦、蘇晉仁校注：《法苑珠林校注》，北京：中華書局，2003 年。

［唐］般剌蜜帝譯：《大佛頂萬行首楞嚴經》，《大正藏》第 19 冊。

［唐］提雲般若譯：《佛說大乘造像功德經》，《大正藏》第 16 冊。

［唐］僧詳：《法華經傳記》，《大正藏》第 51 冊。

［唐］惠祥：《弘贊法華傳》，《大正藏》第 5 冊。

［唐］懷信：《釋門自鏡錄》，《大藏經》第 51 冊。

［唐］法藏集：《華嚴經傳記》，《大正藏》第 51 冊。

［唐］惠英：《華嚴感應傳》，《大正藏》第 51 冊。

［唐］孟獻忠：《金剛般若經集驗記》，《卍續藏》第 149 冊（臺北：新文豐出版公司，1994 年）。

〔唐〕復禮：《十門辯惑論》，《大正藏》第 52 冊。

〔唐〕藏川：《佛説地藏菩薩發心因緣十王經》，《卍續藏》第 150 冊。

〔唐〕釋大覺：《四分律行事鈔批》，《卍續藏》第 68 冊。

〔唐〕釋定賓：《四分律疏飾宗義記》，《卍續藏》第 68 冊。

〔唐〕釋海雲：《兩部大法相承師資付法記》，《大正藏》第 51 冊。

〔唐〕智通譯：《千眼千臂觀世音菩薩陀羅尼神呪經》，《大正藏》第 20 冊。

〔唐〕菩提流志譯：《千手千眼觀世音菩薩姥陀羅尼身經》，《大正藏》第 20 冊。

〔唐〕道液：《淨名經關中釋抄》，《大正藏》第 85 冊。

〔唐〕智升：《開元釋教錄》，《大正藏》第 55 冊。

〔唐〕圓照：《貞元新定釋教目錄》，《大正藏》第 55 冊。

〔唐〕靖邁：《古今譯經圖紀》，《大正藏》第 55 冊。

〔唐〕智升：《續古今譯經圖紀》，《大正藏》第 55 冊。

〔唐〕文諗、少康：《往生西方淨土瑞應刪傳》，《大正藏》第 51 冊。

〔唐〕慧祥：《古清涼傳》，《大正藏》第 51 冊。

〔唐〕棲復：《法華經玄贊要集》，《卍續藏》第 53 冊。

〔唐〕澄觀：《華嚴經隨疏演義鈔》，《大正藏》第 36 冊。

〔唐〕迦才：《淨土論》，《大正藏》第 47 冊。

〔宋〕贊寧撰，范祥雍點校：《宋高僧傳》，北京：中華書局，1987 年。

〔宋〕志磐：《佛祖統紀》，《大藏經》第 49 冊。

〔宋〕道原著，顧宏義譯注：《景德傳燈錄》，上海：上海書店出版社,2010 年。

［元］釋急常:《佛祖歷代通載》,北京:北京圖書館出版社,2005 年。

［日］《三國傳記》,《大日本佛教全書》卷一四八;日本國立國會圖書館藏本。

［日］圓仁撰,顧承甫、何泉達點校:《入唐求法巡禮行記》,上海:上海古籍出版社,1986 年。

周紹良主編:《唐代墓誌彙編》,上海:上海古籍出版社,1992 年。

周紹良主編:《唐代墓誌彙編續集》,上海:上海古籍出版社,2001 年。

陳尚君輯校:《全唐文補編》,北京:中華書局,2005 年。

嚴耕望:《唐代交通圖考》第 1 卷,臺北:"中央研究院"歷史語言研究院,1985 年。

郁賢皓:《唐刺史考全編》,合肥:安徽大學出版社,2000 年。

趙超編著:《新唐書宰相世系表集校》,北京:中华书局,1998 年。

胡三省:《通鑑釋文辨誤》,北京:北京圖書館出版社,2005 年。

陳垣:《二十史朔閏表》,北京:中華書局,1999 年。

楊寶玉:《敦煌本佛教靈驗記校注並研究》,蘭州:甘肅人民出版社,2009 年。

王重民:《敦煌變文集》,北京:人民文學出版社,1957 年。

方廣錩:《方廣錩敦煌遺書散論》,上海:上海古籍出版社,2010 年。

向達:《漢唐間雲南南詔大事年表》(《蠻書校注》附錄),北京:中華書局,1962 年。

《大唐開元禮》,北京:民族出版社,2000 年。

《洛陽出土歷代墓誌輯繩》,北京:中國社會科學出版社,1991 年。

魯迅:《古小說鉤沉》,《魯迅輯錄古籍叢編》第 1 卷,北京:人民文學出版社,1999 年。

董志翹:《觀世音應驗記三種譯注》,南京:江蘇古籍出版社,2002 年。

王國良:《冥祥記研究》,臺北:文史哲出版社,1999 年。

湯用彤:《隋唐佛教史稿》,北京:中華書局,1982 年。

藍吉富:《中華佛教百科全書》,臺南:中華佛教百科文獻基金會,1994 年。

李劍國:《唐五代志怪傳奇敘錄》,天津:南開大學出版社,1993 年。

丁福保:《佛學大辭典》,上海:上海書店出版社,1991 年。

慈怡:《佛光大辭典》,臺北:佛光文化事業有限公司,1988 年。

[日]《今昔物語集》,鈴鹿家舊藏本。

[日]芳賀矢一:《考證今昔物語集》,東京:富山房,1914 年。

[日]諸橋轍次:《大漢和辭典》卷 1,大修館書店,1986 年。

[日]中村元:《佛教語大辭典》卷上,東京:東京書籍株式會社,1975 年。

[日]望月信亨:《望月佛教大辭典》,世界聖典刊行協會,1933 年。

[日]荻原雲來編纂:《梵和大辭典》,臺北:新文豐出版公司,1979 年。

［高麗］義天:《新編諸宗教藏總錄》,《大正藏》第 55 冊。

黃純豔點校:《高麗大覺國師文集》,蘭州:甘肅人民出版社,2007 年。

責任編輯:洪　瓊

圖書在版編目(CIP)數據

唐小說集輯校三種/邵穎濤 校注. —北京:人民出版社,2017.12
ISBN 978－7－01－018889－8

Ⅰ.①唐⋯　Ⅱ.①邵⋯　Ⅲ.①古典小說-小說研究-中國-唐代
　Ⅳ.①I207.41

中國版本圖書館 CIP 數據核字(2018)第 022739 號

唐小說集輯校三種
TANGXIAOSHUO JIJIJIAO SANZHONG

邵穎濤　校注

人民出版社 出版發行
(100706　北京市東城區隆福寺街 99 號)

北京匯林印務有限公司印刷　新華書店經銷

2017 年 12 月第 1 版　2017 年 12 月北京第 1 次印刷
開本:710 毫米×1000 毫米 1/16　印張:24
字數:300 千字

ISBN 978－7－01－018889－8　定價:79.00 元

郵購地址 100706　北京市東城區隆福寺街 99 號
人民東方圖書銷售中心　電話 (010)65250042　65289539